CB000492

DIA DE FINADOS

CEES NOOTEBOOM

Dia de Finados

Tradução do alemão
José Marcos Macedo

Copyright © 1998 by Cees Nooteboom

Título original
Allerzielen

Capa
Angelo Venosa

Foto de capa
Haze Norway/The Image Bank

Preparação
Otacílio Nunes

Revisão
Maysa Monção
Isabel Jorge Cury

Dados Internacionais de Catalogação na Publicação (CIP)
(Câmara Brasileira do Livro, SP, Brasil)

Nooteboom, Cees, 1933–
  Dia de Finados / Cees Nooteboom ; tradução de José
Marcos Macedo. — São Paulo : Companhia das Letras, 2001.

  Título original: Allerzielen.
  ISBN 85-359-0146-9

  1. Romance holândes I. Título.

01-2914   CDD-839.3

Índices para catálogo sistemático:
1. Romances : Século 20 : Literatura holandesa 839.3
2. Século 20 : Romances : Literatura holandesa 839.3

[2001]
Todos os direitos desta edição reservados à
EDITORA SCHWARCZ LTDA.
Rua Bandeira Paulista 702 cj. 32
04532-002 — São Paulo — SP
Telefone (11) 3846-0801
Fax (11) 3846-0814
www.companhiadasletras.com.br

Mas agora as sereias têm uma arma ainda mais
assustadora que o canto – o silêncio.
Franz Kafka, O silêncio das sereias

Assim seguimos adiante, barcos contra a corrente,
arrastados sem trégua rumo ao passado.
F. Scott Fitzgerald, O grande Gatsby

Só alguns segundos depois de ter passado pela livraria, Arthur Daane percebeu que a palavra alemã que significava história se enganchara em seus pensamentos e que, quase automaticamente, já a traduzira para seu idioma materno, o holandês, fazendo-a soar de imediato menos ameaçadora que em alemão. *Geschiedenis* em vez de *Geschichte*. Cogitou se não seria por causa da última sílaba, *nis*, nicho, uma palavra notavelmente curta, não trivial e incisiva como tantas outras palavras curtas, e sim bastante plácida. Algo em que alguém poderia se ocultar ou achar algo oculto. Não havia nada assim em outras línguas. Tentou se desvencilhar da palavra apertando o passo, mas já não era possível, não nessa cidade, que nela estava embebida. A palavra se enganchara mesmo nele. Ultimamente era esse o seu relacionamento com as palavras; nesse sentido "gancho" era a expressão correta: elas se enganchavam nele. E tinham um som. Ainda que não as proferisse em voz alta, ouvia-as, às vezes parecia até que retumbavam. Tão logo fossem destacadas da frase a que pertenciam, tornavam-se, a quem fosse suscetível, algo que inspirava medo, uma esquisitice sobre a qual seria melhor não pensar, do contrário o mundo inteiro sofreria um abalo. Ociosidade demais, pensou, mas era exatamente para isso que ele orientara a vida. Num antigo livro escolar, lera sobre "o javanês" que, tendo acabado de ganhar um quarto de florim, se refestelava sob uma palmeira. Claro que naqueles idos era possível viver por muito tempo com um quarto de florim, pois esse javanês, dizia a história, só se punha a trabalhar novamente depois de ter gastado o quarto de florim. Com o que se indignava o livro, afinal desse modo a pessoa não progredia, mas Arthur Daane dava razão ao javanês. Fazia documentários para a televisão que ele mesmo idealizava e produzia, trabalhava como câmera quando o tema lhe interessava e de vez em quando, se fosse o caso ou se estivesse realmente precisando de dinheiro, rodava um comercial para a empresa de um amigo. Como isso não ocorria com muita freqüência, o trabalho costumava ser instigante, e em seguida ele voltava por uns tempos à ociosidade. Tivera uma mulher e também um filho, mas como haviam morrido num acidente aéreo, agora tudo o que restara deles eram fotos nas quais se afastavam um pouquinho mais a cada vez que Arthur as contemplava. Já fazia dez anos; um dia eles simplesmente partiram para Málaga e não voltaram mais. Uma filmagem que ele mesmo fez, mas nunca viu. A mulher loira com a criança, um rapazote, nas costas. Aeroporto de Schiphol, na fila do passaporte. Na verdade a criança já está bem grandinha para se dependurar nas costas dela. Ele a chama, ela se vira. Congela, memória. Lá estão eles, pela fração de um segundo virados para ele a noventa graus. Ela ergue a mão, a criança acena com gestos miúdos. Alguém mais filmará a chegada, que junto com bangalô, piscina e praia sumirão na massa viscosa, negra, coagulada, em que sumiu a vida deles. Ele avança pela fila e dá a ela uma pequena câmera portátil. Isso foi tudo, depois eles somem. Ao enigma proposto pelas fotos ele se furtou, era grandioso demais, ele não estava à altura. Como em alguns sonhos acontece de a pessoa precisar gritar bem alto e não conseguir, um ruído que a pessoa não faz mas ouve, um ruído de vidros. Ele vendeu a casa, deu as roupas e os brinquedos, como se tudo estivesse contaminado. Desde essa época é um viajante sem bagagem — munido de laptop, câmera, celular, rádio de ondas curtas, alguns livros. Secretária eletrônica em seu apartamento no norte de Amsterdã, um homem com suas máquinas, fax no escritório de um amigo. Frouxos e firmes, fios invisíveis o prendem ao mundo. Vozes, notícias. Amigos, a maioria de profissão, que levam a mesma vida. Eles podem usar o seu apartamento, ele o deles. Caso contrário, hoteizinhos ou pensões em conta, um universo em movimento. Nova York, Madri, Berlim, por todo canto, pensa ele agora, um nicho. Ainda não se livrou dessa palavra, nem da pequena, *nis*, nem muito menos da grande, *geschiedenis*, à qual a primeira se prende e da qual faz parte e não faz parte.

"Que diabo você está fazendo na Alemanha?", perguntavam-lhe de tempos em tempos os amigos holandeses. Soava quase sempre como se ele tivesse contraído uma moléstia virulenta. Ele adotara uma resposta estereotipada, que em geral surtia efeito.

"Eu me sinto bem lá, é um povo sério."

A resposta a isso era geralmente "é, pode ser" ou algo do gênero. Difícil de explicar, as boas maneiras batavas. Como é que um estrangeiro, mesmo que aprenda o holandês, poderá saber que essa resposta semi-afirmativa exprime, na verdade, uma dúvida cínica?

Enquanto essas palavras lhe passavam pela cabeça, Arthur Daane chegou ao bar na esquina da Knesebeck com a Mommsen-Strasse, ponto em que costumava hesitar sobre se dava meia-volta ou seguia adiante. Estacou, ergueu os olhos para os carros reluzentes na vitrine do outro lado da rua, observou o trânsito na Kurfürsten-Damm e depois o seu próprio reflexo no espelho de um anúncio de champanhe na vidraça do bar. A asquerosa subserviência dos espelhos. Sempre refletem a pessoa, mesmo quando ela, como agora, não demonstra a menor disposição para tanto. Já se olhara uma vez nesse dia. Porém agora estava paramentado, vestido como convém ao citadino, era diferente. Sabia umas coisas acerca de si próprio e se perguntava quanto disso era visível aos outros.

"Tudo e nada", dissera Erna. O que Erna tinha a ver com a história, ali, na esquina da Mommsen-Strasse?

"Fala sério?"

"Não, cabeça-de-melão!" Só Erna podia falar uma coisa dessas. Começou a nevar. Viu no espelho como os flocos esvoaçantes grudavam em seu sobretudo. Bom, pensou, assim pareço menos uma figura de anúncio.

"Deixa de bobagem." Erna também diria isso. Era um assunto sobre o qual os dois já haviam discorrido várias vezes.

"Se você acha que parece uma figura de anúncio, então compre outras roupas. Nada de Armani."

"Este não é um Armani."

"Mas parece um Armani."

"É o que eu estou dizendo. Nem a marca dele eu sei, estava em liquidação em algum lugar. A preço de banana."

"É que tudo cai bem em você."

"Pois então, pareço uma figura de anúncio."

"Você está é por aqui com você mesmo, só isso. É a idade. Costuma acontecer com os homens."

"Não, não é isso. É só que eu não pareço o que penso que sou."

"Quer dizer que você pensa o diabo de si sem nunca verbalizar, e isso a gente não é capaz de ver?"

"Mais ou menos isso."

"Então é o caso de mudar o corte de cabelo. Isso não é penteado, é um pesadelo."

"Como não?"

Erna era sua amiga mais antiga. Por meio dela ele foi apresentado a sua mulher, e ela era a única com quem ainda falava sobre Roelfje. Outros homens tinham amigos. Ele também tinha, mas o seu melhor amigo era Erna.

"Não sei se considero isso um elogio."

Às vezes ele lhe telefonava, no meio da noite, de algum recanto nos confins do mundo. Ela sempre estava lá. Os homens iam e vinham na vida dela, mudavam-se para sua casa, tinham ciúmes dele.

"Um impostor, esse Daane. Dois ou três documentários de meia-tigela, e ele anda pela cidade como se fosse o Claude Lanzmann em pessoa." Isso costumava selar o fim de uma relação. Desses homens restaram-lhe três filhos, todos a cara dela.

"Isso é porque você só escolhe esses tipos insignificantes. Uma seleção ridícula, devo dizer. Um bando de bundões. Desse jeito, teria sido melhor você ter me escolhido."

"Você é meu fruto proibido."

"Do amor que se chama amizade."

"Exato."

Virou-se. Isso significava: Kurfürsten-Damm — não, Savigny-Platz — isso. Significava também que chegara novamente à livraria Schoeller. Mas, afinal, que nicho, *nis*, era esse na língua holandesa? Aflição, acontecimento, confissão, escuridão.* Começou a nevar mais forte. Era decorrência do trabalho

---

* Em holandês, todas essas palavras são terminadas em *nis*.

com câmeras, pensou, que a pessoa se visse constantemente andando. Não como forma de vaidade, antes como um certo assombro, mesclado com, bem... Também sobre isso ele conversara uma vez com Erna.

"Por que você não fala de uma vez?"

"Porque eu não sei."

"Mentira. Sabe muito bem. Se eu sei, você também sabe. Só não consegue dizer."

"Então qual é a palavra?"

"Medo. Consternação."

Decidiu-se por consternação.

Agora a câmera abarcou com uma longa guinada a Knesebeck-Strasse coberta de neve, os edifícios cinzentos de Berlim, tão imponentes, os escassos transeuntes, que avançavam curvados por entre os flocos. E ele era um deles. A questão era essa, a absoluta casualidade desse momento. Aquele ali que caminha bem próximo da livraria Schoeller, ao longo da galeria de fotos, aquele é você. Por que isso fora sempre algo normal e às vezes, de repente, no átimo consternador de um segundo, passava a ser insuportável? Você já não deveria estar acostumado a isso? A não ser que fosse uma espécie de eterno adolescente.

"Não tem nada a ver com isso. Algumas pessoas nunca se fazem uma pergunta. Mas é dessa consternação que surge tudo."

"O quê, por exemplo?"

"Arte, religião, filosofia. Sabe, às vezes eu também leio umas coisas."

Erna havia estudado filosofia durante alguns anos e depois mudara para filologia holandesa.

Na Savigny-Platz foi surpreendido por uma rajada de neve e a custo se manteve de pé. Não era brincadeira. Clima continental. Essa era uma das razões pelas quais adorava Berlim, sempre tinha a sensação de se achar sobre uma planície gigantesca, que se estendia até os confins da Rússia. Berlim, Varsóvia, Moscou eram somente breves interrupções.

Estava sem luvas, seus dedos congelavam. Sobre isso ele também discorrera na mesma conversa, sobre dedos.

"Olhe, o que é isso?"

"São dedos, Arthur."

"Eu sei, mas são também tentáculos, dê só uma olhada."

Pegou um lápis, girou-o pelos dedos.

"Engenhoso, não é? As pessoas se admiram com robôs, mas não com elas mesmas. Se um robô faz isso, acham de arrepiar, mas não se elas próprias fazem. Robôs de carne, isso sim é de arrepiar. Tremenda expressão, essa. Podem tudo, até se reproduzir. E os olhos! Câmera e tela ao mesmo tempo. Recebem e enviam num único aparelho. Nem sei direito como me expressar. A gente tem um computador, ou é um computador. Comandos eletrônicos, reações químicas, como você preferir."

"Computadores não têm reações químicas."

"Mas logo vão ter. Sabe o que eu acho mais extraordinário?"

"Não."

"Que as pessoas na Idade Média, sem saber patavina de eletrônica ou de neurologia, ou, não, mais radical ainda, que os homens de Neanderthal, pessoas que consideramos primitivas, eram a mesma máquina altamente desenvolvida que nós somos. Eles nem sabiam que, ao falar, usavam o sistema de áudio que eles próprios eram, completo, com alto-falante, caixas de som..."

"Ai, Arthur, pára com isso."

"Como eu estava dizendo, um adolescente. Um espanto depois do outro."

"Mas não era isso o que você queria dizer."

"Não."

"O que eu queria dizer era o medo que se abate feito um raio" — quis corrigir, um medo sagrado da estranheza inabordável de tudo aquilo que os outros evidentemente jamais sentiram como estranho e a que, naquela idade, ele já devia estar habituado.

Passou pelo bar de seu amigo Philippe, que ainda nem sabia que ele estava de volta a Berlim. Nunca comunicava sua volta a ninguém. Simplesmente aparecia de surpresa.

Na Kant-Strasse o semáforo estava no vermelho. Olhou para a esquerda e para a direita, viu que não vinha nenhum carro, fez menção de atravessar a rua mas não se mexeu, sentindo como seu corpo processava esses dois comandos contraditórios, uma espécie de curiosa rebentação que por pouco não lhe roubou o equilíbrio, um pé na calçada, outro na sarjeta. Através da neve, divisou o grupo silencioso que esperava do outro lado. Se alguém já quis traçar a diferença entre alemães e holandeses, este era o momento propício. Em Amsterdã as pessoas ficavam loucas se não se atravessava a pé no sinal vermelho, aqui ficavam loucas se alguém o fazia, o que aliás se constatava por comentários em alto e bom som.

"Esse quer se suicidar."

Perguntara a Victor, um escultor que, como ele, viera de Amsterdã e agora morava em Berlim, o que fazia quando efetivamente não vinha nenhum carro.

"Eu atravesso, a não ser que haja crianças por perto. Sabe como é, não se deve dar mau exemplo."

Ele próprio decidira empregar esses singulares instantes vazios para o que chamava de "meditação instantânea". Em Amsterdã todos os ciclistas trafegavam por princípio com as luzes apagadas, avançavam o sinal e também andavam na contramão. Os holandeses sempre queriam decidir por si próprios se uma norma também era válida para eles ou não, uma mistura de protestantismo e anarquia que resultava em algo como um caos teimo-

14

so. Em suas últimas visitas, ele notara que os carros, e às vezes também os bondes, já começavam a passar com o sinal fechado.

"Você está virando um autêntico alemão. *Ordem acima de tudo.* É só ouvir como eles gritam no metrô. *Embarquem, por favor!* UM PASSO PARA TRÁS! Olha, a gente já viu aonde vai dar toda essa obediência."

Os holandeses não gostavam que lhes dissessem o que fazer. Os alemães gostavam de punir. A cadeia de preconceitos, pelo visto, nunca tinha fim.

"Acho o trânsito de Amsterdã perigoso."

"Ah, pára com isso. Olha só como os alemães correm feito uns loucos nas auto-estradas. Um acesso de raiva só, daqueles de babar. Pura agressão."

O sinal ficou verde. As seis silhuetas do outro lado, cobertas de neve, no mesmo instante puseram-se em movimento. Não se deve generalizar. E contudo os povos possuíam determinados traços de caráter. De onde vinham eles?

"Da história", dissera Erna.

O que o fascinava na idéia de história era a ligação química entre sina, acaso e desígnio. Dessa combinação resultavam destinos que por sua vez acarretavam outros destinos, cegos na visão de uns, inevitáveis na visão de outros, ou, como queriam outros ainda, dotados de um desígnio secreto, ainda desconhecido, mas aqui já nos movíamos em esferas místicas.

Por um instante ponderou ir até o Zwiebelfisch e ler os jornais, nem que fosse só para se esquentar. Não tinha conhecidos lá, e ao mesmo tempo conhecia todos de vista. Eram pessoas como ele, pessoas que tinham tempo. Mas não pareciam figuras de anúncios. O Zwiebelfisch tinha uma ampla janela que ocupava toda a fachada. Atrás dela havia algumas mesas enfileiradas, logo depois vinha o balcão, mas nele ninguém se sentava como normalmente se senta num balcão. O fascínio do que se passava lá fora era grande demais. O que se via de fora era uma fileira de vultos com olhares vidrados, sobre os quais parecia pender um enorme e vagaroso pensamento, um silencioso ruminar tão pesado que só podia ser suportado por meio desse bebericar extremamente pausado de gigantescos copos de cerveja.

Nesse meio tempo seu rosto ficou gelado, mas era um daqueles dias em que esse era seu desejo, autopunição mesclada a prazer. Passeios sob chuva torrencial na ilha Schiermonnikoog, excursões de alpinismo a uma aldeia perdida nos Pireneus sob calor escaldante. A exaustão que daí resultava também se via de vez em quando nos rostos de joggers, feições de sofrimento público que chegavam a ser indecentes, Cristos em desabalada carreira a caminho do Gólgota. Correr não era do seu feitio, perturbava o ritmo daquilo que ele chamava pensar. Provavelmente aquilo pouco tinha a ver com pensar de verdade, mas fora assim que o batizara quando jovem, com quinze, dezesseis anos. Era necessário isolamento. Ridículo, claro, mas desde então não parou de exercitá-lo. Antes estava ligado a lugares específicos, agora era possível em toda parte. A condição era que não precisasse falar. Roelfje compreendera isso. Podiam caminhar horas a fio sem que dissessem palavra. Sem que nada houvesse sido explicitado, ele sabia que ela sabia que todo o sucesso de seu trabalho tomava corpo dessa maneira. Como funcionava esse mecanismo, ele não era capaz de dizer. Mais tarde lhe parecia muitas vezes que se lembrava das coisas que queria exprimir com um filme, não só das idéias, mas também de como pô-las em prática. Lembrar, essa era a palavra certa. Posição da câmera, luz, tomadas, um estranho *déjà vu* parecia acompanhá-lo em tudo o que fizesse. Na verdade, mesmo os poucos curtas-metragens que rodara com estudantes da academia de cinema vieram à luz assim, para desespero daqueles que tinham de trabalhar com ele. Ele começava com nada, dava um salto mortal — mas um daqueles no qual um corpo parece pairar no espaço remoto da tenda do circo durante minutos — e caía de pé. Da abordagem original, que apresentava para arranjar uns trocados ou para fechar o contrato, quase nunca restava muita coisa, mas isso era perdoado quando o resultado era bom. E no entanto, o que era na realidade esse pensar? Tinha algo a ver com o vazio, muito mais do que isso não se podia dizer. O dia tinha de estar vazio, e na verdade ele próprio também. Ao caminhar, tinha a sensação de que esse vazio lhe transpassava, que ele se tornava translúcido ou, de um modo singular, se ausentava, deixava de fazer parte do mundo dos outros, poderia muito bem não existir. Os pensamentos, ainda que essa palavra fosse grandiloqüente demais para o matutar vago, difuso, no qual imagens incertas e retalhos de frases se sucediam, ele nunca era capaz de reproduzi-los posteriormente em alguma forma concreta; tudo isso mais parecia uma pintura surrealista que ele vira certa vez, de cujo título, porém, não se lembrava mais. Uma mulher feita de cacos subia uma escada enorme, infinita. Ela não tinha ido muito longe, e a escada sumia nas nuvens. Seu corpo não estava completo, mas ainda assim se via que era uma mulher, embora os cacos de que era feita não se colassem em nenhum ponto. Observada de perto, era uma pintura um tanto assustadora. Brumas fluíam através desse corpo, no lugar em que os olhos, os seios, o colo deveriam estar, um software amorfo, ainda não reconhecível, penetrava-a, um software que, em algum momento, caso tudo corresse bem, se converteria em algo de que agora ele ainda não fazia idéia.

Na esquina da Goethe-Strasse o vento quase lhe tirou o fôlego. Mommsen, Kant, Goethe, aqui a pessoa sempre se achava em boa companhia. Passou pela cantina italiana, propriedade de um turco, onde Victor sempre tomava seu café, mas não o viu ali. Victor, como ele próprio dizia, deixara embeber-se profundamente na alma alemã, conversara com vítimas e algozes e sobre isso escrevera, sem jamais citar nomes, pequenos esboços que comoviam a fundo os leitores justamente pela ausência de qualquer apelo patético. Arthur Daane gostava de pessoas que, na sua expressão, "eram mais do que só uma pessoa", e gostava particularmente quando essas diversas pessoas pareciam contradizer-se. Em Victor morava toda uma sociedade por trás de uma fachada de fingida indiferença. Um pianista, um alpinista, um frio observador da lida humana, um poeta wagneriano com sangue e generais, um escultor e criador de desenhos extremamente retóricos, que às vezes só consistiam em poucos traços e cujos títulos, ainda hoje, queriam dizer algo sobre a guerra que havia tanto tempo já desaparecera. Berlim e a guerra, esse virou o território de caça de Victor. Se quisesse falar sobre o assunto, ele o fazia em tom meio brincalhão, acabando por aludir a sua infância, pois "quando a gente é pequeno, os soldados são muito grandes", e soldados ele os vira às centenas na Holanda ocupada, porque a casa de seus pais ficava nos arredores de um quartel alemão. Com sua roupa ele lembrava um pouco um ator de revista de antes da guerra: paletós quadriculados, lenços de seda, o bigode fino, desenhado, de um David Niven, que parecia duas sobrancelhas arqueadas, como se quisesse exprimir com sua aparência externa que jamais deveria ter havido guerra e que os anos 30 deveriam ter durado para sempre.

"Olha só, está vendo aqueles buracos de tiros ali..." Era assim que costumava começar um passeio por Berlim com Victor. Em tais momentos parecia que ele próprio se tornava a cidade e se lembrava de algo, de um assassinato político, de uma razia, de uma fogueira de livros, do lugar no Landwehr-Kanal em que Rosa Luxemburgo foi lançada na água, do ponto até onde os russos avançaram em 1945. Lia a cidade qual um livro, uma história sobre edifícios invisíveis, desaparecidos na História, câmaras de tortura da Gestapo, o local em que o avião de Hitler ainda pudera aterrissar, tudo narrado num recitativo contínuo, quase escandido. Uma vez Arthur quis fazer com Victor um programa sobre Walter Benjamin cujo título seria "As solas da recordação", extraído de uma frase de Benjamin sobre o *flâneur*. Victor teria de assumir o papel de um *flâneur* berlinense, pois se alguém caminhava sobre as solas da recordação, esse alguém era Victor. Mas a televisão holandesa não quis um programa sobre Walter Benjamin. O redator, um acadêmico de Tilburg envolto no halo empoeirado da usual mistura de marxismo e catolicismo, ele ainda o via a sua frente, um cinqüentão bolorento num quartinho bolorento da grande fábrica de sonhos enlameada, em cuja cantina corriam de um lado para o outro os rostos com bronzeado artificial das celebridades nacionais, com suas vozes de quem tem câncer na laringe. A eterna distração livrara Arthur Daane de reter seus nomes, mas um único olhar bastava para saber de quem se tratava.

"Eu sei que você tem dois pólos em seu ser", disse o redator (por pouco ele não disse "em sua alma") — "reflexão e ação; mas reflexão não dá audiência." O idealismo quebrantado do marxista e a corrupção velada do católico que se vendeu para garantir sem transtornos uma aposentadoria — uma combinação irresistível.

"O que você fez sobre a Guatemala, aquele negócio do sumiço dos líderes sindicais, isso sim tinha classe. E aquele outro no Rio de Janeiro, as crianças fuziladas pela polícia, com que você ganhou aquele prêmio em Ottawa, é coisa desse tipo que a gente procura. Foi uma bolada, é verdade, mas acho que a gente não saiu no prejuízo. A Alemanha comprou para o canal 3, e a Suécia… Benjamin! Esse eu já conheço de cor e salteado…"

Arthur Daane viu os corpos de cerca de oito jovens, homens e mulheres, estendidos sobre altas mesas de pedra, pés grotescos que despontavam de lençóis emporcalhados, plaqueta nos tornozelos, os nomes intercambiáveis no papel igualmente efêmero, fragmentos de palavras que já começavam a decompor-se nessa mesa, junto com os corpos putrefatos que deviam nomear.

"Destino trágico, o de Benjamin", disse o redator. "Mas o fato é que ele não devia ter desistido logo depois da primeira tentativa frustrada lá nos Pireneus, da segunda vez teria dado certo. Da segunda vez ele teria conseguido. Porque, apesar de os espanhóis terem sido uns porcos fascistas, eles não mandavam os judeus para Hitler. Não sei, mas sempre tive problemas com o suicídio. Da segunda vez ele teria livrado a cara, aliás como os outros. Imagine só, Benjamin na América, junto com Adorno e Horkheimer."

"Pois é, imagine só", disse Arthur.

"Mas não sei não, talvez eles tivessem vivido às turras", opinou o redator, "sabe como são as coisas com os exilados."

Levantou-se. Algumas pessoas, mesmo quando vestidas corretamente, pensou Arthur, parecem estar metidas na cama com um pijama bem sujinho, como se nunca mais fossem se levantar. Observou o corpo esponjoso diante da janela, que oferecia a perspectiva de uma outra ala do complexo. Aqui era fabricada a pasta que se derramava sobre o império na forma de papa viscosa, por canais em que o mexerico nacional se mesclava aos dejetos do grande modelo de além-mar. Todos a quem conhecia diziam nunca assistir televisão, mas da conversa em bares ou com amigos não era essa a conclusão que se tirava.

Levantou-se para ir embora. O redator abriu a porta que dava para uma sala cheia de figuras taciturnas diante de computadores. Prefiro a morte, lembrou-se mais tarde de haver pensado. O que era injusto, porém. O que sabia dessas pessoas?

"O que fazem esses aí?", perguntou.

"Preparam material para os noticiários e as mesas-redondas. É o que nossos gênios recebem em mãos quando têm de falar sobre algo de que não fazem idéia, isto é, praticamente tudo. Fatos, análises históricas, essas coisas. A gente prepara isso para eles, elabora."

"E entregam tudo mastigadinho?"

"Mais ou menos. Daquilo que é preparado aqui, talvez cerca de um décimo é aproveitado. Mais as pessoas não absorvem. O mundo está ficando cada vez menor, um horror, mas para a maioria das pessoas ele continua grande demais. O que elas prefeririam, acho, é que ele deixasse de existir. Seja como for, não querem ser lembradas dele."

"E meus líderes sindicais?"

Agora ele também os via diante de si. Fotos sobre a mesa de uma organização de direitos humanos em Nova York: rostos indígenas duros, fechados. Desaparecidos, torturados até a morte num lugar qualquer, logo após esquecidos.

"Posso ser sincero? Você é nosso trunfo. E as horas mortas também têm de ser preenchidas. As pessoas estão até o pescoço com a Bósnia, mas se *você* fosse para a Bósnia…"

"Não quero voltar à Bósnia."

"…traria alguma coisa que pelo menos a minoria de uma minoria acharia instigante, e que nos tornaria conhecidos internacionalmente. E, afinal, um belo prêmio no meio da sala sempre impressiona. Eu também mal consigo destrinchar o Terceiro Mundo, mas se *você* se dispusesse a ir…"

"O Terceiro Mundo logo logo chega até nós. Ou já está aqui."

"Isso ninguém quer saber. Ele tem de continuar bem longe."

Trunfo. "O tédio é a sensação física do caos", lera recentemente em algum lugar. Não havia o menor motivo para pensar nisso agora. Ou será que havia? As figuras na sala, homens e mulheres, insistiam em não se tornar pessoas. *Flash!* Aquele segundo de tédio desumano, bestial, de repulsa, ódio e medo tinha tudo a ver com as telas em que esses corpos estavam enxertados, dualidades semimecânicas providas de dedos que digitavam teclas lustrosas, por intermédio das quais apareciam nas telas palavras que seriam apagadas o mais rápido possível, mas que por um momento fugaz tinham de representar o caos que o mundo era. Tentou dar nome ao ruído das teclas no silêncio sepulcral. Mais parecia o tênue cacarejo de galinhas aturdidas. Observou como todas essas mãos lavadas moviam-se sobre as teclas. Elas trabalham, pensou, isso é *trabalho*. O que dissera mesmo o redator? Preparar, elaborar. Preparam o destino, o passado recente do destino. Ocorrências, o ocorrido. Mas quem os fizera ocorrer?

"Ainda assim eu gostaria de fazer um programa sobre Benjamin", disse.

"Tente na Alemanha", disse o redator. "Lá você já ficou bem conhecido."

"Na Alemanha eles querem um programa sobre drogas", disse Arthur Daane. "E querem saber por que a gente continua a odiá-los."

"Eu não os odeio."

"Se digo isso a eles, não vão querer o programa."

"Ah. Então está bem. Até logo. Você sabe, estamos sempre abertos a sugestões. Sobretudo vindas de você. O novo crime organizado russo, a máfia e outras coisas do gênero, dê uma pensada nisso."

O trinco da fechadura bateu com um clique atrás dele. Atravessou a sala como quem atravessasse uma igreja, com uma sensação de grande abandono. Que direito tinha ele de julgar aquelas pessoas ali sentadas? E outra vez vinha à tona esse pensamento que lhe ocorria agora, nesse outro agora, ali, em Berlim. Que tipo de homem ele teria se tornado se sua mulher e seu filho não tivessem morrido?

"Thomas." Essa era a voz de Erna. "Se você o priva do nome é porque quer se livrar dele."

"Ele já está livre de mim."

"Ele tem direito a um nome." Erna podia ser muito dura. Dessa conversa ele jamais se esqueceu. Mas havia algo de diabólico na pergunta. Que tipo de homem ele teria se tornado? Seja como for, nunca teria tido a liberdade que tanto o isolava dos outros. Só esse pensamento já desencadeou um sentimento de culpa que o deixou num beco sem saída. Agora ele já estava tão habituado a sua liberdade que não podia mais imaginar outra vida. Mas essa liberdade significava também penúria, pobreza. E se fosse? Isso ele verificava também nos outros que tinham filhos, que, como dissera uma vez bêbado a Erna, "não precisavam morrer sozinhos".

"Arthur, pare com isso. Não suporto quando você fica sentimental. Não combina com você."

Ele riu. Com esses pensamentos na cabeça, nem sequer atravessara a praça. Incrível quanto a pessoa era capaz de pensar em algumas centenas de metros. Na porta de um grande edifício na Uhland-Strasse, avistou uma maçaneta de latão com um polimento provocante. Sobre ela se depositara um montículo de neve, como chantilly sobre um sorvete dourado. ("Você nunca vai deixar de ser uma criança.") Aproximou-se e limpou a neve. Agora via a si próprio como esfera, um anão achatado, o Corcunda de Notre-Dame. Contemplou seu nariz descomunalmente inchado, os olhos que se distanciavam nadando cada um para um lado. Claro que pôs a língua para fora, o melhor meio de exorcizar todos os fantasmas. Aquele dia não era para terminar assim, senão podia muito bem ter enchido a cara. O dia devia continuar vazio, faria algo tresloucado, para isso a neve o ajudaria, a grande acobertadora, agora prestes a velar tudo quanto havia de fortuito, de supérfluo.

De onde vêm as inspirações repentinas?

Havia dois quadros de Caspar David Friedrich que agora queria ver imediatamente, quadros singulares, patéticos. Será que havia um livro sobre o pintor exposto na vitrine da Schoeller? Não se lembrava. Friedrich, sua obra nem lhe agradava tanto assim, e no entanto via com nitidez esses dois quadros diante de si. A ruína deserta de um mosteiro, encharcada de simbolismo. Morte e abandono. E o outro, que beirava a idiotice, uma paisagem com montanhas violeta, brumas, uma planície ondeante, ondulada, em cujo centro um penhasco absurdamente alto era coroado por uma cruz ainda mais absurda. Uma cruz delgada, uma cruz afilada, como é mesmo que se diz? De todo modo muito alta, e ao pé dessa cruz uma mulher envolta em algo que se assemelhava a um vestido de baile, uma mulher que saíra sem casaco do baile do duque Von P. e, com seu vestido leve demais, empreendera uma marcha cheia de privações até esse misterioso penhasco, sobre o qual o Cristo, sem a mãe e sem o Batista, sem os romanos e sem o alto clero, pendia padecente em inatingível solidão. Estava longe demais para que se distinguisse qualquer expressão nos rostos. A mulher ajuda um homem, que segue atrás dela, a dar os últimos passos na escalada, sem no entanto lhe dirigir a vista, e ele tem as costas de uma pessoa que nunca irá se virar. Desse quadro faziam parte uma inebriante calma religiosa ou uma gargalhada iconoclasta, lançada com escárnio para ecoar entre as paredes violeta do penhasco. Para essa interpretação, porém, não havia um milímetro de espaço no mundo fechado de Friedrich, ela provinha de sua própria alma corrompida do século XX. Ironia igual a zero, a apoteose da grande aspiração. Como ele dissera, um povo sério. E no entanto ele tinha um amigo, com quem muito se podia rir, que escrevera um livro inteiro sobre o pintor. E Victor lhe explicara por que todas as pessoas em Friedrich nos voltam as costas, tinha a ver com despedida, isolar-se do mundo, mas o que era exatamente ele esquecera. Talvez lhe ocorresse se observasse o quadro, que se achava no Castelo de Charlottenburg, não muito longe dali.

"Ei! Ei!"

Não, ele realmente não via de onde vinham esses sons, e isso significava que a pessoa que chamava, pelo timbre de voz uma mulher, também não o podia ver através da neve, e portanto não o chamava, chamava o mundo inteiro.

"Ei! Ei! Alguém me ajude aqui! Socorro, por favor! Socorro!"

Caminhou a esmo por entre as rudes rajadas brancas em direção ao local de onde pareciam partir os chamados. A primeira coisa que o diretor dentro dele viu foi a cena: o absurdo da cena. Uma soldada do Exército da Salvação ajoelhada ao lado de um negro, provavelmente morto. Desterrados, desabrigados, drogados, vagabundos, chorões, por onde quer que andasse no mundo, as ruas estavam repletas deles. Balbuciantes, cambaleantes, envoltos em andrajos, pretos de sujeira, com cabelos que mais pareciam jubas emaranhadas, eles corriam as cidades calados, xingando ou rezando, como se viessem de uma época primeva para recordar à humanidade alguma coisa, mas o quê? Algo não parava de morrer nesse mundo, e era isso que eles punham em evidência. Arthur Daane ponderara que eles haviam se transformado na consternação que ele só sentia de vez em quando, mas sabia também que deles emanava um inominável encanto, como se fosse possível simplesmente deitar ao lado deles e enrolar-se no papelão, boa noite, espere só para ver se você acorda de novo amanhã. Tempo, se alguma coisa na vida deles havia sido abolida, era o tempo. Não o tempo escuro ou claro da noite e do dia, mas o tempo meditado do objetivo e da direção. Não existia mais na vida deles um tempo que rumasse a um lugar qualquer. Tinham se abandonado a uma queda rápida ou lenta, até que se prostrassem em algum canto como aquele ali, para serem recolhidos. Mas ele não queria ser recolhido, isso estava claro. Feito uma massa inerte, pesada, pendia dos braços da soldada do Exército da Salvação, que tentava erguê-lo. Era uma jovem, beirando os trinta anos, olhos azuis num pálido rosto angelical da Idade Média, Cranach na neve. Claro que isso tinha de lhe ocorrer outra vez. Precisou se conter para não sacudir a neve do chapeuzinho dela.

"Será que o senhor pode segurá-lo enquanto eu dou um telefonema?" Alemão na boca de algumas mulheres era uma das coisas mais belas que havia, mas não era hora para frivolidades. E além disso o homem fedia. A enfermeira, ou seja lá como se chamasse alguém assim, tinha evidentemente experiência no assunto, não parecia estar abalada. Arthur precisou lutar contra a náusea, porém o homem antecipou-se a ele, e assim que o segurou, vômito e sangue brotaram de sua boca.

"Ah, meu Deus", disse a mulher, e soou como se ela rezasse, "eu volto já."

Desapareceu na nevasca. Arthur, que agora se pusera de joelhos, deixou que o corpo semi-erguido se recostasse em seu peito. Via como os flocos de neve se aninhavam na carapinha cinzenta, ali derretiam, cintilavam feito gotas e eram então cobertos por novos flocos. Com a mão direita apanhou um punhado de neve e com ele tentou limpar o sangue e o vômito. Escutou o tráfego na Hardenberg-Strasse, o sibilo úmido dos pneus. Dentro de poucas horas tudo estaria uma monstruosa papa, neve com lama, que se congelaria ao anoitecer. Berlim, uma aldeia na tundra. Como é que ela foi encontrar esse homem?

Foi a pergunta que fez quando ela retornou.

"Num tempo desses a gente os procura. Já sabemos mais ou menos onde eles se enfiam."

"E para quem você ligou agora?"

"Colegas."

Essa lhe pareceu uma palavra estranha naquele contexto. Será que havia pessoas que mantinham um relacionamento com uma soldada do Exército da Salvação? O azul gélido dos olhos dela eram um risco de vida. Daane, deixe disso. Você aí agachado, um negro moribundo nos braços. Tente pelo menos uma vez fazer parte da humanidade.

"Merda", disse o negro em perfeito alemão. "Merda, porra, merda."

"Calma", disse a soldada, e limpou-lhe a boca, também com um pouco de neve.

"Merda."

"O senhor pode ir embora", ela disse. "Foi muito gentil da sua parte. Mas meus colegas não vão demorar, liguei para eles do carro."

Soldados de Cristo, pensou. Sempre há guerra em algum lugar. O homem abrira os olhos, duas esferas ocres, fulgentes de tão injetadas. O mundo como uma série de fenômenos. Quantas dessas epifanias ele terá visto até o final de sua vida? Onde é que tudo terminava?

"Cerveja", disse o homem.

"Pronto, pronto."

Arthur Daane já notara antes que, ao lhe ocorrer algo de extraordinário em seus dias meditativos, ele só era capaz de pensar sobre isso usando clichês, coisas que qualquer outro teria sido capaz de pensar, como por exemplo que o corpanzil negro que mantinha nos braços fora antes uma criança em algum país africano ou, quem sabe, na América — tudo uma bobajada só, que não ajudava em nada. Ficar deitado talvez tivesse sido a melhor solução, morte na neve. Ninguém perceberia nada, quem sabe. Agora seria arrastado pela benevolente soldada a um abrigo qualquer e metido sob a ducha.

Um negro na neve, isso talvez também tivesse sido algo para Caspar David Friedrich. Em todos os seus quadros espreitava um abismo que só mais tarde se descortinava, para o qual o pintor simplesmente ainda não encontrara expressão. Era quando recorria a estranhos crucifixos nos cumes montanhosos e muros arruinados de mosteiros, a monges transformados em morcegos, os anjos bastardos do apocalipse. Ouviu uma sirene aproximar-se, desligar-se num lamúrio. Através da neve, viu o carro com a luz azul. "Aqui, aqui!", chamou a mulher com o chapeuzinho. Ele se levantou com dificuldade. Os dois homens que se arrastavam pela neve pareciam verdadeiros soldados, ele que tratasse de sair. Um rum na esquina, e então rumo ao Gólgota no penhasco. Quem não tem nada a fazer tem de se agarrar àquilo a que se propõe. Via a pintura diante de si. O caráter ambivalente da arte era que ela descortinava o abismo e ao mesmo tempo estendia sobre ele uma ilusão de ordem.

Tomou o rumo da Schiller-Strasse. Havia somente duas cidades que desafiavam assim a pessoa a andar, Paris e Berlim. Claro que isso também não era verdade, a vida inteira ele andara bastante a pé por todo canto, mas ali era diferente. Perguntou-se se isso vinha da fratura que cortava as duas cidades, com o que o passeio a pé adquiria o caráter de uma viagem, de uma peregrinação. No Sena essa fratura era suavizada pelas pontes, e no entanto a pessoa sempre sabia que rumava para outra parte, que uma fronteira fora cruzada, de modo que, como tantos parisienses, permanecia do seu lado do rio quando não havia necessidade de deixar o próprio território. Em Berlim era diferente. Essa cidade sofrera certa vez um derrame, e as conseqüências ainda eram evidentes. Quem ia de um lado para o outro cruzava um curioso ricto, uma cicatriz que restaria visível por muito tempo. Ali o elemento divisor não era a água, mas essa forma imperfeita de história chamada de política, quando as tintas ainda não estão de todo secas. Quem fosse capaz de perceber podia sentir a fratura quase fisicamente.

Ingressou na superfície infinda da Ernst-Reuter-Platz, viu que os elevados postes de iluminação na Bismarck-Strasse ("a única coisa que restou do Speer" — Victor) estavam acesos, de modo que as rajadas de neve que por ali passavam, umas perseguindo as outras, convertiam-se por um instante em ouro. Um calafrio percorreu-lhe o corpo, mas não por causa da temperatura. Fazia quanto tempo estivera pela primeira vez em Berlim? Como estagiário de uma equipe da rádio holandesa NOS, incumbida de cobrir uma convenção partidária no setor oriental da cidade. Algo como aquilo já não era mais possível explicar. Quem não viveu não é capaz de compreender os respectivos sentimentos, e quem viveu não quer mais saber do assunto. Coisas assim existem, anos em que os acontecimentos se atropelam, em que a página 398 já se esqueceu completamente da página 395 e a realidade de alguns anos antes parece mais ridícula que dramática. Mas ainda tinha consciência do frio, da ameaça. Valente, ele se erguera junto com os outros sobre um palanque de madeira para olhar por sobre a terra de ninguém na direção do outro mundo, no qual filmara ainda no dia anterior. Até isso lhe parecia então impossível. Não, sobre isso não se podia dizer nada razoável, e ainda hoje também não. Não fosse pelos marcos de pedra, pelas ruínas, pelos canteiros de obras, pelos espaços vazios, o melhor teria sido descartar tudo como fruto de uma fantasia doentia.

Mais tarde ele voltou com freqüência à imaginária cidade, chegava a se demorar meses. Fizera amigos a quem revia com prazer, em certa ocasião recebeu uma encomenda da emissora berlinense SFB, mas nada podia explicar a razão desse amor secreto justamente por Berlim e não por outras cidades mais agradáveis ou instigantes, como Madri ou Nova York. Devia ter algo a ver com a magnitude, ao passear pela cidade ele sabia exatamente o que queria dizer com isso, sem que pudesse fornecer aos outros uma explicação satisfatória. "Sinto-me pouco à vontade onde quer que eu esteja." Essa frase não lhe saía da cabeça, tão bem era capaz de compreendê-la. Nesse *pouco à vontade* que ele carregava para cima e para baixo escondia-se uma melancolia essencial da qual não se tirava muito proveito, mas no seu caso pelo visto a melancolia se aliava a outro elemento, mais renitente e perigoso, que talvez também se pudesse chamar de melancolia, se bem que uma melancolia das dimensões, das ruas largas, pelas quais exércitos inteiros podiam marchar, dos edifícios pomposos e dos espaços vazios entre eles, bem como do conhecimento daquilo que se pensou e se fez nesses espaços, um acúmulo de movimentos que se implicavam e induziam mutuamente, de movimentos das vítimas e dos algozes, um memento no qual se podia caminhar ao léu, anos a fio. Os próprios berlinenses, provavelmente por razões de sobrevivência, não tinham tempo para tanto. Estavam ocupados em extirpar as cicatrizes. Porém que tipo de reminiscência insuportável a pessoa havia de ter, afinal, para conseguir isso? Ela, reminiscência, sucumbiria ao próprio peso, desabaria, tudo desapareceria dentro dela, os vivos seriam tragados pelos mortos.

Tão ralo se tornara o tráfego na Otto-Suhr-Allee que se poderia pensar que corria agora um aviso de que era melhor ficar em casa. Quase ninguém mais caminhava pelas calçadas, o vento siberiano tinha livre curso. Ao longe ele já entrevia os primeiros aparelhos limpa-neve com seus pisca-alertas neuróticos, de um laranja deletério, e os raros carros também trafegavam com o farol alto ligado. Perguntou-se por que bem agora haveria de pensar numa ilha grega. Isso costumava lhe ocorrer: sem mais nem menos aflorava de repente uma pintura, uma igreja, uma estrada, algumas casas numa costa abandonada. Sabia que já a vira alguma vez, mas não conseguia lembrar onde, como se portasse consigo uma Terra recordada, mas não nomeável, um outro planeta no qual ele igualmente existira, cujo nome, porém, estava extinto. Às vezes, como por exemplo agora, caso se empenhasse ao extremo, conseguia forçar sua memória a divulgar mais que simples enigmas vagos de uma vida que se esforçava por parecer a de um outro e ludibriá-lo.

Na noite anterior ele jantara num restaurante grego, devia ter algo a ver com a música que lá ouvira, e tentou puxar pela memória a melodia dessa música, que acompanhara num sussurro. Tratava-se de um coro, vozes taciturnas, a meio caminho entre a fala e o canto em tom grave, suplicante. O garçom que o servira conhecia a letra e acompanhava a meia voz, e quando lhe perguntara o que ela queria dizer, o homem erguera as mãos e dissera: "Uma história antiga, muito complicada, muito triste", e se afastara, como quem precisasse reincorporar-se às vozes, articulando em alto e bom som na cadência da música, que descrevia círculos pelo restaurante, ora ameaçadores, ora resignados, quase campestre, melancólica, o comentário de um acontecimento dramático que sucedera e que arrastaria atrás de si um eterno pesar. Era isso, agora já sabia, ele vira a costa de Ítaca, a baía de Fórcis, as colinas qual grandes animais sombrios, o mar, que nesse dia não quisera saber de ondas, ônix enganador que rebentaria tão logo nele se pusessem os pés. "Galini", chamavam os gregos essa água imóvel. E agora vinham os demais pensamentos, ele fora, assim o denominava, chamado novamente. Não que algum dia fosse contar para alguém — nem mesmo para Erna, pelo menos não com essas palavras. Ítaca, a sua primeira grande viagem com Roelfje, lá pelo fim dos anos 70, expressão ridícula. Lá no atoleiro do tempo passado. Ela não o chamou, e no entanto o chamou. Ela estava lá em alguma parte, queria dizer algo, queria que ele pensasse nela.

A princípio ele reprimira tais pensamentos como perigosa armadilha, mais tarde passou a travar conversas inteiras com ela, uma forma de intimidade que não poderia ter com ninguém mais e que lhe tirava o fôlego. Ela não fazia isso com freqüência, pensou, mas ainda não o esquecera, ao contrário da Eurídice daquele poema do Rilke que Arno declamara certa vez, no qual ela não reconhece mais Orfeu, que quer resgatá-la do reino dos mortos: "Quem", ela diz, "quem é esse homem?". Mas por que foi se lembrar dela agora e não na noite anterior, ao ouvir aquela música? Quem determinava as ocasiões? E a seguir o outro pensamento, perigoso: será que ele a reconheceria? Mortos não se corrompem, permanecem sempre com a mesma idade. O que se corrompe é a possibilidade de pensar neles como se pensa em alguém vivo. Presente, ausente. Certa vez ela lhe perguntara por que a amava. Ante essa pergunta estapafúrdia, para a qual havia milhares de respostas, só pudera dizer: "Por causa de sua seriedade temperada". Seriedade temperada! E no entanto era aquilo, nessas duas palavras cabiam todas as imagens que ainda possuía dela. Tinha a ver com a seriedade que por vezes se vê nas pinturas do Renascimento italiano, mulheres loiras, que irradiam luz e ao mesmo tempo parecem inatingíveis; a pessoa se assustaria se de repente elas se mexessem.

Mas tais coisas nem eram para ser ditas, e também não se chegava muito longe com esse "temperado". E no entanto era essa a palavra que cabia a ela. É claro que ele ainda lembrava sua resposta, uma resposta em forma de pergunta.

"Um cravo bem temperado?"

"Mais ou menos isso."

Eles tinham se hospedado na pensão Mentor, tinham nadado nas águas frias da baía. Quase não havia outros turistas, jornais estrangeiros não havia; ele imaginara, assim que saíram para passear nas colinas entre oliveiras e pedregulhos, que era possível que nada ali tivesse mudado desde os tempos de Homero, que era capaz de Ulisses ter caminhado por ali e visto o que ele, Arthur Daane, via agora. E claro que o mar estava de um preto vináceo, e claro que o navio no horizonte era o navio do regresso ao lar, e a choupana humilde que lhes foi indicada como a choupana de Eumeu, o divino porcariço, também era tal choupana, claro. Roelfje trazia sua *Odisséia*, e ao sol, numa colina cheia de papoulas e trevos, lera para ele em voz alta.

No colégio Ulisses fora seu herói, e então quando ele ouviu ali as mesmas palavras e os mesmos nomes, ocorreu-lhe o verdadeiro sentido da expressão *génie de lieu*. Ainda que não tivesse sido ali, ali ficava sendo, naquele campo repleto de pedras e muretas semidestruídas, onde o rei que estava de regresso, disfarçado de pedinte, visita o porcariço e mais tarde reencontra seu filho.

Seu filho, em qual agora se acharia ele? Este era o perigo do trato com os mortos. Às vezes eles nos respondiam por um instante, e por um momento era como se pudéssemos tocá-los, mas o instante que se seguia a esse escoava, sumia, não se insinuava mais pelo muro do tempo. Um agora em Berlim e um então em Ítaca, que na condição de agora se esgotara num átimo e portanto o iludira, o agora desse instante se disfarçara como lugar de então, quando lá estavam, por mais que isso tenha ocorrido por força dessa poesia. Ela não lera em voz alta a aventura que antes tanto lhe causara admiração, mas justamente as cenas que se passavam em Ítaca, de Euricléia, que certa vez, ainda jovem, fora comprada por Laertes, o pai de Ulisses, por vinte cabeças de gado. Na noite anterior àquela na qual Telêmaco sai em busca de seu pai Ulisses, ela entra em seu quarto, apanha suas roupas, dobra-as, alisa-as. Podem-se ver as mãos enrugadas da mulher que faz isso, pode-se ver quando ela deixa o quarto, empunhando a maçaneta prateada da porta, e pode-se ouvir o ruído quando ela fecha o trinco. Aquele fora um outro mundo, no qual os criados faziam parte da família. Não era para se ter saudade disso, mas às vezes parecia que, ao partir, os criados também dilaceravam as famílias. Ali, naquele campo, o mundo ainda não se dissolvera, depois de toda morte e declínio e do movimento labiríntico da viagem o poeta finalmente urdira a trama do regresso. Regresso, união, homem e mulher, pai e filho. Arthur reprimiu o pensamento que agora aflorava. Ele depressa aprendera que o sentimentalismo não era a maneira certa de lidar com os mortos. Só com a morte deles chegou a hora em que nada mais podiam, e porque disso não soubessem, não se podia mais falar com eles sobre isso. As leis só existem para os sobreviventes, e isso significava que nenhum Telêmaco seguiria em seu encalço e que melhor seria tratar de saber como lhe viera à cabeça a melodia daquele restaurante grego. E no entanto, um pensamento com o qual se ocupara naquele campo pedregoso, sabia ele agora, jamais o abandonaria: que eles ali, naquela encosta, tinham sido entrelaçados à história, que o poeta os havia incluído — e não apenas seus nomes, mas aquilo que eram. Se Ulisses e Eumeu algum dia existiram, se as suas mãos pousaram aqui nessas pedras, nada disso interessava, o importante era que eles, os leitores pósteros pronunciando as palavras num idioma que o poeta nunca conheceria, haviam se tornado parte de um enredo, ainda que nele não aparecessem. Era isso que tornava mágicos as pedras, o caminho, aquela paisagem, e não o contrário. São os instantes em que o agora se eterniza, em que aquela velha senhora ali com suas cabras é Euricléia e em que ela gostaria de contar mais uma vez como o herói tornou ao lar, como o reconheceu e como vira o filho partir, descendo a trilha que leva ao porto, num dia como aquele, e portanto naquele dia, o dia deles, porque um poema só chega ao fim quando o último leitor o tiver lido ou escutado.

"Calma, Daane."

Isso fora ele próprio ou uma voz que ele ouvira? "Calma, Daane." De todo modo ajudara, o fluxo de pensamento fora interrompido. O que a pessoa recebia de volta eram fragmentos, frações, nunca todo o lapso temporal.

"Assim você acaba se sufocando." Isso foi Erna. E essa outra voz, pertencesse seja lá a quem fosse, trouxera-lhe de volta de Ítaca para a Otto-Suhr-Allee. Um ridículo ponto de ônibus da linha 145 ergueu-se da neve. Dentro da casinha de vidro da parada estava sentada uma senhora a lhe acenar. Ele acenou de volta, mas notou então que o gesto não era um aceno, mas um apelo, e além disso, mais uma ordem do que um rogo. Era muito idosa, talvez já beirasse os noventa. Deveria estar em casa num tempo desses. Noventa anos, era realmente essa a impressão que ela dava. Com uma das mãos se segurava num dos vidros, com a outra se apoiava numa espécie de cajado.

"O senhor acha que o ônibus ainda vem?"

"Não, e a senhora não devia ficar aqui."

"Já estou aqui faz quase uma hora."

Disse isso num tom de quem já tivesse vivido coisas piores. Quem sabe tenha dado vivas no Palácio dos Esportes, ou talvez não. Nunca se sabe. Marido morto em combate no front oriental, casa despedaçada por uma bomba de um Lancaster. Nada se sabia das outras pessoas, salvo que ela devia ter cerca de quarenta anos na época.

"O senhor acha que o metrô ainda está funcionando?"

Tinha uma tênue voz de comando, aguda. Enfermeira no front? Ou quem sabe cabaré nos anos 20?

"Não sei. Podemos tentar."

Para onde a senhora quer ir?, ele deveria ter perguntado agora, mas não perguntou.

"Eu posso levá-la à Richard-Wagner-Platz."

"Ótimo."

Esse é meu dia de operação-resgate, pensou enquanto praticamente a içava da casinha de vidro. Não era longe. Caminhavam o mais rente possível ao Paço Charlottenburg. As enormes pedras negras pareciam a parede de um penhasco. A mão com que ela lhe segurava o braço estava crispada. Com o pé direito ele varria a neve diante dela a cada passo, criando uma pequena trilha.

"Muita gentileza sua."

Ao que não obteve resposta. Fosse ele membro da nova máfia romena, o que teria feito? Mas esses ninguém avistava nas ruas num tempo desses.

"Teria levado embora a bolsa dela." A voz de Victor. Essa neve ocultava toda espécie de fantasmas.

"Que idade a senhora tem?" Isso ele perguntou de verdade.

"Oitenta e nove." Ela estacou o passo para recuperar o fôlego, e então disse: "Mas ficar velha não é nenhum mérito". E em seguida: "O senhor não é alemão".

"Não, sou holandês."

A mão deu uma puxadela em seu casaco. "Fizemos um mal tremendo a vocês."

A mim pessoalmente não, ele quis dizer, mas se conteve. O tema era complicado demais. Não suportava quando os alemães começavam com essa história de culpa, nem que fosse só porque nada se podia retrucar. Afinal ele não era o povo holandês, e de todo modo ela não lhe fizera nada. De todos os países ocupados, nós tínhamos o maior contingente da SS. Mas se ele dissesse isso, também não estaria sendo justo.

"Sou muito jovem", ele disse finalmente. "Nasci em 53."

Ela parou ao lado de um anão de capacete e um rei gigantesco, que apoiava sua espada perpendicularmente ao solo. Um guerreiro.

"Meu marido foi amigo de Ossietzky", disse. "Caiu em Dachau."

Caiu, dizem os alemães quando alguém morre no front. Morreu, caiu. Será que ela disse mesmo isso?

"Tinha a mesma idade que a sua."

"Comunista?"

Ela desenhou um gesto no ar, como se lançasse algo bem longe. Nem bem ele pensara nisso, sabia que não era exatamente verdade. Esse gesto, que nunca mais se repetiria assim, fora bastante contido, mas algo voara para longe, algo que talvez se prendesse a tudo quanto se passou depois da guerra. Jamais haveria uma resposta explícita, e não seria ele a insistir. Meu pai era comunista. Isso ele também não diria. Já estavam quase chegando. Avançou com ela margeando a vitrine de uma clínica de bronzeamento. Uma mulher trajando biquíni amarelo, estampada num compensado de madeira recortado, entregava-se com abandono ao poder do sol. Era bonita, mas ridiculamente bronzeada.

A velha senhora estacou no topo da escada. De baixo subiu o clangor do metrô. Ainda funcionava, portanto. Alguém espalhara cinzas nos degraus. Virtudes civis. Conduziu-a para baixo. Não, ela não precisava comprar bilhete, tinha uma carteirinha da terceira idade. Ele não queria perguntar, mas acabou fazendo. "A senhora sabe que caminho tomar? Quero dizer, com o ônibus a senhora não iria para um lugar diferente?"

"Talvez eu não vá para lugar nenhum, e tomando um desvio também se chega lá."

Nada havia a contestar.

"E depois?"

"Na outra estação eu acho outro como você."

Afastando-se, ela se voltou e disse: "Tudo um absurdo". Ao que riu, e por um breve momento, tão fugaz que não teria sido possível captá-lo com nenhuma câmera, ostentou o rosto que outrora, em algum instante de sua vida, haveria tido. Porém qual instante seria esse, disso ele não fazia idéia. A maioria dos vivos era tão inacessível quanto os mortos. Ele murmurou "Tudo um absurdo", e subiu outra vez para a neve.

No intervalo de um minuto, transformou-se novamente numa silhueta branca. Dachau, Napoleão em Moscou, dois soldados da infantaria de Paulus, Stalingrado, se mudaram para a França, eram mais ou menos esses seus pensamentos ao aproximar-se do Castelo de Charlottenburg, com seus muros cor de baunilha. A mulher da chapelaria apanhou seu casaco como se estivesse lambuzado de fezes. Pela janela dos fundos, podia ver os jardins geométricos. O chafariz redondo, onde no verão as crianças brincavam com seus barquinhos, agora estava fora de uso, uma inconsolável semi-ereção de gelo cinzento pendia oblíqua da abertura metálica. Uma formação de bonecos de neve, esses eram os arbustos de ambos os lados do passeio, que tinham agora de hibernar encerrados em tapumes de madeira. Mais além dessa natureza constrangida à ordem prussiana erguiam-se árvores esguias, feito guardas, entre as quais adejava de um lado para o outro uma nuvem cinza-escuro de gralhas. Aqui ele gravara certa vez uma entrevista com Victor, e foi assim que se conheceram. A entrevistadora não se entendera com Victor. Perguntara-lhe sobre o caráter do povo alemão e no que consistia a diferença em relação aos holandeses, e Victor lhe respondera que a diferença era que os alemães tinham boa circulação sangüínea e os holandeses não, que por sua vez os holandeses tinham enormes problemas lombares, mas também produziam tomates bastante ruins. A moça lançara um olhar de completo desamparo a Arthur e perguntara se ele não podia gravar a cena outra vez. Ele levara o dedo aos lábios e abanara lentamente a cabeça.

"Por que não?"

"Porque não faz sentido."

De soslaio ele vira como Victor se afastara deles e estacara um pouco além, de onde olhava para cima todo esticado.

"Mas por que não?"

"Não acho que ele esteja a fim de perguntas genéricas. Holandeses e alemães, sobre isso qualquer um fala, as pessoas já estão até as tampas com esse assunto."

"Olha só", disse Victor nesse instante, seis anos atrás, "está vendo as figuras lá em cima, no beiral?"

Lá no alto, aéreas e dançantes, erguiam-se figuras femininas de seios desnudos e trajes folgados, pela aparência ciganas. Nos braços seguravam atributos representando as artes liberais, compasso, uma lira, uma máscara, um livro. A distância era grande demais para a filmagem, em vez disso filmou Victor, que mantinha as mãos diante do rosto.

"Elas não têm rosto, está vendo?"

"Alguém arrancou? Foram os russos?", perguntou a entrevistadora.

"Os russos não estiveram aqui, querida, as figuras foram feitas assim. Cones sem olhos. Como em De Chirico. Quem representa algo não precisa de rosto, é isso que se vê aqui."

O lugar em que Victor dissera isso ficava a poucos metros do ponto em que Arthur se achava agora. Sempre o passado. Claro, algo assim não significava nada, e a bem da verdade também não era melancólico. Se tudo corresse bem, veria Victor no final da tarde, logo não se tratava disso. Mas então do quê? De um momento insignificante, uma cena de uma das muitas de suas entrevistas, se fosse guardar tudo isso acabaria louco. Victor estragara essa entrevista de propósito, era evidente. Na verdade se tratava de por que se lembrava daquele instante em que se percebe pela primeira vez algo do caráter de um outro. "Mesmo assim gostaria de lhe fazer umas perguntas sobre a relação entre os holandeses e os alemães. Afinal, foi isso que me pediram. A idéia da unidade alemã, de uma Alemanha nova, grande, é para muitos holandeses bastante ameaçadora..." "Que coisa", disse Victor. "Não acha esquisito, nenhum rosto e no entanto uma máscara?"

Como era possível que sua lembrança sacudisse agora a neve, ligasse o chafariz, fizesse as árvores florescer? Com exceção do sonoplasta, os três usavam roupas de verão. Só da moça ele não conseguia mais se lembrar. Logo, ela não tinha rosto. Mas e quanto a Victor, que sempre banira qualquer emoção de seu rosto? O lugar vazio lá fora, na neve, ali onde agora não estavam mais, despertara-lhe essa conversa estival. Era sempre assim, um mundo cheio de lugares vazios nos quais a pessoa se apresentava em várias constelações — conversas, escaramuças, amores —, e em todos esses lugares vazios vagava seu espírito, um duplo invisível, já sem préstimo, que seria incapaz de preencher esses espaços com um único átomo, uma presença anterior que se tornara agora uma ausência e mesclava-se nesse lugar com a ausência de outros e mais outros, um reino de desaparecidos e mortos. Morta estava a pessoa quando não se lembrasse mais nem sequer de seu próprio desaparecimento.

"No céu, um milhão de almas cabe numa caixa de fósforos." Provérbio de Erna.

"De onde você tirou isso?"

"Da minha mãe." A mãe dela se casara três ou quatro vezes, e Erna lhe perguntara qual de seus maridos ela mais gostaria de ver após a morte.

Depois que a entrevistadora e o sonoplasta se foram ("Bom, muito obrigado, as pessoas de Hilversum vão pular de alegria"), Victor levara Arthur ao mausoléu que fica no parque atrás do castelo.

Primavera, cães em polvorosa, um violinista que tocava de costas para uma orquestra mecânica, encarcerada num amplificador a seus pés. ("Homens e mulheres bem pequenininhos, e nunca mais eles saem de lá. Um lodaçal de luxúria e incesto. Por sinal, o senhor não toca nada mal.") Victor com uma vistosa jaqueta de couro, que o cingia feito cetim. Dessa vez um lenço azul, com um chorrilho de pingos brancos. Lou Bandy.* ("Você faz idéia de quem foi ele?") "Eu quero lhe mostrar uma coisa. Entre na rubrica 'Lição de vida'. Não chore."

Lou Bandy, era de fato um milagre que ele ainda se lembrasse. Alguma vez no passado, antigas filmagens. Como nos documentários de então, aquelas vozes notavelmente agudas, como se antes as pessoas tivessem outras vozes, agora extintas. Victor conhecia todas as músicas dele.

"Estou é gamado/ numa massagista/
Ela é uma graça/ ela é uma artista/
Se me dói a gota ou a artrite também/
Aí é que ela esfrega/ que esfrega o seu bem/
E o alívio é geral/ não peço outra vida…

Os anos 30. E depois da guerra o gás, ele não pôde suportar a decadência. Mas, outrora, sempre com um lenço no pes-

---

* Lou Bandy, famoso artista de revista na Holanda dos anos 30.

coço, ah sim. E brilhantina, não? Gumex. Cabelo lustroso. Também não existe mais."

Filmara tudo, agora sem som. Victor podia não só lançar olhares inexpressivos, podia também caminhar com desprendimento, quase como um robô, e foi assim que caminhou à frente dele, pelos fundos do castelo, como se fosse a coisa mais normal do mundo que uma câmera o seguisse. Fazia tempo que ele não via esse filme, mas se lembrava de uma tomada com gerânios, escarlates, de longos caules, amarrados a estacas, como se não se tratasse de flores corriqueiras, mas de algo bastante raro, algo arquitetado, cenário para sonhos ruins. Victor dobrou num atalho, em cujo extremo havia, diante de uma espécie de templo, duas bacias de mármore, ladeadas em semicírculo por altos arbustos de rododendros, o violeta doía nos olhos. O templo propriamente dito estava fechado. Portas de bronze, colunas dóricas de mármore, o farfalhar das árvores altas.

"Ela está deitada ali", disse Victor sacando um cartão-postal, como num passe de mágica. Mostrava uma mulher jovem. Arthur o encarou, mas no rosto de Victor não se lia nada. Será que de repente ficara sentimental, ria-se dele ou o quê? Não sabia como reagir. Era uma bela mulher, mas tinha também algo de aparvalhada. Uma veste branca que lhe caía com folga, atada com um laço azul-claro abaixo dos fartos seios cor de creme. Victor lhe estendera o postal com tamanha insistência que ele pusera a câmera no chão. A mulher tinha um olhar de quem queria algo, disso não havia dúvida. Sob um diadema cravejado de pedras preciosas brotavam pequenos aneizinhos de cabelo, o creme dos seios e do pescoço tingira-se de rosa nas faces. Um nariz retilíneo, orelhas muito miúdas, os lábios de um rosa mais saturado, ligeiramente vincados na comissura da boca. O mais estranho eram os olhos, porém. O azul correspondia às pedras do diadema e à cor da capa, que parecia escorregar dela, um convite. Eram bem afastados um do outro, esses olhos, graúdos, quase sem cílios.

Virou o postal. Rainha Luísa da Prússia, 1804. Joseph Grassi. E eu com isso?, pensou Arthur. "Você sempre carrega esse postal?"

Ainda não sabia que esse era o modo de Victor testar outras pessoas, pelo menos quando pensasse valer a pena.

"Não", disse Victor. "Vim aqui por causa de vocês. E sempre dou uma passada para vê-la quando estou por perto. Tenho amigas no mundo inteiro. Elas sempre ficam contentes quando me vêem."

Nenhum traço alterado em seu rosto.

"Esse postal eu comprei para você. Não sou ciumento. Não faz meu gênero." Arthur ainda não sabia como reagir.

"É de se perguntar o que restou dela", disse Victor indicando a sepultura. "Não deve ser muito agradável, acho. Ressequida, provavelmente. Uma pena. Nada permanece. Agora imagine só se ela não tivesse sido retratada, a gente nunca a teria visto."

Arthur contemplou o cartão-postal e mais tarde, depois de entrarem, a pintura. Teve de reconhecer que havia algo mais nela. Não possuía apenas um inconfundível apelo sexual, mas parecia também que a mulher queria sair do quadro, como se não suportasse a moldura. E aquela fivela em seu ombro estava ali obviamente para ser aberta, tal como aquele laço também poderia ter sido desatado com um único movimento. A sugestão que emanava do quadro dizia que a mulher não veria nisso mal algum. Mas talvez fosse somente a volúpia do pintor, que sabia poder contar com a volúpia do espectador. Ela não desgrudava os olhos do espectador, aí é que estava a pungência da coisa.

"E o quadro nem é tão bonito assim", disse Arthur.

Victor fez de conta que não tinha escutado. Sua cabeça avançara para bem próximo da tela. Só nos filmes antigos a pessoa usava um penteado desses, pensou Arthur. Fred Astaire. Cary

Grant. Impecável, essa era a palavra. Um cabelo daqueles não se desalinhava.

"Um cordeirinho indefeso. Tais mulheres não existem mais. Não conheço mais nenhuma mulher que olhe assim. Um tanto desconcertante. Esse olhar se extinguiu. Veja só. O mundo todo choraminga por uma salamandra qualquer ameaçada de extinção, mas de gestos ninguém fala. A nossa volta se extingue muita coisa, você devia pensar sobre isso, com a sua câmera."

"Não faço outra coisa."

Não, isso ele não dissera. Ainda não. Escutara.

"Você pode imaginar o jeito como essa mulher caminhava?", disse Victor. "Não, isso você não pode. Atrizes bobalhonas, numa peça histórica, bem que tentam. Outro dia ainda vi algo de Kleist. Roupas não se extinguem, o sujeito pode conservá-las ou imitá-las, isso não é problema. Mas o movimento dentro dessas roupas, este se extinguiu. O tecido cai diferente, se o movimento é outro. Essa mulher nunca poderia ter usado um biquíni. Não tinha *allure* para tanto, isso ainda não tinha sido inventado."

"Mas então quem inventou?"

"Ah", disse Victor, "o tempo. Ou o capitalismo, dá no mesmo. Mulheres com profissão, o processo do trabalho, carros, jeans. E as minissaias, mulheres feito mocinhas, bastante curioso. Fumar, enfartes. Depois se extingue algo assim, um olhar semelhante. Talvez não houvesse mesmo outro jeito. Observe bem, mais uma vez. É um quadro ardiloso."

Curvou-se, a centímetros do seio direito perfeitamente redondo.

"Pergunta de escultor: onde você acha que está o mamilo?"

"Aqui", disse Arthur apontando o lugar. De imediato disparou o alarme, estridente, um guarda de uniforme azul chegou correndo e esbravejou algo num alemão em *staccato*, que ele não entendeu.

"Seja como for, isso ainda não se extinguiu", disse Victor.

"Eu bem que disse, um quadro ardiloso."

Antes que o homem os abordasse, já se voltara para ele, curvando-se ligeiramente, rosto profundamente compungido. "Meu amigo é inexperiente. Nunca vai a museus. Vou cuidar para que isso não se repita." E quando o homem foi embora: "Mas o lugar estava correto. Matematicamente correto, para não dizer biologicamente, porque para isso não temos fundamento. Bem macio, bem rosa, quase como um rubor. Por sinal também já não existe, é mais ou menos o contrário do que se vê nas praias de nudismo, essas uvas passas desabusadas. Vento e intempérie. Ou verdadeiros botões, como a mutação para a mulher mecânica".

"Mas afinal o que você está querendo dizer agora", perguntou Arthur, "formas passadas de submissão, disponibilidade, ou o quê?"

"Não sei se estou querendo dizer alguma coisa", disse Victor. "Talvez só o passado. Aliás, a disponibilidade hoje é maior, como dizem."

Isso por sua vez suscitava novas perguntas, que Arthur, porém, não queria fazer. Afinal, ainda não conhecia aquele homem. No dia seguinte, filmou no ateliê de Victor — ameaçadores objetos de pedra, maciços, compactos, pedraria vermelha que dava sensação de aspereza ao se correr o dedo por cima. Em nada se pareciam com o seu criador, e com o passado não tinham absolutamente nada a ver, a menos que fosse um passado exterior ao tempo, antes que se começasse a contar em anos, objetos sagrados de um povo desaparecido. Era impossível que um homem assim tivesse criado aqueles objetos. Arthur lembrava uma espécie de cavalo que parecia feito de rocha magmática, com a cabeça pendente, como se estivesse prestes a morrer. Sem cauda, sem cascos, mais sugeria do que era um cavalo. Pela cor enegrecida, a pedra tinha algo de sagrado, um ídolo da pré-história.

Foi o que disse, e Victor o olhou como se olha uma criança pequena que diz cocô e xixi.

"Você não é nenhum especialista em arte, espero."

Isso foi antes, sempre antes, antes. Agora podia escolher, à esquerda para os aposentos reais ou à direita, onde ficavam os Friedrichs. Viera, afinal, por causa deles. Se fosse para a esquerda, poderia rever o quadro de Luísa. Era uma afronta como os quadros permaneciam eles mesmos no correr dos anos. Sabia exatamente o que iria sentir, e não queria isso. Não quisera dizer, antes, e provavelmente era mesmo bobagem, mas no fundo do peito pensara que Roelfje talvez caminhasse do mesmo modo que essa mulher. Timidez era a palavra apropriada. Timidez, parecia que essa palavra, agora que a pronunciava, nem sequer existia mais. "Está em extinção", dissera Victor. "Só é encontrada em reservas."

"Quais, por exemplo?"

"Ah, nos *lieder* de Schubert. Mas é preciso ler as notas e imaginar como soavam então."

"Mas eles não são cantados até hoje?"

"Não do mesmo modo. Leia um livro da Jane Austen. Lá você ainda encontra: timidez."

A custo desprendeu-se da janela. O céu já ficara quase todo negro. Em Berlim parecia escurecer antes que em outros lugares. Não era ainda nem uma e meia. E no que dizia respeito ao quadro e à possível semelhança, claro que não se tratava só de timidez. Havia ainda a provocação, mesmo que fosse apenas sugerida ou não passasse da volúpia do espectador do século XX, que da timidez não fazia mais idéia. Sua mulher parece uma daquelas virgens bestalhonas da Bíblia, alguém lhe dissera uma vez,

46

mas se pensasse nisso estaria de volta a Amsterdã, e lá realmente não queria estar agora. À direita, pois, Caspar David Friedrich. O dia era perfeito, pensou. Mas aí é que se enganava, e justamente por esse motivo. O céu atrás das vidraças, cada vez mais sombrio, combinava às maravilhas com os quadros em razão dos quais ele viera. Dirigiu-se a eles como quem tivesse sido enviado, porém ao mesmo tempo sentiu no corpo uma força que se opunha. Por que diabo quisera ir até lá? Este era um universo com o qual não tinha nada a ver, e que irradiava com enorme força.

Um idiota igualzinho a mim, pensou diante do quadro *Monge à beira-mar*. O que fazia ali naquela paisagem desolada? Expiava pecados, lamentava-se em solidão? Esses delicados traços brancos sobre a água revolta, de um verde soturno, seriam gaivotas? Cristas de ondas? Reflexos luminosos? O homem tinha um corpo notavelmente recurvo, era claro que sua vontade, assim como a do homem a observá-lo de um abismo de duzentos anos, não era estar lá. No que pensava o sujeito para pintar um quadro desses? A duna de areia era tão branca e fina que parecia neve, o horizonte um traço reto, sobre o qual se avizinhava um destacamento de nuvens, uma barricada que excluía qualquer plano de fuga. E a mulher que ele quisera rever, a figura resplandecente em sua memória, como é que ela fora parar nesse cume? Isso era mesmo, no sentido mais próprio da palavra, uma exaltação. O fino craquelê a mantinha presa, uma borboleta numa rede. Será que alguma vez quiseram destruir esse quadro, nem que fosse só pela insuportável falta de ironia? Atração, repulsa, tinha inapelavelmente algo a ver com a alma alemã, seja lá o que isso fosse. O anseio de Wilhelm Meister, Zaratustra, que termina aos prantos pendurado ao pescoço de um cavalo de coche, os quadros de Friedrich, o duplo suicídio de Kleist, os chumbos de Kiefer e os cânticos druídicos de Strauss — tudo isso parecia guardar um nexo recíproco, um torvelinho obscuro no qual não havia espaço para gente de uma terra com pôlderes. Mas então no que consistia o fascínio? No quadro seguinte, podia-se ver uma abadia abandonada num bosque de carvalhos, sob um céu infausto.

"Você se esqueceu de Wagner", dissera Victor ao conversarem a respeito. Quase todos os anos Victor ia a Bayreuth.

"Você pode imaginar um Wagner inglês? Um Nietzsche holandês? Os holandeses não teriam sabido para onde olhar. Aja com normalidade, você já é louco o bastante."

"Isso também vale para Hitler."

"Exato. Esse se esgoelava e tinha um bigodinho cômico. Esse tipo de coisa não agrada ao vizinho. Nós temos uma rainha que anda de bicicleta. A vida doméstica de Hitler não era para ser fuçada. Isso a gente não gosta. A gente quer saber se a senhora Hitler já passou aspirador. É bem como você diz, a Holanda, um país sem montanhas. Superficial, né? Sem montanhas, sem cavernas. Nada a esconder. Sem nódoas na alma. Mondrian. Cores puras, linhas retas. Túmulos, diques, pôlderes. Nada de abismos, nada de grutas."

"Às vezes é melhor sem."

"Isso é lugar-comum. E além do mais, as trevas vêm de brinde nisso. E sempre existiu antídoto suficiente."

"Não durante a República de Weimar."

"Vamos repassar outra vez a história mundial? Você lembra o que o Hein Donner* disse? A Holanda tinha que se ajoelhar e agradecer a Deus pelo fato de a Alemanha ter se *disposto* a anexá-la na Segunda Guerra Mundial — nem que fosse só para finalmente nos tirar do século XIX. E por mais heróicos que os holandeses afirmem terem sido, a maioria não foi. Dois tipos de

---

* Jan Hein Donner (1927-88): grande mestre de xadrez e publicista holandês.

pessoa que eu não suporto: holandeses que, só por terem se engalfinhado quatrocentos anos sem parar, pensam que inventaram a democracia, e alemães que só fazem andar de cima para baixo se penitenciando. E caso você queira agora perguntar: sim, existe culpa. Mas não daqueles que não fizeram nada."

"Se eu entendi bem, então no fundo eles foram atropelados pelos acontecimentos?"

"Nós todos fomos atropelados pelos acontecimentos. Mas isso está virando uma conversa de verdade!"

"Um Voltaire ou um Cervantes bem que teriam sido úteis."

E com isso haviam tornado ao ponto de partida, à ironia, ou melhor, à sua ausência. Junto com os judeus, também a ironia sumira da Alemanha. Depois disso ficaram outra vez sós, algo assim não era de se invejar. Ironia, distância, atmosfera necessária, mais ou menos sobre isso versara a última frase, e depois só mais duas palavras de Victor. "Chatice, né?"

Fitou mais uma vez a abadia. Restara ainda um pedaço de muro com uma janela gótica alta através da qual brilhava uma luz que não podia emanar da pequena lua. Ruínas, sepulcros tombados, árvores nuas, bizarras como espectros, luz metafísica, uma cruz erguida de través sobre um túmulo, tudo se encaixava. Os ermos, as trevas, o território de caça da alma germânica que agora finalmente, ao final deste século alucinado, chegara ao término da caçada. Se isso vinha da nova clareza do pensar, do desengano com a derrota, do duplo castigo da divisão ou muito simplesmente, a exemplo de outros lugares, vinha, em última instância, do triunfo do dinheiro — isso ele não sabia.

As pinturas das salas seguintes eram de indizível filisteísmo. Entardeceres acobreados, bosques hospitaleiros, cachoeiras rumorejantes, mulheres cândidas, cães que amam seus donos, o mundo sem pecado original. Não havia como negar: Friedrich tivera pelo menos um presságio. Nesse sentido, Victor talvez tivesse razão. Arte sem premonição não é nada. Se precisava ser inculcada desse jeito na pessoa, isso eram outros quinhentos, mas havia algo como o poder das trevas.

"Mesmo porque talvez não se consiga chegar a nada exclusivamente com ironia."

Não, não fora Victor que dissera isso. Consultou seu relógio de pulso. Duas e meia. Sem ter idéia do que faria agora, tornou à chapelaria. Nas janelas da ala sul, viu passar novamente um enorme aparelho limpa-neve. O pisca-alerta laranja parecia querer atear fogo aos flocos que o fustigavam.

Thomas. Não havia defesa contra os mortos, por menores que fossem. A primeira vez que vira neve. Nem três anos devia ter então. Acordaram-no e foram com ele ao jardim, para lhe mostrar o portento. Mas ele berrara e chorara e estreitara o rosto contra a pele de Roelfje. Arthur ainda lembrava perfeitamente que exclamara: "Não pode, não pode!". Já fazia tanto tempo, e no entanto ainda podia ouvi-los, esses sons agudos, estridentes. O que o espantava. Como é possível que rostos sumam lentamente, retraiam-se, não queiram mais ser vistos, e que uma única frase seja preservada incólume como ruído ao longo de todos esses anos?

Para fora, e rápido. A neve caiu sobre ele, nos cabelos, nos cantos dos olhos. Tirou do rosto os cristais úmidos e ergueu a vista. Assim devia ser. Victor tinha a sua amante pintada, ele o seu anjo dourado. Lá dançava a figura angelical, no alto da cúpula sobre a esfera terrestre, álgida, os dourados seios desnudos açoitados pela neve. Talvez ela pudesse ver a irmã dela, o anjo da paz sobre a grande estrela, também de ouro. Mulheres que corporificavam algo, fosse a paz ou o triunfo, eram sempre arredadas para o mais alto e o mais longe possível.

O que não deixa de nos espantar é que vocês se espantem tão pouco. Somos apenas o acompanhamento, mas se fosse para nós mesmos vivermos direito, guardaríamos mais tempo para a meditação. Uma das coisas que não conseguimos entender é como vocês se ajustam mal a sua própria existência, sem pensar sobre o assunto. E que se instruam tão pouco sobre as infinitas possibilidades de que dispõem. Não, fiquem calmos, não vamos interromper essa história com muita freqüência. Quatro, cinco vezes no máximo, e sempre com toda a brevidade. Deixem conosco. Enquanto isso podemos muito bem segui-lo. Os ônibus ainda não circulam. Ele acabou de ver outro aparelho limpaneve chegando da Spandauer-Damm. A máquina vai abrindo alas, agora ele a segue, como se serviçais lhe varressem o caminho. A neve acumulada à esquerda e à direita constrói um muro a seu lado, ele caminha numa trincheira alva. Mas o que queríamos dizer é o seguinte: vocês são mortais, não há dúvida, porém o fato de que possam refletir com esse minúsculo cérebro sobre a eternidade ou sobre o passado e que dessa maneira, com o espaço limitado e o tempo limitado que lhes é dado, possam abranger espaço e tempo tão imensos — aí reside o mistério. Vocês colonizam pedaço por pedaço, se assim o querem, épocas e continentes. Vocês são os únicos seres em todo o universo capazes disso, pelo simples fato de pensarem. Eternidade, Deus, história, tudo é invenção de vocês, é tanta coisa que acabam se perdendo. Tudo é autêntico e ao mesmo tempo ilusão, é de fato um peso viver assim. E como se não bastasse, vocês têm ainda esse passado que não pára de se transformar, com o qual o presente os importuna. Heróis que na geração seguinte voltam a ser criminosos, essas coisas, como se o tempo explodisse sem parar atrás de vocês. Vocês têm de se opor ao fluxo do tempo para experimentar algo mais, e simultaneamente têm de seguir adiante. Eis por que nunca chegam a lugar algum. E quem somos nós? Digamos, talvez, o coro. Um foro que registra, capaz de enxergar mais adiante que vocês, mas sem o poder de possuir, embora talvez o que ocorra seja que aquilo que seguimos só nasça por meio de nosso olhar. Pois bem, lá está ele agora na Richard-Wagner-Platz, junto à estação de metrô na qual deixou poucas horas antes a velha senhora. Nesse meio tempo ela morreu, e o negro também não passa bem. Aquele homem que vai ali atrás do aparelho limpa-neve não sabe disso. Isso faz parte das limitações de vocês, e talvez seja mesmo melhor assim.

No instante em que Arthur Daane descia as escadas para o mundo inferior, ouviu lá fora a sirene de uma ambulância, uma verdadeira fanfarra. Lá embaixo estava quase aconchegante, ele adorava a meia-luz do metrô, os trens que chegavam zunindo feito um trovão estrondeante e expediam vento frio a sua frente. O que mais gostava, porém, era a comunidade anônima, os olhares com que as pessoas se mediam mutuamente, o espaço defensivo que cada qual queria criar a sua volta para daí, a partir desse entrincheiramento, proceder à sondagem, à catalogação e ao veredicto. Os leitores secretos, os tipos lúbricos que despiam os outros com o olhar, o racista, o fedelho autista com seu walkman, cujo bate-estaca se ouvia nos recessos mais afastados... Era só sentar e esperar tempo suficiente que todos apareciam.

"Minha família", dissera a Erna quando ela o visitou em Berlim.

"Que coisa mais patética." Erna não tinha papas na língua.

"Quer que eu procure um pai ou uma mãe para você?"

"Não, esquece."

Desde essa época, ele sempre olhava ao redor para saber se via um pai ou uma mãe. Foi assim que já tivera um pai turco, uma irmã angolana, uma mãe chinesa e naturalmente inúmeros parentes alemães.

"E namoradas?"

"Já, mas então a coisa fica séria."

"E quais são seus critérios?"

"Meu último irmão lia uma novela do E.T.A. Hoffmann, minha última mãe era de Berlim Oriental."

"E ela não lia nada?"

"Não, só chorava e tentava fazer com que os outros não percebessem."

Dessa vez não havia nenhum pai à volta. Fez baldeação na estação Bismarck-Strasse. Na verdade, queria ir ao Museu Histórico, mas dois museus no mesmo dia era demais. E além disso, Berlim inteira era um museu histórico. Não, iria ao Einstein para beber um vinho quente. Só agora se dava conta de quanto estava gelado.

No Einstein, os alemães tinham virado europeus. Esse ambiente podia muito bem ser trocado por um café na Place Saint Michel ou pelo Luxembourg em Amsterdã. As pessoas que o freqüentavam pareciam figuras de anúncio, tal como ele. Talvez tivessem também parentes no metrô, quem sabe. Do contrário não estariam sentadas ali. As garçonetes eram mocetonas loiras, com aventais que quase roçavam o chão. Jornais do mundo inteiro, em prendedores de madeira compridos. *Le Monde, Corriere della Sera, Taz.* Concomitante à sua, outra mão agarrou o *El País*, mas a sua chegara antes. Ele fora mais rápido, e ela ficou furiosa, não dava para não notar. Olhos faiscantes. Fisionomia berbere. Esse pensamento fora tão misteriosamente correto que só mais tarde ele se deu conta de que pensara isso. Estendeu-lhe o jornal, mas ela fez que não com a cabeça. Portanto, não se tratava do jornal, mas do momento do atraso, da perda. Ela apanhou o *Le Monde* e desapareceu num canto do bar. Ele, por sua vez, achou um lugar à janela. Não eram nem quatro da tarde e já era quase noite. "O povo que vaga nas trevas." De onde vinha isso? Seriam os infiéis? Ele não era nenhum Arno, este sabia sempre de tudo. Tomar nota, hoje à noite perguntar. Mas na hora ele esqueceu. Aquele rosto que o encarara com tamanha raiva, que rosto era aquele? Uma cicatriz no zigoma direito. Na mão, por sinal, também havia uma cicatriz, naquele curioso intervalo tenro, em que não há osso, entre o indicador e o polegar. Leito de penas, chamara-o Victor certa vez. Ela esticara a mão e com isso distendera a cicatriz, luzidia, uma outra pele, mais clara. A cicatriz no rosto era mais atroz, alguém pressionara firme seu dedo contra o zigoma para nele gravar seu sinal. Por um momento, refletiu se deveria levar-lhe o jornal, mas isso era bobagem. Se não o tivesse fitado com tanta raiva, agora ela estaria lendo *El País* em vez de *Le Monde*. O país ou o mundo, espanhol ou francês. Alemão não, em todo caso, não com aquele rosto. Alguém que não suportava perder. Melhor esquecer, ler o jornal. Escândalos, corrupção, González, ETA, ele não estava com cabeça para a coisa. Será que ela era espanhola? Não parecia, mas isso não dizia nada. Seja como for, não era uma personagem de anúncio, personagens de anúncio não tinham cicatrizes. Hoje em dia, metade do gênero humano não parecia como devia parecer. Judeus pareciam alemães, holandeses pareciam americanos, isso para não falar dos espanhóis com seus celtas, judeus, mouros. Mouros? Fisionomia berbere fora a primeira coisa que lhe viera à cabeça, afinal de contas. Mas agora ele precisava realmente se concentrar na leitura do jornal. Países eram jogos sociais, conhecendo-se as regras, podia-se jogar de olhos fechados. As regras que valiam para os alemães ele tentava ainda assimilar, as para os espanhóis já conhecia. Não bem o suficiente, mas mesmo assim. A pessoa as conhecia pelo menos um pouco quando sabia exatamente como era organizado um jornal, ou quando podia captar as nuances dos mais recentes escândalos de corrupção, e na Espanha eles tinham adquirido uma complexidade bizantina. Generais que lucravam com o tráfico de drogas, o comandante foragido da Guarda Civil, capturado no Laos com documentos falsos, ministros que enviavam esquadrões da morte para o exterior, redatores-chefes filmados na arapuca de seus excêntricos desejos, e de resto só dinheiro, vil e fétido dinheiro por tudo quanto era canto, uma camada de fezes de mentira e egoísmo, com a qual, aliás, ninguém parecia se admirar. Talvez fosse mesmo essa a razão pela qual ele amava a Espanha: porque toda essa loucura parecia fazer parte do dia-a-dia. O que era bobagem, mas mesmo assim. Uma vez, aos vinte e poucos anos, fizera ali algumas reportagens turísticas na condição de jovem câmera. O de sempre, a semana santa em Sevilha, a Costa Brava, todos os lugares para onde acorriam milhões de holandeses, Torremolinos, Marbella. Por intermédio dessas viagens, captara um vislumbre do que realmente o interessava, cidades que haviam preservado uma existência própria altiva, que nada tinha a ver com a liquidação em curso no restante do país, ilhas de pedra na planície seca, dura, de Castilha e Estremadura, isso o fascinara, como se lá estivesse conservado algo que pertencesse a sua própria essência e que só então ele descobrira. Depois disso, quis a todo custo aprender a língua e aceitava qualquer serviço que o levasse de volta para lá. Havia alguns anos, alugara um pequeno apartamento na Plaza Manuel Becerra, na boca-do-lixo de Madri, um conjugado que dividia com Daniel García, o que convinha a ambos, porque Daniel, um cineasta nicaragüense que fora gravemente ferido em Angola e após anos de reabilitação começara a trabalhar de novo como fotógrafo, também viajava regularmente a Amsterdã e Berlim. Arthur usava Madri como ponto de partida para viajar pelo país. Apresentara à WDR um projeto para o qual sugerira

Arno Tieck: mosteiros na Espanha. Esse projeto estava encalhado fazia mais de um ano, aos poucos aquilo ia ficando igualzinho à Holanda. Tudo o que parecesse difícil e durasse mais de vinte minutos era suspeito. Nada de dinheiro, nada de interesse. "A quem isso interessa, afinal? Hoje em dia, nem vinte por cento das pessoas vão mais às igrejas, e quantas dessas ainda são católicas? E convenhamos... mosteiros? Se pelo menos você quisesse fazer algo sobre os mosteiros zen..."

Levantou-se para ir ao banheiro e deu uma volta para passar pelo bar. Ela ainda estava sentada lá, a quintessência da concentração. Agora ele viu como sua pele era pálida. Ela tinha o jornal bem a sua frente sobre a mesa, ambas as mãos acima das orelhas, os punhos cerrados no cabelo curto e preto, espetado feito arame. Parecia rijo ao tato. Quando passou por ela no caminho de volta, ela não se mexeu.

Imaginou se ela o tomara por um espanhol. Na verdade, seria natural que um deles tivesse dito algo. Afinal, eram conterrâneos no estrangeiro, e ainda por cima numa cidade que parecia ilhada pela neve. Mas se ele não era espanhol, ela também não precisava, afinal, ser espanhola. E depois, ele nunca fora capaz disso, puxar conversa com estranhos.

"Estranhos não, Arthur, estranhas." Essa era Erna, tão certo quanto dois e dois são quatro.

"Mas eu não consigo."

"Por que não?"

"Imagino sempre que *eu* sou essa mulher e que de repente chega o chato de um homem e me conta uma lorota qualquer, embora só esteja pensando em trepar."

"Se for assim, você tem razão."

"E se não for?"

"Aí ela logo percebe. Depende do que você disser."

"É que eu sou muito tímido, só isso."

"Tá bom, digamos que seja. Roda o mundo inteiro e é muito tímido para se dirigir a uma mulher. Você tem é medo de passar ridículo. Pura vaidade. Mas não sabe o que está perdendo."

"É possível."

Folheou o jornal. Num artigo sobre o ETA, havia uma foto que já vira certa vez. Um carro consumido pelo fogo, um cadáver estirado no banco da frente, a cabeça jogada para trás, pendente na direção da rua. Graças ao preto-e-branco da foto, a poça de sangue na calçada se convertera em alcatrão. O rosto de um homem na casa dos cinqüenta, a boca entreaberta abaixo do impecável bigode. Que fora aparado naquela mesma manhã. Um oficial do exército em seu dia de folga. Mas o ETA jamais tirava um dia de folga, sobre quem morasse nessa região pairava continuamente o destino. A vítima de número tal deste ano, mais outra para o grande livro, poderia ser acrescentada com facilidade a todas as outras e desaparecer na abstração do livro como parte de um todo. Num livro posterior a esse, todas elas juntas talvez compusessem então uma única cifra. Fixou a vista nos rostos dos circunstantes. Sabiam exatamente como se portar numa foto dessas, ali havia o dedo de um diretor. A senhora aqui um pouquinho para a direita, a criança que puxa o casaco do pai com uma mão que mais parece uma garra, um pequeno passo à frente, e em todos esses rostos assombro, raiva, pesar, aflição, impotência. A máquina da história funcionava com o sangue e o suplício da carne humana, tanto nessa foto espanhola quanto na cidade em que agora se encontrava. Olhou para fora. Por um breve instante, parara de nevar. Ninguém filmaria agora, para ele naturalmente um motivo a mais para fazê-lo. Se agora fosse rápido para casa e apanhasse sua câmera, ainda poderia fazer umas tomadas no canteiro de obras na Potsdamer-Platz. Na academia de cinema, fazia muito tempo, primeiro caíam na gargalhada quando ele chegava com tais imagens, e mais tarde as proibiram terminantemente. ("O filme é pensado para ser visto, Daane. Se você pretende se especializar em meia-luz — fique à vontade, mas não me venha aqui com uma coisa dessas, e mais tarde, na televisão, muito menos.") O que era verdade, com exceção de umas poucas vezes, e essas é que importavam. No início, ele ainda se defendera. ("Se não se filma por essa razão, uma parte essencial do dia é excluída." "Pode até ser, Daane, mas há meios técnicos para mostrar ou sugerir essa parte do dia, e esses você insiste em não usar. Afinal, você não se senta para ler no escuro, ou senta?")

Mas filmar não era ler, e assim essas horas entre noite e dia e também aquelas, tão outras, entre dia e noite viraram sua especialidade, junto com todos os matizes de cinza delas derivados, incluídos os da semi-invisibilidade. O mais atraente, pensava, era quando esse cinza tinha a cor do filme, o brilho misterioso do celulóide. Negrume que lentamente parecia efluir da terra ou nela sumir novamente, e nesse negrume todas as formas de luz possíveis, a do sol poente ou nascente, sobretudo se ele não fosse mais visto, porque só então se tornava algo fascinante. Refletores, o olho irradiante das gruas sobre um canteiro de obras, luminosos de néon numa rua deserta, pisca-alertas laranja ou azuis-gelo que, filmados em preto-e-branco, conservam a respectiva tonalidade, o rasto luminoso de trens em movimento ou das lentas filas de carros, sempre o inexprimível aguilhão da luz nas trevas.

Se alguém lhe perguntasse o que afinal pretendia com todos aqueles metros de filme, não saberia dar uma resposta exata, ao menos nenhuma que quisesse manifestar. Não, não fazia parte de nada. Não, não fazia parte de um projeto específico, a não ser que se quisesse descrever toda a sua vida como um projeto. Filmava como um escritor anotava algo, talvez se pudesse traçar essa comparação. Seja como for, fazia-o para si mesmo.

Sim, mas com qual propósito? Nenhum, ou por enquanto nenhum. Conservar, isso com certeza. Talvez aquilo se harmonizasse com algo no futuro. Ou talvez só para exercitar, do mesmo modo que um desses mestres chineses ou japoneses desenhava todo dia um leão para no futuro, pelo menos assim diz a história, desenhar ao final da vida o leão perfeito. Cedo ou tarde, estaria em condições de filmar o crepúsculo como ninguém. E havia ainda outro elemento, o da caça. Caçar, coletar, a exemplo do que observara nos aborígines da Austrália: voltar para casa com alguma coisa, simplesmente isso. Sua coleção, assim se chamava aquela pilha de caixas armazenadas em Madri, em Amsterdã e ali em Berlim.

Fechou o jornal e passeou pelo recinto com aquela bandeira de papel enganchada nos prendedores. Sabia que não teria levado esse estandarte até ela, mas sentiu-se ao mesmo tempo aliviado e desiludido por ela não estar mais sentada ali. Agora tinha de se apressar. Amava a escuridão, mas a escuridão não lhe dava nada em troca, jamais queria esperar. Tomou o metrô na Nollendorf-Platz e desceu na Deutsche Oper. Seu apartamento ficava na Sesenheimer-Strasse, nas imediações da ópera, uma travessa da Goethe-Strasse. Em sua rua, alguns jovens turcos zanzavam desamparados e tiritando de frio no parque infantil onde, no verão, as mães sentavam com suas crianças.

Subiu correndo as escadas até seu quarto, apanhou a câmera, tornou a sair. Dali a meia hora chegava à Potsdamer-Platz, subindo do metrô. Para lá o levara Victor depois do primeiro encontro dos dois, ali recebera suas primeiras lições sobre Berlim. Ninguém que tivesse vivido nessa cidade na época da divisão jamais esqueceria como era. Nem esqueceria, nem descreveria, nem na verdade reproduziria. Mas agora estava ali sozinho, à caça, mas do quê? De algo que vira então e nunca mais veria novamente. Ou seria talvez de algo que antes estivera lá, coisa que ele só conhecia de fotos? Sabia o que veria se a neve não estivesse acumulada, uma terra revolvida por toda parte, na qual operários de capacetes amarelos remexiam a fundo, como quem buscasse o passado em pessoa. Tratores que se moviam à ré de lá para cá feito máquinas de ficção científica, ruídos de escavação, limagem, brocas. "Como se abrissem uma vala comum." Essa era Erna. Logo a arrastara para lá quando ela o visitou. Fazia parte da romaria. Era essa mesmo a aparência, só que ali não achariam corpo nenhum. E no entanto, esse cavar e revolver, essas máquinas que escalavravam o solo áspero com largos forcados de ferro — a idéia de que elas buscassem algo impôs-se, algo que só podia ser o passado nunca mais rastreável, como se ele precisasse se achar efetivamente ali na forma de substância, algo que se pudesse apanhar, pôr cuidadosamente a descoberto, como se não fosse possível que tanto passado só tivesse a aparência de terra, chão, pó. Em algum lugar dali devia se encontrar o bunker de Hitler, ali por perto também as câmaras de tortura da Gestapo, mas agora não se tratava disso, isso talvez ainda fosse palpável o suficiente, não, tratava-se do que antes daquele tempo e depois daquele tempo lá houvera e agora, junto com eles, desaparecera e nunca mais viria à tona, por mais que se cavasse.

Um carro se aproximou. A luz ofuscante dos faróis correu sobre todas as curiosas formas dos tratores e dragas ocultos sob a neve, sobre as superfícies cubistas produzidas pela escavação das máquinas. A luz acentuou as diferenças de profundidade, por um momento mergulhou as paredes de neve num semibreu e tornou de repente a transformá-las numa tela coruscante, emprestando movimento à substância imóvel, pulverulenta, mesclando-se às luzes altas que iluminavam o terreno do topo de gruas imóveis, como que a vigiá-lo. Somente quando o carro parou bem perto dele percebeu tratar-se de uma radiopatrulha verde e branca da polícia. Não haviam ligado o pisca-alerta azul. Uma pena. Os dois policiais lá dentro pareciam deliberar sobre algo. A mulher argumentava e o homem abanava a cabeça enquanto dava de ombros. A mulher desceu do carro. Fez um vago movimento na direção do quepe verde, que parecia só a custo manter-se sobre o cabelo loiro, anelado.

"O que o senhor quer aqui?"

O tom era antes de censura que de pergunta. Essa era a segunda mulher uniformizada que lhe dirigia a palavra hoje. Ele ergueu a câmera.

"Sei, isso eu já vi", ela disse. "Mas o senhor abriu o tapume da construção. É proibido, está escrito no alto em letras garrafais. E ela está fechada."

Não era bem verdade. Entre dois pedaços do alambrado havia uma abertura estreita — por lá é que se enfiara. Tudo era sempre proibido. Ele não disse nada.

Era raro policiais mulheres de países setentrionais serem bonitas. Mas não podia fazer nenhuma brincadeira, nem mesmo com aquela mulher. Ela o encarava com uma seriedade apreensiva, realçada pelas luzes teatrais a seu redor. Essa dupla ele bem que teria filmado com gosto: o vagabundo anônimo, zarolho, com a guardiã do reino dos mortos. O silêncio era enorme, e o leve ruído do motor do carro dela só fazia realçá-lo. O homem dentro da viatura não se mexia, só espiava.

"Sem contar que quase não há mais luz."

Agora já não era mais uma censura, era uma acusação. Encararam-se através dos losangos de arame da cerca. Ele não desligara a câmera, filmava agora da altura dos quadris. Bobagem.

"Para o que pretendo, basta, espero." A escuridão é minha especialidade, ele fez menção de dizer, mas não disse. Também ela fez menção de dizer alguma coisa, mas nesse momento uma voz penetrante grasnou de seu walkie-talkie, um outro ser, masculino, que parecia habitar na região de seu tórax. O homem dentro do carro respondeu e ao mesmo tempo a chamou. Como se chama um cachorro, pensou Arthur.

"O senhor não pode ficar aí", disse ela ainda, agora novamente com sua própria voz, "com tantos buracos é muito perigoso."

Ela correu para o carro e deu marcha à ré. No mesmo instante o pisca-alerta azul acendeu. Ela gritou ainda alguma coisa do interior do carro, mas o que disse ele não conseguiu mais compreender por causa do barulho da sirene, e o que se seguiu foi tão rápido que só pôde registrar com dificuldade. Ela arrancou com tamanho ímpeto que de pronto o carro pôs-se a rodopiar. Viu como ela mantinha a boca bem aberta e como, girando o volante com toda a força, bateu de frente com o monstruoso aparelho limpa-neve, que subitamente adquirira proporções gigantescas e nesse momento dobrava a esquina. Mesmo depois do choque a sirene ainda continuou a berrar por alguns segundos. Só quando cessou esse barulho ele ouviu o curioso, sutil lamento da mulher. Dirigiu-se até ela. Ela batera em cheio contra a enorme ponta de metal triangular, que perfurara seu carro à maneira de uma arma. Com o choque, dessa vez seu quepe realmente voara da cabeça e, transpondo o pára-brisa, pousara no capô. Seu rosto estava coberto de sangue, que pingava lentamente na neve. Seu colega descera do carro, e também o motorista do aparelho limpa-neve saltara de sua torre elevada.

"Puxa vida", disse. "Mas a culpa não foi minha. Não tenho como manobrar." Arthur apanhou o quepe do capô e o segurou nas mãos. A mulher gemia baixo.

"Posso ajudar?", perguntou aos dois homens. O policial olhou para ele e depois para a câmera, como se ela fosse a culpada de tudo.

"Não, pode ir. E nada de filmar!"

Mas nesse meio tempo ficara escuro demais, mesmo para ele. Ao longe, ouviu a ambulância. Três pisca-alertas diferentes. E ainda por cima música. A cidade era uma obra de arte, e ele era parte dela. De longe, viu quando ela foi deitada numa maca e empurrada para dentro do veículo. O carro de polícia ainda conseguia se mover. Os dois homens trocaram informações. Ele era a única testemunha, mas não precisavam dele.

Depois ambos se foram. De repente tudo ficou em silêncio. O minguado tráfego junto à Porta de Brandemburgo soava como um sussurro brando, lúgubre, o ruído da banda pouco antes de começar a música.

"Sem contar que quase não há mais luz", dissera ela. Agora mesmo eles estavam ali de pé, falando. Claro que ela não entendera o que ele queria filmar ali. Mas tinha a ver justamente com aquele instante agora já outra vez desaparecido. Tratava-se de algo que ele não era capaz de expressar em palavras, muito menos aos outros, algo que chamava de impassibilidade do mundo, e do conseqüente desaparecimento das recordações sem deixar vestígios. O misterioso era tal desaparecimento ser negado em toda parte. Ao que parecia, nunca haviam sido cometidos tantos massacres, assassinatos e extermínios como neste século. Nem era necessário falar com ninguém a respeito, era fato notório. Mas talvez os atentados, as execuções sumárias, os estupros e degolações, a matança de dezenas de milhares ainda nem fossem o pior, o pior era o esquecimento que se instaurava quase imediatamente depois, a ordem do dia, como se aquilo não dissesse mais respeito a uma população de sete bilhões, como se — e isso era o que mais o intrigava — a espécie na verdade já sem nome se resignasse e tivesse como único anseio sobreviver cegamente como espécie. Uma mulher em Madri que passava bem no momento em que a bomba explodiu, os sete trapistas na Argélia que haviam sido degolados, os vinte jovens colombianos fuzilados sob a vista de seus pais, todo um comboio de pessoas voltando para casa perto de Johannesburgo retalhado a machetadas em cinco minutos de violência orgiástica, os duzentos passageiros do avião que explodiu sobre o mar devido a uma bomba, os dois ou três ou seis mil jovens e adultos assassinados em Srebrenica, as centenas de milhares de mulheres e crianças em Ruanda, Burundi, Libéria, Angola. Por pouco tempo, um dia, uma semana, eles figuravam nas manchetes, pelo espaço de segundos corriam por todos os cabos do mundo, mas logo após tinha início a escuridão turva, corrosiva, de um esquecimento que só faria crescer. Não teriam mais nomes, esses mortos, seriam diluídos no vazio do mal, cada um no instante isolado de sua morte atroz. Recordava-se de imagens que vira nos últimos tempos: sempre a forma humana, inutilizada dessa ou daquela maneira, dilacerada, separada de si mesma, esqueletos com pulsos ainda atados a arames, metade de uma criança polvilhada de moscas, as quais até mesmo na foto a pessoa ainda via se mexer, a cabeça de um soldado russo numa calçada em Grozny, em meio ao restante dos destroços, a água oleosa do mar em que nadavam corpos, sapatos, malas. Nessas últimas imagens, um anzol de repente pescara das águas um sutiã, uma minúscula peça de vestuário que, na manhã daquele mesmo dia em que seria exibida a todo o mundo, fora vestida ou posta na mala por uma mulher, alguém cujo nome já desaparecera para sempre, ainda que constasse entre todos os outros nomes no jornal.

E assim também era aqui, nesta praça. Antes houvera um palanque na extremidade oeste do qual se podia olhar sobre a praça rumo ao Leste, uma vasta superfície vazia que, à maneira do primeiro Mondrian, se achava eriçada de barreiras metálicas para impedir que pessoas de carro fugissem pela fronteira. Homens com cães patrulhavam essa praça, homens uniformizados que não eram mais reconhecíveis, pois agora andavam à paisana nessa mesma cidade. E mesmo esse pensamento não perturbava mais ninguém, era só tocar no assunto que um traço de enorme tédio pousava em todos os rostos. Afinal todos sabiam disso. Todos comiam e bebiam sua porção diária de terror, sua porção diária de indigesto passado. Era absurdo dizer que agora o mal ingressara em definitivo no mundo, o mal sempre estivera lá, e só porque estivesse hoje irremediavelmente mesclado à técnica não se tornara outra espécie de mal, ou não? Mas isso ele nem se atrevia a pensar. O que lhe importava em suas estéreis caçadas de imagens era a impossibilidade daquilo que buscava. Antes desses cães e soldados houvera aqui outros soldados, aqui o homem cujo nome sobreviveria aos nomes das suas vítimas anunciara anos antes, num livro que o mundo todo poderia ter lido, o seu funesto cruzamento, e aqui vivera sob a terra como um espírito até a sua desprezível morte. Ele próprio ainda vira essa forma vaga, abaulada, o lugar no qual, até o último instante, aviõezinhos aterrissavam com mensagens do inferno para a morte e vice-versa. Ainda havia também fotos daqueles últimos dias nos quais o homem agora consumido pela moléstia, a lapela virada para cima contra o frio de inverno, saúda uma fileira de jovens que não poderia ter mais de catorze, quinze anos, e que ele arrastaria consigo para a morte, um exército de crianças. Mas ao pé desse palanque estivera exposta também uma foto enorme, montada sobre um painel de madeira, de mais outro passado, que agora, a exemplo desses dois últimos, jazia invisível, sepulto sob a neve, um passado em preto-e-branco, com uma praça, essa mesma praça, que refulgia na luz, de modo que os carros pretos, retangulares, rutilavam como caixas cinzentas sobre uma toalha de mesa branca. Bondes, trilhos faiscantes — e o mais notável de tudo: pessoas. Cada foto retém o tempo, mas, fosse pela técnica ou pela ampliação de uma imagem que não se destinasse a isso, ali parecia que alguém tinha, de fato, conseguido arrancar ao tempo um pedaço do tempo, um pedaço tão duro como mármore. O sol brilhava, e só podia ser o mesmo sol de sempre, mas esse tinha uma luminosidade tão fulgurante que tudo nela fora congelado. Lá estavam eles, entre seus carros para sempre congelados, a caminho de uma calçada ou de uma parada de bonde. Ninguém usava estrela, e pelos rostos não se reconheciam as vítimas nem os algozes, mas sem exceção esses congelados se achavam a caminho de seu destino, sem consciência das camadas que nesse mesmo século, na mesma praça em que estavam naquele instante único, irrecuperável, se depositariam sobre a sua imagem: a das paradas, a da letal teia de aranha, a das fogueiras improvisadas e dos campos de batalha, a do vazio rodeado de cerca, a das sentinelas e dos cães e finalmente a de um canteiro de obras sepultado sob neve espessa, no qual, ao término de um século demoníaco, as mesmas e, no entanto, outras limusines Mercedes reluziriam em vitrines cujas plantas já estavam prontas. Terá ele realmente tentado, nessa meia-luz, entre tapumes e dragas, apossar-se de algo que aplacaria o mistério?

"O passado não tem átomos", dissera Arno, "e todo monumento é uma falsificação, e todo nome em tal monumento não lembra uma pessoa, mas a ausência dela. A mensagem é sempre que se pode prescindir de nós, e aí reside o paradoxo dos monumentos, pois eles dizem o contrário. Os nomes se contrapõem à verdade dos fatos. Melhor seria não tê-los."

Arthur pressentira nessas palavras uma curiosa espécie de desgraça, e, como tantas vezes, não tinha certeza se entendera bem Arno. Arno possuía o dom da palavra. Comparados aos dele, seus pensamentos tinham quase sempre a velocidade de uma tartaruga. Não que ele desconfiasse da eloqüência em si, simplesmente para ele tudo demorava mais. Quando a pessoa não tinha nome, só existia como espécie, como formigas ou gaivotas. "Uau", diria Victor. Estava na hora de encontrar-se com os amigos. Tinham marcado no bar de alguém que se chamava Heinz Schultze, que não combinava com o nome mas, graças a Deus, servia uma comida apropriada.

Começara a nevar outra vez, mas os flocos agora tinham outra consistência, pesados demais para esvoaçarem. A neve parecia um muro movediço que era preciso empurrar de lado. Levou a câmera para casa e ouviu os recados da secretária eletrônica. Havia só um, de Erna. A voz conhecida encheu o quarto vazio, serena e ao mesmo tempo preocupada.

"Por onde é que você anda? Nunca pára em casa?"

Pela maneira de ela dizer "em casa", reparou que, na verdade, dissera sem querer.

Seguiu-se uma breve hesitação e depois uma risada ligeira.

"Escute, você tem amigos aqui, e todos com telefone."

Esperou ainda um pouco, mas não havia mais nada. Erna. Não apagaria. É sempre bom ter uma voz quando se chega de noite em casa. Mas essa tarde já era noite, com sons abafados, sem tráfego, preto-e-branco, simultaneamente quieta e em movimento. *Noche transfigurada*, murmurou o título espanhol de Schönberg como uma fórmula mágica. *Verklärte Nacht*, mas *transfigurada* soava muito mais bonito, como se a ordem das coisas tivesse sido invertida e fosse ao mesmo tempo mais misteriosa.

A Adenauer-Platz não era longe. O bar situava-se num pavoroso edifício moderno ocupado por advogados e dentistas, no qual não esperaria encontrar um estabelecimento como esse. Era preciso primeiro atravessar um árido pátio interno com garagem e depois passar por uma fileira de portas de vidro fumê gradeadas, identificadas pelas pequenas placas dos escritórios e consultórios. Só então se entrevia, a um canto, uma luminária rústica de aparência burlesca nesse entorno, mas quando se abria a porta, achava-se de repente numa aldeia renana: um recinto de teto baixo e escuro, com pesados móveis de carvalho, luz baça amarelada, velas, vozes abafadas, o tilintar de copos que fazem brindes. Sacudiu a neve do casaco e entrou. De longe, viu que Arno e Victor já haviam chegado. Tinham um lugar cativo no canto mais recuado. Herr Schultze pareceu contente em vê-lo. "O senhor pelo menos ousou pôr os pés para fora de casa! Os holandeses são gente intrépida, não são cheios de não-me-toques como os berlinenses."

Arno Tieck estava em forma, de longe já se via. Não possuía somente o dom da palavra, mas também aquela virtude que Arthur Daane chamava entusiasmo, e foi isso que lhe disse certa vez. Arno repetira essas palavras, o dom do entusiasmo, e Arthur, nem que fosse só porque não se lembrava dos detalhes, não se atrevera a dizer que elas resultaram de um sonho no qual tudo se desenrolava numa luz sublime e clara e no qual, após longa disputa, alguém era finalmente "eleito" por possuir "o dom do entusiasmo".

Quando bem mais tarde conheceu Arno na co-produção de um pequeno documentário sobre a casa na qual morrera Nietzsche, o que ocorrera já fazia alguns anos, imediatamente ficou claro para ele que a única pessoa a quem realmente convinha essa expressão era aquele homem notável, que parecia constantemente transbordar de histórias, anedotas, teorias. O pouco que Arthur Daane lera de Nietzsche lhe restara na memória como uma espécie de discurso atroador, que uma voz estridulante berrava do cume de uma montanha para servos anônimos, dizendo que eles não prestavam para nada, para então subitamente passar a uma lamúria solitária e incompreendida. Que devia haver muito mais, isso também lhe ficara claro, mas, no fundo, a tragicidade dessa contradição interna só lhe ocorrera quando ele, filmando e espreitando, seguira Arno Tieck com a sua câmera pelos corredores e pelas escadas dessa casa em escombros. Não fora fácil filmar Arno. Ele usava óculos tão grossos que refletiam o máximo de luz possível, e lentes de contato ele não podia usar porque tinha algo no olho esquerdo, com o que a lente esquerda parecia mais um tapa-olho que uma lente oftálmica, ao passo que o outro olho faiscava tanto que até metia medo, um ciclope assimétrico. Além disso, tinha uma basta cabeleira grisalha, eriçada para todos os lados, como quem quisesse fugir ao enquadramento, e se mexia sem parar quando falava. Arthur tivera aí pela primeira vez a impressão de haver compreendido algo daquele filósofo perturbado, ou algo ainda mais forte: era como se literalmente tivesse de carregar o peso daquela enorme cabeça com aquele bigode de matagal, até que afinal se pendurasse aos prantos no pescoço daquele cavalo de coche em Turim e fosse transportado à casa de sua terrível irmã, casa que depois de todos aqueles anos de abandono estava em petição de miséria. Nela morava um eletricista, que esperava algum dia transformá-la num museu, mas o filósofo da força e das fantasias de poder não era popular na república dos democratas totalitários, e portanto essa esperança não deu em nada. Desse primeiro encontro é que nascera a amizade. Havia várias formas de amizade, aprendera Arthur Daane, mas só valia a pena uma que se baseasse em algo tão antiquado como respeito mútuo.

Só após a filmagem e depois de terem passado horas a fio juntos na ilha de edição é que Arthur mostrou a Arno Tieck alguns dos seus filmes. Os comentários de Arno o surpreenderam, aquela tinha sido uma das raras vezes em que encontrava alguém que realmente compreendia o que ele buscava. A bem da verdade, não gostava de ser elogiado, nem que fosse só porque nunca sabia como retrucar; além disso o entusiasmo de Arno era uma faca de dois gumes: enquanto, por um lado, mergulhava o filme como um todo em simpatia e afeição, por outro, um seu duplo mais severo procedia abertamente a uma análise cristalina, detalhada. Só mais tarde Arthur ousou contar-lhe os seus outros projetos, mais secretos, todos aqueles fragmentos filmados por tantos anos, que à primeira vista não indicavam uma linha clara e dos quais uns eram tão breves quanto o que filmara naquela tarde na neve, outros mais longos, quase monocórdios, peças de um quebra-cabeça gigantesco, que ele seria o único talvez a saber como encaixar.

"Se eu por acaso achar que a coisa vai indo bem, você escreveria o texto para o filme?" E antes que o outro pudesse responder: "Sabe como é, ninguém vai se interessar".

Arno o encarara e respondera algo querendo dizer que para ele seria uma honra, ou uma formulação análoga, uma frase que parecia de uma outra Alemanha, uma Alemanha primeva ou desaparecida, mas nos lábios de Arno soou perfeitamente natural, assim como poderia ter dito: "Bem-vindo sejas", ou ter xingado de maneira atávica e com um fervor retórico que também não pareciam daquele tempo.

Horas a fio eles olharam a coleção: paisagens geladas no Alasca, sessões de candomblé em Salvador, extensos cortejos de prisioneiros de guerra, crianças em bivaques, mercenários, monjes gregos, cenas de rua em Amsterdã. Parecia não ter pé nem cabeça, mas não era verdade, tratava-se de um mundo despedaçado, filmado pelas margens, lento, contemplativo, sem entrecho, fragmentos que em algum momento se ajustariam como *summa* — esse termo era de Arno. De repente, nas imagens de um mercado de camelos no sul dos Atlas, o seu novo amigo erguera a mão para pedir que Arthur parasse o filme.

"Volte um pouco a fita."

"Por quê?" Mas ele sabia a resposta e sentiu-se flagrado.

"Devagar, devagar. Aquelas sombras… tem alguma coisa peculiar naquelas sombras no chão. Essa tomada é um pouco longa demais, mas tenho a sensação de que você fez isso de caso pensado."

"Foi."

"Mas por quê?"

"Porque aquela é a *minha* sombra."

"Por que então não estou vendo a câmera?"

"Porque eu não queria. Não é tão difícil assim." E imitou os movimentos. "Viu?"

"Vi, mas por quê? É provável então que eu já tenha visto isso nas outras cenas?"

"Já. Mas não porque eu seja vaidoso."

"Não, eu sei disso. Mas assim você está dentro e ao mesmo tempo não está."

"É justamente isso que eu queria. Talvez seja infantilidade minha. Tem algo a ver com…" Buscou palavras. Como é que se expressava algo assim? Um sinal, visibilidade, invisibilidade. Uma sombra que não cabia nomear, que ninguém ou praticamente ninguém jamais notaria — com exceção desse homem.

"Algo a ver com anonimato."

Não gostava de palavras como essas. Abstrações eram sempre demasiado grandiloqüentes quando pronunciadas.

"Mas o filme vai ser lançado com o seu nome, não vai?"

"Eu sei, mas não é essa a questão… A questão é que…"

Era incapaz de formular. Uma sombra numa vitrine, uma pegada na neve, captada por um momento, uma flor movimentando-se ou um pequeno galho, que passou debaixo do nariz de alguém e continuou invisível, vestígios…

"Uma assinatura invisível. Mas isso é um paradoxo…"

"Você a percebeu. Ou não?"

71

"Então você gostaria de ainda estar presente quando não estiver mais presente?"

Isso era um pouco demais. Era algo análogo, mas não era isso. Se ninguém soubesse ou notasse, ele justamente não estaria mais presente. Uma parcela de tudo o que desapareceu. Mas dificilmente se poderia dizer que ele quisesse se juntar ao que desapareceu, quando estava justamente empenhado em reunir uma coleção para preservá-lo.

O que ele mostrara a Arno dessa primeira vez eram apenas as imagens mais facilmente reconhecíveis. Nelas se podia, querendo, reconhecer ainda um sentido imediato. As outras filmagens, mais anônimas — plantas aquáticas boiando, um campo esgotado onde só cresciam cardos, uma rajada de tempestade que fustigava um renque de choupos, maçaricos disparando a passos miúdos com o fluxo da maré —, ele ainda não mostrara. Mas tudo fazia parte do mesmo todo. Talvez, pensou, eu simplesmente não esteja em meu juízo perfeito. Dirigiu-se à mesa.

A conversa entre Victor e Arno era de caráter bem diverso, isso estava claro, o assunto era lingüiça. Arno propusera suas próprias categorias, lingüiças provisórias ou definitivas, esse era o assunto. Mas Arthur ainda não estava pronto, era como se tudo, pensou, fosse sempre mais lerdo com ele. Um cumprimento era a coisa mais natural do mundo, por que tinha ainda de pensar tanto na coisa? Todos os outros pareciam mover-se num mundo mais rápido que ele, um mundo em que Arno abria os braços para estreitá-lo ao peito, enquanto a reserva de Victor, o casulo que sempre mantinha a seu redor, não lhe permitia mais que um registro formal de sua chegada. Antes as pessoas deviam se cumprimentar como Arno, antes, quando um poeta ou um filósofo viajasse de Weimar para Tübingen a fim de visitar um amigo. O dispêndio de tempo, a distância e a fadiga influíam em tais cumprimentos, definiam a intensidade da alegria nos rostos segundo o mesmo cálculo pelo qual tempo e distância permaneceram evidentes nas cartas daquelas épocas. Por isso também não se podia falar ao telefone com Arno: seu talento retórico, que vicejava em cartas ou na proximidade física, murchava na falsa proximidade que é a ligação telefônica, assim como a simultaneidade prática do fax e do e-mail lhe roubaria o brilho da distância e do tempo passado.

"Tem a ver com o enigma da própria coisa, o mistério da carta, do objeto, do fetiche."

Essa fora a resposta de Arno quando trouxera à tona o assunto e, como de hábito, não o compreendera de imediato.

"Como assim?"

Mas, na verdade, já conhecia a resposta ao perguntar. Escrever cartas era para ele um suplício, quanto mais em alemão, mas para Arno ele mandara os escrúpulos para o espaço, seu amigo que fechasse os olhos para os erros. Afinal era puro arbítrio que coisas alemãs designadas como femininas fossem masculinas em espanhol, enquanto o holandês lavava as mãos com inocência e desviava a vista, ao contrário do inglês, que recusava terminantemente ao sol, à morte e ao mar qualquer sexo, embora fosse muito mais hipócrita, pois escondia o sexo atrás ou embaixo de um artigo único, de modo que só um especialista ou um dicionário podia dizer à pessoa se por trás de uma determinada palavra se ocultava um homem ou uma mulher.

"Não acha isso uma maluquice?", perguntara a Arno.

"O quê?"

"Que, mal atravessem o Reno, as palavras de vocês virem transexuais? A lua, masculina em alemão, vira em Estrasburgo uma mulher, o tempo, feminino, vira um homem, a morte, masculina, uma mulher, o sol, feminino, um homem... e assim por diante."

"E em holandês?"

"Em holandês os sexos são invisíveis, as palavras carregam um artigo unissex, com exceção das neutras. Em holandês ninguém sabe mais se o mar é um homem ou uma mulher."

Arno balançou a cabeça, pensativo.

"Assim se barra o caminho até as origens. Heine estava errado. Na Holanda tudo se passa cinqüenta anos antes. Mas me escreva sem medo, eu ouço a sua voz nas entrelinhas."

E assim eles passaram a se corresponder. E naturalmente era isso que Arno queria dizer com o mistério das cartas. Escreviam à mão — nenhum deles jamais usaria o computador para isso —, como a salientar o caráter insubstituível da escrita. Os pensamentos fluíam com a tinta, não se corporificavam na forma de uma letra produzida maquinalmente. Dobrar, envelope, selos, lamber, lacrar, remeter. Da remessa era sempre ele próprio que cuidava. Em alguns países ainda se podia jogar a carta nas caixas de correio pela cabeça de um leão. A boca ficava aberta com um quê de ridículo, desdentada, os lábios de um tom de bronze ou latão mais claro, devido aos milhões de cartas que por ali eram enfiadas. Depois disso, haviam constatado juntos, a carta ficava de maneira milagrosa por muito tempo só. O leão a detinha, mas não ficaria com ela. Fora depositada ali por uma mão, agora levaria dias até que outra mão, a do amigo, chegasse a tocá-la. Todas as outras mãos que a apanhassem, carimbassem, separassem, entregassem não reconheceriam a mão do amigo, a menos que encontrassem o carteiro (Arno: "Todos os carteiros são aparições de Hermes") diante da porta de casa.

Agora se esperava que ele tomasse parte numa conversa sobre lingüiça. Lingüiça provisória, segundo Arno, era o que Herr Schultze denominava "chouriço fresco", um preservativo unido nas duas pontas, abarrotado com uma massa úmida, gelatinosa, de cor acinzentada ou violeta-escuro. Se fosse espetada com a faca, era como se uma câmara-de-ar fosse furada, sob um leve sibilo escapava um aroma que cheirava um pouco a fígado ou a sangue, e a pasta macia começava a verter.

"Prefiro beber meu sangue num cálice", disse Victor. E voltando-se para Arno: "Você já parou para pensar por que vocês comem isso? Isso, quero dizer, essa coisa que você chama de lingüiça provisória, a variante ainda não solidificada. A que você pode sugar, o que te aproxima bastante dos vampiros. Uns sanguinários, isso é o que vocês são, admita. Assim você pode enfiar de uma vez seus dentes num porco, que tal? Como era mesmo, *le cru et le cuit*, o cru e o cozido, Lévi-Strauss, essa é ou não é a diferença decisiva? Os franceses cozinham o sangue um bocadinho mais, só então deixam que coagule, esfrie, e aí temos a sua lingüiça definitiva, *boudin*. Que, aliás, quer dizer também pudim, isso já te ocorreu alguma vez? Pudim de sangue. E com o fígado é a mesma coisa. Uma espécie de pasta catarrenta, flácida, que se desfaz no prato. Você tem idéia da maravilha que é esse figadozinho, empacotado dentro de um porco? Porcos são coisas bem compactas, não existe outro animal que por fora seja tão pronto para o abate. Presunto, mocotó, toicinho, aquelas orelhonas crocantes, que você só precisa empanar...".

Nesse instante, foi interrompido por Herr Schultze.

"Os senhores se aventuraram pela nevasca. Isso nós sabemos apreciar. Assim é que se conhecem os verdadeiros fregueses. Por isso ofereço aos senhores um borgonha encorpado, no qual se acumula tanto sol meridional que os senhores vão esquecer a neve por um instante."

E curvou-se. Arthur sabia, agora vinha a récita dos pratos. Herr Schultze fizera disso uma pequena peça teatral, encenada com ironia. Arno dirigiu seu olho faiscante ao anfitrião e perguntou: "O senhor teria por acaso estômago de leitoa?".

Estômago de leitoa, notara Victor certa vez, era o prato predileto do chanceler alemão. E tornou a repeti-lo agora.

75

"E o meu", disse Arno. "Somos uma nação conservadora. Não nos entregamos assim, de mão beijada, aos novos tempos, em que tudo tem que estar irreconhecível para ser comido. Ainda temos uma linha direta com o mundo animal. Você come exatamente o que eu como..."

"Argh", disse Victor.

"...mas não quer saber disso. Vocês são comilões hipócritas. Nessa sua lingüicinha se esconde um porco completo, e dos bem cevados, com direito a olhos, bucho, tripas, pulmões, farinha e água, mas de um encontro honesto com a irmã leitoa você se esquiva. Outro dia desses ouvi você se lamentar sobre um passarinho qualquer de penacho vermelho eriçado, que estava em extinção na Venezuela. Mas que um prato, preparado desde a Alta Idade Média na Suábia, seja trocado por um belo naco de traseiro de vaca, cujo gosto tem que ser absolutamente o mesmo de Los Angeles a Sydney, isso deixa você impassível."

"Mas para quem você está dizendo isso?", perguntou Arthur. "Não precisa nos convencer. Por sinal, são os argumentos de Victor que você está jogando na nossa cara."

Arno fez uma cara perplexa, como fazia sempre que era interrompido em seu fluxo discursivo, e disse então: "Mas não era nada pessoal, longe disso. É só que eu acho tão terrível... eles não vêem a hora de todo o mundo comer a mesma coisa, e aliás não só comer, porque vem tudo junto. Comer a mesma coisa, ouvir a mesma coisa, ver a mesma coisa e então, claro, pensar a mesma coisa, se é que ainda se pode falar em pensamento. Fim da multiplicidade. Aí é só a gente fazer disto aqui uma loja de hambúrgueres".

E apontou em volta com gestos dramáticos. Na luz mortiça estavam sentados pequenos grupinhos que, como eles, haviam desdenhado o frio e a neve. O filho de Herr Schultze zanzava de lá para cá com alentados copos de vinho cor de mel, da modesta cozinha emanavam aromas de comida antiquados, que ficavam flutuando junto ao teto baixo e escuro. Burburinho abafado, gestos à luz de velas, conversas cujo conteúdo ele jamais saberia, palavras que sumiam tão logo ditas, trechos da conversa infinda que vaga sobre a Terra, o trecho mais ínfimo dos bilhões de palavras proferidas num dia. Esse deveria ser o sonho do sonoplasta que quisesse assimilar tudo: um microfone tão grande quanto o universo, capaz de captar e reter todas essas palavras, como se dessa maneira algo ficasse claro, algo que pudesse resumir numa fórmula a monotonia, a repetição e ao mesmo tempo a inconcebível multiplicidade da vida na Terra. Mas não havia essa fórmula.

"O que você quer dizer com multiplicidade?", perguntou Arthur.

"Tudo o que surge ou pode surgir nas conversas."

"Então só precisa multiplicar nossa própria conversa por mil."

"Não, não é isso. Refiro-me à luxúria, ao fanatismo religioso, à trama de um assassinato, à angústia, situações humanas extremas, expressas em palavras. Tudo... o que é insustentável. E secreto."

"E aí só a monotonia pode nos salvar?"

"Digamos que sim."

"E o que é a monotonia? Nossas conversas?"

"A repetição. 'Como tem passado?' 'Já ordenhou as vacas?' 'Meu carro pifou.' 'A que horas é a aula?' 'O presidente anunciou que os impostos não vão aumentar este ano.' A multiplicidade, cabe a você próprio introduzi-la."

"Se disser que não, eu corto o seu pescoço."

"Viu? Funciona. Todas palavras bem corriqueiras. É só que elas não são muito ouvidas no mundo real."

"Mete esses cuzões em dois ou três ônibus e apaga eles em

algum lugar. E quem você tiver contratado para o serviço, logo depois. Taca por cima cal virgem, e assim por diante..."

"Está com a língua afiada, você."

"Eu sou filho do meu tempo. Podemos imaginar qualquer diálogo. O do profanador de túmulos, o do pederasta, o do terrorista suicida... os outros diálogos são muito mais difíceis."

"Como assim? Por quê?"

"Porque são um tédio só. A normalidade infinita, tenaz, indolente, redentora. 'Dormiu bem?' 'Daqui a seis meses o senhor receberá o primeiro salário da aposentadoria.'"

"Vocês querem parar um pouco?", disse Victor em alemão.

"E o nosso pedido? O Schultze já foi embora tristonho. Queria começar a apresentação. E vocês aí cacarejando."

"Nem tanto", disse Arno. "E por que toda essa pressa?"

"Moro sozinho no meu claustro, meus horários são rígidos. A pedra não espera."

A pedra não espera. Quase sempre, o primeiro passo de Arthur quando voltava a Berlim era visitar o ateliê de Victor. Um cômodo branco, com pé-direito alto, nos fundos de um edifício na Heer-Strasse, com grandes claraboias no telhado. Uma cama, uma cadeira para visitas, um tamborete esguio, sempre a vários metros de distância daquilo em que Victor estava trabalhando, um aparelho de som, um piano de cauda no qual todo dia ele se exercitava algumas horas. Morava em Kreuzberg, sozinho. Sobre seu trabalho não gostava de falar. "Não se pergunta uma coisa dessas."

Porém não tinha nada contra Arthur ir a seu ateliê. "Mas sabe como é, *claustrum*, palavras são permitidas, histórias não." Filmar ele podia. Quando Victor trabalhava ou tocava seu piano, parecia alheio ao mundo.

"Que música foi essa?"

"Chostakovitch. Sonatas e prelúdios."

"Parecia uma meditação."

Nenhuma resposta.

A coisa na qual Victor trabalhava erguia-se no meio do recinto, um pesado fragmento de pedra de um vermelho que Arthur nunca vira antes. "Coisa" não era o termo adequado, claro, mas qual seria?

"Obra de arte", zombou Victor.

"Que tipo de pedra é essa?"

"Granito finlandês."

Arthur sentou-se em sua cadeira ao canto e observou como Victor não parava de mudar o tamborete de lugar e contemplar esse pedaço de pedra. Isso podia durar horas ou dias, mas em algum momento teria início a cinzelagem, e muito mais tarde o entalhe e o polimento, até que o granito não parecesse ele próprio, perdesse sua forma original. Mas então haveria ocorrido uma transformação paradoxal, para a qual Arthur ainda não encontrara um termo.

"Tudo tem de ficar muito mais misterioso e mais perigoso", foi a única coisa que Victor dissera, e isso nem sequer a respeito de seu próprio trabalho.

E assim era, pois embora a pedra tivesse ficado menor, parecia maior, e apesar do fato de agora ela estar mais refinada e brunida, dela irradiava subitamente um poder contido, cujo enigma talvez fosse esclarecido pelas runas entalhadas pelo escultor, mas quem seria capaz de lê-las? O insculpir e cinzelar, brunir e lustrar, todos esses ruídos Arthur já os registrara certa vez, não para combiná-los ao processo concomitante, mas sim para associá-los a imagens totalmente diversas, bem mais plácidas, nas quais a escultura já estava pronta e o ruído, portanto, era um anacronismo. Nessas filmagens, esgueirava-se ao redor da escultura tal como observara Victor fazê-lo. Este jamais lhe perguntara se usaria as filmagens para algum propósito.

As pedras não esperam. Chamaram Herr Schultze, desculparam-se. "Adoro quando os senhores discutem", disse Schultz. "A maioria dos fregueses só diz asneiras." Chegara o momento da preleção. Os pratos, por si sós singulares a ouvidos holandeses, adquiriram pela dicção do dono da casa — uma mistura estonteante de tonalidades e acentos inesperados, como quem quisesse deliberadamente escandir contra o seu próprio idioma — um efeito tanto mais exótico. Ele sabia que eles adoravam sua apresentação, e a floreou ainda mais, a fim de atenuar o peso dos pratos com sua ironia, até que o joelho de porco e o cozido de porco e o mocotó de porco soassem antes como anúncios de balé, e não como restos de animais assados e refogados com os quais os germanos, pelo visto, se alimentavam desde Varo no recesso de suas mais sombrias florestas, que aliás ainda subsistiam. Arno pediu estômago de leitoa, Victor uma sopa de aletria, Arthur o chouriço fresco. Tempos antes, acompanhara dois antigos internos a Dachau, onde estava marcada uma cerimônia comemorativa. Lá comera chouriço pela primeira vez.

"Agora vamos ensinar a você como comer à moda alemã."

Uma inconcebível nostalgia se apoderara dos dois velhinhos, histórias de terror eram narradas como se fossem alegres reminiscências de juventude. "E quando a gente voltava para o barracão depois de uma competição dessas, faltavam sempre uns dois ou três."

E canções embalaram o carro, canções de resistência, canções comunistas, a canção de Horst Wessel* e coisa pior, os textos mais perversos, inenarráveis, de quem antes fora o inimigo. "Vocês ainda não eram nem nascidos." Tinha ainda na memória essas canções. E no próprio campo, abraços, lágrimas, recordações, e sempre aquele tom de encontro de formandos. "Ali era a forca, tenho ainda uma foto. A gente tinha que ficar aqui — não, ali não, aqui no canto — para ver direitinho..."

Que tipo de química era aquela que transformava morte e sofrimento numa emoção para a qual concorriam as vozes e os rostos de outros desaparecidos? No Hardtke da Meinecke-Strasse, chegaram quase a gritar. "Carpas marinadas em cerveja. Pilsener Urquell. Aguarde nte Bommerlunder..." De repente aquelas palavras assumiram, como por feitiço, uma ressonância imperceptível aos demais nesse recinto, tudo cheirava a guerra. A única vez em que se calaram foi também a única em que ele foi proibido de filmar, junto ao posto de fronteira da RDA, como se o verde dos uniformes, a visão das botas e da matilha e dos quepes, o resfolegar de um cachorro na coleira ainda irradiasse uma ameaça contra a qual não bastava nenhuma sopa de ervilhas e nenhum ensopado de vagem ou picadinho de carne. Vira como involuntariamente se encolheram, os dois holandeses de férias na Alemanha.

"O cineasta se encontra *in absentia.*" De repente se deu conta de que os outros dois já estavam calados havia algum tempo. Mas antes, antes fora dita alguma coisa que se enganchara nele.

"Vira e mexe ele fica assim", disse Victor. "É quando filma por dentro. Abandona os amigos e faz uma viagem pelo universo. Encontrou alguém?"

---

* Horst Wessel, oficial da SA, compôs em 1927 uma canção que mais tarde foi elevada a segundo hino nacional da Alemanha nazista.

"Não", disse Arthur. "De repente me lembrei de...", e mencionou os nomes dos dois homens, porque sabia que Victor os conhecia.

"*Niet lullen maar poetsen*", disse Victor em holandês, e para Arno: "Intraduzível. Sabe, o holandês é uma língua secreta, feita para excluir os demais".

"Mas eu também não entendi", disse Arthur.

"Nada de papaguear — limpar! A divisa da polícia militar holandesa. Perguntei uma vez a Stallaert, o mais velho dos dois, como tinha agüentado três anos naquele campo. E então ele me respondeu isto, nada de papaguear — limpar! 'Esse era o nosso lema, na polícia militar.' E quando perguntei como o outro, o poeta, tinha sobrevivido, disse: 'Ah, esse sofreu uma barbaridade, mas a gente o carregou conosco. A gente foi treinado para isso, os poetas não. E os próprios alemães demonstravam um certo respeito quando sabiam que a pessoa era oficial..." Essa última frase de novo em alemão.

"Conte agora em polonês", disse Arno.

Mas Arthur quis saber ainda sobre o que estavam falando.

"As solas da recordação."

Era isso. Estranho como a pessoa podia ouvir uma coisa embora não prestasse atenção. Lá estava ele novamente, seu abortado filme sobre Walter Benjamin.

"Mas a troco do que vocês falavam disso?", perguntou.

"Comprei o passado por vinte fênigues", disse Arno. Seu olho de ciclope faiscava, Arthur sabia que agora ele se sairia com uma surpresa. Amigos eram confiáveis. Era próprio de Arno, pensou, uma espécie de pensar prazenteiro que podia ser posto em marcha por qualquer coisa, depois tomava impulso sozinho. Mas primeiro, ainda um pouco de mistério. Pediram outra garrafa de vinho. Mistério. Três homens-feitos que juntos somavam cento e cinqüenta anos de idade, por baixo. Arno depositou duas folhas impressas sobre a mesa, texto com desenhos bem simples. Uma paisagem ampla, umas pequenas edificações que pareciam cabanas, uma paliçada baixa, pelo visto de caniços enfeixados. Ao longe colinas, um bosque, um homem carregando feno nas costas, uma mulher numa clareira, ocupada com algo numa panela. Na página seguinte, algo que parecia representar um túmulo. Ossos, uma caveira, potes de cerâmica.

"Estive no mundo subterrâneo", disse Arno. "Afinal, a recordação tem que começar por algum ponto. Essa é a Berlim primitiva, a reconstrução de um povoado da Idade de Bronze. Essa gente morava, literalmente, debaixo dos nossos pés. Isso torna o presente tão arrogante que nos recusamos a pensar que também nós, algum dia, vamos estar debaixo dos pés de outros. Culpa do Hegel..."

"Do Hegel?"

"Pois ele não achava que tínhamos praticamente alcançado o objetivo? E não há quem convença do contrário. Jamais conseguimos imaginar tanto futuro quanto temos de passado. Dêem só uma olhada nesse desenho... tudo feito naturalmente com amor, mas ainda assim só expressa menosprezo. Como a dizer: isso nunca vai acontecer conosco. Não precisam nos exumar. Nossas roupas nunca vão ser tão ridículas como uma pele de urso. Ninguém gostaria de imaginar um futuro como algo em que, para variar, fôssemos nós os patetas, um montículo de ossos numa redoma de museu. Já ultrapassamos esse estágio, hahaha. Ou acreditamos que vai sempre continuar assim ou que tudo termina conosco. Viagem espacial é bobagem, já faz anos que estão a caminho dos planetas mais minúsculos, quando deviam antes gerar uma outra humanidade. E o universo se sai muito bem sem nós, isso já está provado. Talvez até fosse melhor assim, mas nunca vamos admitir, porque sem nós, claro, a história toda vira um deserto. Um par de relógios segue trabalhando, e não vai haver ninguém para notar."

"Parecem bem simpáticas, essas cabanas", disse Victor. "E ali, o barquinho com a rede. Fogo de carvão vegetal. Peixe sem mercúrio, pão exclusivamente integral com grãos bem gordos. E nada de dores de cabeça..."

Arthur apanhou o desenho. Museu de Pré-História e História Antiga. Que ficava também no Castelo de Charlottenburg. Essas gravuras eram vendidas a dez fênigues cada. Como seria ouvir essa gente falando?

"Indo de metrô na direção de Lichterfelde", disse Arno, "você passa zunindo pelo meio do passado. De maneira que nos encontramos constantemente no reino dos mortos. Mas esses mortos nunca poderiam nos ter imaginado..."

"Que pesadelo..."

"Pois é, mas mesmo assim. Desde que essa gente passou a viver aqui, não parou mais. Uma conversa contínua num único e mesmo lugar. Um zunzunzum, um murmurinho, palavras e frases centenárias, um mar imenso, infindável, de gritos e sussurros, uma gramática que se aperfeiçoa a si mesma, um dicionário cada vez mais volumoso, e sempre aqui, acumulando-se mais e mais, desaparecendo e subsistindo ao mesmo tempo — desaparecendo como o que foi dito e subsistindo como língua —, tudo o que dizemos, da maneira como dizemos, todas essas palavras e expressões herdadas que nos deixaram e que nós vamos deixar para..." Indicou o teto marrom-escuro, onde a fumaça de seu charuto formava espirais como a névoa em que se mantinha oculto o inimaginável futuro.

"...para os panacas que vierem depois de nós", disse Victor. "Com sua exposição tão plástica, tenho a sensação de que eles já estão sentados com os pés na minha comida." Deu mais uma espiada no desenho. "Aliás, muito me agradaria me ver num desenho desses, a título de recordação inventada de outra pessoa. O importante é que não enfiem as solas deles na minha sopa. Mas quanto a desaparecer sem deixar traço, não tenho nada contra. Sem deixar traço é melhor. A meu ver, uma idéia tranqüilizadora."

"E as obras que você deixar?", perguntou Arno.

"Você não vai me dizer que acredita mesmo na imortalidade da arte?", disse Victor com firmeza. "Senão acaba me matando de tanto rir. Sobretudo os escritores são versados em serem mestres da imortalidade futura. Deixar marcas, eles dizem, enquanto o que fazem embolora com a velocidade de um raio. Mas mesmo as poucas vezes em que não é assim, estamos falando de quanto? Trezentos anos? Textos que lemos ao nosso modo, embora talvez tenham sido pensados de forma absolutamente diversa..."

Tornou a olhar para o desenho. "Sim, senhor, nenhum livro à vista. Sabe de uma coisa... da próxima vez você leva para eles um livro do Hegel e troca por esse peixe aí. Para um amigo, você dirá, logo vão entender. Os berlinenses são muito amáveis. E eu bem que gostaria de saber que gosto tem um peixe pré-histórico."

Herr Schultze trouxe o estômago de leitoa, que parecia um saco de couro costurado.

"Devo trinchá-lo?"

"Por favor", disse Arno, e, voltando-se para Victor: "Mas tornemos a suas obras. Elas são sempre de pedra, que duram lá o seu tempo...".

"E daí? Um dia alguém desencava uma delas e a contempla um tempinho. Ou ela termina numa dessas redomas horrorosas... meados do século XX, autor desconhecido, hahaha... É como se eu visse num museu um desses potes de cerâmica como nesse desenho. Eu talvez ainda imaginasse que alguém o moldou em argila ou que uma alemã loira das bem grandonas, que talvez fizesse o meu tipo, o tivesse usado para beber, mas o que importa isso para o homem que fez esse pote?..."

"Justamente ter feito o pote. A satisfação no fazer."

"Ah, isso eu não ponho em dúvida", disse Victor, "mas o assunto já deu o que tinha de dar."

Arno ergueu seu copo.

"A nossos dias breves. E aos milhões de espíritos que nos rondam." Beberam.

"Acho um grande barato ser rodeado de mortos. Reis mortos, soldados mortos, prostitutas mortas, padres mortos... você nunca está sozinho."

Inclinou-se para trás e começou a grunhir. Tanto Victor quanto Arthur conheciam esse ruído, tráfego pesado ao longe, um cachorro que vê um exemplar da mesma espécie do outro lado da rua, um músico que testa um contrabaixo. Em todo caso, significava que meditava sobre algo que lhe dava trabalho.

"Hmmm. E no entanto não é bem assim. Não é você quem determina onde estão os limites de sua imortalidade."

"Imortalidade não existe."

"Eu sei, eu sei, estou falando em sentido metafórico. Homero, seja lá quem tenha sido, também não podia saber que um dia talvez fosse lido numa nave espacial. Você quer determinar um limite, quer declarar, em tal ou qual instante ninguém mais vê minhas obras. Mas na verdade isso significa exatamente o contrário."

O olho faiscava. Agora vinha a incriminação.

"Você só diz isso por puro medo, porque não quer perder o poder de dispor sobre aquilo que criou. A melhor defesa é o ataque. Você quer se antecipar à sua própria ausência, mas enquanto suas obras ainda existirem, vão encarnar você de algum modo, mesmo que você não saiba mais de nada e que seu nome já tenha sido esquecido há tempos. E sabe por quê? Porque se trata de um objeto *feito*. Nesse caso não se podem impor limites. É justamente isso que Hegel critica em Kant: quem estabelece um limite no fundo já o ultrapassou, e quem quiser se reportar a sua finitude só pode fazê-lo da perspectiva da infinitude. Ha!"

"Conheço esses senhores só de nome", disse Victor. "Ainda não sentei à mesa com eles. Não passo de um pobre escultor pessimista."

"Mas há esta diferença: se é a natureza ou se é você quem cria algo, certo ou errado?"

"E eu não sou natureza?"

"Ah claro, você é um pedacinho da natureza. Natureza imperfeita, natureza corrompida, natureza sublimada, escolha você mesmo. Mas uma coisa você não pode — o seguinte: não pensar enquanto cria."

"Então o pensamento é algo antinatural?"

"Eu não disse isso. Mas no momento em que reflete sobre a natureza, você se afasta dela. A natureza não pode refletir sobre si própria. Você, sim."

"Mas aí se poderia dizer que a natureza usa a mim para refletir sobre si própria..."

Nesse momento um golpe de vento varreu o ambiente, seguido de imediato pela silhueta imponente de uma mulher trajando um casaco de pele. As velas em todas as mesas bruxulearam, como se fossem apagar. Daí a um segundo, lá estava ela junto à mesa.

"Zenobia, só me deixe concluir esta frase", disse Arno, e voltando-se para Victor: "Você não pode reinar para além de sua sepultura, nem que seja de forma negativa!".

"Crianças, que conversa mais triste... Sua sepultura, sua sepultura, a cidade inteira está sepultada sob a neve. Vejam só! Contem!"

"Contem o quê?"

"Quanto demora para esses flocos de neve virarem lágrimas..."

Ela alçara os braços e olhava para baixo. Em seu peito os flocos de neve derretiam.

"Meu casaco está aos prrrantos!"

Zenobia Stejn era a irmã gêmea de Vera, mulher de Arno. Só quem as conhecia muito bem era capaz de distingui-las. Tinham o mesmo sotaque russo carregado, mas Vera, que pintava, era quietarrona e reservada, ao passo que Zenobia transitava pela vida como uma nuvem de tempestade. Estudara física teórica e escrevia resenhas e artigos para jornais russos, mas a par disso tinha ainda uma galeria de fotos na Fasanen-Strasse, que, aberta três vezes por semana, somente no período da tarde ou com hora marcada, era especializada em fotografias naturais alemãs dos anos 20, as formações nebulosas de Stieglitz, os recifes de arenito seriais de Alfred Ehrhardt, os estudos sobre água e areia de Arvid Gutschow. Foram o antagonismo entre o aspecto externo, a apresentação exuberante dessas fotos e o seu mundo silencioso que atraíram Arthur. Tudo nelas parecia ter a ver com um desaparecimento que era evitado no último instante. Num dia aleatório qualquer, havia mais de setenta anos, um fotógrafo vislumbrara em Sylt ou noutra ilha do baixio costeiro no mar do Norte esse detalhe único entre tudo aquilo que o rodeava, um rastro deixado pelo vento, o mar que preenchera os delgados e discretos sulcos desse rastro para depois retirar-se novamente. A luz férrea daquele dia intensificara o minúsculo episódio, que se repetia à exaustão, o fotógrafo o entrevira, registrara, conservara. A técnica daquela época tornava a foto antiquada e aguçava a contradição: algo intemporal assim permanecia, e ao mesmo tempo era marcado como algo dos anos 20. O mesmo acontecia com as formações nebulosas de Stieglitz. O que lá flutuava pelos céus era essa nuvem única, nunca mais apreensível, a cortar vagarosamente a paisagem como um dirigível etéreo, visto por pessoas que não existiam mais. Por intermédio dessa foto, no entanto, aquela nuvem se tornara todas as nuvens, as formações aquáticas anônimas, que sempre existiram, que existiam antes de existirem os homens, que se aninharam em poemas e ditados, corpos celestes fugidios, que costumávamos notar sem vê-los, até surgir um fotógrafo que emprestasse a esse mais fugaz de todos os fenômenos uma constância paradoxal, forçando-nos a refletir que um mundo sem nuvens é impensável e que cada nuvem, quando quer e onde quer que seja, é a expressão de todas as nuvens que nunca vimos nem nunca vamos ver. Pensamentos inúteis, mas que lhe ocorriam porque essas fotos, e o que com elas se tentou, tinham a ver com o que ele próprio pretendia, a preservação de coisas que não precisam ser preservadas para ninguém, porque no fundo estão sempre à mão. Mas era justamente disso que se tratava ali: em algum momento, o vento e o mar haviam formado esses rastros corrugados, em seqüência contínua, não foram inventados por um artista, efetivamente existiram no tempo e no espaço, e agora, tantos anos mais tarde, esses rastros ou essas nuvens jaziam espalhados sobre a mesa, retirara-se cuidadosamente o papel de seda protetor que recobria o passe-partout, e o que agora se tornava visível, recortado nessas molduras de cartolina, era um lampejo do verdadeiro tempo, anônimo e no entanto preciso, um triunfo inominado sobre o passado. Nenhuma nuvem inventada numa pintura de Tiepolo, Ruysdael ou Turner foi capaz de captá-lo... representava simplesmente outras nuvens, nuvens reais, que não se tinham deixado apanhar por ninguém.

Zenobia pousara sua manzorra sobre a cabeça de Arthur.

"Que se passa aqui dentro? Cabecinha séria, mergulhada em pensamentos? O que estará pensando?"

"Pensando sobre nuvens."

"Ah, nuvens! Nuvens são os corcéis do Espírito Santo, dizia sempre minha professora de química quando queria explicar como uma nuvem pesava pouco. Não muito científico. As nuvens têm de cruzar o mundo inteiro para ver se tudo está em ordem... Aulas russas — fatos empíricos e superstição..."

E atirou o seu casaco para trás, como se fosse óbvio que ali se achasse Herr Schultze para apará-lo.

"Além disso, ela não tinha permissão para falar coisas do tipo. Ah", chamou Schultze, "uma vodca, por favor! E dupla, uma para mim e outra para minha alma. Que dia! E para chegar aqui, então! Sinto-me uma égua da cavalaria. Agora vai nevar mil anos, vi na televisão, as suas nuvens! Igualzinho ao que De Gaulle disse, do Atlântico até os Urais. Um meteorologista e tanto! A Europa finalmente unida, um enorme cobertor cinzento de nuvens milenares, e debaixo delas nós saltitamos de lá para cá, sobre nossas perninhas abobadas. Ah, e Berlim na neve da inocência, borradas todas as diferenças, o casamento perfeito entre Oriente e Ocidente, a apoteose da reconciliação. Neve sobre bancos holandeses, igrejas alemãs, sobre Brandemburgo que vai se despovoando, sobre a passional Polônia, neve sobre Königsberg-Kaliningrado, sutil como uma indireta, neve sobre o Oder, neve sobre os mortos... é, Pequeno Polegar, você me contagiou com seus demônios nebulosos, entro aqui como mulher feliz, acossada por um redemoinho, em busca de calor humano, nem que seja o de um holandês, e o que eu encontro? Três sátiros taciturnos. A primeira palavra que ouço é: sepultura. Se alguém precisar agora ser enterrado, vão ter primeiro de limpar a neve e depois abrir o chão a picareta!"

"Sem o menor problema", disse Victor. "Tenho as ferramentas necessárias. Quem se candidata?"

Arthur recostou-se. Talvez, pensou, seja mesmo essa a razão pela qual sempre volto a Berlim. Um círculo no qual fora acolhido, cujos membros se entendiam com meias palavras, no qual se falava em metáforas ou hipérboles ou se calava, no qual o absurdo tinha o seu sentido próprio e nada precisava ser explicado, não havendo vontade. Sabia também como terminaria essa noite. Ele e Victor ficariam cada vez mais calados, e Zenobia e Arno bombardeariam um ao outro com Mandelstam e Benn, cujas obras completas, pelo visto, sabiam de cor. Que não entendessem o russo de Mandelstam havia muito não fazia a menor diferença, assim como não fazia diferença o abismo entre as biografias dos dois poetas. Os versos russos vagavam pelo pequeno recinto, outros clientes não havia mais, banhavam a pequena mesa com esses sons exaltados, explosivos, e os poemas bruscos, dilacerantes de Benn, com as suas rimas inesperadas, tão pouco alemãs, afluíam em sentido contrário, duas vidas trágicas que, em sua destruição e transgressão cheias de culpa, pareciam sintetizar o século. Se isso ainda não lhes bastasse, iam para a casa de Arno, que não morava longe dali, e lá também era Alemanha e Rússia, pois Arno tinha um piano no qual tocava Schubert e Schumann, mal, mas com muito sentimento, ao que Victor, a pedido de Vera e Zenobia, tinha sempre de tocar o largo da segunda sonata de Chostakovitch, com extremo vagar, quase sussurrante, "como só um russo pode tocar, Chostakovitch, esse filho de uma cadela. Ah, Victor, confesse, na verdade você é russo!".

Alemanha e Rússia, em instantes assim era como se esses dois países tivessem uma nostalgia mútua dificilmente compreensível para um holandês atlântico, como se aquela imensa planície que parecia começar ali em Berlim exercesse uma atração secreta, da qual cedo ou tarde teria de ressurgir algo que ainda não estava maduro, mas que, a despeito de todas as aparências contrárias, subverteria mais uma vez a história européia, como se aquela poderosa massa de terra pudesse se virar, com o que a periferia ocidental deslizaria sobre ela feito um cobertor. Aquela mão outra vez! Por que Zenobia sempre o chamava de Pequeno Polegar ele não sabia. Quarenta e quatro anos e um metro e oitenta e um, mas no fundo ele gostava. Ao lado dessa força ele se sentia bem, justamente porque o radar dela sempre pressentia com o que ele andava às voltas, e ao mesmo tempo ela lhe dava a liberdade de tecer os seus pensamentos. E além disso ele sabia que o "álcool era a nuvem da qual ela fazia nevar sobre a alma". Outra vez nuvens, outra vez neve. Mas ela própria dissera isso uma vez, quando estava bêbada de cair e ele a guiara para casa com mão firme.

"Eu bebo contra os fatos", ela explicara então, e embora ele não soubesse ao certo o que ela queria dizer com isso, tivera a sensação de tê-la entendido. Ela golpeara o peito dele com os punhos cerrados ("Nós russos fazemos assim"), seus olhos azuis à luz da porta da frente de casa cravados nos dele ("Também existem judeus de olhos azuis").

"O subjetivo bebe contra o objetivo... escute o que estou lhe dizendo, hahaha...", e nisso ela se precipitou para casa e fechou a porta no nariz dele. Na escadaria, ele ainda a ouviu exclamar: "Escute o que estou lhe dizendo, escute o que estou lhe dizendo!".

Herr Schultze aparecera de novo à mesa. Seu filho, que tinha a aparência de um anjo mau e os cacoetes do pai ("Se é que é o pai dele", disse Victor), nesse meio tempo limpara a mesa, e o pai fitava a mesa vazia, como se se tratasse de um problema metafísico. Como uma marionete, ele esticou um braço rijo para o local vazio e perguntou o que seria agora. Tinha uma sugestão, e todos sabiam qual. Faltava apenas o ritual do pedido.

"O triunfo do camponês?"

"Formidável."

"O trigo, a vaca e o porco?"

"Tudo."

Logo depois chegou uma bandeja, e sobre ela uma tigela com toicinho, algumas fatias de pão tosco, quase preto, e um grande naco de queijo que alguém, a certa altura da Idade Média, colocara no armário e só agora fora reencontrado. Queijo feito à mão.

"Parece mais um pedaço de sabão em pedra", disse Victor. "Por que vocês chamam uma coisa dessas de queijo? Isso é coisa para embalsamar cadáveres."

"Lutero, Hildegard de Bingen, Jakob Böhme, Novalis e Heidegger, todos comeram desse queijo", disse Arno. "O que você cheira, esse fedor penetrante, esta é a variante alemã da eternidade. E o que você vê, essa matéria reluzente e ao mesmo tempo de uma translucidez opaca, ligeiramente sebosa, esta poderia muito bem ser a essência mística de minha querida pátria", e cravou sua faca. "Bebemos mais outro tinto ou passamos direto para a *Hefe*? Herr Schultze, por favor, quatro *Hefe* do mosteiro de Eberbach."

Hefe, Arthur consultara a palavra no dicionário. *Hefe*, humo, borra, escória da sociedade, mas nenhum desses sinônimos tinha a ver com a bebida de aparência tão clara, de um dourado pálido, nos copos altos que agora estavam diante deles. O espírito do vinho. A sua volta, ele ouviu o leve bulício dos demais fregueses. Era quase inacreditável que eles estivessem sentados ali, no centro de uma metrópole, e menos ainda que essa cidade jazesse sob uma espessa camada de neve, que derreteria deixando para trás um grande deserto de lama cinzenta, gelada. De manhã cedo, ao romper do dia, ele iria ao Hotel Esplanade para filmar outra vez a Potsdamer-Platz.

"Rrrerr Schultze", disse Zenobia, "como anda o velho senhor Galinsky? Claro que ele não veio num tempinho desses, veio?"

"Pois é aí que a senhora se engana. O senhor Galinsky está sentado, como de hábito, em seu canto."

Viraram-se. Num canto afastado havia um homem bem idoso, sozinho à mesa, de perfil para eles. Ninguém sabia direito quantos anos ele tinha, mas com certeza bem mais que noventa. Chegava a altas horas toda noite ("Já não consigo mesmo dormir mais"), vivera outrora numa Berlim que nenhum deles presenciara, primeiro violino em uma banda cigana que tocava no "Adlon". Sobrevivera a tudo. Mais não sabiam. Depois das onze chegava ao restaurante, bebia vagarosamente uma jarra de vinho, fumava um charuto e parecia imerso em lucubrações infindas.

"Vou lá cumprimentá-lo", disse Zenobia, mas ao voltar parecia que a breve conversa não correra bem.

"O que ele disse?", perguntou Arno.

"Não disse nada, e não parece que terá vontade de falar outra vez."

"Deprimido?"

"Pelo contrário. Mas tinha um olhar tão esquisito, como se pegasse fogo por dentro. Reverberava."

"Fantasia russa. Exagero eslavo."

"Quem sabe. Posso dizer até de maneira ainda mais russa. Tinha quase um halo, virou um ícone. Melhor assim?"

Olharam.

"Não está se referindo àquele abajurzinho em cima dele, está?"

"Não. Se quiserem ver, têm de ficar bem de frente. Seus olhos chamejavam... Conheço esse olhar."

Ela não precisava explicar nada. Em criança, Zenobia vivenciara o cerco de Leningrado e uma vez contara a respeito.

O que restara na memória de Arthur era sua descrição daquilo que ela chamava a morte serena, morte de fome e de frio, pessoas que tinham desistido, que em algum lugar haviam deitado a um canto com o rosto contra a parede, como se o mundo, reduzido agora a um único quarto, já lhes escapasse, um elemento hostil, vácuo, ao qual não pertenciam mais. Isso, pensou Arthur, também deve ter sido o que ela quis dizer naquela noite de bebedeira com o seu "ódio aos fatos". Certa vez ele voltara ao assunto.

"Ah, isso", ela dissera, "isso é outra pergunta típica de Pequeno Polegar. Você nunca deve lembrar a alguém o que ele disse em estado de embriaguez. E a mim muito menos, que me embriago tantas vezes."

"Por que diabo você sempre me chama de Pequeno Polegar?", ele perguntou à queima-roupa. "Afinal eu não sou tão pequeno assim."

"Mas não tem nada a ver com isso. É que você espalha as suas migalhas por toda parte, Victor guarda tudo para si, e Arno atira pãezinhos inteiros. Você nunca diz muito, mas um dia ou outro eu sempre encontro umas migalhas."

"E esses fatos?"

"Vai começar outra vez?"

"Vou."

"Ai, ai."

"Uma cientista não pode ter nada contra fatos, pode?"

"Ah, mas não são esses fatos que eu digo. Se é que ainda me lembro do que eu quis dizer então. Os fatos de que você fala agora possuem sempre validade, claro."

Silêncio.

"Sim, eu sei que você está esperando."

Silêncio.

"O negócio é que... toda a miséria deste mundo é apresentada como fato... e assim tudo só fica menos real. Essa é a história que nos contam, em maior ou menor detalhe, depende do livro: cerco de Berlim, cerco de Leningrado, de tanto a tanto, tal número de mortos, população heróica... e é assim que hoje assistimos televisão, vemos pessoas, refugiados, essa coisa toda, cada noite um diferente, tudo fatos, assim como os campos do Gulag são fatos, mas de fato", ela riu, "olha só como é a língua! — mas de fato os números e os relatos nos mantêm mais à distância do que nos aproximam... como se nós, ao assistirmos, enxergássemos com uma espécie de olhar titânico por cima de todos os campos de concentração, valas comuns, campos minados, banhos de sangue... nosso olhar já ficou desumano... não nos afeta mais, registramos essas coisas como fatos, talvez até como símbolos do sofrimento, mas já não mais como sofrimento que pertence a nós... e assim esses fatos, a visão desses fatos vira a couraça que nos isola deles... talvez ainda paguemos nosso resgate com um pouquinho de dinheiro, ou o Estado abstrato faça isso por nós, mas a nós isso não toca mais, isso é da conta dos outros, que foram parar do lado errado do livro. Pois isso nós sabemos, no instante mesmo em que se passa, em que vira história, desenvolvemos um faro para isso... é mesmo um milagre, história simultânea, e no instante seguinte não tem nada a ver com o assunto... Arno, o que a besta do seu Hegel disse mesmo a propósito disso?... os dias de paz são as páginas inescritas no livro da história, ou algo do gênero... pois é, agora somos nós essas páginas em branco, e é justamente isso, nós não estamos lá."

"Está sentado feito uma estátua", disse Victor, que fora dar uma espiada em Galinsky. "Quase me ajoelhei, mas não vi nada brilhar. Está meditando de olhos fechados."

"Então os fechou a tempo", disse Zenobia. "Chame o Schultze."

"Ah, uma mesa-redonda perspicaz", disse Schultze. "Eu já tinha visto, mas pensei, vou deixá-lo sentado mais um pouco.

Perguntei se ele queria outro copo de vinho, a garrafa já estava vazia. Mas ele continuou sentado, e pareceu um pouquinho radiante, como se ouvisse música ao longe. Atravessou-me com o olhar, não, com um *sorriso*, e aí pôs seu charuto de lado e fechou os olhos. E como daqui a pouco a gente fecha mesmo, não quis atormentar meus fregueses. Assim que todos saírem, chamo a ambulância. Mas não precisam se apressar. Lá está ele, sentado, feliz da vida, todo ereto. Um freguês perfeito, sempre presente. Um cavalheiro. Já lhes trago outra *Hefe*, por conta da casa." Encheu os copos um pouco além do costume, e eles ergueram o brinde na direção do defunto.

"Adeus", disse Victor, e soou como se entoasse uma melodia.

Saíram. Agora não havia mais flocos gordos, e sim tenros grãozinhos pulverulentos que desciam em chuvisco das lâmpadas altas da Kurfürsten-Damm. Enquanto se despediam, ouviram ao longe a sirene de uma ambulância aproximar-se.

"Hoje já perdi a conta de quantas vezes", disse Arthur. "Pode-se dizer que as sirenes, que as sereias me perseguem."

"Sereias não perseguem ninguém", respondeu Zenobia, "atraem a pessoa para si."

"E então já sabe o que fazer, meu caro", disse Arno. "Deixe que o amarremos ao mastro, os ouvidos tapados com cera. Porque o barco tem de seguir adiante."

Sem se virar, Arthur viu agora os quatro partirem, cada qual numa direção, Arno para o sul, Victor para o norte, Zenobia para o leste, ele próprio para o oeste, de onde aliás a neve parecia vir. Assim descreveram pela segunda vez naquele dia uma cruz pela cidade coberta de neve, primeiro cada um a seu tempo, em sentido convergente, agora todos ao mesmo tempo, em sentido divergente. No curso desses pensamentos, Arthur imaginava sempre uma câmera que registrasse de algum ponto lá em cima, onde agora não se podia fixar a vista por causa dos flocos em turbi-

97

lhão, a solitária marcha quádrupla, até que eles, cada um ao termo de seu caminho, dessem remate à cruz com alguns meneios cômicos. Depois disso voltariam a ser o que eram, pessoas, a sós em suas curiosas moradas de pedra, habitantes de uma metrópole, com bocas subitamente mudas. De vez em quando tornava-se o seu próprio *voyeur*, alguém que imaginava algum outro, que era ele próprio, observando-o secretamente, ele próprio invisível, ao chegar em casa. Aí não havia jeito de cada movimento e cada ação perder o seu ar teatral, um filme sem enredo. Um homem que abre a porta da frente, sacode o casaco para tirar a neve, despe o casaco e outra vez o sacode junto à porta, então sobe a grande escadaria berlinense, abre uma segunda porta e entra em sua casa. E agora? Passar pelo espelho sem olhar, três já é demais. Com a mão ele afaga a câmera, que nunca consegue imaginar como simples objeto, observa a foto de uma mulher, uma criança, o homem que está ao lado, como, onde, quando, precisa ter a aparência de alguém que sabe não estar sendo visto, melhor ainda, esse pensamento nem pode lhe ocorrer, mas qual a sua aparência?

Remexe em seus CDs, introduz um deles no seu CD-player portátil, Winter Music, John Cage, silêncio, ruído, silêncio, ruído veemente, silêncio, sons cadenciados. As fases de silêncio só se distinguem pela duração, pelo que lhe fica claro serem igualmente música todas essas pausas, silêncios contados, compassos, composição. A sensação é de um tempo dilatado, se é que existe algo assim. É essa a música que irá adaptar às imagens filmadas de tarde, isso ele já sabe agora, porque música que distende o tempo distende também o espaço da imagem.

Estremece quando o telefone toca. Uma hora. Só pode ser Erna.

"O que você estava fazendo? Onde esteve hoje à noite?"

"Saí com amigos. Num restaurante. Uma pessoa morreu."

"Ah. Que música estranha é essa aí no fundo?"

"Cage."

"Música de ninar é que não é."

"Não estava mesmo para dormir. Ainda estava pensando um pouquinho."

"Sobre o quê? Ou será que você está com visita?"

"Não. Estava pensando que em quarto de gente sozinha os relógios avançam mais devagar."

"Autocompaixão, agora? Eu também estou sozinha."

"É diferente. Também está nevando desse jeito aí?"

"Está. O que você quer dizer com diferente? Porque tenho filhos?"

"Também. Você mora com gente."

"É para eu ficar preocupada com você?"

"De jeito nenhum. Passei uma noite extremamente animada. Junto com três outras pessoas, das quais duas também vivem sozinhas. Estamos em maioria. O futuro é dos ermitões. Don't worry."

"Arthur?"

"Sim?"

"Você não tem uma pontinha de saudade de casa? Os canais congelaram, amanhã a gente pode sair para patinar."

Erna morava junto ao canal Keizer. Ele vislumbrou a imagem. Terceiro andar.

"Você está na janela?"

"Estou."

"Luz amarela dos postes. Neve em cima dos carros. Figuras noturnas que se seguram à balaustrada das pontes, porque o chão está escorregadio como ele só."

"Perfeito. E você não tem saudades?"

"Não."

"Está com trabalho? Está com algum serviço?"

"Não. E nem quero. Ainda me viro assim por algum tempo. Logo aparece alguma coisa. Por enquanto estou ocupado."

"Em escarafunchar pelos cantos?" Era assim que Erna chamava o trabalho realizado para sua coleção. Ele não deu resposta.

"O que você tem filmado, afinal?"

"Ruas, neve, calçadas..."

"Aqui tem as mesmas coisas."

"Não, bonito demais, pitoresco demais. Sem história suficiente. Drama nenhum."

"História suficiente, mas..."

"Não é ruim o suficiente. Não tem força." Foi inevitável pensar em Zenobia e ver diante de si uma cena que filmara havia alguns anos a caminho de Potsdam. Fora obrigado a parar num cruzamento atravessado por uma coluna russa, uma interminável série de homens a pé, botas grosseiras, bonés jogados para trás. A julgar pelos rostos, vinham de todas as regiões do império soviético, quirguizes, chechenos, tártaros, turcomanos, um continente inteiro marchava ali pela rua, de regresso à pátria que se desintegrava. Perguntara-se o que afinal pensavam, o que tinham naquelas cabeças, agora que, retornando como perdedores do país que antes haviam conquistado, se dispersavam rumo aos confins mais remotos da Ásia. Mas a história não podia terminar assim. Talvez fosse isso que o prendesse ali. Ali a pessoa era sempre arrastada, fluxo e refluxo. Ali, muito mais que em qualquer outra parte, o destino da Europa fora gestado. Tentou explicar isso a ela.

"Que bobagem."

"Boa noite."

"Você se ofendeu? Desde que chegou a Berlim, você leva tudo tão a sério. Vê se dá um pulo outra vez na Espanha. Aos poucos a história vai virando uma obsessão para você. Isso não é vida, a meu ver nem os alemães vivem assim. Onde alguém lê jornal, você lê história. Para você um jornal vira logo mármore, eu acho. O que é um absurdo! E assim você simplesmente se esquece de viver. Você tem é tempo demais para ficar enfiando minhoca na cabeça. Trata de fazer uns comerciais. Todo mundo passa pelas estátuas, mas você tem de *vê-las*, isso é um tique ou não é? Antes..."

"Pois é, antes, antes. Antes eu era bem diferente, é isso o que você queria dizer?"

"Antes" era antes da morte de Roelfje, dispensável a explicação. Mas ele não sabia mais como tinha sido antes. Não conseguia mais se lembrar, e, Deus do céu, como tentara! Na verdade, era como se antes ele não tivesse existido, ao menos assim lhe parecia. Os anos de escola, professores, quase nada disso lhe restara. Vivia com fragmentos. Mas quando alguém dizia algo do tipo, soava tão estúpido. E no entanto era assim, uma parte da contabilidade faltava, desaparecera. Era hora de terminar essa conversa. Erna diria que era melhor ele se ocupar com sua própria história, mas isso ele não queria ouvir. Estava bom daquele jeito, o homem da foto podia continuar um estranho. Ele próprio tinha agora mais o que fazer.

"Estou na janela a seu lado", ele disse.

"Com o braço em volta do meu ombro?"

"Isso."

"Então agora vamos dormir." Nem bem disse, já desligara. Ele escutou mais um instante o silêncio e então foi deitar-se.

E nós, que do nosso mundo de luzes espiamos o curioso do mundo deles, o que vemos? Deitados em suas camas os vemos, vemos, como diz Zenobia, se transformarem repentinamente de seres verticais em horizontais. "Alheios ao mundo", ela diz, como se eles não fossem mais de seu mundo. Para nós, toda a existência deles é inconsciência, estupor, sono. Nela, o sono menor em que se acham agora é uma duplicação. Acreditam descansar, e no desenraizamento de suas vidas isso é bem verdade. Mas assim se distanciam ainda mais de nós. Eles não se recusam como a maioria, pode-se dizer que eles, cada qual a seu modo, roçam o enigma, mas isso não é o suficiente. Portas erradas, caminhos errados. Fazer mais do que fazemos não podemos, nosso poder, se é que é mesmo poder, limita-se a essa observação, à leitura de pensamentos, tal como vocês lêem um livro. Temos de acompanhar, folheamos as páginas, escutamos as palavras de seus pensamentos sonolentos, ouvimos como eles, deitados em seus quartos escuros na cidade coberta de neve, se movem um em direção ao outro nesses pensamentos, quatro aranhas tecendo uma única teia, o que não funciona. Recapitulam as palavras dessa noite, dizem o que horas antes não disseram, fragmentos, fios, as franjas que faltam. Amanhã, quando acordarem, a química da noite terá remodelado esses pensamentos, terá esgarçado a teia. Será preciso começar da estaca zero. Assim eles são.

A voz inglesa encheu o quarto com mortos e feridos. Arthur Daane estava acostumado a acordar com o BBC World Service, como se ainda não estivesse à altura do mundo em outras línguas. Na maioria das vezes já se achava acordado e aguardava essas vozes masculinas ou femininas, que sempre diziam primeiro qual nome tinham. Talvez achassem que assim os horrores seguintes, atentados, levantes, movimentos de tropas, furacões, colheitas devastadas, inundações, terremotos, acidentes ferroviários, processos, escândalos, torturas ficassem mais fáceis de suportar. Alguém os narrava, alguém com um nome e uma dicção que dali a pouco passavam a ser percebidos como próprios desse nome, de modo que os acontecimentos no Iraque, no Afeganistão, em Serra Leoa, na Albânia, assim como a saúde do dólar, o resfriado do iene, a indisposição passageira da rupia ganhavam o ar de um episódio doméstico.

Alguém lhe contara certa vez que, deflagrada a Segunda Guerra Mundial, uma dessas vozes interrompera a transmissão para comunicar ao mundo tal novidade, e que a mesma voz serena, tranqüila, olímpica, que parecia pairar sobre o mundo, cinco anos mais tarde, ao término da guerra, retomara sua transmissão antes interrompida com as palavras: "Como eu estava dizendo...", com o que reduziu toda aquela guerra a uma lacuna, a uma coisa que constantemente ocorre, ocorreu e ocorrerá outras vezes.

Nessa manhã, porém, ele ainda não estava acordado quando a voz, dessa vez uma mulher, às sete em ponto tomou seu cérebro de assalto e lá se mesclou à retaguarda daquilo que até aquele instante com certeza o ocupara, mas a que no momento seguinte já não queria mais se entregar, de modo que, ao desligar o rádio, não restava mais traço algum do que quer que fosse. A voz inglesa da mulher, que falara com um ligeiro sotaque escocês, se fora com um fragmento mudo de sonho. Atrás da janela sem cortina ainda imperava a escuridão. Ele permaneceu imóvel, para escapar dos pensamentos que viriam inexoravelmente, uma ritual análise de consciência em que não apenas as conversas da noite retrasada e as ações do dia anterior seriam repassadas, mas também o instante e o lugar em que ele se encontrava, uma disciplina jesuítica, ou antes o exato contrário, o voluptuoso ruminar de um homem livre de deveres. Porém essa fartura de tempo era algo que ele desejara, que lhe possibilitava trabalhar em seu eterno projeto. Mas saberia ao certo o que pretendia com ele? Quanto tempo ele próprio se permitiria? Algum dia estaria pronto? Ou isso não faria diferença? Não lhe caberia encontrar uma fórmula precisa, uma composição? Por outro lado, ele trabalhava com material que, precisamente, se oferecia, com imagens topadas ao acaso. A unidade dessas imagens consistia em serem escolhidas e filmadas. Talvez, pensou, isso pudesse ser comparado ao ato poético. Se é que entendera algo das afirmações completamente desencontradas que os poetas faziam a res-

104

peito, para eles também não havia um esquema rígido, exceto que a maioria partia de uma imagem, uma frase, um pensamento que lhes ocorria de repente e que anotavam, sem nem ao menos, em certos casos, terem a noção exata da coisa. Será que agora ele sabia ao certo por que rodara aquelas cenas na tarde anterior na Potsdamer-Platz? Talvez não, mas mesmo assim sabia que aquelas imagens faziam parte "daquilo". Daquilo o quê?, seria lícito perguntar. Afinal, as exigências de um filme eram diversas das de um poema. Sem contar que esse era um filme sem produção, pago do próprio bolso, porque lhe dera na telha fazê-lo, como talvez a um poeta dá na telha fazer um poema.

Era ridículo dizer que um poema, por menor que fosse, abarcava o mundo? Ele fazia um filme que ninguém esperava, exatamente como — até onde ele sabia — ninguém esperava um poema. Esse filme, disso estava plenamente convencido, deveria expressar algo sobre o mundo, tal como ele, Arthur Daane, o via. Que esse filme tivesse a ver com o tempo, com o anonimato, com o desaparecimento e, embora odiasse a palavra, com a despedida, não era nada que ele buscasse, era assim e ponto final, algo que se impunha. Mas a Alemanha também se impunha, e dela era difícil dizer que fosse anônima. A arte seria conjugar essas duas coisas, e para tanto precisava ter paciência, precisava colecionar. Berlim seria o lugar em que se desenrolaria parte de seu filme, e no entanto não era para virar um documentário. Ele não tinha com que se preocupar, não seria a primeira vez que de algo semelhante ao caos brotaria a clareza. E depois, se não desse certo, não tinha de responder a ninguém.

Mas por que, Deus do céu, a Alemanha? Por causa de um tipo específico de infortúnio, no qual reconhecia algo de si próprio? Disso não havia provas, antes pelo contrário. Uma potência econômica que, fosse como fosse, parecia arrebatar toda a Europa, uma moeda tão forte que o resto do mundo queimava as pestanas em cima dela, uma posição geográfica que, ainda quando esse corpo majestoso se virasse no sono, dava a impressão de causar um pequeno abalo sísmico nos países vizinhos, porque cada um desses países, em algum momento de sua história, sofrera feridas e escoriações que se gravaram na psique nacional como reminiscências indeléveis, tais como a derrota, a ocupação, a humilhação e os correspondentes sentimentos de suspeita, desconfiança, ressentimento, que por sua vez se mesclavam no grande país com pesar, penitência, remorso, com melancolia por aquilo que eles próprios lá chamavam muitas vezes a doença alemã, uma tristeza que consistia na dúvida, porque não era certo nem podia ser que os inocentes tivessem de carregar a culpa de seus antepassados, enquanto ao mesmo tempo tinham de se perguntar se, como muitos afirmavam, na alma de seu povo havia um traço de caráter fatídico, que a todo instante podia vir a lume.

Visíveis essas coisas quase nunca eram, mas a quem possuísse um talento sismográfico não podia escapar que, sob todo esse ostensivo bem-estar, sob toda essa fulgurante solidez, roía uma insegurança que, embora negada ou reprimida pela maioria, podia vir à tona nos momentos mais inesperados. Ele já estava ali por tempo suficiente para saber que, ao contrário das alegações muitas vezes ouvidas no exterior, a eterna auto-análise, seja lá qual fosse a forma, jamais tinha fim, bastava durante uma semana qualquer contar quantas vezes aparecia a palavra judeu em toda a mídia, uma obsessão ora subliminar, ora manifesta que, como antes, se fazia sentir no que havia muito já evoluíra para uma moderna democracia liberal bem lubrificada. A melhor prova disso era que, na condição de estrangeiro, a pessoa nem sequer tinha licença de dizer tal coisa, que fosse advertida, por gente que pela idade não poderia ter participado de nenhum crime, para não subestimar em hipótese alguma aquele

106

país. Alegavam-se então incêndios criminosos, histórias de terror vindas do lado oriental, onde um angolano fora arremessado de um trem, ou alguém se achava entre a vida e a morte depois de espancado por dois skinheads, pois se recusara a cumprimentar com a saudação a Hitler, e quando se dizia que tais coisas, de fato, eram cruéis e abomináveis, mas que ocorriam igualmente na França, na Inglaterra ou na Suécia, a pessoa era então acusada de fechar os olhos à borrasca cada dia mais iminente.

Recordou-se de um passeio que fizera com Victor pelos jardins de Sans-Souci, ainda antes de serem restaurados. Era um dia escuro, chuvoso, e se jamais buscara imagens para aquilo que o ocupava, lá as encontrara: o luto violeta dos rododendros em flor diante das ruínas do belvedere, as mulheres e anjos desfigurados, que só se mantinham de pé com espeques de ferro enferrujado, as rachaduras no tijolo, que mais se assemelhavam a cicatrizes — tudo parecia querer negar a despreocupação do nome que o grande rei dera ao castelo.

"Não se pode dizer que ele não haja tentado, o grande Frederico", disse Victor. "Tocar flauta, redigir cartas em francês, usar uma peruca ligeiramente empoada, convidar Voltaire, mas Voltaire nunca se sentiu lá muito em casa aqui na Prússia. Não se ajustava ao peso específico desta terra, que se transformou de novo em Hegel e Jünger, sim. Foi pesado e considerado leve demais. Falante e divertido, mas nenhum peso-pesado de fato: uma borboleta. Sem mármore bastante. Com ironia demais. O maluco é que hoje os franceses correm atrás de Jünger e Heidegger. Eles tiveram Diderot e Voltaire, agora têm Derrida. Palavras demais. Perderam também a orientação, exatamente como aqui."

E como se isso precisasse ser demonstrado, ensaiou em seguida um pequeno balé com um casal alemão que descia a escadaria externa no exato instante em que Victor, alguns passos à frente de Arthur, fazia menção de subi-la. Quando Victor fez que ia dar um passo à direita para evitar o casal, o homem puxou sua mulher para a esquerda, de modo que tornaram a ficar cara a cara. Mas quando Victor fez nova tentativa de esquivar-se, o casal deu ao mesmo tempo um passo à direita, de sorte que o escultor ficou parado, imóvel, e o casal descreveu um arco para contorná-lo.

"Já tinha prestado atenção nisso?", perguntou. "Isso não pára de me acontecer aqui. Em Nova York ou em Amsterdã não é assim. Continuam a não saber para onde vão, não têm radar."

Arthur não levou aquilo a sério, mas Victor insistiu.

"Moro aqui já faz um bom tempo, sei do que estou falando. Aliás, acho bem simpático. Insegurança nacional metafísica, expressa em frustrados passos de dança. Cinqüenta anos atrás eles sabiam exatamente aonde iam. O curioso é que, quando não são convidados, vão mesmo assim, e quando se pede que nos acompanhem, então é que não querem mesmo, e justamente porque já o fizeram no passado . É a mesma coisa desses passos de dança. Têm receio até a medula dos ossos."

No salão de chá do castelo, foram a seguir tratados como dois elementos perturbadores. O Muro já havia caído, mas ainda reinava ali a república popular, ou seja, nada de conversa fiada, pendurar o casaco não na cadeira ao lado, mas levá-lo à chapelaria, não pedir nada que não tenha hoje, ainda que não se saiba o que não tem hoje, e acima de tudo mostrar-se submisso aos caprichos do estafe.

"Aqui ainda não têm problemas", disse Arthur. "Sabem exatamente o que querem."

"Ou o que não querem. Vai ser um processo de grande beleza. Agora têm de se virar com dois passados ao mesmo tempo. Os daqui sempre aprenderam que aquele outro passado não era o seu. Com ele não tinham nada a ver, não eram nazistas, talvez não fossem nem sequer alemães, nunca precisavam olhar para dentro de si próprios. E depois, mais esses quarenta anos. Cuidado com o cachorro. Mas vou sentir saudades. Tudo vai mudar, inapelavelmente, e então não vai ser mais a minha Berlim. Em breve ninguém mais vai poder imaginar a rematada loucura disso tudo, a não ser as pessoas que viveram aqui, e uns dois ou três patetas nostálgicos feito eu. Mas mesmo se amanhã mandarem o Muro pelos ares, não vão dar cabo dele. Tome nota, meu amigo, há sempre um ou outro que usa a cabeça, todo o resto é atropelado pelos acontecimentos. E esses tiveram azar. Quarenta anos é uma vida. Logo, uma certa modéstia de nossa parte é oportuna."

Quantos anos já fazia, essa conversa? Cinco, seis anos? Luz, um primeiro bafejo de luz rastejou janela acima. Pôde reconhecer a forma esbelta da castanheira que havia no pátio interno. Uns trinta apartamentos, por baixo, tinham vista para essa árvore. Certa vez cogitara pedir a permissão de todos os moradores para filmar a árvore de suas janelas, mas desistira depois que três deles se recusaram, cheios de suspeita. Em vez disso, filmara a árvore nos anos precedentes em todas as estações. Seria isso, portanto, o que faria assim que clareasse um pouco. Filmar era melhor que pensar. Nada de papaguear — limpar! Levantou-se para preparar o café. Atrás das janelas da maioria das casas já havia luz. Neste país se acordava cedo. Pertinácia. Ele adorava deixar a sua própria luz apagada e contemplar todas essas pessoas que se moviam em seus cômodos. Que não as conhecesse não tinha importância, ou esse era justamente o estímulo. Assim ainda tomava parte numa comunidade, sendo aquela árvore o vínculo comum.

A única que consentira fora uma senhora muito idosa, que morava três andares acima. De sua janela, podia observar de perto a copa da árvore.

"Eu a conheci quando ela ainda era bem pequena. Eu já morava aqui antes da guerra. Ela sobreviveu a tudo, bombardeio dos ingleses, tudo. Meu marido caiu em Stalingrado. Desde então eu moro aqui sozinha. Você é o primeiro que me pede isso, mas eu posso entender, costumo falar muito com a minha árvore. E no correr do tempo ela se aproximou cada vez mais de mim. Você nem imagina o que isso significa, quando todo ano voltam a se formar os botões e as flores. Então me dou conta de que vivi mais outro ano. Temos conversas de verdade, sobretudo quando lá fora começa a esfriar. Nossos invernos são tão longos. Quando ela passar da minha janela, eu não vou mais existir."

Ela indicou a foto de um jovem com uniforme de oficial, disposta sobre o vasto aparador. Penteado anos 30, loiro, cabelo alisado para trás. Ele sorriu para a senhora muito idosa, a quem não reconhecia, e para o jovem desconhecido, de trajes singulares.

"Eu conto a ele sobre a árvore, como ela ficou grande. O resto ele não consegue entender, como tudo mudou. Não me atrevo a contar isso a ele."

De vez em quando Arthur a via na rua ou na escada. Jamais o reconhecia. Arrastando-se com extrema lentidão naqueles enormes sapatos cinzentos que só as senhoras idosas na Alemanha ainda usavam. Mantô de gabardina, chapéu de feltro com penas enterrado na cabeça.

O telefone tocou, mas ele não atendeu. Ninguém em casa, agora ele queria aguardar o instante certo para a luz. Não resultaria muito daquilo, talvez nem sequer meio minuto, estático, quase uma foto. Mas tinha de ser. Não há dia sem regra, isso também valia para ele. Suas regras eram as imagens. Observou a árvore. Uma torre recoberta de neve. Somente um mestre japonês saberia o que fazer com ela. A neve redesenhara a árvore, quase como se as ramagens por baixo não tivessem mais função. Lá poderia muito bem estar uma árvore toda de neve, uma escultura branca, gelada, do mais branco mármore. Mas cabia ainda esperar pelo menos dez minutos. Com menos de ASA 500 não daria certo.

No mesmo instante, Arno Tieck ponderava se devia comer cereais ou torradas no café da manhã, mas então retomou o pensamento com o qual despertara e que tinha algo a ver com uns versos do "Purgatório", em cima dos quais adormecera na noite anterior. Tomara o hábito, antes de dormir, não importava se enchera a cara ou não, de apanhar um livro qualquer da estante e ler uma página aleatória, que então o acompanharia ao reino dos sonos. Lia essa página em voz alta, e muitas vezes ouvia sua própria voz extinguir-se. Surgia então a voz de um outro, uma pessoa que lhe falava de longe e que ele não conseguia ver. O "Purgatório" não era sua leitura predileta, mas a essas horas mortas, tinha muitas vezes a impressão de que as linhas lidas ao acaso continham um palpite sobre aquilo com que se ocupava no momento. Pôs os óculos e tateou com a mão direita em busca do livro, que devia estar em algum lugar do chão, ao lado da cama.

Cristãos soberbos, míseros e lassos,
que cega à luz a mente conservais,
e julgais avançar, volvendo os passos!

Não entendeis que nós não somos mais
que vermes vis, dos quais a ninfa cresce,
por se elevar aos sumos tribunais?

ele leu, e se perguntou se podia inserir esses versos no ensaio que escrevia sobre Nietzsche, embora o homem como verme não fosse bem uma idéia nietzschiana, a menos que se referisse a algo como os últimos dos homens dignos de desprezo, e estes já não se importavam mais com um mundo transcendente, no qual teriam um dia de enfrentar julgamento. E quanto a essa borboleta, sem falar da impossibilidade biológica de um verme se tornar uma borboleta, tampouco era uma imagem adequada, muito menos se essa pobre borboleta tivesse ainda de adejar rumo ao trono do Juízo Final. Não, Dante o deixara a ver navios. Ou teriam sido as *Hefe*? Também era possível. Seja como for, não entendia mais por que achara esses últimos versos tão interessantes na noite anterior.

Que Zenobia Stejn lesse nesse instante os mesmos versos em inglês, nenhum deles podia obviamente imaginar. Aliás, um acaso desses lhes teria parecido uma maluquice e tanto, embora não impossível num universo que, segundo Zenobia, consistia exclusivamente em acasos, se bem que nesse caso a onipresença de Dante em todas as línguas fosse propícia. Zenobia também não estava nem um pouco a fim de ler Dante, nem sequer o tinha em casa. O fato é que topara com essa citação na última página de um livro de um físico, e nem se impressionara tanto, em boa parte porque o elemento metafísico do livro lhe despertara suspeita. Seu apartamento não possuía aquecimento central, e ela ainda não estava com vontade de acender a estufa. Daí permanecer mais um pouco deitada, segurando o livro com uma das mãos e os olhos postos naqueles versos. *Infinito em todas as direções*. Dyson era uma das sumidades da física teórica, incontestável, mas qual era o sentido dessa compulsão de querer a todo custo crer em alguma coisa? Sem Deus, pelo visto, não havia jeito, nem para Einstein com seus dados, e ela tinha de admitir que a variante exposta por Dyson tinha algo de instigante, um Deus que ainda não havia, um ser imperfeito, que crescia com a sua própria criação imperfeita.

Ela própria não acreditava em Deus, mas se tudo quanto não se entendia fosse qualificado de mistério ou de acaso ou então muito simplesmente de Deus, se a coisa fosse mais cômoda, não tinha afinal tanta importância, e se fosse mesmo urgente acreditar em alguma coisa, talvez melhor então num Deus abatido, humano, que em meio a toda aquela miséria estivesse em busca de sua própria redenção, ou em alguém que ainda estava em fase de crescimento, se é que aquilo que o universo fazia pudesse ser chamado de crescimento. Obviamente alguém contara a Dyson que suas idéias coincidiam com uma antiga heresia de Socino. Este era talvez seu aspecto mais belo. Especulações, de qualquer tipo que fossem, sempre a interessavam, e agradava-lhe a idéia de que alguém, na mesma Itália de Tomás de Aquino e Galileu Galilei, inventara um Deus que não era onisciente nem onipresente, mas o que Dyson deduzira daí era pura especulação, mas uma que não podia alegar o século XVI como circunstância atenuante. Quanta quimera, logo de manhã cedo! Não seria tão fácil assim escrever aquele artigo sobre Dyson. "Deus aprende e cresce à medida que o universo se desdobra" — bom, mas não querer mais diferenciar entre o espírito e Deus, definindo Deus como aquilo que o espírito se torna quando transcende os limites de nossa compreensão, a isso ela se opunha com unhas e dentes, pois significaria que tudo o que não entendemos vira automaticamente Deus, ou, antes ainda, se é que ela o compreendera direito, que nós, se não crescermos com ele, ficamos infelizmente para trás. Melhor ficar para trás, então. Por que tomava ele como absolutamente necessário acreditar em algo? Afinal, em vida não teriam mais uma resposta, e depois também não. Por outro lado, o fato de a humanidade ser um prelúdio sublime, embora longe de ser a última palavra em perfeição, possuía o encanto da fugacidade, algo então tremeluzia ao longe, ao qual mesmo ela não era insensível, algo que correspondia mais à sua coleção de fotos que a seu trabalho científico, e esse pensamento a levou a Arthur Daane e à vodca da noite anterior. Por trás daquele reticente rosto holandês se passava o diabo, sobre o qual se calava, disso não havia dúvida, era possível notá-lo no modo como ele contemplava horas a fio a coleção de fotos dela, em silêncio. Devia ter algo a ver com o que lhe acontecera, e isso, pensou, tinha por sua vez algo a ver com seus filmes. Arno ficara entusiasmado, mas Arthur ainda não lhe quisera mostrar nada. "Fica para depois, são só fragmentos, ainda não sei qual a direção que vai tomar." O que ela vira fora o documentário que ele rodara com Arno, este era mesmo muito bom, mas evidentemente não era aquilo a que aspirava. Ele possuía, como ela chamava, uma segunda alma, e isso, pensando bem, era tão indemonstrável quanto as idéias de Dyson, que afinal também possuía a sua. Claro que ainda não era possível refletir sobre tais coisas sem cair nessas ridículas categorias. Espírito, deus, alma. Melhor acender a estufa. Embora Dyson o expressasse de modo encantador. "Matéria é a forma de se comportarem as partículas quando um grande número delas é aglutinado." Isso tinha charme, é óbvio, mas borboletas a caminho do trono, aquilo, mesmo que da lavra de Dante, lhe era de pouca serventia num dia de inverno como aquele.

Victor Leven já se achava de pé havia uma boa hora no instante em que Zenobia Stejn e Arno Tieck deixaram a contragosto suas camas tépidas. O despertador estridulou sem clemência, e cumpria-lhe obedecer. Ginástica, barbear-se, ducha gelada, café, nada de desjejum, nada de música, nada de vozes, vestir-se como se para sair, impecavelmente penteado, ir ao ateliê, sentar-se na cadeira diante da peça na qual trabalhava, contemplá-la e continuar assim durante pelo menos uma hora, antes de esboçar o primeiro movimento. O que pensava enquanto isso nem ele mesmo sabia, e não era nenhum acaso, era treinamento. "Não quero pensar em nada", dissera uma vez a Arthur, "e isso é difícil como quê, mas se aprende. Você dirá, aprende nada, todo o mundo diz isso — sentado ali, observando, você pensa, sim, em alguma coisa, mas não é verdade. Ou já não é mais verdade. Falar sobre aquilo que se faz é besteira, mas vamos lá, já que insiste: não penso em nada porque me torno essa coisa. Tá bom assim? E fim de papo."

De vez em quando havia isto, uma luz que fazia tudo parecer retesado e dava a impressão de que o céu se estilhaçaria feito cristal. A Potsdamer-Platz era agora uma ampla superfície aberta, a neve congelada sobre as dragas conferia à cena um toque cubista. Filmou, quase a braços com a luz refletida. Da noite anterior, sumira tudo. A policial, a ambulância, tudo jamais estivera ali, o que lá houvera consistia no máximo em algumas obscuras imagens de filme, tremidas, que ele registrara. Agora tinha ainda de registrar o alambrado. Alguém o fechara. Ao tentar abri-lo, escorregou. Agora foi ele quem bateu com a cabeça no ferro. Tentou salvar a câmera, deu em cheio com as costas no chão congelado, sentiu que lhe escorregara algo do bolso, logo tratou de se recompor, ajoelhou-se e fixou os olhos numa foto de Thomas, que deslizara da carteira e lhe sorria em meio a alguns cartões de crédito.

"Posso ajudá-lo?" Uma espécie de vigia.

"Não, obrigado."

Aquilo não fora um acaso. Seus mortos ainda não o deixavam em paz. Mas ele não queria. Apoiando-se na cerca, pôs-se de pé. A câmera, ele depositou-a sobre a neve, para apanhar a foto.

"Estou sem tempo", murmurou. Seria justo dizer algo assim? A foto, ele enfiou-a de volta na carteira, mas não adiantava. Aonde quer que fosse, eles continuariam seguindo-o de perto, não deixariam de acompanhá-lo. Ele estava ali, mas eles eram onipresentes, não tinham mais lugar e estavam por toda parte, não tinham mais tempo e estavam sempre presentes. "Não têm mais tempo", essa frase lastimável, graças a Deus, não era de sua autoria, mas do padre católico durante o enterro. Os pais dela haviam insistido naquilo, e na confusão daqueles dias ele concordara, tal como concordara que Thomas fosse batizado, ainda que considerasse isso uma besteira. Crescera sem nenhuma religião, e Roelfje não praticava mais sua fé, como dizem os católicos, coisa que sempre magoara os pais dela. Esse batismo foi a primeira cerimônia católica que ele presenciou de perto, de repente o homem que eles tinham acabado de ver com roupas bem comuns no presbitério fez o seu ingresso por uma porta lateral da igreja envergando paramentos brancos, todos bordados, seu sogro tomara a criança dos braços de Roelfje e declamara falas curiosas, que lhe eram mais ou menos ditadas, como "Você renuncia ao demônio?" — "Renuncio", e na seqüência o sogro sempre respondia "Renuncio", porque Thomas ainda não podia dizê-lo, e Arthur ficara ao lado e filmara essa cerimônia de exorcismo africano com uma espécie de fúria. Tivera a sensação de que, com toda aquela patacoada pagã, seu filho lhe seria roubado. Mas o pagão ali era ele, pôde confirmar isso em detalhes no close que dera em Roelfje, no brilho dos olhos arregalados com que ela seguira a encenação toda. Mais tarde ela dissera que a achava "bonita, de certo modo"; embora não acreditasse naquilo, sem nada, afinal, ficava tudo tão vazio, agora ela tinha a sensação de que Thomas fora acolhido no mundo com certa solenidade, recebera as boas-vindas. Se a pessoa não acreditasse, não fazia mal nenhum, mas assim era um pouco como se eles tivessem festejado o seu nascimento, e além disso faziam um agrado aos pais dela. Ele não dissera ter plena consciência de que não, o problema não eram os pais dela, e sim que nela mesma ainda flamejava algo daquela superstição, como se seu filho tivesse sido contemplado com uma proteçãozinha a mais por intermédio daquelas poucas ações e fórmulas mágicas do padre que não cheirava lá muito bem, com seu modo de falar ligeiramente extático, afetado. Talvez não tivesse dito nada, pensou, porque essa era uma das razões secretas pelas quais a amava, ela ser uma mulher supersticiosa, que nunca foi completamente desse mundo. Morosa, essa a palavra que ele encontrara para defini-la. Não diga besteira (essa era Erna), o que atrai você é simplesmente o fato de ela não ser moderna, mas isso soava tão estapafúrdio quanto antiquado, morosa acabava sendo melhor, e assim ficou. Uma mulher que imprimia seu próprio tempo ao mundo, sua mulher morosa, vítima de uma morte tão veloz. Logo depois de ter recebido a notícia, tomou o avião para a Espanha, a empresa aérea lhe pedira para levar os raios X das arcadas dentárias de Roelfje e Thomas. Já a partir daí percebera que provavelmente não poderia mais vê-los, e assim foi. Corpos desfigurados pelas mutilações, assim estava escrito no jornal, mas ele não quis imaginar o que se queria dizer com isso, era algo tão abstrato quanto as fotos que o serviço de reconhecimento lhe devolvera, como se delas ainda fosse fazer uso. Rasgara-as no quarto do hotel, dentes acinzentados, luzidios, dentes de celulóide presos a maxilares sem rosto, e, como se tudo isso não bastasse, ainda os dois caixões, um grande e outro pequeno, este branco, dispostos lado a lado na mesma igreja com os vitrais dos anos 30, vitrais de mau gosto, a abóbada de tijolo amarelento da qual lhe vinham as palavras daquele padreco miserável, nunca mais poderia esquecê-las. O sujeito, o mesmo do batizado, mencionara seus nomes como se tivessem sido a sua própria mulher, o seu próprio filho, "Roelfje e Thomas nos deixaram. Não podiam mais ficar. Não têm mais tempo". Insuportável, esse pérfido truque retórico, e ainda por cima aquela voz feminil, afetada, aquela sucessão torpe de um tempo passado e um tempo presente, eles não *podiam* mais ficar, não *têm* mais tempo; têm, portanto ainda continuavam lá, só que agora com esse elemento a menos, tempo, algo que não se pode ter como, por exemplo, dinheiro ou pão, que se pudesse pegar ou comprar em algum lugar. O tempo cura todas as feridas, mas esse era obviamente um outro tempo, um que ainda se tinha. E mesmo isso era uma mentira, pois nada curava, não que ele soubesse. Bateu o pé com tanta força que sentiu o próprio crânio vibrar. Então aquilo não acabava nunca? Os mortos eram espertos, tomavam a pessoa de assalto quando menos esperasse. Luto. Para cada ano, três anos de luto, dissera Erna. Oh, Erna, *damn it*. Virou-se, como se alguém estivesse às suas costas, e pensou, agora chega, deixem-me em paz. Hoje não, seu leiteiro. Adeusinho. Sabia para onde ia. Também ele tinha seus deuses. O que era igualmente uma bobagem, mas mesmo assim. Rápido, como se ainda fosse perseguido, seguiu em direção à Porta de Brandemburgo, os olhos grudados nas pegadas lisas na neve congelada. Retirou a fita de sua câmera e inseriu uma nova. Incrível, uma calçada dessas! Todos esses matizes de cinza e branco. Pés largos, saltos finos, botas, à noite e de manhã deve ter passado ainda uma multidão de pessoas por aqui, todos tinham deixado sua impressão na neve, que então congelara com todos aqueles selos. Passantes, assim se chamavam as pessoas que ali cruzaram e agora desapareceram, depois de terem marcado o caminho por onde andaram. Os corpos que se firmavam sobre esses pés encontravam-se agora em outra parte. Decidiu seguir por algum tempo uma impressão saliente, a câmera em punho, filmando o mais rente possível às pegadas. À sua esquerda erguiam-se as árvores nuas do zoológico, hastes negras, a neve sobre os ramos como uma sombra nívea. Pensou em juntar a imagem dessas impressões com os pés que descem uma escadaria de metrô, uma multidão em trânsito, sem meta aparente, movimento que, como ali, deixava sua imagem vazia e seguia ininterruptamente para outra parte. Quanto tempo era preciso filmar algo assim para sugerir essa ininterrupção? A eternidade? Mas aquilo soava um horror, e justamente esse horror tinha algo a ver com todo o seu projeto, essa idéia maluca que lhe escapava, que nunca captou direito, que, pensava, ou antes esperava, lhe ficaria clara quando houvesse reunido imagens suficientes. Tempo ele tinha, ele sim.

"A humanidade inteira, vista pelo prisma de Berlim?" Esse era Victor.

"Não só seres humanos, e não só Berlim."

"E qual é então o seu critério?", perguntara Victor.

Sempre a mesma pergunta, e nunca a resposta certa.

"Meu instinto?"

"Percebi o ponto de interrogação. E esse instinto é dirigido por algo mais?"

"Por minha alma", deu-lhe vontade de dizer, mas engoliu a língua.

"Por mim", disse.

"Você é capaz de dizer numa palavra do que se trata?"

Não, não podia. Dificilmente se podia dizer, afinal, "trata-se do contraste". E no entanto era isso. Os pés iam para algum lugar. Tinham um objetivo. E ao mesmo tempo desapareciam. Passos anônimos. Objetivo cego. Desaparecimento. O ímpeto cego que impelia os seres humanos a algo que culminava com o seu desaparecimento. Só quando se sabia que se fora enganado desse modo ainda era possível tirar daí alguma conclusão. E mostrá-la. Mas não disse nada. "Arte é precisão", disse Victor. Essa foi boa. "Precisão e organização. Você alguma vez leva em conta que também pode dar errado?" "Levo, mas ainda assim, eu o terei feito apesar de tudo." "Caça sem butim? Pelo amor da caça? Batedor, halali, latido de cães?" "É, mais ou menos, mas a sós. Sem cães."

No dia seguinte recebeu de Victor, pelo correio, um pacotinho achatado no qual havia um CD de um compositor que não lhe dizia nada. Ken Volans. Na capa estava estampada a foto colorida de uma vasta paisagem plana, deserto, savana, vazia. Logo lhe ocorreu a Austrália, onde certa vez colaborara como câmera num malsucedido documentário sobre os aborígines. A intenção era, partindo do livro de Chatwin, explicar algo sobre as *songlines*, mas o diretor inglês claramente não compreendera esse livro e achara muito mais interessantes os destroços humanos que, desprendidos de seu povo, tinham ido parar no subúrbio das cidades grandes, homens e mulheres negros que recendiam a cerveja, que haviam perdido seu lugar no próprio continente e, se é que alguém podia entendê-los, não sabiam relatar nada de poético sobre a maneira como outrora o seu povo cruzara milhares de quilômetros sem se perder nessas paisagens vazias, porque era capaz de cantar em versos seu caminho pela paisagem. Tudo o que para o olho inexperiente era uma monótona planície de areia, na qual se pereceria se se tentasse atravessá-la sozinho, continha sinais que foram recolhidos em infinitas canções faladas. Mapas cantados. Lá também quisera filmar os pés. Em vez disso, filmou latas de cerveja.

Caçar, colecionar, podia imaginar o sorriso com que Victor embrulhara o CD. Só mais tarde ficou sabendo que não fora a Austrália, mas a África, que inspirara o compositor, porém o efeito da música permaneceu o mesmo, um ritmo contínuo, penetrante, mantido na peça inteira, no qual não se podia perceber outra coisa senão pessoas a caminho por paisagens sem árvores, pessoas que não abreviariam sua cadência nem sequer por um segundo. No meio havia uma conversa na qual todos tomavam parte, sabe-se lá sobre o quê, do que falavam pessoas que percorriam uma paisagem como aquela, que podiam achar água onde outro só enxergava aridez, e alimento, onde outro morreria de fome? Homens e mulheres, seres falantes que tinham um continente todo só para eles, no qual tudo tinha um nome e uma alma, uma obra só criada para eles, na qual seus antepassados viveram, desde que o tempo era tempo. Tempo de sonho, uma forma de eternidade. Como teria sido viver num mundo como aquele?

Lembrou-se de que certa noite, em Alice Springs, saíra para dar uma volta, a despeito de todas as advertências. Tão logo deixara para trás as últimas casas, o céu lhe caíra por cima, não se podia exprimi-lo de outro modo. Seguiu adiante mais um trecho, porque não queria admitir que estivesse com medo. Medo de quê? De nada, claro, aliás medo não era a palavra certa, era temor, verdadeiro temor ao silêncio absoluto, rumorejante, ao cheiro seco, poeirento da terra, ao frufru suave, a uma brisa mal perceptível, uma folha qualquer, rumores bafejantes, sussurrantes, que só tornavam o silêncio ainda mais ameaçador. E súbito, literalmente do nada, três figuras surgiram a sua frente, como se aflorassem do solo, ao luar incerto pôde reconhecer até o amarelo baço dos olhos nos rostos retintos, rutilantes, que estavam a uns bons mil anos de distância do seu, porque eles, pensou, nunca precisaram mudar o deles, porque o mundo lhes restara inalterado até bem pouco tempo antes. Ninguém disse nada, ele também não. Continuou imóvel a olhá-los, e eles o olhavam de volta, sem animosidade, sem curiosidade, só oscilavam ligeiramente, como se ainda não tivessem perdido o embalo de sua marcha perpétua. Trescalavam cerveja, mas não tinha a sensação de que estivessem bêbados. "Mas bem que podia ter acabado em encrenca", disseram-lhe mais tarde, mas ele achava que não. O medo que sentira antes sumira repentinamente, mas em compensação imaginava-se pobre porque não pertencia a esse mundo, incapaz, porque ali não sobreviveria nem uma semana, não somente porque não pudesse encontrar água nem alimento, mas também porque ali não havia espírito algum disposto a protegê-lo, porque nunca poderia falar em uma canção com essa terra e, assim, surdo e mudo, vagaria para todo o sempre.

E agora (agora!) lá estava ele, um idiota ao pé da Porta de Brandemburgo. Dirigiu-se à estátua de Palas Atena num dos nichos e pousou a mão em seus enormes pés desnudos. A única coisa, pensou, que um aborígine australiano reconheceria, à parte o seu corpo grande demais e as suntuosas vestes de pedra que drapejavam sobre os seios opulentos e os joelhos pujantes, era a coruja sobre seu elmo e talvez a lança. Mas quanto passado, afinal, a pessoa podia suportar dentro de si? Havia algo de abjeto em poder passar com tamanha lepidez de espíritos a uma deusa, de negros nus com pinturas corporais brancas a teutões todos embrulhados, de um deserto a uma planície de gelo. Alongou os olhos para a estátua, essa deusa que não era mais venerada. O mundo inteiro era uma alusão, tudo aludia a algo diverso, corujas, elmo e lança, ramificações, linhas, rastros que se prendiam a ele, professores de ginásio, grego, Homero, não eram somente os mortos que não o deixavam em paz, era o tempo infindo que ele parecia ter vivido, e um espaço correspondente, a perder de vista, no qual ele, como a mais ínfima das formigas, cruzava o deserto gelado australiano rumo a essa deusa grega do seu tempo de escola, que momentaneamente, só havia alguns séculos, buscara guarida num portal com colunas dóricas, pelo qual Friedrich Wilhelm e Bismarck e Hitler haviam passado e onde ela agora esparramava o seu traseiro obeso e repetia algo que lhe soprara um triunfal século XVIII, algo que ninguém mais compreendia. Como fluxo e refluxo, tropas haviam marchado por essas caixas de ablução da história. Se a pessoa tivesse o dobro da idade dele agora, a coisa devia ser de amargar. Perdido na miríade labiríntica rede de um computador, não haveria nada que não lembrasse alguém disso ou daquilo. Ou será que ele era o único a sofrer com esse fato? Fantasmagorias! Quantas vezes vira em filme esse arco do triunfo antes de contemplá-lo ao vivo? Os quadrados humanos, retângulos de homens em marcha, todos os rostos voltados para uma única direção, o fragor de suas botas, o movimento mecânico, perfeitamente sincronizado, que agora se detivera para sempre, pois máquinas também morrem, as limusines Mercedes conversíveis, o braço esticado, os recurvos caracteres rúnicos. Por causa da técnica de filmagem primitiva, seus ascendentes da última guerra ainda tinham de mover-se com passinhos nervosos e assim foram desnudados com inclemência tanto maior em sua condição humana, rodinhas enervadas, que em tremular febril chisparam daqui direto para suas trincheiras, como se tivessem pressa de morrer. Eles todos marcharam por aqui e pensaram algo já impossível de constatar.

Estivera presente quando aquele portal fora reaberto, outra vez uma euforia, ele bem que poderia ser um dos tantos naquelas imagens, disfarçado de multidão, alguém que, a exemplo do material imagético a circundá-lo, podia pensar, pensava e percebia algo, alguém que sorvera a euforia e sentira como era sorvido, de cá para lá. Subira novamente no palanque e olhara para o mundo até então proibido, vira como jovens dançavam sobre o Muro que ainda estava de pé, era noite, boca da noite, os que dançavam foram alvejados pelos jatos d'água, mas nem ligaram, os véus de água foram iluminados por holofotes, ele contemplou as figuras rodopiantes dos que dançavam, o júbilo que nada estragaria, e por um momento, talvez pela primeira vez na sua vida, teve a sensação de fazer parte do povo, não, parte do povo não, ele era o povo. Não só sobre o Muro, também embaixo dele se dançava, ao pé daquele palanque, bem atrás do Reichstag, uma loira o tomara pela mão e o arrastara para o centro da festança. Acompanhara-a, primeiro a um bar e mais tarde à casa dela, em algum lugar de Kreuzberg, e depois voltara para casa a pé, por ruas compridas, compridas, e nunca mais tornara a vê-la. A lembrança que guardou disso foi a de um momento feliz, porque estivera livre de qualquer outro pensamento. O olhar radiante da moça, sua festividade extinguiram por essa única vez todas as outras recordações, não restara nenhum apartamento, nenhuma mobília, nenhum nome, só essa radiância e um adeus sussurrado, uma pequena ocorrência como parte do gáudio geral, algo que decorria por natureza quando se era povo, quase como se ele tivesse obedecido a uma lei natural, tal como, cinqüenta anos antes, nessa mesma cidade, pilhagens, conflagrações e estupros haviam sido de praxe.

Estacou. Que direção tomar? Agora teria revisto com prazer essa mulher, mas não sabia mais como se chamava nem onde morava, e além disso estaria violando o trato que eles nunca fizeram. Que direção tomar? Só quem é capaz de se fazer tal pergunta a todo instante é inteiramente livre em sua vida. Isso fora seu professor de grego que dissera, baseado no exemplo de Ulisses, como se lembrava. Só mais tarde ele se dera conta de que isso não era verdade. Sagaz Ulisses era, mas não livre, assim como ele próprio. A metade do tempo Palas Atena, sob a forma disso ou daquilo, era obrigada a acudir o astucioso herói para auxiliá-lo. Lá estava ela outra vez, a deusa. Mas e se continuasse sendo assim? Se essa mulher, essa moça, naquela noite tivesse sido algo diverso de seu ser visível, se a pessoa por um único instante acreditasse num ser divino que lhe acompanhasse o destino, não poderia então ter sido ela sua encarnação anônima, "uma jovem", "uma pastora", "uma anciã", alguém que o resgatara momentaneamente de seu autismo? Olhou para a estátua de Atena, porém ela olhava por cima dele. Deuses nunca viam ninguém, a menos que quisessem. Ulisses tivera sorte. Alguém lhe indicara o caminho. Ela talvez pudesse ter facilitado as coisas, porém então a história não teria sido tão bela. Ele fez uma tomada que fizera antes, uma longa panorâmica que se iniciava no canteiro de obras da Potsdamer-Platz e seguia com extremo vagar até o Reichstag, passando pela Porta de Brandemburgo. Câmera na mão, o leve tremido fazia parte da coisa. Nada era firme, e ali muito menos. Os alemães, no frigir dos ovos, tiveram pouca sorte. Sempre souberam muito bem aonde ir, mas sempre haviam regressado derrotados.

"Essa talvez seja uma razão singular para amá-los." Victor.

Ah, quem dera não tivesse uma memória topográfica! Pois fora ali, de novo exatamente ali, claro, que seu amigo proferira essas palavras. E claro que de novo houvera uma palavra que se prendera a ele, por absolutamente não condizer com o entorno, e essa palavra era talco. "Essa é uma razão singular para amá-los." Assim tivera início a conversa, ou melhor, um pedaço da conversa, pois um passeio com Victor era uma preleção peripatética cujos temas haviam sido dessa vez o Scheunenviertel, a sinagoga, o Prenzlauer-Berg, a morte do escritor Franz Fühmann na Charité e naturalmente o Reichstag e a Porta de Brandemburgo.

"Não amam a si mesmos e não amam uns aos outros. Então cabe a mim amá-los."

Em tais ocasiões, Arthur nunca sabia se Victor o fazia de bobo.

"Talco."

"Como?"

"É talco. Sente só." Estendera as mãos para o alto e friccionara as pontas do dedão e do indicador, como se houvesse algo de permeio. Depois bateu palmas como para limpá-las. Talco.

"Não está sentindo?"

"O que eu deveria sentir?"

"Vê-se logo que você não é um escultor."

Era um dia de primavera. Notara que os demais pedestres olhavam para Victor, um senhor impecavelmente vestido, lenço de seda no pescoço e penteado lustroso, o qual alçava os braços, apanhava algo que não havia e limpava as mãos desse nada com palmas. Truque de mágica.

"Tudo está cheio disso. Está nos olhos deles. Por isso não enxergam bem. Agora muito menos. Reunificação, não entra na cabeça deles. Ganham um país inteiro de presente e não sabem o que fazer. Você ainda se lembra da euforia? Das bananas que distribuíam lá no Checkpoint Charlie? Irmãos e irmãs? Você os ouviu falando nos últimos tempos? Como *eles* se parecem, como *eles* se comportam? Piadas racistas sobre gente com a mesma cor de pele. Do que *eles* são capazes, para o que *eles* são preguiçosos demais. 'Nós também não podíamos ir para Maiorca logo depois da guerra, mas estes aí estão de papo para o ar.' 'Metade deles denunciou a outra metade para a Stasi, e estes nós recebemos agora de volta.' 'Por mim, não teriam precisado derrubar o Muro.' 'Com estes não podemos viver num *único* país,

esses quarenta anos não se recuperam mais, é um outro povo.'
E assim por diante, a ladainha toda."

"E o outro lado?"

"Este se sente uma merda, e não é para menos. Primeiro
braços abertos e cem marcos, mas agora: queremos dar uma
olhada em como está nossa velha casa, e: é melhor vocês ven-
derem essa fábrica para nós, que sabemos das coisas. Dos dois
lados rancor, suspeita, inveja, dependência, talco que se insinua
por toda parte. Já ouviu os seus arejados amigos de Berlim? Estes tinham um enclave tão encantador. Subvenções para o caso
de alguém estar disposto a vir, paraíso do teatro, ateliês para artistas, nada de serviço militar. Tudo já era. O Muro eles podem
pôr abaixo como bem quiserem, ele vai continuar de pé. E tem
ainda aqueles do lado de cá que se execram a ponto de dizer que
teria sido melhor deixar como estava, porque havia tanta coisa
bonita e tanta solidariedade. Ah, claro, então vá lá dar uma olhada nas reservas de caça dos mandachuvas do partido, a apoteose
do Estado pequeno-burguês nouveau-riche. Imagine só que coisa, um país pretensamente autônomo, encurralado entre a Polônia e o robusto Ocidente. Está vendo como ele se esvai em
sangue, como é desmantelado? Melhor teria sido colonizá-los
logo de uma vez, agora o Ocidente tem pelo menos de pagar pelo sonho, rilhando os dentes. E cada um sabe direitinho como
o outro devia ter se comportado, cada porão está cheio de cadáveres, todos os relatórios, listas, processos foram preservados e
dormitam em algum lugar junto com todos os nomes e codino-
mes. Tome algum dia o metrô desse lado e siga até o ponto final no lado leste. Você vai achar que está alucinando, ainda hoje. E então dê só uma olhada nos rostos das pessoas bem velhas,
cabeças com urtiga e teia de aranha, gente que sobreviveu a tudo. Desses não há muitos, mas um ou outro ainda há. Compare o século dessas pessoas com o de um americano. Império, re-

volução, Versalhes, Weimar, crise econômica, Hitler, guerra, ocupação, Ulbricht, Honecker, reunificação, democracia. Uma trajetória um tanto peculiar, alguém dirá. E sempre na mesma cidade, colaborou ou nunca colaborou, do lado certo, do lado errado, dois, três, quatro passados que implodiram, todo um livro de história foi talhado a enxó nesses rostos, prisioneiros de guerra na Rússia, atuação na resistência ou adesão, vergonha e humilhação, e aí some tudo, desaparece, fotos num museu, agitando flâmulas, reminiscências, talco, mais nada, apenas os outros, que não entendem patavina. E o que temos agora? Não diga que não foi uma bela ária."

"Por que afinal você continua morando aqui?", perguntou Arthur.

"Ah, então você não entendeu nada. Porque eu *quero* morar aqui. Aqui as coisas acontecem, anote o que eu digo." E fez com o dedo o mesmo movimento que Arthur com a sua câmera, os edifícios, os espaços vazios, o falo da torre de televisão na Alexander-Platz, com aquela intumescência prateada monstruosamente protuberante no meio. Naquela mesma tarde, agora na companhia de Arno, Arthur tentara instigar Victor a repetir sua tirada, pois queria ouvir como Arno reagiria a ela, mas Victor, que na presença de outras pessoas quase só falava em frases curtas, parecia ter perdido o ardor da manhã, e a palavra talco não veio mais à tona.

Nesse instante um jovem e uma moça lhe perguntaram como chegar a um lugar. Tinham um mapa que, de tão esfrangalhado, dava a impressão de que o mundo se partiria em pedaços antes de ser possível encontrar o rumo. A pergunta foi formulada num alemão estropiado, através do qual o espanhol transparecia radiante, mas pelo visto os dois não se admiraram de que ele respondesse em espanhol. Os detentores — assim os chamava — de grandes idiomas, fosse o alemão, o inglês ou o espa-

128

nhol, pareciam sempre achar natural que os menos afortunados, a quem pesava a infelicidade de ter nascido no âmbito de uma língua secreta, tirassem as conclusões disso e cuidassem para que, a despeito dessa carência, se fizessem entender. Com mãos engelhadas de frio, tentaram a três recompor Berlim, e Arthur lhes mostrou os sítios sagrados no mapa e na realidade, como se fosse um vigia desse museu histórico e se postasse diariamente naquele ponto para indicar o caminho aos visitantes. Agradeceram-lhe profusamente ("Vocês, alemães, são sempre tão gentis") e o deixaram com uma repentina saudade da Espanha, de outros ruídos, outra luz, luz que não fosse, como ali, refletida em tons crus na neve, de modo a tornar tudo vítreo e prestes a rebentar.

Também na Espanha a luz podia ofuscar a pessoa, que tinha então de se esmerar para conseguir uma imagem digna, mas lá parecia que a luz sempre estivera presente, era parte da paisagem, não uma exceção extática como num dia como aquele, por obra da qual tudo perdia realidade.

Girou sobre os calcanhares, como se ainda filmasse. O pavoroso prédio funcional na Grotewohl-Strasse ("só os mandachuvas do partido podiam morar assim tão perto do Muro") pareceu vacilar. Pensou em quantas cidades conhecia tão bem a ponto de poder percorrê-las de olhos vendados. A distância a separá-lo de todos aqueles edifícios era uma sensação física, ele estava organicamente ligado a eles, parte de um grande corpo. Mas por que bem ali? Aquela cidade era triunfante e ultrajada, insolente e punida, régia e popular, uma cidade de decretos e levantes, uma cidade cheia de lacunas, um piloto de guerra aleijado, um organismo vivo fadado a conviver com seu passado, o próprio tempo se entranhara irremediavelmente em todos aqueles edifícios, nada mais estava em sintonia, reconhecimento e negação se entremesclavam com sons estridentes, essa cidade não deixava a pessoa em paz nem por um instante. Por mais que os moradores construíssem, uma tal sensação só se agravava, flagrantes restaurações como no Gendarmen-Markt precisariam ainda de meio século para envelhecer pelo menos com dignidade, para que o pobre Schiller com sua coroa de louros lá não fizesse tão triste figura. Não, ali não se vivia impunemente. Cidade culpada, cidade prisioneira, tudo isso já ouvira, destruição, partilha, ponte aérea, todo o mundo sabia dessas coisas, não era preciso acompanhá-las de sentimentos, e muito menos como estrangeiro. Porém, uma vez que se caía na rede, era difícil conseguir livrar-se.

Em Camberra, filmara havia anos o museu de guerra. O que mais o impressionara fora a forma ameaçadora de um bombardeiro Lancaster. A coisa ocupava uma sala inteira e mais parecia um animal pré-histórico. No nariz, próximo à cabine, haviam sido gravadas ranhuras, uma para cada missão bem-sucedida, quando a máquina retornava sã e salva da Alemanha. Lá também fora exibido um documentário; recordava o traçado singularmente lento que uma dessas esquadrilhas descrevia nos céus luminosos, candentes, o ininterrupto ronco sinistro dos motores.

Quando o descreveu a Victor, este logo imitou o ruído, como se fora um baixo, um único timbre cavernoso, incessante, que teimava em não esmorecer.

"Aí meus pais diziam: agora estão indo bombardear Berlim. Havia até uma canção a respeito." E cantou: "Para o leste vamos sim, lançar bombas em Berlim, tralalala, tralalala, pompompom". A ária que acompanhava esse baixo-contínuo fora cantada por Goebbels no Palácio dos Esportes. *Vocês querem a guerra total?*

"Se bem que ele perguntou educadamente", disse Victor. "Só gritou um pouquinho ao falar. Mas também, pudera. Assim de público. Tente, na sua estréia como artista, agradar a tanta gente junta. Boa voz ele tinha, mas era uma figurinha à-toa. Um sujeito repulsivo, primeiro faz um monte de filhos e depois envenena a todos. Típico artista frustrado. Povinho malvado. Aliás, o outro também. Todo cuidado é pouco." E imitou essa voz novamente, de sorte que os passantes alçaram a vista assustados. Um outro passeio. Dessa vez o Ministério da Aviação. ("Göring não gostava nada dos Lancaster.") Victor pousara a mão num buraco de bala ("Ponho minha mão em tuas feridas") e dissera: "Pensando bem, é disso mesmo que as cidades são feitas; edifícios e vozes. E edifícios desaparecidos e vozes desaparecidas. Cada cidade digna desse nome é uma cidade com voz. E ponto final".

Porém Arthur não conseguira mais esquecer tal expressão. A cidade com voz. Isso valia para todas as cidades antigas, claro, mas nem em todas as cidades antigas essas palavras haviam sido ditas, escritas, exclamadas, bradadas como ali. A cidade como coleção de edifícios era uma coisa, agora vozes, isso era outra. Como imaginar essa plenitude? Elas se foram, as palavras, anteciparam-se a seus mortos, e no entanto se tinha a impressão, justamente em Berlim, que ainda lá estivessem, que o ar estava saturado delas, que a pessoa chapinhava nessas palavras invisíveis, inaudíveis, simplesmente porque ali haviam sido proferidas, o boato ciciado, o veredicto, a voz de comando, as últimas palavras, o adeus, o interrogatório, o informe do quartel-general. E todas as outras palavras anônimas que sempre eram ditas nas cidades. Levaria bilhões de horas para alinhá-las, a pessoa morreria disso, sufocada, afogada, mesmo hoje elas rodeavam o sujeito nesse palácio de gelo, podia-se ouvi-las na atmosfera rútila, reverberante, a sussurrar, a murmurar entre as novas palavras cunhadas pelos passantes, um marulho para os ouvidos mais atilados, mais sensíveis, ouvidos tais que não os teria um vivo, porque senão as cidades seriam insuportáveis, e esta muito mais.

Começou a assobiar, para abafar o zunzum dentro de si.

"Que bom humor, o seu", disse um senhor que arrastava atrás de si um cachorro, grande como um bezerro, e de repente Arthur decidiu que assim era. Bom humor, bom humor, apressou o passo e ouviu, ainda ao cair, o senhor gritar "Tome cuidado! Está escorregadio!", mas então já se espatifara, pela segunda vez naquele dia, foi ao chão com uma pirueta desengonçada, a câmera abraçada ao peito feito um bebê, a ramagem com neve congelada bem acima de si, o céu azul-gelo estourado. Alguém estava querendo lhe fazer um sinal. O senhor tratava de se aproximar, e como ele permanecesse deitado por um momento, súbito lhe pendeu por cima a enorme cabeça canina, grandes olhos aquosos, cujas lágrimas tinham congelado bem mais abaixo, cintilantes.

"Eu falei para tomar cuidado!", disse o senhor em tom de censura.

Arthur ergueu-se e sacudiu a neve do casaco.

"Fique tranqüilo, já estou acostumado."

E estava mesmo. Certa vez, freqüentara um curso de queda. Fora um correspondente de guerra que o aconselhara, e ele jamais se arrependera.

"Tem uma porção de países no mundo em que você tem de estar pronto para abandonar sua posição vertical de um segundo para o outro", dissera o homem. "Nada mais belo que o zunido das balas pelo espaço que seu corpo ocupou menos de meio pensamento antes." A verdade disso ele pôde comprovar duas vezes, uma na Somália, outra no carnaval do Rio. Tiroteio súbito, um gemido esquisito de corpos cadentes, e quando todos tornaram a se levantar, três permaneceram no chão, para nunca mais se erguerem. O exame final de seu curso consistira na queda de uma escada bem alta. O professor, um antigo pára-quedista, transformou aquilo num show de perícia, aos trancos e barrancos seu corpo desprotegido estatelou-se escada abaixo e por um momento permaneceu imóvel, de modo que todos ficaram lívidos de susto. Então levantou-se, sacudiu a poeira da roupa e disse: "Essa simulação ainda pode ser útil a vocês, fingir-se de morto é a surpresa mais formidável".

Que bom humor, o seu; fingir-se de morto é a surpresa mais formidável; não, aquele dia era um caso perdido. Agora iria à Alexander-Platz, primeiro pousaria a mão sobre o joelho do agora tão abandonado Karl Marx na Prefeitura Vermelha, depois filmaria os pés na escadaria do metrô. Cumprimentou o velho senhor, afagou a majestosa cabeça do cão e partiu, agora algo mais cuidadoso, na direção leste.

Duas horas mais tarde, concluíra tudo a que se propusera. Marx e Engels ainda fitavam o extremo oriente, e faziam como se não vissem o abscesso na torre de televisão, mas Marx tinha um bonequinho de neve no colo, que lhe conferia inesperadamente uma feição bastante humana, um vovô do século XIX que se esquecera de vestir o casaco de inverno. Quanto aos pés no metrô, dessa vez lhe importava menos a imagem propriamente dita do que o som, aquele ranger e raspar, nos degraus de cima ainda estalando refestelados na neve úmida, abaixo mais secos, embora menos sonoros do que esperava. As botas, em razão de uma epidemia súbita, quase foram erradicadas, e sapatos de verdade quase ninguém mais parecia usar, agora eram tênis, em cores claras demais sob as roupas soturnas. Um triturador, as pessoas da cidade grande só eram pilhadas em sua esquisitice quando seus pés eram filmados, a engrenagem de uma fábrica sem rosto que nunca se detinha, mas que ninguém sabia o que produziria.

"Quando você nasceu, eles deviam ter instalado uma maquininha nos seus pés." Erna. "Assim pelo menos você ficaria sabendo quantos quilômetros percorreu na vida. Acho que eu não conheço ninguém que ande tanto a pé como você."

"Sou um peregrino."

"Então todo o mundo é um peregrino."

E assim era, é claro. Olhava para a fileira de pés que por ele passavam e não reparava se as pessoas a quem pertenciam esses pés talvez se perguntassem o que o olho ávido da câmera procurava lá embaixo, diante daquela parede suja, ladrilhada de amarelo, entre a mistura salobre de dentro com fora. Pelo visto, não se importavam. Provavelmente outro desses seriados para a televisão.

De todas as peças do vestuário, os sapatos ainda eram as que melhor podiam expressar a humilhação. Rotos, úmidos, enlameados, pálidos sob a leitosa luz fluorescente, tinham eles de conduzir as pessoas pelas cavernas do mundo inferior até seus destinos patéticos, e de noite eram então descalços em algum canto escuro e empurrados para debaixo da cama. Na verdade, teria de filmar também sapatarias, uma vitrine após a outra, para mostrá-los em seu estarrecedor estado virginal, sapatos ainda não escravizados por gente, sem se dirigirem a lugar algum, sem estarem a caminho.

Um segundo depois, esses pensamentos como que se dissiparam, porque ele vira, entre todos os sapatos, dois de pelica de vaca, botinhas em pés não muito grandes, salpicadas de vermelho, preto e branco, vaca malhada, botinhas que o forçaram a erguer a vista para pernas vigorosas, que se moviam lépidas nos jeans, uma jaqueta com grandes losangos pretos e brancos, um largo xale de lã na cor da bandeira que agora não se via mais ali, e que em parte, mas felizmente não de todo, cobria a cabeça que ainda no dia anterior ele qualificara de berbere. Não era difícil seguir o vermelho desse xale. Ela tomou a linha U2 no sentido Ruhleben, fez a baldeação em Gleisdreieck para a U15 e desceu na Kurfürsten-Strasse. Seguiu-a escada acima e caiu, como ela, na súbita armadilha da luz. Achava ou esperava saber aonde ela ia, pelo menos ela seguia na direção certa. Potsdamer-Strasse no sentido norte, passando pela vendinha turca, onde as berinjelas e os pimentões amarelos jaziam como se mal tivessem sido desenterrados do pólo norte, passando pela padaria, onde ele sempre comprava um pãozinho de cebola. Aquilo tudo ele conhecia, aquele era o seu caminho, ao longe já se podia ver a forma curiosa, as cores tirantes a ocre da Biblioteca do Estado. A tiracolo ela levava uma bolsa de brim na qual claramente havia livros, sim, sem dúvida alguma. Tão logo cessou o tráfego, ela atravessou a rua larga para a calçada direita, coisa nada alemã, não no semáforo, como devia ser, não na faixa. Devia segui-la? O que faria então? Mas que infantilidade! Feito um adolescente tardio, corria atrás de um xale vermelho! Uma situação desagradável, que se devia em parte à desigualdade. A pessoa seguida era inocente. Era única e exclusivamente ela mesma, imersa nos próprios pensamentos, sem ter notícia do estranho que, através de uma linha invisível, prendia-se a ela. Ele estava em vantagem, tinha algo com ela, ela nada com ele. Se ele desse a volta, ela não iria segui-lo, disso não havia dúvida.

Ele encurtou o passo e deteve-se então na ponte sobre o Landwehr-Kanal. Placas de gelo, placas cinzentas, transparentes, imóveis na água negra. E se ela parasse? Mas não parou. Seguir alguém era uma intromissão. Dessa vez ele não pudera ver bem a cara dela, o branco embaciado passara oscilando em duas dimensões. Do dia anterior, lembrava-se da expressão de poucos amigos, da cicatriz. Que besteira. E estava muito velho para isso. Simplesmente tinha de fazer o que sempre fazia, beber uma xícara de café no andar de cima da cafeteria, café a um marco, água dos mortos do rio Letes, e depois descer para o grande átrio e ler o jornal defronte da janela ampla, de onde se podia ver a Galeria Nacional. Lá sempre dormiam uns mendigos nas cadeiras, sobre eles um jornal amarfanhado como álibi.

Deixou o casaco e a câmera na chapelaria, mostrou as mãos vazias às duas vigias que queriam ver tudo o que as pessoas levavam para dentro ou traziam para fora, e subiu. Desde que os estudantes do leste chegaram, ali ficou muito mais cheio, afinal era mais agradável ali que na Universidade Humboldt. Iranianas de xador, chineses, viquingues, negros, um ajuntamento de borboletas da mais vária espécie, que em grande paz sorviam mel dos livros. Não a viu em nenhum lugar.

No átrio lá embaixo havia uma exposição de fotos, dessa vez campo de concentração e fome. Era provável que a *Unfähigkeit zu trauern*, a incapacidade de cobrir-se de luto, tivesse se convertido em seu contrário e que um luto premente, infindável, tivesse sedimentado na alma de muitos uma ordem monástica silente que não pudera achar resposta para o mal e agora o carregava consigo em nome dos outros. Ao passar, correu os olhos pelas imagens. Olhar uma coisa nos olhos, assim dizia a expressão. Sofrimento, fome, sempre tinha algo a ver com olhos. Esqueletos a nos olhar com uma consternação que jamais se desvaneceria, fotos que só de contemplar nos criavam cabelos brancos. Os mendigos dormindo debaixo do *The Herald Tribune* e do *Frankfurter Allgemeine* viraram sem esforço parte da exposição. Isso pelo menos tinha a cara de fins do século XX. E num lampejo soube onde poderia encontrá-la, pois para ler *El País* era necessário ir ao prédio adjacente, ao Instituto Ibero-Americano. Conhecendo o caminho, podia-se ir por dentro. Com um passo estava-se na Espanha e com o seguinte em Buenos Aires, Lima ou São Paulo. Viu *La Nación, Granma, Excelsior, El Mundo*, mas *El País* não estava lá. Estava com ela.

"Esse você já leu", ela disse em espanhol, "é de ontem. Aqui sempre chegam atrasados." E foi embora. Pulôver preto. Ombros. Dentes pequenos. Ele mirou sem ver o *Excelsior*. Novos assassinatos no México. Algo que Zedillo dissera. Testemunhas desaparecidas. O cadáver de um traficante. O sotaque dela não era sul-americano, mas tampouco espanhol. Alguma coisa ele reconhecera, sem atinar exatamente com o quê, e também teria sido incapaz de dizer algo sobre aquele rosto, embora tivesse lhe agradado tanto. Compacto, cerrado, mas isso obviamente não se podia dizer de um rosto. Fosse como fosse, no dia anterior ela dera por ele, isso já era uma coisa e tanto. Seguiu-lhe os movimentos de longe. Rumo a uma espécie de púlpito, acendendo o quebra-luz, clarão nas mãozinhas curtas, dispondo os livros, ajeitando-os, senso de ordem. Lápis, bloco. Melhor se afastar, perto demais, mas ela não olhava. Ela não. Ligando o computador, aturando um instante o vácuo cinzento, depois imagens, frases, porém longe demais para ele reconhecer alguma coisa. Colunas em debandada, olhar fixo, preenchendo formulários. Passando adiante, ao balcão, entrando na fila. Sem se balançar nem raspar os pés no chão como os outros que aguardavam livros. Lendo, não bisbilhotando. Formas de voracidade. Aqueles dentes poderiam devorar um livro.

Uma conversa com Erna, já fazia alguns anos. Sobre apaixonar-se. Justo com Erna, que se apaixonava a torto e a direito. Ao pé da janela, como tantas conversas deles. Luz holandesa sobre um rosto holandês, luz em olhos à Vermeer, luz sobre uma pele à Vermeer. Vermeer, esse pintor misterioso, um caso sério o que ele fizera com as mulheres holandesas, enfeitiçara-lhes o jeito desenxabido, suas mulheres presidiam mundos ocultos, interditos, aos quais estava vedado o acesso. As cartas que elas liam adquiriram o condão da imortalidade. Na foto que Erna tirara de Roelfje, ela também lia uma carta, dele.

"Na época você estava na África."

Erna mais morena, Roelfje loira esplendorosa, ambas poderiam ter sido pintadas pelo mestre de Delft. Tais mulheres ainda eram vistas na Holanda, translúcidas e sólidas ao mesmo tempo. O segredo era o pintor, ele vira algo que os outros não viram, algo que ainda hoje, diante de um de seus quadros em Haia ou em Washington ou em Viena, despertava a sensação de ser atraído a algum lugar, por uma porta que, tão logo se entrasse, se fecharia. Era de uma intimidade que a tudo consumia. Quando se perfilava ao lado de outras pessoas diante de um quadro desses, sempre se imaginava muito holandês.

"Mas por quê, Deus do céu", perguntara Arno, "a grande arte é de todos, o que isso tem a ver com a nacionalidade?"

"Se elas erguessem a vista e falassem alguma coisa, eu poderia entendê-las, você não."

Ele sabia também como soariam essas vozes, mas isso não falou. A voz de Roelfje era aguda e clara, a de Erna era mais lesta, enérgica, talvez, pensou, porque Erna vivera mais tempo. As vozes também envelheciam. Do lugar onde estava, ao pé da janela, ele podia ver a foto. Suas próprias cartas ele nunca mais quisera ler. Herdar as próprias cartas, isso não estava certo. Mas tampouco teve a coragem de queimá-las, isso também não. A chuva escalavrava o canal, agulhas brancas na água verde-escura.

"Como assim, não consegue mais se apaixonar? Não por causa da idéia de traição, será?"

"Não, não é isso."

E não era mesmo. Se traição havia, era a da própria sobrevivência, os afazeres dos vivos, que tinham início assim que voltavam as costas aos túmulos. Por mais que se retornasse depois, essa primeiríssima vez jamais podia ser desfeita. Era essa separação entre os mortos e os vivos que tinha de ser conjurada com os infinitos apertos de mão, pêsames murmurados, o café coado à noite pela morta, bolos de gema, o alimento do mundo inferior. A finada foi deixada a sós com homens vestidos de preto, pertencia agora a estranhos, profanadores indiferentes, enquanto aquele que devia jazer ao lado dela se deixava tolher, umas centenas de metros além, pelas banalidades do desamparo.

"Mas então é o quê?"

"Falta de imaginação, acho."

Quem sabe pudesse ter dito também luto, mas aí cairiam novamente na traição, e não se tratava disso. Erna conhecia suas aventuras, com ela não havia segredos.

"Não tem cabimento você ficar sozinho para sempre. Assim você vai acabar embolorando. A qualquer momento pode aparecer uma mulher que..."

Mas justamente isso era impensável. Ele conseguia imaginar tudo, menos uma verdadeira intimidade.

"Estou sempre viajando."

"Antes também era assim."

"Eu sei, Erna."

Chegara a vez dela, lá na frente. Fala daqui, fala dali. O bibliotecário fez o que pôde. Procurou um papel no fichário, virou-se e ergueu dois pesados volumes de uma estante, na qual muita sabedoria acumulava-se em pilhas. Ela lançou um olhar ao conteúdo, fez que sim com a cabeça e voltou a seu lugar. Agora ele só via as costas. Não eram costas à Vermeer, disso não havia dúvida. E nem era possível, com aqueles olhos.

O que se podia pensar, afinal, de alguém que não se conhecia? Aquelas costas não traíam nada. Um retângulo preto, no qual ricocheteavam perguntas. E o que ele queria ali com o seu pobre jornal mexicano? No que se fundava a sua legitimação? À sua direita, ouviu a débil crepitação de teclados de computador. Ele adorava bibliotecas. A pessoa estava a sós e ao mesmo tempo entre pessoas, cada qual ocupada com uma coisa. Ali reinava um silêncio monacal, e após alguns instantes pôde discernir várias espécies de ruídos, passos, abafados embora, livros pesados sendo depositados, o farfalhar de páginas sendo viradas, uma conversa cochichada, o recorrente ruído da máquina de xerox. Aquele era o lugar dos especialistas, cada um se ocupava com alguma coisa ligada à Espanha ou à América Latina, ele não tinha nada que fazer ali. Seu único álibi eram os jornais e revistas, bem como o fato de falar espanhol. Lá em cima, à grande biblioteca, ele ia regularmente. Só era preciso solicitar à bibliotecária os livros especiais, o resto ficava na sala de consulta, clássicos franceses, alemães e ingleses, revistas holandesas, as mais diversas enciclopédias, podia-se passar horas ali, e isso ele fazia com freqüência, um estudante já um tanto crescido, que a ninguém despertava antipatia. Ali, por sinal, na seção espanhola, também não chamava atenção, Olav Rasmussen, especialista em literatura portuguesa do século XIX, quem ia querer mal a alguém assim? Pôs o jornal de lado e dirigiu-se a um pequeno espaço em forma de célula, porém aberto, virou-se para as estantes de livros a sua frente, junto ao balcão, e retirou o primeiro tomo volumoso que lhe caiu nas mãos, D. Abad de Sentillon, *Diccionario de argentinismos*. Agora cumpria ajustar-se a sua identidade, Philip Humphries, assistant professor at Syracuse University, especialista em literatura gauchesca. Depositou o alentado volume em seu local de trabalho e acendeu a luz, para que ninguém se sentasse ali, tornou a levantar-se, agora como Umberto Viscusi, às voltas com um mestrado sobre os místicos espanhóis, e dirigiu-se à longa série de fichários, fazendo como quem busca algo. Encontrou de tudo um pouco, e logo esquecera que só fazia de conta. Algumas fichas ainda estavam escritas à mão, outras datilografadas em máquinas que não existiam mais. Anotou a esmo títulos de diversas fichas, instigado por um prazer secreto, típico de escrevinhador.

140

Haïm Vidal Sephira, *L'Agonie des judéo-espagnols*, José Orlandis, *Semblanzas visigodas*, Juan Vernet, *La Ciencia en Al-Andalus*, *Cartulario del Monasterio de Santa María de la Huerta*, Menéndez-Pidal, *Dichtung und Geschichte in Spanien*. Também essa era uma coleção, uma escrituração — no verdadeiro sentido da palavra — do mundo, da realidade atual tanto quanto da passada. Que fácil, pensou, perder-se naquilo, e se perguntou se também haveria livros e publicações que nunca mais foram requisitados, de modo que o saber neles coligido continuava a viver ali, em algum depósito, em compasso de espera, até que alguém subitamente se interessasse por esse período negligenciado, o bairro judeu de Saragoça no século XIII, a evolução de uma batalha campestre entre príncipes medievais há muito esquecidos, a administração colonial do Peru no século XVII, tudo agora tão fora de vigência como os recifes de arenito e as formações nebulosas nas fotos de Zenobia, e no entanto preservado pela simples razão de uma vez ter tido existência, de uma vez ter pertencido a uma realidade viva de pessoas, algo que agora ainda dormitava como lixo radioativo num lugar qualquer, em livros empoeirados ou num microfilme como duplicação insuficiente, reflexo de um fragmento, como se esse próprio mundo estivesse embrulhado num infindável rolo de papel e tivesse assim de existir outra vez, o estrondo dos campos de batalha, o protocolo de um tratado, o incessante querer e agir, sufocado e impotente sob camadas sempre novas de papel sussurrante, fremente, à espera do olho do mágico que os despertasse outra vez para a vida.

Olhou para as pessoas ali sentadas, trabalhando, cada uma ligada a uma realidade para ele invisível, presa a um espaço e a um tempo. Bibliotecas, pensou, existiam para preservar coisas, claro que elas também tinham a ver com o presente, que aliás se transformava a cada minuto em passado, mas o preservar era expressão de algo diverso, uma luta encarniçada do acontecimento mais insignificante contra o esquecimento, e isso não podia ser outra coisa senão o instinto de sobrevivência, a recusa da morte. Se deixamos morrer algo do passado, não importa o quê, então o mesmo pode se dar conosco, e isso só podia ser conjurado por essa sanha de preservação. Era indiferente se alguém ainda queria pesquisar a linha colateral da nobiliarquia aragonesa no século X ou o registro de batismo da catedral de Teruel no século XVI ou o bosquejo do porto de Santa Cruz de Tenerife, o importante era que o passado, na qualidade de passado, ainda se achasse em algum lugar e perdurasse até que a descrição do mundo, junto com o mundo, chegasse ao fim.

Olhou para o lugar onde ela estava sentada, mas não a viu mais. Idiota, disse a si mesmo, e não sabia se o fazia porque a deixara ir embora ou porque continuava a se ocupar com essas criancices. O que *ela* estava fazendo ali? Essa pergunta ganhara súbita atualidade em meio a todos aqueles fichários. Faça uma aposta consigo mesmo. Bom, sociologia, América Latina, pelo menos algo atual, algo que envolvesse ação. Isso era o que lhe diziam aquelas costas; nada de teias de aranha, nada de *temps perdu* e muito menos de formações nebulosas, de anonimato. A posição da mulher guatemalteca no século XX, coisa desse tipo. Pelo que vira dele, aquele rosto certamente não tinha nada a ver com desaparecimento.

Encaminhou-se ao lugar onde a vira, perto do balcão. Junto a sua mesa, abaixou-se para apanhar algo que não havia, e olhou para o livro aberto sobre a mesa, um texto espanhol em papel amarelado, do mesmo formato que o livro com a encadernação em pano vermelho bem ao lado, *Archivos Leoneses*, 1948. Obviamente isso pouco tinha a ver com a América Latina. Mas o que o desconcertou ainda mais foi o exemplar da revista *De Groene Amsterdammer* que sobressaía da bolsa de brim, e mal o avistara quando se aprumou e seguiu adiante, porque ouviu atrás de si passos curtos, rápidos. No balcão, perguntou o que devia fazer para requisitar livros. "Para consultar aqui ou levar para casa?"

"Ainda não sei."

"Se quiser levar para casa, terá de trazer um atestado de que comunicou o seu endereço à polícia de Berlim." Um sotaque holandês tinha por resultado que se fosse prontamente desmascarado como estrangeiro. No espanhol dela, porém, ele não reconhecera nenhum sotaque. E ela, notara o dele? Por outro lado, não era imprescindível ser holandês para ler a *Groene Amsterdammer*.

"E além disso o senhor precisa da referência."

Agradeceu ao homem e escreveu num dos formulários de requisição que ali se achavam: "Posso lhe perguntar uma coisa mais tarde? À uma vou estar na cafeteria da Biblioteca do Estado lá em cima, defronte da janela. É sobre uma referência. Arthur Daane". E ao passar, depositou a ficha no local de trabalho dela.

Dali a duas horas ela também teria um nome, o início do desestranhamento, a sondagem da região fronteiriça. Pessoas que não se conhecem e postam seus corpos um na frente do outro tomam um ao outro, nesse instante, como fronteira. Nomes não têm nada de óbvio, é impossível ver um corpo que não se conhece e saber como se chama. Desestranhamento era um bom termo. A partir desse instante alguém se tornaria menos estranho, e esse processo era irreversível. Vozes, movimentos, dinâmica, olhar, tudo quanto ainda era desconhecido, mas pelo que se reconheceria a pessoa, era registrado. Patrulhas de uma ponta a outra da zona fronteiriça, agitação, curiosidade, prazer. Mas a dinâmica dela fora por enquanto defensiva.

Ela permanecera de pé, ele se levantara e dissera: "Sente-se". Ela não dissera seu nome, mas conhecia o dele, e por longos segundos ela esteve em vantagem com o seu corpo inominado, ele não sabia por que isto o excitava, uma mulher inominada, retraída em sua cadeira, impaciente.

"Aceita um café?"

"Aceito."

Isso significava que ele tinha de se levantar, entrar na fila, bem à vista, mas ela não olhava, permanecia sentada contemplando a dupla fileira de gruas. Salsicha e salada de batatas foram amontoadas no prato a sua frente, com cuidado ele retornou com as duas grandes xícaras repletas de água preta. Enquanto aguardara o café, ensaiara uns nomes, nenhum combinava. Annemarie, Claudia, Lucy, era tão ridículo quanto pais que tentam cogitar nomes para o filho ainda invisível. Ela, porém, era visível, e nem um único nome parecia se ajustar a ela.

"Eu me chamo Elik."

Elik, isso lá era nome? E a partir desse segundo ela jamais poderia ter se chamado de outro modo. Elik, claro. O corpo que se chamava Elik era subitamente todo Elik, o tecido tosco de seu jeans cinza-escuro: Elik, os claros olhos garços: Elik.

"Eu nunca tinha ouvido esse nome."

"Minha mãe cometeu três deslizes. Primeiro o homem com quem foi para a cama, meu pai, segundo porque ficou grávida e não fez aborto, e terceiro esse nome. Alguma vez ela o ouviu e acreditou que fosse nome de mulher. Mas ele vem dos confins dos Bálcãs e é nome de homem, no diminutivo."

Isso não era mais uma sondagem da região fronteiriça. A fronteira invisível que cortara a zona central da mesa fora empurrada para rente dele, aquilo era um ataque. Ali estava alguém que dissera um monte de coisas de uma vez só, e à sua maneira, como se não lhe dissesse respeito. Ele não sabia como reagir. Elik.

"Acho um nome bonito."

Silêncio. Sentada daquele jeito na cadeira, ela não responderia mesmo. Bonito, isso ela própria sabia. Nada se mexia nela. Imóvel, as mãos sobre a mesa. Uma mulher como uma cilada. Outra vez uma jóia de palavra.

"Agora chega dessas suas eternas palavras." Erna. Você mora em Berlim? O que estuda? Há quanto tempo está aqui? Pensei que fosse espanhola. Nada disso ele disse.

"Sua mãe ainda está viva?"

"Não. Bebeu até cair morta."

E seu pai se enforcou, ele quis dizer, mas não era mais preciso. Pai desconhecido, norte-africano, Magrebe, garçom num bar da Espanha, mãe bêbada como de costume, Elik.

A conversa entre mãe e filha foi fornecida de lambuja.

"Como era meu pai, fisicamente?"

"Não tenho idéia. Logo me mudei para outro lugar."

Outro lugar, mas na Espanha. Daí o espanhol. Agora ele talvez devesse também contar algo, mas ela não parecia curiosa.

"Será que eu assustei você?" Sondagem, sarcasmo?

"Não, não é bem isso. Mas não tenho nada a lhe oferecer em troca. Minha mãe está com setenta e tantos anos e ainda saracoteia no seu jardim em Loenen. Meu pai está morto."

Mas ele teve a visão de um homem que se parecia com ela. Aldeia alpina, muros de argila vermelha. Rif ou Atlas. Neve nos cumes. Frio; ar lavado. Cabeça de berbere. Nem era tão mau assim.

"Por que você está rindo?"

Ele descreveu a cena. Ela tinha uma outra versão. Um homem com uma camisa não lá muito asseada, que com um trapo úmido marrom esfregava uma mesa. Tânger, Marbella.

"Você não tem curiosidade?"

"Não mais. Se ele me visse agora, ia querer dinheiro para

todos os meus queridos irmãos e irmãs em Tinerhir ou Zagora. Ou ir para a Holanda. Reunião de família." Zagora, o mercado de camelos, ele filmara certa vez. Camelos eram abatidos deitados. Ou será que se dizia sentados? Ajoelhados talvez fosse a expressão correta. Eram obrigados a se pôr de joelhos, e então ficavam agachados feito bobos no chão seco, as cabeçonas esticadas, alguém lhes cortava a longa garganta, o sangue vertia no chão. E tudo ainda continuava assim. A verdadeira surpresa era a pele ser talhada com um amplo movimento, em sentido longitudinal sobre as costas com as ridículas corcovas, e embaixo dela achar-se outro camelo de luzente plástico azul, com a cabeça apoiada na areia. Melhor não contar isso agora. "Aceita outro café?" Ela o segue com os olhos. Ele é mais alto que a maioria dos outros na fila.

O que ela não vê. O que ele não vê. Cada uma dessas duas vidas decompõe-se numa série infinita de imagens. O filme foi fracionado, rebobinado, estacou em pontos arbitrários. Tudo isso é perfeitamente normal, como sabemos. O passado invisível que se desafoga em recordações, até que vamos dar no corpo, na postura, na estratégia do agora, uma mulher a uma mesa numa cafeteria em Berlim. O trajeto desde outrora na Espanha foi percorrido sem escalas, o sono não conta. Esse é o ponto em que se pode passar a vau, sonhos, lodo, cristal. A marcha não cessa. O que não se faz presente é o que ainda se seguirá.

O que ele não vê: a criança de dez anos, levada para a Holanda e criada pela mãe de sua mãe. Dona do próprio nariz. Isso ele já notara. Língua, língua, prestimosa língua: uma criança dona do próprio nariz. E isso ele também teria reconhecido em todos os fotogramas: doze, catorze, dezesseis, primeiro com outros, depois sozinha, uma pessoa decidida. E antes disso: uma mocinha de oito anos, que num quarto espanhol de paredes finas armazena ruídos do quarto ao lado. A voz conhecida, prolongando-se num lamúrio, depois a outra, a voz masculina, que ela não conhece, cada vez uma diferente, às vezes também a mesma. Então, certa vez, não o grito súbito ou o gemido obstinado, o cochicho, o murmúrio, dessa vez pancadas, choradeira, passos no corredor, uma figura escura que lhe cai ao lado na cama, ofegante, recendendo álcool, uma cabeçorra, um contato do qual se deve fugir, berros, vizinhos no corredor, a dor, a dor causticante, o rosto da mãe que irrompe pelo quarto, homens de uniforme, alarido, a dor que não passa, que continua a arder no teu rosto, no teu corpo, e mais tarde, no quarto frio na Holanda, nas noites tão quietas, o torturante cortejo das imagens, sempre as mesmas. Os outros viram exceção, o rosto na foto ao lado da qual aparece mais tarde a pequena cruz, Elik no colégio, Elik de perfil, porque desviou sua cicatriz do olho da câmera, que sempre devassa tudo.

O que ela não vê: pais que são diferentes de todos os outros pais, que toda noite após o trabalho, os dois cotovelos apoiados na mesa, lêem livros movendo os lábios, porque ler é difícil, que incutem nos filhos um estigma, que retornam de conferências de paz em Bucareste, Moscou, Berlim Oriental, Leipzig, Havana, que estão com a razão quanto aos tanques em Praga, quando você tinha quinze anos, que continuam com a razão a cada tiro junto ao Muro, deixe que falem lá na escola, não seja maria-vai-com-as-outras. Algum dia você vai entender melhor. É tudo mentira, não dê bola, como o fulano de tal, e este ele sabia de cor. Esta imagem lhe ficara na memória, as vozes maviosas, o homem amarrado ao mastro com os ouvidos cheios de cera, tal como lhe ficara esta outra imagem, o homem, seu pai, que num dia chuvoso ele vira plantado como um palhaço com uma pilha magra de *A verdade* sob um plástico transparente na esquina do mercado Albert Cuyp, em meio a centenas que passam, como passara ele próprio, que se escondera para não ter de ver aquilo, não ter de cumprimentar o homem, não ter de estar ali. Nos anos que precederam a sua morte, o pai não dissera mais nada. Um convicto, e portanto morreu amargurado. "Agora sim que a Alemanha tem o que sempre quis. Compraram o Leste inteiro. É mais barato que guerra. E do partido não sobraram mais que uns cabeças-de-vento, lésbicas e veados, que não sabem o que é trabalhar..."

Já basta. Vamos embora.

Cartas na mesa. Essas eles tinham de trocar. Transações.
Ainda não naquele primeiro dia. O que ela vê agora: como ele
se move. Formas de invisibilidade, porque se necessita delas para alguma coisa. Mesmo na pequena fila ele some um pouco,
apesar de sua altura. Ausência como método. Quando volta com
o café, estende-lhe uma xícara, a dele permanece intocada, ele
pousa as mãos ao lado como coisas, uma sobre a outra. Num
museu em Paris, ela vira uma vez uma mão de bronze, viagem
do colégio, professora de francês, "Olhem, olhem! Voilà, as mãos
de Balzac! Com essa mão ele escreveu a *Comédie humaine*, mes
enfants!".
"É, e com essa mão o gorducho examinou por dentro todas
as suas amantes." Ela dissera isso? "E limpou o fiofó delas", respondera um outro com excessiva clareza. Mais uma tarde que
foi para o brejo na calma do museu. Aquela mão, morta e sem
tato, bronze sobre um livro aberto, letras escritas com aquela
mão morta, decepada, letras de tinta pálida. Horrível. Pela pri-

meira vez um lampejo do que são as mãos. Instrumentos, servi-çais, cúmplices. Para o bem e para o mal. Cirurgiãs, escritoras, musicistas, amantes, assassinas. Mãos masculinas. Ela pousa sua mão ao lado da dele, para ver a diferença. Ele a toca de leve, tal-vez-na-verdade-não-mas-claro, e então retira a sua. Nas frases se-guintes ele percebe pela primeira vez como, nela, não é a se-qüência das palavras que indica tratar-se de uma pergunta, mas o tom. Pode uma pessoa pronunciar um ponto de interrogação?
?
"Cineasta, pois é, academia de cinema. Às vezes, sim. E do-cumentários. Câmera também. Ainda, se pintar. Coisas pró-prias? Faço, de vez em quando faço."
?
"Espanhol. Já tenho certa cancha, afinal. História. Tese. Não vai te dizer nada. Rainha, Idade Média. Leão, Astúrias. Ur-raca. É, com dois erres. Século XII."
Toda reunião humana é política. Quem havia dito isso? Pas-sar informações, retê-las, transações. Mas ele não troca uma mãe bêbada por uma esposa morta. Ainda não. E que tipo de salas, criptas, porões, sótãos ela administra? Sem mais perguntas, de nenhum dos dois. Só uma.
"E a tal da referência?"
"Eu queria era falar com você."
Ela o encara, não vê o que ele ainda não diz. O que ele fil-ma? Ele pensa em seu último serviço, dois, três meses antes.
"É, presente de grego, este que a gente te arrumou." Uma voz holandesa. "No momento estamos sem operador de câme-ra. Mas estou falando sério, você tem que estar a fim de verda-de, é um serviço danado de sujo, é bom levar um pregador para o nariz. Os outros você encontra em Belgrado. Lá acertam o res-to. Aaton Super-16, formidável, você ainda trabalha com isso?"
Bom. O pregador não fora preciso, o fedor era apenas o do lo-

daçal, um lençol grosso, úmido, sobre torrões, taludes, formas semelhantes a corpos, estilhaços, um pé, sapatos, sapatos que ficaram grandes demais para pés de esqueleto, farrapos, trapos, tecidos a gotejar lentamente, mãos enluvadas que subvertem a aparência de um corpo, braços enfaixados em decomposição, pulsos roídos em arames farpados, pulseiras duplas, não fixar a vista, a câmera como um tampão de olho, fixar a vista sim senhor, realçar os contrastes, vasculhando, caminhando, rastejando com lama pelos tornozelos na senda delgada junto a essa cova, passando em revista essa tropa exumada, órbitas oculares, ridículos dentes eqüinos sem lábios. E chuva, chuva inclemente, planície cinza, ondulada, uma paisagem humana, uma casa pela qual marchou a guerra, o cadáver de um colchão, uma cama enferrujada, um motor destroçado. Alguém precisa ver isso, alguém com a câmera no ombro filma num amplo movimento essa imobilidade, alguém arma um tripé à beira da cova e filma mais uma vez a mesma mancha, demoradamente, o movimento mais letárgico, o grande sapato do qual a lama segue gotejando, o melaço da transitoriedade. Ninguém ali tem nome. Memória, repositório. Duplicação da lembrança. Negativo Fujicolor, imerso em líquido, imagens enrodilhadas, 120 metros de filme, depois, sempre dócil, novamente retirado, matéria luzidia. E a metade interna do gêmeo regressa quando menos é chamada, está atocaiada numa postura, num olhar, num pesadelo, oculta em gargalhadas, no álcool após o término das rodagens, oferecida junto com as doses, de regresso, alguém precisa ver isso, mas o quê? Dois, três minutos, se tanto, quartos em Oklahoma, Adelaide, Lyon, Oslo, Assen, apocalipse instantâneo, anúncio, dentes com lábios, fulgurantes, pés, jovens lustrosos ligeiramente besuntados de creme, pois é, também filmados, ah sim, o cinema pode tudo.

"Preciso voltar ao trabalho."

"Aqui escurece tão cedo."

"Em Amsterdã fica claro até bem mais tarde ou é imaginação minha?"

"O mar expulsa a escuridão."

"Você conhece a cidade? Berlim?"

"Um pouquinho."

E no mesmo instante ele já sabe que cada um deles tem a sua própria Berlim.

"Elik. E o sobrenome?"

"Você não vai acreditar."

"Diz logo."

"Oranje."

Pela primeira vez eles riem. O vento sopra pela casa, a porta se escancara, uma janela bate, e depois algo ainda com flores, com cores, não, não é nada disso, mas esse era o instante, ele é adiado, talvez nunca chegue. Essa risada, um alumbramento. Nele os olhos, nela a boca, aberta, rósea.

"Ainda vai descer?"

"Vou, só um momento, preciso verificar uma coisa."

Descem juntos, passam pelo controle, mãos vazias alçadas por um instante, "Podem passar", os painéis, os campos de concentração, a fome, os olhos. Então ela desaparece. Você me acha quase sempre por aqui. Nada mais.

Ele entra na sala em que vira a enciclopédia espanhola e abre-a na letra U.

Agora seu quarto encheu-se subitamente de vozes masculinas. Seu amigo mobiliara o apartamento com extrema sobriedade, seu quarto era antes uma cela que um aposento. Mas dos grandes. A câmera figurava nele como uma pequena escultura compacta. Isso fazia parte do voltar para casa. Pendurar o casaco. A árvore. A correspondência (nenhuma). Tudo isso em silêncio, o mundo lá fora perdendo-se nos últimos acordes. No metrô, ponderara mostrar com prazer uns pontos da cidade a ela (nem pensar em chamá-la de "Elik"). E rira de si próprio só da idéia. Comprou o jornal, o *Taz*, providenciou outras coisas. Corned beef, cebolas, batatas. Corned beef com verduras, "a refeição dos solitários" (Erna). Mas que era agradável, era, os movimentos de uma pessoa sozinha num espaço. Quantas pessoas assim viviam numa cidade como aquela? A elas sentia-se secretamente unido. Assar cebolas, cozinhar batatas, misturar tudo e temperar com gengibre, pimenta e mostarda. Nos lugares mais esquisitos da Terra ele cozinhara aquilo, corned beef era onipresente, latas argentinas na companhia do irmão batata e da irmã cebola. Degustados em silêncio, sentado ereto à mesa. Depois tomar uma xícara de chá, pensar na boca rósea, como ela se abrira, como rira. Num abrir e fechar de olhos. Será que ela estava comendo agora? Hoje à noite ficar em casa, não telefonar para ninguém. E nada de Cage. O amigo tinha um armário cheio de CDs, escolheu Varèse, aquele coro peculiar em *Ecuatorial*, todas aquelas vozes masculinas, como se um coro inteiro estivesse ali no quarto. Escutou a peça seguinte várias vezes, era bem curta, fanfarras, estalos de chicote, sirenes. Depois o silêncio ficou cada vez mais silencioso. Mais tarde, no rádio, ouviu que degelava, de noite congelaria de novo e no dia seguinte tornaria a degelar. Se saísse para a rua, assistiria ao balé, a uma coreografia caótica. Piruetas, súbita horizontalidade, como acontecera com ele próprio duas vezes naquele dia, posições indignas, carros a brecar derrapando, ridículo. Não condizia com o país. Não combinava com os alemães, escorregar. Era, pois, um preconceito. Tome cuidado, dissera o senhor. Mas já era tarde demais.

Leu o que anotara da enciclopédia, um espanhol notavelmente árido, truncado. Urraca. Súbito lhe veio à mente. O termo também significava pega. Sempre se interessara pelo nome de pássaros. Como som era pertinente, esse rigor, esse rangido, embora talvez soasse mais como corvo, gralha. Urraca. Rainha Pega, Elik, havia alguma coisa com esses vocábulos breves. Pega, a ladra. Roubava tudo o que brilhasse. Mas claro que nada disso estava na enciclopédia. Primeira mulher que regeu um império espanhol. Guerra civil, ameaça do islã pelo sul, como se sabia disso? 1109-1126, o que se podia escrever a respeito? La reina Urraca, ra, kra. E uma saudade súbita, já pela segunda vez naquele dia, da Espanha, vazio, Aragón, León.

"Será que você nunca consegue parar quieto por alguns meses num lugar?"

"Não, Erna."

Tentou pensar nela como alguém que escrevia uma tese, mas não conseguiu. Senhora doutora com cicatriz e botinha de pelica. Senhora doutora Pega. Pega, o pássaro hibernal, preto e branco, tal qual a cidade agora. O pássaro que de repente podia cantar quando chocava, e no mais só berrava, como se estivesse sempre zangado. De olhos fechados ele visualizou, mesmo o rabo era zangado, com aquele sacolejo vicioso que não parava. O vôo esquisito também, aliás, vôo em parafuso era como aquilo se chamava, em grandes arrancos sobre uma paisagem invernal, nos jardins gelados, cobertos de neve, do Castelo de Charlottenburg. Será que ele queria telefonar para alguém? Não, não queria telefonar para ninguém. Abriu um grande armário, apanhou diversas latas de filme, leu as etiquetas, empilhou-as sobre a mesa, até formarem uma torre oscilante, e mais uma vez, por causa das vozes masculinas, pôs Varèse para tocar. Em algum lugar daquele armário ainda deviam estar os registros sonoros de um filme que fizera com Arno sobre os mosteiros, uma co-produção franco-alemã para a Arte. Até então não sabia nada sobre mosteiros, e mesmo agora não sabia o que pensar deles. Os monges, tanto jovens como velhos, tinham parecido relativamente normais. Monges alemães, franceses e espanhóis, Beuron, Cluny, Veruela, Aula Dei, beneditinos, trapistas, cartuxos, espécimes em extinção, a quem se reconhecia pelas vestes, os trapistas de preto e branco, feito pegas, porém no coro de branco; quando os hábitos envelheciam, pareciam cisnes velhos. Os beneditinos de preto feito gralhas, e os cartuxos de branco, mas estes ele não pôde filmar no coro. Em compensação o fez na cela, pois, ao contrário das demais ordens, os cartuxos comiam sozinhos, o que tinha um quê de bem triste. Recebiam a comida por um postigo. Rodara de dentro para fora e de fora para dentro, o quarto nu totalmente despojado, uma espécie de altar com uma Virgem, um jardinzinho ao lado, a mesa de armar contra a parede, ao lado do postigo, a qual baixavam quando a comida era trazida. Lá fora, junto ao postigo, havia um cepo de madeira que se podia girar em três posições diversas, ainda tinha presente a imagem: um pão, meio pão, sem pão. Un pedazo de pan, medio pedazo de pan, nada de pan. Logo, sempre havia alguém que sabia se comiam muito ou pouco. Isso, mais que o próprio espaço encerrado, infundira-lhe uma sensação claustrofóbica.

Bertrand, o sonoplasta francês, podia explicar tudo, as horas e os nomes das rezas, todo o ciclo eterno, compulsório, do dia sempre imutável, do ano sempre imutável, "l'éternité quoi", isso soara bastante arrogante, como se Bertrand em pessoa fosse o detentor dessa eternidade. Cerca de duas ou três vezes ao ano ele se recolhia à eternidade, segundo as suas próprias palavras virava monge e passava algumas semanas num mosteiro da Normandia com os beneditinos, "são os que cantam melhor". Arthur e Arno acreditavam nele, pois Bertrand possuía uma peculiaridade com a qual não sabiam lidar direito: toda sexta-feira só bebia água e ao longo do dia não comia absolutamente nada. "Ah, ele é famoso por isso", dissera a produtora ruiva do programa, "a gente aqui só o conhece por 'Bertrand le moine', mas todo o mundo quer trabalhar com ele, porque é muito competente."

E era mesmo verdade. De tempos em tempos Arthur assistia a essa fita, porém mais que o som o impressionara o jeito de trabalhar de Bertrand, como ele deslizava com o seu Nagra de seis quilos como se fosse uma pluma, um predador à caça com aquele cilindro felpudo na ponta da haste de som, feito uma enorme ratazana morta e decapitada, quase entre as sandálias dos monges a caminho do coro, o roçagar diário que havia muito eles não ouviam mais, de súbito amplificado a um som absoluto, um prelúdio iniludível ao silêncio e ao canto que se seguiriam. E de pronto puderam imaginar as curiosas férias de Bertrand, pois lá estava ele como monge entre monges e deixava-se inundar pelos salmos, uma rebentação permanente.

"Mas por que você não entra de uma vez para o mosteiro, Bertrand?", perguntara Arno com o seu carregado sotaque alemão, e era quase como se Bertrand estivesse sendo interrogado.

"Porque ainda sou casado e tenho filhos", disse Bertrand.

"E uma amante e outro filho", disse a produtora ruiva, "n'est-ce pas, cher Bertrand?"

"A amante não é o problema", disse Bertrand. "Minha mulher é o problema. Como católicos, não podemos nos separar, e enquanto a pessoa está casada, não pode ingressar na vida monacal. A amante não conta. É uma questão de confissão e ruptura. Mas o matrimônio, este é um sacramento."

Então Arno maquinou *sur place* uma "trama criminal": Bertrand devia matar sua mulher, pois como viúvo poderia ingressar no mosteiro. Anos depois alguém viria em seu encalço, as pistas conduziriam ao claustro. Arno já antegozava o interrogatório do delegado.

157

Mas Bertrand não acreditava que quisesse assassinar sua mulher. Dor de cabeça demais.

"Só vai criar problema. Eu devia é ter ingressado muito tempo antes."

Sobre a amante eles não tornaram a falar, e nenhuma dessas aflições foi captada pelo microfone. As filmagens dos cantos gregorianos eram de uma assombrosa precisão. ("Ah, antes! Quando ainda cantavam em latim! Em francês soa muito lacrimoso, o espanhol se aproxima bem mais.") Bertrand recebera até um Prix de Rome pelo trabalho.

"Não, não, não tem nada a ver com precisão, esse som, esses cantos já ressoam há séculos nesses recintos, o que você ouve é o estertor da eternidade, *aeternitas*, eu ouço sempre todos os zeros. Nisto consiste a arte: que eu a torne audível, temporalidade e intemporalidade ao mesmo tempo. Algum dia desses eu mostro a você o que gravei antes. Sei que vai rir, mas o latim soava mais eterno... ouça só." Estufou o peito e cantou: "*Domine...* ou isto: *Seigneur*, voz de velhusca, moribunda, a diferença é clara, ou será que não?".

Mas quando estavam em Beuron, também não achou o alemão ruim.

"Pelo menos é mais viril que o francês. Mas se com essas vozes guturais eles cantassem ainda em latim, você pode imaginar como ficaria?" E tentou aplicar um sotaque alemão ao latim: "*Procul recedant somnia...*".

"O Heidegger cansou de vir aqui a Beuron", disse Arno. "Aqui perto ele foi coroinha, em Messkirch. Nunca mais conseguiu se livrar disso totalmente. Gravou suas iniciais no banco da igreja. Alguém observou certa vez que ele se persignava com água benta, e lhe perguntou: 'Por que você faz isso? Não me diga que ainda tem fé'."

"'Não', respondeu Heidegger, 'mas onde tanto já se rezou, o divino está próximo de um modo todo especial.'"

"Mas o que é o divino sem Deus?" E ao dizê-lo, esticara um olhar de leve desamparo pelos óculos grossos, e o monge que os acompanhava dissera de repente, "Ah, tão extravagante assim a coisa também não é. Mesmo pessoas que manifestamente não acreditam em nada acham isso aqui aconchegante. E além disso, o ser-para-a-morte não é tão enigmático assim, é o que nós fazemos também, só que com uma diferença: Heidegger era a angústia, e nós somos a esperança. Quem sabe a angústia heróica goste de visitar a esperança angustiada de tempos em tempos, sobretudo quando se canta. Afinal, em torno da angústia não se pode construir ritual nenhum".

"Disso já não estou tão certo", respondeu Arno. "E os congressos partidários do Reich em Nuremberg?"

"Então, era justamente a isso que eu me referia", disse o monge. "Eles não ocorrem mais, ocorrem? Isso aqui" — e descreveu um movimento de braço como se quisesse cingir em torno deles, à guisa de proteção, todo o adro em que agora estavam — "é uma substância relativamente tenaz... Quando leio Heidegger..." E não terminou a frase.

"Então o senhor fica feliz de estar toda noite entre os bancos do coro?", perguntou Arno.

"É, mais ou menos isso", disse o monge. "Talvez eu fique feliz também por saber que em todos os cantos possíveis da Terra algumas pessoas cantam ao mesmo tempo a mesma coisa."

"E pensam a mesma coisa?"

"Talvez. Nem sempre."

"Sensação de refúgio?"

"Ah, sim, claro."

"Mas o senhor não acha estranho que ele se deleitasse com o refúgio de vocês, embora não o quisesse para si próprio?"

"Estranho não, mas talvez... corajoso, se é que esta é a palavra certa."

"Ou o senhor pode dizer que simplesmente ele não alcançou a graça. Não é assim que se diz?"

"É, é isso. E era isso mesmo que eu deveria dizer... só que para ele isso não vale, embora eu não possa pensar — e portanto não possa dizer — uma coisa dessas."

No caminho de volta Arno teve de explicar o rumo da conversa a Bertrand e o conteúdo a Arthur, pois o primeiro não sabia alemão e o último só a compreendera pela metade, e nada a respeito da graça. Em seguida Arno balbuciara alguma coisa entre gregoriano e pompompom, e dissera de golpe: "Que idéia! Imagine, Elfriede morre, e Heidegger entra para os beneditinos em Beuron. Que escândalo! Fantástico! Mais sublime até que Voltaire no leito de morte! E contudo esse monge estava com mais razão do que pensava. Heidegger era um artista metafísico de circo. Dependurava-se no trapézio, lá em cima na tenda do circo metafísico, e executava o seu salto mortal sobre o abismo do nada, e todos prendiam o fôlego, por acreditarem que não havia rede de proteção. Mas havia uma, sim, invisível aos outros, e claro que nunca registrada nos protocolos filosóficos, porque não se tratava das leis da teologia, mas do sentimento religioso, um senhor de idade que se aquece numa outra resposta para as mesmas perguntas; talvez fosse só um afeto pelas reminiscências natais, pelo céu de Messkirch, que o empolgava mais que ele admitia. Exatamente como Bertrand, n'est-ce pas, Bertrand?"

"Exatamente como Bertrand, mas diferente", disse Bertrand, e disse isso de modo tal que Arthur Daane agora, vários anos depois, no seu quarto em Berlim, foi incapaz de conter o riso. Apagou a luz, observou ainda por um instante as figuras em movimento atrás das outras janelas, até que lá também as luzes se apagassem. Não achava que, no dia seguinte, iria à Biblioteca do Estado.

E nós, somos ainda de alguma utilidade? Naturalmente há tempos a coisa nos escapou das mãos, se é que alguma vez esteve ali. Executamos esse movimento com desenvoltura, sobre a cidade coberta de gelo, de neve, sobre o Spree, sobre a cicatriz, a fenda, o sulco onde antes havia o Muro. Não nos esquecemos de nada, mesmo o medo, a atmosfera, a ameaça mais remotos de outrora são um fato para nós, inteiramente presente, inextinguível. Conhecemos o altar de Pérgamo do tempo em que ele ainda era novo, dois mil anos, quatro mil anos, todas as recordações nos são simultâneas. Todos esses museus são usinas elétricas, e nós, tão leves que somos, conhecemos o peso de tudo que eles comportam. É, isso cheira a onipotência, mas e daí? Pode-se qualificar também de fardo. Um escudo da Nova Guiné, uma pintura de Cranach, um rolo de papiro, a voz de Laforgue que lê à imperatriz Augusta no castelo desaparecido, tudo é presente para nós. Sim, claro que é irritante não saber quem somos, mas vocês podem realmente nos dar qualquer nome, fantasia também está bem, é verdade e não é. Causa, móbil, recordação simultânea, isso talvez seja um paradoxo, mas casa bem com a Gedächtniskirche lá do outro lado, a Igreja da Memória. Esta nós vemos ao mesmo tempo como era e como ruína, buraco, monumento solapado. Não precisam se preocupar conosco, estamos sempre às voltas com esse fardo, mas vocês só têm algo a ver conosco agora, neste trecho, nesta história, que aliás mal completou dois dias. Só agora, quando vocês nos ouvem ou lêem, fora disso não existimos para vocês, a não ser como possibilidade. Agora, aqui onde a cidade é mais escura, Falk-Platz, a mesma cidade, mas diferente, sem cor, mortificada, descuidada. Uma escada longa, um quarto, alguém numa cama, sem dormir, com dois olhos arregalados, fitos diante de si. Sim, sabemos muito bem, mas isso agora não vem ao caso, o olhar dirigido ao nada diz muito mais. Sua mão está pousada sobre o livro que ela acabou de ler, e mesmo esse livro irradia algo, histórias vagas, clarões repentinos, números, fatos, e depois mais outras hipóteses, conjeturas cuja verdade conhecemos e esse livro não, essa história se passou há muito tempo. Algo como uma escavação na qual meramente uma quarta parte (ou menos ainda) do que antes havia foi encontrada. E mesmo então — mesmo que vocês soubessem tudo o que sabemos — não seriam capazes de lidar com a coisa. Não podemos resumir, sintetizar, abstrair nada. Conosco tudo tem a sua duração, o seu peso específico. Melhor nos atermos ao mais simples. É fácil assinalar um traço de união entre esses dois quartos silenciosos, afinal aconteceu algo. Mas tão logo falamos algo sobre o futuro, as nossas vozes somem, porque futuro não há, é, vamos deixar as coisas como estão. Vêem como essa mão se move impaciente, enquanto a cabeça permanece tão quieta? Alguma coisa a mão quer extrair do livro, mas como se obtêm de papel e palavras um núcleo vivo, um poder, um corpo, aqui, agora, sem o bolor de um passado, de um tempo que passou?

Se Arthur Daane pensava em Elik Oranje, o inverso não era o caso. Elik Oranje estava com a cabeça, que de fato jazia bem calma sobre o travesseiro, no curso que seguia naqueles dias em Berlim, uma série de dez aulas para as quais recebera uma bolsa do Serviço de Intercâmbio Acadêmico Alemão. O professor destilava tédio, mas algo que ele dissera não a deixava em paz. "Quando você está sentado num trem" — fora um tipo de frase dessas. As aulas eram sobre a filosofia da história de Hegel. Boa parte do tempo ela não conseguia se concentrar no assunto, sentia uma resistência holandesa contra o que chamava "pensamento de parágrafo", e além disso o homem parecia fossilizado e falava com sotaque saxão, de modo que nem sempre podia compreendê-lo. Às vezes, porém, como daquela vez, percebia em seu tom um porto de salvação à vista, uma anedota, um comentário pessoal, uma escapatória da massa doutrinária que outrora, naquela mesma cidade, jovens da idade dela haviam escutado com tanto entusiasmo na exposição do mestre em pessoa.

"Quando você está sentado num trem e não olha pela janela, mas observa os passageiros, talvez forme uma imagem deles pelo que dizem ou lêem, mas também pela postura, pelas roupas. Se pusesse no papel essa imagem, provavelmente pensaria ter descrito uma imagem correspondente à realidade. Afinal você os viu realmente, talvez até tenha falado com eles. Mas agora invertendo as coisas e imaginando que um deles o observa com tanta atenção quanto você a ele ou a ela, em que medida a imagem que ele ou ela têm de você corresponde à realidade? Você próprio sabe quanto não deixa transparecer de você, o que dissimula, oculta ou o que ainda nem sequer definiu para si próprio — porque também há coisas que se disfarçam para si próprio, que se negam, não se quer saber. E além disso há todo o arsenal de lembranças, o âmbito do visto e do lido, o mundo dos desejos encobertos... o trem inteiro não seria grande o bastante para conter tudo isso. E todavia cada um dos três ou seis passageiros que viajam nesse vagão acha que, durante essa viagem, uma — como direi — manifestação da realidade ocorreu. Mas será mesmo verdade?"

Foi esse o gancho para que ele falasse do elemento ficcional na historiografia, mesmo em pessoas que se atinham à risca aos fatos. Mas o que eram fatos? Sem virar a cabeça, ela apanhou o livro que lhe repousava sobre a barriga e o ergueu à altura dos olhos. Uma capa bege-acinzentada, e nela uma foto esfumada de um rio. Em primeiro plano, juncos que, pelo visto, balançavam ao vento. Não se viam nuvens, mas estas o capista provavelmente apagara para abrir espaço ao título e ao nome do autor, Bernard F. Reilly, *The Kingdom of León-Castilla under Queen Urraca, 1109-1126*. Na outra margem do rio, construções com vãos de janelas negros, algumas sombrias formas arbóreas, um prédio imponente com uma colunata, uma torre, um edifício de porte, a cidadela de Zamora, vista da margem sul do Duero.

"Por que diabo você quer cursar o doutorado?", perguntara o seu orientador, como se ela tivesse lhe dirigido uma proposta indiscreta. "Porque não há trabalho de professor", ela respondera, mas isso era apenas meia verdade. As poucas aulas que uma vez ou outra ela ministrara como substituta não lhe tinham agradado nem um pouco, nem que fosse só porque tinha a sensação constante de estar do lado errado da linha divisória da classe, porque preferia ainda estar sentada onde os outros estavam, onde tudo era ainda indefinido, imaturo, caótico, ao menos quando se comparava com a intolerável maturidade da sala dos professores, com os colegas e a vida pré-traçada deles. Uma parte de sua juventude, supunha, já lhe fora roubada, o que ainda restava queria aproveitar o mais que pudesse. Liberdade e independência valiam a pena de viver com quase nada, e a tese era um perfeito álibi, a exemplo das aulas daquela ameba, que lhe haviam propiciado uma viagem a Berlim. Em troca ela fazia vista grossa a Hegel. "Que você, com toda a sua formação, tenha escolhido a Espanha eu entendo, mas por que justo essa obscura rainha medieval? Uma rainha de quê, me diga?"

Tal fora a pergunta seguinte do orientador, e a resposta naturalmente foi fácil. "Primeiro, porque ela é uma mulher" — hoje não se podia dizer mais nada contra isso —, "mas precisamente por ela ser também tão desconhecida. O que é muito instigante..."

Instigante era com certeza, uma mulher entre homens, bispos, amantes, consortes, filhos, uma grande luta por poder, por prestígio, a única rainha medieval que efetivamente reinara.

"Mas será que existe material suficiente? Quando foi mesmo isso?"

"Início do século XII. E existe material de sobra."

"Confiável ou nebuloso? Não sou lá muito versado na matéria, no fundo é só um assunto marginal. O que significa também, claro, que vou ter de me aprofundar."

Não precisa, ela quis dizer, eu o entrego pronto para usar, mas pretendo trabalhar muito tempo no projeto, porém isso ela não disse, claro. Essa rainha era a avalista de sua liberdade, ao menos durante alguns anos, e por isso lhe era grata. Rainha Pega. Já se flagrara falando assim com ela. Elik escudeira. Qual seria sua aparência? Por falar nisso, a realidade! O único retrato que conhecia dela não revelava nada, encontrava-se num livro espanhol sobre o seu amigo e inimigo Gelmirez, bispo de Santiago, e lembrava uma rainha de jogo de cartas, na mão direita uma espécie de bandeirola dobrada em retângulo, que ostentava o seu nome, com só um r e com k, Uraka Regina. Trono, coroa, cetro, os pés metidos em pantufas rosa, bem apartados, calcando alguns arcos moçárabes entrelaçados, a cortina feito um céu com estrelas graúdas, a coroa feito uma caixinha esquisita, oblíqua sobre a cabeça, a própria cabeça um estereótipo, não o rosto de alguém que realmente viveu um dia, que falou, riu, lutou e trepou. Como diabo se entrava em contato com uma vida assim? E vice-versa, como ela haveria de lhe explicar a sua própria vida anacrônica? Berlim, que na época nem sequer existia. E no entanto, a alguém habituado a lidar com o poder ainda era possível explicar (contanto que se ativesse a um contexto medieval e deixasse de lado as ideologias) a pura história do poder, o imperador, a guerra em que ele saiu derrotado, o levante popular, as exigências dos vencedores, o tribuno, a guerra subseqüente... só que depois ficava mais difícil. Ou não? Pogrons, islã, isso ainda existia, mesmo a bomba atômica ainda se podia explicar de certa maneira como uma arma aniquiladora... mas um mundo sem religião, isso para uma pessoa da Idade Média era certamente impensável, a menos que se falasse do inferno. Mas quando havia tais abismos entre o presente e o passado, como era possível falar em compreender e descrever a realidade do passado? Realidade real, que bobagem. Agora era melhor dormir. Chega de tecer fios, durma. Do pátio interno subiram ruídos, ela conhecia os passos do amigo que ela deixava morar ali quase de graça. Ele trabalhava num bar, no início apareceu uma vez bêbado na cama dela, mas depois do desdém com que ela o tratara no dia seguinte isso não se repetiu mais. Somente quando apagou a luz tornou a pensar no curioso holandês que conhecera naquele dia. Cineasta, ele dissera, documentarista. Há vários caminhos que conduzem ao reino dos sonos, ora com ajuda de imagens, ora de palavras, evasivas, repetições. Documentarista, documentos. Alguém sobe as escadas a passos de lobo. Pouco tráfego hoje à noite. Silêncio. A cidade sobre uma vasta planície que se estende para o leste, que se estende mais e mais, numa, ah, tão escura escuridão...

Degelo, neve derretendo, e então, de repente, uma manhã com uma luz que sugere a despedida do inverno. Na latitude em que está Berlim, e naquela época do ano, ele só tem poucas horas à disposição, ninguém melhor que um cineasta sabe disso. Arthur Daane abriu o grande mapa da cidade a seus pés, o mapa da cidade esquizofrênica, mas não faz mal, não mudou tanta coisa assim, basta abstrair da grossa linha rosa com as suas esquinas arbitrárias, que indicava onde o reino dos outros tinha início. A partir dessa cidade o mundo fora ultrajado, e o mundo punira essa cidade e tentara reduzi-la a pó, ali um povo consumira a si próprio, mas os sobreviventes rastejaram para fora de ruínas e porões sob novos senhores, que não falavam sua língua, depois seu mundo foi fendido em duas partes e a parte mais fraca, mantida em vida pelo ar, e entre todo esse afã humano, em vagas de bem e de mal, de culpa e de penitência, a cidade reencontrara a sua alma singular, cativa, punida, humilhada, por isso as duas breves sílabas de seu nome exprimiam todo o crime, toda a resistência e todo o sofrimento que nela sucederam, assim como nessa primeira sílaba abafada e na outra clara vibravam todas as vozes que nela já soaram. Mas não se precisava pensar a respeito, a própria cidade cuidava disso com seus monumentos, seus bairros, seus nomes, e ele mesmo não devia mais olhar para esse mapa, pelo contrário, devia insuflá-lo até que ficasse tão grande quanto a própria cidade, devia pegar sua câmera, ir de táxi à Biblioteca do Estado, ver se ela estava lá, e depois telefonar para Arno, perguntar se ele podia emprestar o carro, e levá-la à Ponte Glienicker, ao lago Halen ou à Ilha dos Pavões.

Ele sempre fora da opinião de que, se precisasse de uma música para expressar ritmo, tinha de ser algo de Chostakovitch. Victor tocara algumas de suas peças, e ele visualizara nelas movimento, água que flui ligeira sobre rochas, animais correndo, uma perseguição. Embora tais coisas não ocorressem com tanta freqüência em sua obra, mesmo assim tentou compor uma lista com as peças musicais que um dia lhe poderiam ser úteis. De preferência música coral ou, exatamente o contrário, música com vários instrumentos, por exemplo algo como acabara de ouvir. Mas Victor não se mostrara lá muito solícito. "Número onze, número doze, prelúdios e fugas, a que peça você se refere?"

"A que você tocou primeiro, a que corre no próprio rastro."

"Foi a número onze, em si maior."

"Si maior não me diz nada, mas onze eu consigo guardar."

"E esta inserimos então como música de fundo, imagem coincide com som, plum plum. O filme não se sustenta sozinho? Sinal de fraqueza."

168

"Não se trata de um acompanhamento qualquer, mas de intensificação. Ou de contraste."

"Como em Brecht. Grandes tragédias, os oprimidos sofrem, mas a música faz pa-ra-ra-tchim-bum."

"No que eu faço não tem nenhum oprimido."

Ao que Victor não deu mais resposta. Ou melhor, deu de ombros e, extremamente seco, disse "número treze" e tocou uma peça bastante meditativa. Somente após o último compasso foi que disse, embora como se Arthur não estivesse mais no recinto: "Um idiota, um idiota. Como alguém que faz uma coisa dessas pode escrever também aquelas sinfonias medonhas?".

E por que foi pensar nisso? Porque desceu correndo as escadas com a câmera, saiu à rua, dobrou a esquina, Wilmersdorfer, Bismarck-Strasse, quando o semáforo não estava fechado para ele, bem nas primeiras notas da número 12, sentou-se no táxi, agora tinha a 12 e a 13 para matutar naquele plano desatinado. Agora conhecia a série de cor, a 14 era curta, ao todo cerca de meia hora, então a número 15 fornecia justamente as marteladas abruptas, inflamadas, necessárias para o caso de ela estar lá. Mas o regente na chapelaria baixou a batuta.

"O senhor tem de deixar a câmera no armário, não pode entrar com ela."

"Só quero dar uma olhadinha rápida."

"Mas não na Prússia." Victor.

Entrou sem câmera. Ela o encarou como a um fantasma. Isso é força de expressão, claro que foi exatamente o contrário. Era ela que freqüentava os espíritos. Sua rainha foi vencida e é quase encarcerada pelo homem com quem está casada e contra quem guerreia. É o mês de outubro de 1111, um ano ímpar. A rainha Urraca é acossada por Alfonso el Batallador. Pega e Batalhador, alguém ainda há de escrever um livro sobre esses dois.

"O paradeiro de Urraca neste momento é um enigma praticamente insolúvel", que Elik Oranje solucionaria com prazer. Nas montanhas da Galiza, assim diz uma teoria. Mas o que achar disso?

"Por enquanto você não tem que achar nada", dissera seu orientador ao discutirem esse tipo de problema. "Tem é que consultar as fontes e achar as fontes que ainda ninguém achou. Na Espanha está assim de arquivos. E se houver lacunas, você tem simplesmente que mencioná-las como lacunas. O resto é ficção." Mas o problema era justamente esse.

"Será que tenho culpa se *vejo* alguma coisa durante a pesquisa?"

"Esse me parece um preceito pouco científico. O que você vê é produto de sua fantasia. Cartas, documentos, bulas, protocolos não são produtos da fantasia. Afinal não é um romance que você está escrevendo, é? O romance histórico é o gênero literário mais ridículo que existe. Você tenta descobrir a verdade, os fatos, a realidade, por mais difícil que seja. Se vê cavaleiros, pajens e espadachins — formidável, contanto que eles não sumam com você. Aliás, não creio que você seja uma pessoa desse tipo, não me parece muito romântica. E caso caia na tentação mesmo assim, é só pensar como era o bodum deles naquela época."

Não, muito romântica ela não era. Mas como podia ser que essa imagem de Urraca com um pequeno bando de sequazes nas montanhas fosse tão forte? Identificação com a mulher com quem se ocupava, por um lado, e por outro carência de fatos, isso abria à fantasia um campo de ação proibitivo. Uma das coisas mais difíceis era o fator tempo, em razão do qual cada partido nunca tinha certeza dos movimentos dos outros, o que por sua vez tinha por conseqüência que os documentos fossem tantas vezes pouco confiáveis. A rapidez máxima era a do cavalo, e ela definia em que momento se ficava sabendo quando o próprio exército tomara uma cidade ou fora batido.

"Ah", disse o orientador, "nunca esqueça o que Marc Bloch disse: um fenônemo histórico não pode ser compreendido de maneira alguma fora do instante em que aconteceu." Era magnífico e ao mesmo tempo paradoxal não poder imaginar nada. O melhor seria ela ater-se aos mapas e tentar seguir os protagonistas em seus movimentos efetivos ou hipotéticos — o rei, que tomara Palencia e achava-se agora a caminho de León, o bispo, que perdera sua batalha e agora recolhia feridos e debandados em Astorga, para depois tornar a cavalo a Santiago, à rainha em algum lugar, mas onde... E havia ainda o restante das peças, o filho que ela tivera de um outro e que agora fora coroado rei na mesma Santiago. Enquanto ela o tivera a seu lado... E então surgira de repente aquele homem diante de si, a quem por um segundo não reconheceu, e que disse alguma coisa, mas o quê? Agora ela viu que seus olhos eram de um azul intenso e constatou que não queria discutir aquela questão — sair, Ilha dos Pavões, que diabo era aquilo? — e percebeu como dobrou os mapas, fechou a *Historia compostelana*, deixou sua rainha nas montanhas da Galícia ou seja lá onde fosse e seguiu aquela figura esguia, hesitante, até o ar livre, onde o sol de inverno reverberava sobre o edifício da Philharmonie, que oscilava de lá para cá.

Elik Oranje foi a primeira mulher que Arthur Daane levou à casa de Arno Tieck, o que era tanto mais curioso, pensou Arno, pois os dois evidentemente não se conheciam havia muito tempo. Ele repetiu com deleite seu estranho nome holandês, certificou-se de que nada tinha a ver com a família real holandesa, e compartilhou então do silêncio geral, até que se enchesse. Silêncio ele fazia o dia inteiro entre quatro paredes com seus livros, mas aquilo era intolerável quando sentado na frente de seres humanos.

O que via era um Arthur embaraçado, que mal chegara já queria ir embora, mas que parecia esperar um juízo sobre aquela que trazia consigo, ainda que não fosse proferido naquele momento. Só que, enquanto ela não abrisse a boca, ficaria difícil, e por ora não lhe parecia que o silêncio fosse ser quebrado, o rosto era fechado demais para tanto, obstinado demais. O que não poderia saber era que Elik estava ocupada nesse momento com o seu próprio inventário. Agora que tinha diante de si alguém que não conhecia, ela podia ao menos a princípio fazer o que quisesse, e imaginava o homem a sua frente, com aqueles óculos tão coruscantes e aquela auréola de cabelos espetados para todo lado, como um mágico aterrador, um sábio obscurantista, e como se ele tivesse se dado conta disso e quisesse virar no mesmo instante uma parte de sua fantasia, Arno Tieck irrompeu numa tirada sobre o simbolismo da cor laranja.

Como sabia Arthur, não havia nada de obscurantista nem misterioso em seu amigo, mas quem se deixava apanhar no sortilégio de seus dotes retóricos sempre tinha dificuldade de não equipará-lo a seu tema. Sua locução era enfática, a corpulência acompanhava a argumentação, as mãos se sacudiam pelo espaço para afugentar alucinações capazes de prejudicar os argumentos, antes mesmo que os outros as vissem. Quer discorresse sobre o gnosticismo de Hitler, sobre a reforma ortográfica, sobre a magnificência dos *Operários* de Jünger ou as delícias das carpas em molho de cerveja ou os aspectos negativos de Proust, quer o tema fosse audaz ou sereno, sério, superficial ou hermético, a estratégia era quase sempre a mesma: o ótimo uso da língua, do brilho das palavras, da musicalidade, de prestos e andantes, da artilharia de *staccati* até chegar àquela arma última da retórica, o silêncio minuciosamente distribuído em cadências, e assim os dois holandeses, que só queriam tomar emprestado um carro para seu primeiro passeio juntos, foram submersos naquela cor a meio caminho entre amarelo e vermelho, que não por acaso, claro, era a cor emblemática da casa real deles. Como se numa montanha-russa, voavam do ouro celeste ao vermelho tectônico, do amarelo-açafrão dos monges budistas ao laranja que Dioniso havia de ter trajado, e também da fidelidade à infidelidade, da volúpia à espiritualização e com isso, pensava Arno, a tudo quanto era cativante.

"Como o véu de Helena", disse Elik. "E a cruz dos cavaleiros do Espírito Santo."

Arthur notou como os olhos de Arno cintilavam por trás das lentes.

"Como assim, o véu de Helena?"

"Em Virgílio. Também era açafrão."

"Hum."

Agora o tinham metido em brios, e em seguida Arno Tieck enredou-se numa profunda conversa com aquela holandesa surpreendente com que chegara seu amigo Arthur Daane, sempre tão quieto.

História, curso de Hegel (não!), tese (ah!), Idade Média (magnífico!), como se fosse uma catapulta a conversa disparava de lá para cá entre cicatriz e óculos, títulos, nomes, conceitos que excluíam Arthur, enquanto lá fora, pensou, a luz imperceptivelmente perdia vigor a cada segundo. Queria ir embora e queria ficar. Se era por causa do alemão ele não sabia, mas parecia que a voz dela ficava mais soturna ao falar essa língua, e não apenas isso, ela própria parecia ficar diferente, alguém que agora já lhe escapava. Nem bem a conhecera, e ela já estava alhures.

Falar línguas, a seu ver, era uma imitação que continha muito mais do que simples sons. Tinha algo a ver com ambição e observação, apropriar-se dos acentos e da tonalidade, de todo o hábito daqueles que falavam aquelas outras línguas. A ambição prendia-se a um impulso de não querer dar na vista, não querer chamar a atenção justamente como estrangeiro ou novato. Nesse sentido ela era o contrário de Arno, que parecia quase nu quando tinha de falar francês ou inglês, nu ou desarmado, porque então era privado do seu mais importante instrumento. Não que isso lhe importasse muito, era por demais convicto de seus argumentos. Nela ele não notava isso, talvez fosse mesmo incomum em alguém tão jovem.

Agora lembrava quase uma peça de teatro, ele via que ela desfrutava a atenção de Arno, roufenhava feito um violoncelo, talvez por isso tenha parado de prestar atenção às palavras dos dois, como música ele as sentia, um recitativo para contralto e barítono, no qual havia muito ele não atentava mais no significado das palavras cantadas. Viu que eles também sincronizavam mutuamente seus movimentos, criando assim (mas que diabo!) uma espécie de balé no qual setas invisíveis eram desferidas, não, aquilo tinha de acabar e rápido.

Esperou uma pausa de satisfação, na qual o duo podia olhar em rápida retrospectiva os feitos heróicos realizados, e levantou-se o mais devagar possível, erguendo a câmera, que ele trouxera consigo, de modo a dar a entender aos demais que ainda tinha algo em vista para aquele dia.

"Aonde você quer ir, afinal?", perguntou Arno.

"À Ilha dos Pavões, mas primeiro à Ponte Glienicker."

"Saudades dos dias sombrios. Smiley, *vopos*,* ameaça? O inalcançável lado contrário?"

"Quem sabe."

---

* *Vopos*: expressão pela qual eram conhecidos os membros da polícia — a *Volkspolizei* — da antiga RDA. Smiley: referência a George Smiley, persona-

Em lá chegando, quis lhe explicar o que Arno quisera dizer, mas ela já sabia.

"De vez em quando eu também assisto a um filme."

Filme, filme. Mas será que houvera um filme capaz de explicar exatamente como fora ali, naquele exato lugar, dez anos antes? Claro que houvera. Claro que não houvera. Apoiou-se no parapeito verde. A água do Havel ainda afluía como antes ao Jungfernsee, mas os barcos cinza da guarda da fronteira não havia mais. O tráfego para Potsdam fluía ao largo, como se jamais tivesse sido barrado. Ele buscou palavras. "Fiz um filme aqui com..." e mencionou o nome de um autor holandês, "o sujeito ficava ali, e nós o acompanhamos bem umas dez vezes de lá para cá, do leste para o oeste e do oeste para o leste. Narrava os controles de fronteira, a troca de agentes secretos, o que o próprio termo 'Ponte Glienicker' significava para alguns... e saiu-se muito bem, mas..."

"Não era mais o passado?"

"Talvez até fosse... tem alguma coisa de... de impostura quando algo realmente passa e depois vira uma história de que alguém se apropria. Falta tudo."

"Mas só porque você próprio vivenciou o fato."

"Mas isso significaria então que as coisas, quanto mais afastadas, menos sentido fazem."

"Não sei... mas não se pode apreender o passado como passado. Nem na sua própria vida você faz isso, seria insuportável. Imagine só, suas lembranças iriam ter de durar o mesmo tempo que os próprios acontecimentos? Você não teria mais tempo pa-

---

gem de *O espião que saiu do frio* e vários outros romances de John Le Carré. Espião inglês, em eterna luta contra os russos, particularmente seu rival Karla, ele finalmente consegue vencê-lo, obrigando-o a se entregar, numa cena famosa em que ele atravessa uma ponte que liga as duas Berlim.

ra viver, e claro que a intenção não é essa, certo? Se o passado jamais se esgota, então não se vai adiante. Isso vale para sua própria vida, mas também para os países." Ela riu. "Além do que, os historiadores servem é para isso. Passam sua própria vida com a memória alheia."

"E a mentira, você fecha os olhos para ela?"

"Que mentira? O que você quer dizer, imagino, é que não suporta que o passado perca a sua validade. Mas ninguém vive assim. Passado em excesso é chato de doer. Pode acreditar em mim."

Evidentemente ela não tinha mais interesse no tema, e acendeu um cigarro.

"Como a gente chega à Ilha dos Pavões?"

Antes que ele pudesse responder, ela virou-se abruptamente para ele e disse: "Esse filme que você rodou aqui, é isso o que você faz?".

Outra vez, como dizer aquilo? "Isso eu faço por dinheiro" soava muito banal, e além do mais não era verdade. Gostava do que chamava a parte pública de seu trabalho, pouco importava se ele próprio filmasse ou o fizesse sob encomenda de outrem, como câmera. Encomendas podiam ser bastante instrutivas. O que fazia para si próprio era algo diferente. Mas ainda era cedo para explicá-lo.

Voltaram de carro à saída Nikolskoe. Sob as árvores altas, nuas, ainda havia restos de neve, nódoas branco-acinzentadas entre folhas escuras, úmidas. Junto à balsa, desligou o carro. Na verdade era um milagre que ela ainda funcionasse; afora um casal idoso eles eram os únicos passageiros. Ele pensou que também eles deviam parecer um casal para os outros. O que ela dissera? Se o passado não se esgota não se vai adiante. Até que ponto Roelfje e Thomas tinham se esgotado? Só o timbre dessa palavra já tinha algo de antipático, esgotado, isso se dizia de coisas.

176

Ele sempre tivera a sensação de que pouco a pouco eles se apartavam cada vez mais dele mas, tão logo quisessem, podiam imediatamente estar a seu lado. Mas para quê?

O motor do batel começou a roncar mais forte. Ela pousou a mão na perna dele, mas de modo a parecer que ela própria não percebesse. A travessia durou poucos minutos, contudo foi uma autêntica viagem. Partida, chegada, o trajeto sobre a água lustrosa, a superfície luzidia, levemente balouçante, que reverberava a luz crua do sol hibernal, o mistério que fazia parte das ilhas, por menores que fossem.

No momento em que desceram a terra, ouviram o demorado silvo estridente de um pavão. Estacaram para ouvir se tornaria a gritar, mas a resposta veio de bem mais longe.

"Como se implorassem algo que nunca conseguem obter." Palavras dela.

E mais um silvo, e ainda outro.

Súbito ela partiu em disparada. Com a câmera era impossível alcançá-la. E nem era esse o propósito. "Até mais tarde", ela exclamou.

Ele a viu correr, e teve consciência de como era ligeira. Em poucos minutos, talvez nem isso, ela desaparecera. Ele não chegara com ninguém à ilha, era outra vez quem sempre fora. Mesmo o casal idoso desaparecera. O balseiro gritara que a última balsa partia às quatro, portanto tinha ainda duas horas.

Arbustos farfalhantes, a alguns metros dele um pavão atravessou-lhe o caminho e parou. Um segundo pavão veio após, um terceiro. Observou seus curiosos pés coriáceos com desagradáveis falanges, que destoavam de modo clamoroso da pompa luxuriante que sustentavam. Nos pavões nada combinava, a cabecinha maliciosa com olhos penetrantes e duas ou três hastes estúpidas, fincadas verticalmente no cocuruto, a espessa camada de penas pretas e brancas, que jazia como uma colcha sobre o tegumento azul-esverdeado, a longa cauda com ocelos, a qual, não estivesse erguida em leque, arrastava-se feito uma vassoura frouxa atrás da ave, as ciscadelas cômicas entre as folhas castanhas. Com um berro súbito ele pulou para a frente, de modo que os três animais saíram em disparada. Pretendia mostrar a ela o pequeno templo dórico erigido em memória da rainha Luísa, a dos seios cor de creme, um bafejo da Grécia arcaica perdido no norte tanto mais frio, uma daquelas construções nostálgicas com as quais os príncipes alemães do século passado queriam pôr em evidência o seu status de neo-atenienses. Mas ela não estava lá, corria em algum lugar feito uma criança endiabrada, o mais rápido e o mais longe possível dele, um homem que nem sequer fora capaz de responder à pergunta sobre o que afinal fazia. O que havia de próprio no que ele fazia? O que teria dito se ela não tivesse fugido? Que repartia o mundo num mundo público, de um lado, o qual tinha a ver quase sempre com as pessoas e com o que elas faziam, ou melhor, com o que faziam umas às outras, e, de outro, num mundo que, como ele dizia, bastava a si próprio. Não que nesse segundo mundo não houvesse pessoas, mas eram pessoas sem nome e sem voz. Daí seu costume de utilizar nesses casos somente partes de seus corpos, mãos ou, como naquele dia no metrô, pés, multidões anônimas, gente, massa. Por aquele segundo mundo nenhum produtor jamais mostrara interesse, e com razão, era algo personalíssimo, e até tomar forma, se tomasse, ele devia guardá-lo para si. "Notas", dissera Arno, e este termo lhe agradara. Com o que ele virou uma espécie de notário, um guarda-livros que algum dia, ou nunca, poria na mesa o resultado de suas eternas contas. Se esse primeiro mundo, o das encomendas, teria um lugar no segundo, ainda não lhe ficara claro. Como sempre estava a postos, enviavam-no para todas as partes, e ele deixava-se enviar, fosse pelo canal

VARA ou pela Anistia Internacional ou pela NOVIB, organização holandesa de ajuda ao Terceiro Mundo, paralelamente ao serviço sempre podia filmar para si próprio.

"Perito de primeira classe em catástrofes munido de espadas", dissera Erna, "papa-defunto universal, especialista em morte em geral, quando é que você vai fazer outra vez um filme de verdade?"

"Não quero fazer nenhum filme de verdade. E o que *eu* realmente quero fazer, *eles* não querem."

"Arthur, às vezes receio que a sua coleção seja só um álibi. Seu segundo mundo, como você chama, vive à custa do primeiro. O primeiro a gente conhece, vê de dia, a porção diária de miséria, mas o segundo, o segundo..."

"Este é o mundo das coisas que estão sempre aí e que evidentemente não vale a pena filmar, que só são mostradas como pano de fundo, aquilo que tem de estar lá, mas no qual ninguém presta atenção."

"O supérfluo?"

"Se você quiser. O rumor. Aquilo de que ninguém se ocupa."

"Tudo, então. Socorro." E em seguida: "Deixa para lá. Eu te entendo sim, ou pelo menos um pouquinho, mas tenho medo de que a coisa não leve a parte alguma. Por um lado você está sempre em contato com aquelas coisas bárbaras, você nem imagina a aparência que tem quando volta de uma viagem dessas. E você mesmo disse que às vezes tem pesadelos... E... foi só depois do acidente que começou com essa história".

"Depois da morte de Roelfje e Thomas. Foi você mesma que me ensinou que eu tinha de dizer os nomes deles, com todas as letras. Mas você dizia 'por um lado'... como continua o raciocínio?"

"E por outro lado... você nunca me mostrou muita coisa."

"E do que você ainda se lembra?"

"Deus do céu, Arthur, isso é injusto! Hã, uma calçada com pés, uma calçada sem pés, tudo bem demorado, uma calçada na chuva, todas as árvores, na primavera, e então o mesmo no inverno, é, pessoas, e o frango-d'água aqui do canal, que faz seu ninho com todo tipo de cacareco, céus, que coisa mais besta, um ninho só de plástico e porcaria, tinha até uma camisinha, e quando ele congelou…"

"Rumor, é bem o que eu disse. Tudo o que está lá e no qual ninguém presta atenção."

"O mundo segundo Arthur Daane. Mas é só. Você não pode filmar tudo."

"Não, não se pode filmar tudo." E quando não se podia falar, esse era o fim da conversa. Essa era Erna. E ali, sentada numa mureta diante do ridículo castelo branco, estava Elik. Ela tirara seu casaco e enlaçara as mãos em torno dos joelhos erguidos.

"Desculpe, mas tive de sair correndo."

"Eu estava andando muito devagar?"

"Não, estava muito pesadão."

Saltou de sua mureta e o imitou, queixo para a frente, cabeça oscilando de leve, como se não acertasse mantê-la sobre o pescoço. Um carrancudo. Representação curiosa, pois ela tentava parecer mais alta e ao mesmo tempo comprimir esse ganho de altura.

"Eu ando assim? Esse que você está imitando é um homem velho."

"Tire suas próprias conclusões. Você filmou alguma coisa? Já estou aqui faz um tempão."

"Não. Estive dando uma volta."

"E por que trouxe a câmera? Aqui não tem muito para filmar, parece. Aliás, você ainda está me devendo uma resposta."

A conversa com Erna fora, portanto, um ensaio.

"Vista o casaco, senão você se resfria. Vou mostrar uma coisa para você, mas primeiro vamos sair desta Disneylândia. Sempre achei que este castelo fosse uma imitação, mas é autêntico."

Observaram a torre cilíndrica com aquela ridícula cupulazinha, a ponte de pedestres, as enormes pedras revestidas de reboco.

"Já foi construído como ruína, essa deve ser uma especialidade alemã. Não poder esperar, adiantar-se ao passado do futuro. Coisa do tipo que Speer devia construir segundo os caprichos de Hitler, não tão kitsch, eu sei, mas algo gigantesco, que mesmo depois de mil anos ainda fosse belo como ruína. Kitsch também, claro. Deve ter algo a ver com a pressa, não deixar que as coisas sigam seu curso."

"Mas…"

Ele levou o dedo aos lábios e, como se fosse parte do mesmo movimento, pousou o braço esquerdo nos ombros dela, sentiu certa má vontade, quase uma birra, retirou-o, porém com toda a gentileza, talvez só com um dedo, impeliu-a na direção da água. A luz do sol brincava nos juncos, alguns patos ao longe, à contraluz um barquinho no qual duas figuras recortadas pareciam como num daguerreótipo.

"O que você está vendo?", perguntou ele enquanto filmava.

"Nada. Vá lá, romantismo. Um cinturão de caniços, patinhos, barquinhos, a margem do outro lado. E nossos pés, certo?"

"Fique quieta."

Filmava os pés deles. Quatro sapatos na relva, perto da água. Botinhas de pelica. Uma imagem pueril.

"Você não queria saber o que eu faço?"

De quanto tempo precisava para explicar tudo a essa desconhecida? Não muito, pois ela não retrucava nada, nem mesmo quando estavam junto ao barco, quando, agora tiritando de frio, aguardavam a travessia. Dessa vez estavam a sós. Fitava-a de perfil, o seu rosto fechado. Achava-se de frente para a cicatriz, e esta, pensou, era realmente um sinal. Nesse cruel arranhão bruno, nessa runa, nessa letra desvendava-se algo que tanto aquele silêncio obstinado quanto a repentina corrida desabalada explicariam, uma chave. Mas talvez não houvesse chaves para as pessoas.

Beberam um vinho quente na pousada campestre diante do lugar onde haviam descido da balsa, ele viu como o calor do vinho tingia as faces dela.

"Acabou-se o dia?", ela perguntou de repente.

"Você é quem diz, eu ainda gostaria de lhe mostrar uma coisa."

"Por quê?", disse num tom de quem fosse redigir um protocolo. O trato com Elik Oranje não era provavelmente dos mais fáceis.

"Vou poder mostrar quando estivermos lá. Mas temos que sair agora, senão fica muito escuro, é bem longe. Você já esteve em Lübars?"

"Não."

Algum comentário dela na conversa com Arno lhe dera essa idéia. Não prestara muita atenção, mas girava em torno da historiografia como ironia. Ela obviamente não concordara com isso. Empáfia masculina, algo assim, ela retrucara. Ele não estava muito certo e também não a indagaria a respeito. O que queria lhe mostrar era uma das coisas de que em Berlim havia tantas, talvez se pudesse também chamar isso de ironia. Fosse como fosse, tinha tudo a ver com história. Victor podia expressá-lo melhor, mas ele, Arthur, não era Victor. Nele, por sinal, muitas vezes ninguém sabia se estava sendo irônico ou não. Era para isso, afinal, que se tinha amigos como Victor ou Arno ou Zenobia. Estes ela talvez achasse cansativos. Apesar de o encontro com Arno ter sido um sucesso, ao menos no tocante a Arno. Se estava bem lembrado, os dois o tinham posto de escanteio num piscar de olhos. Gente com o dom da palavra sempre parecia ser mais rápida.

"Onde é que fica?"

"No norte de Berlim, uma aldeiazinha. No tempo do Muro, era a única aldeia pertencente ao lado ocidental em que se tinha a impressão de que a cidade ficava num país."

Seguiram pela Avus, passaram correndo pela torre de televisão na auto-estrada rumo a Hamburgo, Waidmannsluster-Damm, deixaram a cidade para trás. Súbito tudo era bucólico, uma moça a cavalo, calçamento de paralelepípedos, uma chácara, uma velha taberna, sepulcros à volta de uma igrejinha. Não havia mais semelhança alguma com uma cidade. Sempre ia para lá quando se sentia enclausurado. "Lá", mostrou-lhe, "era uma cervejaria ao ar livre, as pessoas se sentavam sob as tílias e olhavam os campos. E ali no fundo era o Muro." Como de hábito, ele não sabia explicar por que isso lhe calara tão fundo. Podiam fazer aquilo com um país? Um rasgo, uma ferida, era como se infamassem a própria terra. Porém a terra não sabia de nada, e muito menos os pássaros, que voejavam indiferentes de lá para cá, sem demandar nada a ninguém.

Cruzaram a aldeia a pé, depois rumaram pela estrada, que logo após deixaram outra vez para tomar uma trilha de chão batido, enlameada pela neve das semanas passadas. Ela parecia não se importar, andava a seu lado em silêncio. Chegaram a um regato estreito, sinuoso, a água escura gorgolejava, folhas mortas seguiam boiando. Ela continuava lá. "Está vendo a estaca?"

No meio do riacho, uma estaca de madeira das mais prosaicas, ninguém lhe daria especial importância.

"Estou, e daí?"

"Havia uma tabuleta pregada nela, dizendo que por ali passava a fronteira, bem no meio do córrego."

"E o Muro?"

"Ficava mais para trás. Essa era a fronteira legítima."

Talvez ele fizesse tempestade em copo d'água, mas lhe parecera absurdo que lá, no meio daquela agüinha vã, se encontrasse a fronteira entre dois mundos. Absurdo, e no entanto houvera uma lógica que o prescrevera, uma lógica de que aquela pequena estaca fizera parte. Uma lógica funesta, ainda por cima, que dera provas de ser letal. E foi o que ele disse, ou ao menos algo nesse sentido.

"Tente ver pelo lado cômico da coisa." Não a compreendeu.

"Como assim?"

"Como uma história que alguém inventou. Um país inicia uma guerra porque perdeu uma guerra anterior, e esta ele volta a perder agora. Você está careca de ver todos esses filmes do Chaplin, em que ele sempre alcança o contrário do que quer. Isso tem um quê de incrivelmente cômico."

"Acho que não entendi. E as pessoas que foram afetadas? Isso também é cômico?"

Ela estacou. Havia algo de tocaia em seus olhos. Ele deu um passo involuntário para trás.

"Adianta alguma coisa para você continuar chamando isso de trágico? Estou plenamente disposta a considerar desse jeito. Trágico, claro. Mas o absurdo, ele é trágico ou cômico? Daqui a duzentos anos, quando os sentimentos tiverem sumido, vão restar apenas a idiotice, as pretensões, os argumentos, as justificativas."

Deixaram o riacho e margearam um campo lavrado. Já estava quase escuro.

"Aqui ficava seu Muro cômico. Uma cerca de ferro, a passarela da morte..."

"O que era isso?"

"Lá do outro lado, onde agora estão aqueles arbustos, havia uma torre de sentinela, e onde a gente está agora havia uma faixa de asfalto em que as pessoas passeavam aos domingos. E se a pessoa parasse de andar, sabia que os soldados na torre a observariam de binóculos. A pessoa estacava e via um movimento, como se estivesse indissoluvelmente ligada ao sujeito. Isso talvez fosse cômico."

"Você me entendeu mal."

"É, provavelmente. Em todo caso, esse bloqueio do nosso lado era transparente, o espaço atrás dele era terra fofa que se estendia até o Muro lá atrás, e no meio havia a torre num caminho no qual eles iam de lá para cá, para patrulhar e render as sentinelas nas torres. Essa faixa de terra se chamava Todesstreifen, passarela da morte, quem se aventurasse nela era fuzilado."

Não, ele não abriria mais a boca para dizer a palavra *cômico*. Contemplou o campo vazio. Se por aqui passasse uma moça a cavalo, os binóculos logo seriam assestados. Os sujeitos na certa se entediavam até a morte. Onde é que todos tinham ido parar nesse meio tempo? Nisso ele pensava com freqüência quando zanzava pelo leste ou estava no metrô. Mas fazia parte do que se tornara invisível. Se ela tivesse andado por lá sozinha, não teria visto nada, ali nunca se dera nada, ocorrera um incidente cômico, a história passara ao largo e não deixara o menor vestígio. O que ainda havia ali se achava na cabeça dele e na de alguns outros. Fora tudo realidade, e agora não só não era mais real, mas parecia também nunca ter sido realidade. Um dia não haveria mais quem ainda soubesse disso. E fora mesmo algo análogo o que ela dissera, se tudo tivesse de ser preservado, a Terra viria abaixo sob tantas reminiscências. Belo começo para quem mexia com história. E contudo ele filmara no Norte da França, nas imediações do Somme, onde havia aquelas curiosas manchas na paisagem, pardacentas, feito borralho, depois de tantos anos o bolor daquela outra guerra ainda se fazia presente. Ele não conseguia juntar uma coisa com outra. A historiografia não podia ironizar, mas os próprios acontecimentos eram cômicos.

Ela se adiantara. Ficou escuro e frio. Como se dava então, quis ele perguntar, com o tema de que ela se ocupava? Se o que ele próprio vivera era capaz de sumir com tal inclemência, e com perfeição tal que, dissesse alguém algo a propósito, parecia tê-lo inventado, como era então com um tempo que já sumira por completo no horizonte, soçobrara, seis vezes sepultado? O que nele ainda era verdade? Se não a tivesse conhecido, jamais teria ouvido falar nessa rainha e em suas guerras. Aqui, pelo menos, o drama se havia gastado, já que ninguém mais, talvez à exceção dela, se sentia tocado. Não era cômico se ocupar com uma coisa daquelas? E que durava anos. Por que alguém fazia aquilo?

"Porque aconteceu."

"Mas isto aqui também aconteceu."

Ela o encarou como se encara uma criança impertinente.

"Isto aqui não precisa ser pesquisado, isto a gente já sabe. Isto aqui precisa primeiro se gastar, é excessivo. E cômico que eu digo é a estupidez atroz da coisa toda. Lamento que você não tenha entendido."

Gastar. Outra vez a bendita palavra. Então a história só começava quando as pessoas que tinham alguma coisa a ver com ela tivessem desaparecido. Quando não pudessem mais atrapalhar as ficções dos historiadores. Logo, nunca se saberia o que realmente aconteceu.

"Não existe realmente nada que tenha acontecido. Nunca algo realmente aconteceu. Todas as testemunhas distorcem a própria verdade como bem entendem. História é contradição. Na Internet você pode ler que as câmaras de gás nunca existiram."

"Essas pessoas são fascistas."

"E debilóides. Mas entre esses debilóides e fascistas há historiadores, e está lá escrito."

"E o que *você* quer então, lá na Idade Média?"

"Buscar. Como uma formiga nas ficções dos outros. E não me pergunte outra vez por quê. Erguer pedras e ver o que tem embaixo. Decifrar coisas. Se eu fosse me debruçar sobre isto aqui, ia ter de levantar o país inteiro para ver o que tem embaixo. Aqui ainda fervilha. É grande demais para mim."

Ela olhou mais uma vez para a terra vazia. Névoa, escuridão. Em poucos minutos tudo desapareceria. Ela virou-se, veio na sua direção. "Vamos beber alguma coisa, estou precisando de um trago."

Na velha taberna ela pediu um Doornkaat, bebeu de um só gole, pediu um segundo.

"Você não quer comer nada?"

"Não, preciso ir embora."

Antes que ele desse pela coisa, ela se levantara e já estava a caminho da saída.

"Mas me deixe levar você."

"Vi que bem aqui perto passa um ônibus, o vinte e dois."

Quando é que ela ficara sabendo disso? Sentiu-se ridículo. A danada. Não era coisa que se fizesse. Lá fora ele viu o farol do ônibus se arrojar sobre a pracinha. Logo, ela ainda arranjara tempo de se informar a que hora passava o troço. Timing. Num átimo ela chegou a ele, rápido se pôs nas pontas dos pés e o beijou fugazmente, um ligeiro contato, veloz e úmido, pousando a mão por um instante no seu pescoço e dando-lhe com os dedos algo próximo de um leve empurrão, algo que restou como uma carícia na trivialidade daquele gesto de despedida, uma mensagem ou uma promessa que estava longe de ser selada com palavras. Só quando ela correu porta afora, um fantasma, um raio atrás do vidro da porta giratória, e então esse fantasma ainda mais ligeiro entre as castanheiras até o ônibus, e então subitamente aprumado e quieto atrás das janelas do ônibus, um rosto pálido sob a luz mortiça, um rosto que não olhava para trás, só aí lhe veio à cabeça que ainda não tinha o endereço dela, nem o telefone. E ela também nada possuía dele. Nem sequer pedira. Mas de alguém que, numa escura noite de inverno, sabia que hora o ônibus partia de Lübars, onde nunca estivera antes, podia esperar-se tudo. Empurrou o vinho de lado e pediu um Doornkaat duplo. "Assim pelo menos sei que gosto ela tem na boca."

Interrompemos. Mais uma vez. Porém nossas intervenções vão ficar cada vez mais curtas, palavra. Sim, claro que fomos atrás dela, o ônibus aos solavancos, as paradas, as inúmeras paradas em que não há vivalma e ninguém quer descer, mas onde o ônibus pára assim mesmo, porque tem de chegar segundo o horário e partir segundo o horário, embora sem almas. Estamos num país bem-ordenado, aqui o tempo não tem humores, só deveres. Não fora uma despedida digna, pensou ela no ônibus. Largara o homem para trás feito uma nau de guerra em frangalhos. Ela atravessa a Falk-Platz. Também sobre essa praça poderia ter-lhe contado algo, ele, que sabe tanta coisa e o exprime tão mal. Ali ele também filmara. Uma superfície devastada, 1990. Berlim Oriental. De todos os cantos eles tinham vindo, crianças simplórias, gente de boa vontade. Até mesmo *vopos* estiveram presentes. Plantaram árvores, de forma caótica, amadora, algo que deveria, que poderia ter virado um parque ou um bosque. Um bosque novo numa cidade velha, carcomida. Os vizinhos dessa praça não tomaram parte, das janelas de seus prédios descoloridos, de pintura descascada, olhavam para a frívola agitação lá embaixo. Com essa pobre razão indemonstrável, característica do povo, já sabiam fazia tempos que aquilo que se passava lá embaixo não era o futuro. As árvores entre as quais ela caminha estão órfãs, a distância entre elas e sua peculiar disparidade refletem o fiasco daquele malfadado dia, e como agora ele não está lá para lhe esclarecer isso, também esse dia faz parte da história amorfa, invisível, daquilo que sempre vemos, porque jamais conseguimos esquecer nada. Soma absoluta, objetividade perfeita, aquilo que vocês nunca podem alcançar, graças a Deus. Mas nós somos obrigados, observamos o labirinto de egos, destino, desígnio, acaso, regularidade, fenômenos naturais e pulsão de morte que vocês chamam de história. Vocês estão sempre presos a seu próprio tempo, o que ouvem são ecos, o que vêem, reflexos, nunca a imagem inteira, insuportável, impossível de agüentar. E no entanto tudo realmente aconteceu, e nada falta, nenhuma ação, nenhuma ocorrência anônima, invisível, pelo fato mesmo de sabermos disso mantemos em bom estado o edifício em que vocês vivem e que teimam em descrever numa ordem de idéias em constante mutação, sujeita a tempo e linguagem, vocês, que jamais são capazes de se livrar de tempo e espaço, por mais que tentem. O livro que vocês escrevem é a contrafação do livro que temos de ler o tempo inteiro. Chamem-no de arte, ciência, sátira, ironia — ele é o espelho em que sempre apenas um fragmento é visível. A grandeza de vocês está no empenho eterno com que seguirão com ele até o fim. Os únicos heróis são vocês. Nós nada temos de heróico.

Agora ela dorme. Só nós estamos despertos, como sempre. O livro dela está a seu lado. Sim, claro que conhecemos a todos. García, rei de Galiza, Ibn Al Ahmar, rei de Granada, Jeanne de Poitiers, Isaac Ibn Mayer, Esteban, abade do mosteiro La

Vid. O que quer essa criatura viva com todos esses mortos? Buscar, ela disse. Não temos permissão de ajudá-la. Os nomes nesse livro, nesses livros, sussurram e volteiam sem trégua. Cuidam da verdade deles, mas nem a eles podemos ajudar. Vozes na escada gasta, range a velha casa em que ela dorme, vozes espanholas na noite invernal de Berlim, vozes que querem se fazer ouvir, que querem narrar sua história, que querem romper o selo, o que não é possível. O vento move-se na cortina puída, as janelas têm frinchas. Alguém deveria calafetá-las.

Na manhã seguinte ele não sabe mais como chegou em casa, e isso já não lhe acontecia havia anos. Sonhos ruins eram o castigo para álcool demais, daí ele ter aprendido a conter-se. A membrana entre ele e o caos era obviamente muito tênue, e naquela noite ruídos e vozes a tinham transpassado. Com eles vieram imagens que ele esperava nunca mais ver, não daquele jeito, seus rostos conhecidos, desaparecidos, em todos os timbres do vício e da ruína, retalhos de desgraças, gargalhadas de escárnio, aproximações seguidas de distanciamentos muito mais rápidos, até que ele acordou aos berros e tateou sofregamente em busca da luz, luz que revelou o quarto como um cárcere, as paredes nuas, hostis, a castanheira lá fora um monstro de madeira da altura do prédio, cujos braços queriam varar a janela. Será que ele bebera porque aquela mulher lhe dera um tremendo fora? Achava que não, aquilo tivera mais cara de fuga. Não, era algo diferente, algo que sabia de si próprio e contra o qual normalmente estava mais bem armado, uma reação que ocorria quando, em suas palavras, metia muita coisa para dentro, quando pensava, recapitulava, via coisas demais, que não encontravam outro caminho senão para dentro. Indícios havia, e ele podia muito bem reconhecê-los: um rosto familiar que de repente lembrava o de um estranho, uma voz que não reconhecia ao telefone, música que ouvia regularmente e que súbito, de um só golpe, parecia infundir-lhe toda sua magia. Tudo bem sintonizado, cores, sons, rostos, o conhecido a duras penas suportável pelo seu traço irreconhecível. Dormir, cravar a vista num ponto qualquer era então o melhor remédio, feito um cachorro doente largado num canto, imóvel, numa calma que de calma nada tinha, antes lhe confrangia o peito. As imagens que vinham então era necessário tolerar, os ausentes ele tinha de iludir para que não o tocassem.

Que voltara para casa, disso se lembrava, o telefone o encarara feito um escaravelho preto desmesurado, telefonar ele não podia, não podia ouvir notícias. Nem de Erna? Também não, sua voz era capaz de soar como a de uma outra ou dizer as coisas erradas. Não, não, em vez disso o seu rádio de ondas curtas, aquele bloco de plástico subitamente tão perigoso com aquela antena perversa, pela qual as catástrofes eram hauridas, tigres tâmeis apanhados em emboscada com minas terrestres, catorze mortos, enxotados pelo sucesso da parada musical entre caminhoneiros noturnos, auto-estrada, neblina, palavras, tigres, tudo logo em seu quarto, e ele pensou no fato de aquelas vozes serem ouvidas agora no mundo inteiro, por todo canto tigres pisavam em minas terrestres, no tecido úmido da atmosfera planavam eles como espíritos à cata de antenas pelas quais pudessem insinuar-se, em alguma região rompera o dia, em alguma varanda os tigres eram parte dos aromas do café da manhã, bacon, ovos estrelados, pássaros no jacarandá, a voz chiada num caminhão com destino a Phnom Penh, atalhada por frei Abelardo no leprosário de Celebes, no dormitório climatizado no Pacífico, tigres, ações, rupias, alguém recebe agora, recebeu há uma hora, uma injeção num quarto todo arrumado no Texas, onde se acha deitado como um doente de verdade, que tem de ser curado da vida, pelas janelas de ambos os lados observam interessadas sua família e a de sua vítima, mas será possível que ele ainda ouça tudo isso, desligou o rádio faz um tempão, como é que os ruídos do mundo ininterrupto persistem em fluir?

O que dissera Victor?

"Somos os grandes heróis da história, tínhamos de ser todos condecorados ao morrer. Nenhuma geração teve de saber, ver e ouvir tanto, sofrimento sem catarse, merda que a pessoa tem de carregar para o novo dia."

"A menos que se negue a isso. É o que todos fazem, não é?"

"Todos fazem como se. E usam estratégias primorosas. A gente vê, e na hora transforma a coisa em invisível. Mas em alguma parte ela foi parar. Ela se infiltra no seu arquivo secreto, se esgueira no disco do seu computador. Você acha o quê, aonde vão dar suas imagens? No vácuo é que elas não estão, não é? E você mesmo quer que elas tenham o melhor aspecto possível, afinal é um especialista. A estética do horror. E não é para a gente falar disso, tudo o que o sujeito diz é clichê. Daí eu preferir o contador de causos: 'Num país longe, bem longe daqui...'. Isso eu ainda consigo aturar. Mas o que é que eu faço com toda essa miséria com que deparo diariamente? Gostaria do sofrimento desse mundo em rimas, em hexâmetros, recitados por John Gielgud num robe de *moiré* preto, de um livro encadernado em marroquim vermelho com gravuras coloridas de Rubens. E o que sobra para filmar são pequenos patinhos que nadam atrás da mãe num lago sem ratos, ou crianças bem loiras no seu primeiro dia de aula, com giz e lousa, ou então jovens casais apaixonados com sapatos novos. O que você pensa disso, homem-imagem?"

Homem-imagem não sabia o que responder, só visualizara aqueles sapatos novos diante de si, sólidos sapatos holandeses à beira de um lago ensolarado com pequenos patinhos, e agora, deitado no chão de seu quarto, queria evocar outra vez a imagem daqueles sapatos, repousantes sapatos de lustro marrom, que avançavam calmos por uma trilha sem fim, de modo que se podiam contar seus passos uniformes até o horizonte, onde talvez o sono ainda aguardasse de prontidão, com um véu para cobrir todo devaneio, uma penumbra que perduraria até o novo dia de inverno, quando despertaria são e lentamente junto com a cidade a rumorejar.

Quatro horas, cinco horas, nos subúrbios distantes o trem expresso começava a funcionar, os primeiros carros de metrô rastejavam sob a terra para levar pessoas ainda cobertas de noite ao trabalho, os ônibus já se punham a caminho em suas rotas perpétuas. Lá jazia ele feito morto e ouvia tudo, o leve rumorejo, o tinido, o cicio do mundo ao qual pertencia.

Quando ele acorda pela segunda vez, a luz é cinza poeirenta, este vai ser um autêntico dia de inverno em Berlim, crepúsculo cinza entre duas noites. "Não perder tempo" (Victor), levantar, não perder tempo, fazer a barba, tomar um banho, não ligar o rádio, hoje nada de notícias, café na estação Zôo, em mesas altas sem cadeira, entre desabrigados, vietnamitas vendedores de cigarros, policiais com cães de focinheira, vômito, serragem, faxineiras romenas, drogados, pedintes, ranço de lingüiça, homens com sapatos surrados por trás das manchetes garrafais do *Bildzeitung*, um novo dia que lhe dança e voluteia ao redor, tudo genuíno, o pessoal do Metropolis e ele o seu serviçal, retratista e arquivista, que bebe seu café com o gato de Bulgakov, que está a seu lado, da altura de um homem, e o envolve com seu braço macio, lanoso, de modo que a pata com as garras longas, recurvas, afiadas, repousa em seu ombro. Ele liga para a sua secretária eletrônica. A voz de Erna.

"Qual o nome dela? Quem não telefona já faz cinco dias para sua melhor amiga conheceu outra mulher." Clique.

Zenobia.

"Descolei umas fotos que você não pode deixar de espiar."

Ela dissera o quê? Olhar, ver? Ver, bom também. Mas espiar, melhor.

Basta pensar naquelas fotos para se sentir mais calmo. Ir para casa, vento frio da manhã. Não indo direto. Na Livraria dos Autores comprar um livro para Zenobia. Comer algo decente. Depois dar a tal espiada.

Arno.

"Cadê meu carro? Preciso dele hoje!"

Céus, onde é que estava o carro dele? Carro, carro. Alfa branco, carro de filósofo. Mas onde? De estalo, lembrou. Vaga para deficientes. "Punido aqui com a pena de morte." (Victor) "Eles te perseguem de muletas até o quinto dos infernos. Com aqueles ganchos de ferro deles, digitam sem parar o número da polícia."

Nada de livro para Zenobia. Sebo nas canelas.

NPS.

"A gente ainda está procurando um câmera para a Rússia, uma reportagem sobre máfia, corrupção, essas coisas. Levar sem falta um colete à prova de balas, haha. Depois talvez ainda Afegásia, ou como chama mesmo…?"

Enquanto a voz ainda grasna em seu bolso, ele corre à plataforma, desce quatro minutos depois na Deutsche Oper, perde o fôlego na Goethe-Strasse, arranca a multa sob o limpador do pára-brisa, faz que não ouve o berreiro do deficiente de cabelos

brancos vindo da janela aberta... sem-vergonha, filho da puta...
e escapa por um triz do guincho que dobrava a esquina.

Na longa escada até o apartamento de Arno ele passa sem
transição para a Idade Média. Vozes das esferas, femininas, acom-
panhadas por um instrumento quase sem ondulações, um som
contínuo, anasalado, sob esse plexo de vozes, ele pára e escuta.
A porta está escancarada, ele tem de transpor a sala de estar para chegar ao gabinete de Arno, o tempo inteiro acompanhado
pela música — e quando lá entra, seu velho amigo está sentado
feito um monge num escritório, o rosto muito rente ao livro, do
qual transcreve algo. Livros sobre a mesa, livros nas estantes, livros no chão, inacreditável que alguém ainda se oriente aqui.
"Isso? Hildegard de Bingen. Maravilhoso! Me sinto como
o prior de um convento de freiras. Pode imaginar o prazer? Eu
trabalho aqui, e atrás dessa parede fica a capela com mulheres
sumamente cultas. *Studium Divinitatis* elas cantam, as matinas
das festividades de santa Úrsula, a primeiríssima reza da madrugada, orvalho nas rosas, névoa sobre o rio. E a culpa é toda da
sua amiga."
"O que ela tem a ver com isso?"
"Ontem ela me disse o tema da tese de doutorado dela, e
quando vocês foram embora, eu pensei, vamos ver o que tenho
dessa época."
"Ela impressionou você?"
"Isso lá é proibido? Impressionou, sim. Talvez tenha até me
tocado um pouco. Primeiro pela cara dela, aquela intensidade,
aquela desconfiança. Mas acima de tudo... conheço tão pouca
gente jovem. Nem você é mais jovem, e olha que é ainda um
dos mais jovens que eu conheço. E não paro de vê-los, na rua
ou no metrô ou naquele negócio lá, passeatas ou coisa do tipo,

e então eu penso, não tenho mais nada a ver com isso, é um mundo em que" — e indicou ao redor com um movimento de braço que parecia abarcar não só os milhares de livros, mas também o invisível convento nos alto-falantes — "não há quase mais nada meu. No contato que tenho com estudantes ou gente assim, filhos de amigos, noto que eles não sabem bulhufas, as deficiências são de cair o queixo, vivem num presente amorfo, o mundo nunca existiu, não se pode nem dizer que vivem o calor da hora, porque não parecem se interessar por nada a sério, e então respiro aliviado com gente como ela, então penso, Tieck, meu velho, você está enganado, existem outros também."

"Nem tudo está perdido."

"Engraçadinho. Escute…" E remexeu nos livros, ficando à mostra um grosso bloco de rascunho aberto, no qual evidentemente acabara de escrever, pois sobre uma das páginas havia uma caneta-tinteiro sem tampa. Arno Tieck publicava a cada dois ou três anos uma coletânea de ensaios, meditações sobre coisas vividas, livros lidos, viagens, pensamentos.

"Ontem você passou uma impressão um tanto ausente, estava com pressa, era?"

"A luz."

"Ah, claro. Mas nossa conversa você não seguiu muito de perto, não foi?"

"Não, não muito."

"Sei, o tema, o tema eram os estudos dela. Ela defende opiniões bem marcadas. Pelo jeito freqüenta um curso sobre Hegel de algum mosca-morta, e agora diz aos quatro ventos que Hegel não presta para nada, uma pseudo-religião…"

"Essa eu passo, Arno, você sabe, eu sou da seção imagens."

"Eu sei, eu sei, mas mesmo assim. A coisa não é tão difícil, afinal. Quis dizer a ela que há muito mais… claro que não queria amolá-la com abstrações, mas gostaria de ter contado a ela o momento fantástico em que Hegel ouve os canhões no seu quarto de estudos em Jena, o estrondo dos canhões de Napoleão na batalha de Jena, e no mesmo instante ele sabe, imagine só, para ele *é* assim, sabe que a história ingressou em sua última fase, na verdade já está mais além... e *ele* está presente, ele vive o momento da liberdade, seu conceito é verdadeiro, com Napoleão começou uma nova era, não há mais senhores nem escravos, esse antagonismo que marcou toda a história..."

"Arno, eu só queria te devolver o carro."

"É, ela também não quis saber disso. Não digo que tudo seja assim, por mim tomo como uma metáfora. Mas você consegue pelo menos imaginar esse momento? O *Code Napoléon* na Alemanha sarnenta daquela época... e então vem um Estado em que todos os cidadãos devem ser livres e autônomos, aquela agitação. Imagine só o que isso significava naquele tempo!"

"Arno amigo, você parece mais um tribuno assim de pé."

"Desculpe." Arno tornou a sentar-se.

"Mas você não estava falando a sério quando disse que a história terminou naquele instante?"

"Não, longe disso, mas *uma* história terminou sim... e essa era de certo modo a do mundo até aquele ponto, nem que seja só pelo fato de as teorias de Hegel exercerem impacto tão tremendo. Algo ficara irrevogavelmente para trás, e ele sabia disso. Nada poderia ser mais como antes. Mas não quero continuar te amolando. Você a traz de volta um dia desses?"

"Não tenho nem o endereço dela."

"Oh. Selecionei umas coisas para ela. Sobre metodologia historiográfica. Plutarco, que pragueja contra Heródoto por mentir, sabe como é, o princípio de toda controvérsia, quais são as suas fontes, quanto você descobriu... Sobre isso nós falamos, algo que a interessa, acho. E depois Luciano, claro, é formidável quando ele diz que não quer ser o único mudo, o único que se cala numa época polifônica... mas não sei se isso vai dizer alguma coisa a ela, ela afirmou que todas as noções históricas vêm dos homens, ah, talvez seja até verdade, mas dizer o quê, eu não conheço, acho, nenhuma grande historiadora, nenhuma da qualidade de um Mommsen ou de um Macaulay ou de um Michelet, mas dizer isso também não é justo, isso decorre do fato de os homens terem usurpado esse campo e pervertido com as suas leis o que é ou não é história, o que tem ou não tem de ser história..." Encarou Arthur com certo desalento. "Contra isso tenho cada vez menos a dizer."

"Mas afinal o que ela quer?"

"Vocês não conversam a respeito?"

"Arno, mal nos conhecemos. Nem a conheço, para falar a verdade."

"Vocês, holandeses, são mesmo gente esquisita. Como foi então que a conheceu? Quando ela apareceu aqui com você, pensei que você, que vocês..."

"Pensou errado."

"Pena..." Deteve-se de repente e pousou seu dedo nos lábios. "Escute só, essas vozes, agora, agora..."

Arthur compreendeu que deveria ouvir algo bem especial e interrogou seu amigo com o olhar. Ainda os mesmos trinados agudos, esplêndidos, mas Arno referia-se a quê?

"Aí está, de novo. Essa Hildegard de Bingen era mesmo uma compositora fantástica. E ainda por cima filósofa e poetisa! 'Aer enim volat... o ar, ele sopra...' Veja, o tempo todo alterna entre mi e ré... mi, que você acabou de ouvir na quarta antífona, e agora de novo na sétima, esse é o princípio feminino... e então vem seis e oito, isto é, naquela época, dignidade masculina, espiritualidade feminina, autoridade masculina, é, Idade Média — claro que nem isso se pode mais dizer —, mas você nota com que grandiosidade ela opõe um ao outro? Pois então, tudo terminado, ninguém escuta mais isso."

"Eu, pelo menos, não. Mas o que você quis dizer com 'pena'"?

"Oh, que eu a achei notável, muito. Mas me pareceu que para você, deixa pra lá... o que inferi de nossa breve conversa foi que pessoas como eu não a interessam em absoluto. Sabe como ela me chamou? Construtivista! Construtivistas são pessoas que inventam um constructo qualquer para que as suas idéias sabe-se lá do quê, da realidade, da história, sejam verdadeiras. Fantasias masculinas. Ela quer se ocupar exclusivamente desse nicho que elegeu, dessa rainha medieval..."

"E daí a música?"

Arno fez uma cara ligeiramente envergonhada, como se tivesse sido flagrado. O quarto só pertencia agora às vozes.

"É. Imaginei o seguinte: alguém escolhe um tema qualquer, um tempo, um lugar, uma pessoa. Desse tempo, claro, não restou muita coisa. Mas ao menos edifícios, igrejas, manuscritos, e então essa música — ela é o tempo, sem tirar nem pôr. Com isso a pessoa ganha um pouco mais da impressão daquela gente..."

"Mas era assim mesmo que soava? Isso são só reconstruções, não? O que se ouve nesse CD é a *nossa* Idade Média."

"Não sei. Acho que é bem próximo. Tome, é como isso."

E deu a Arthur o postal em que escrevera seus apontamentos para Elik.

"Dê isso a ela."

"O que é isso?"

"Um afresco de uma igreja em León, na verdade um afresco de teto. A San Isidoro. Lá é o panteão dos primeiros reis espanhóis. Talvez a Urraca também esteja lá. Seja como for, é do século XII, e o lugar também bate."

Arthur pensou em como se afeiçoara a esse amigo. Na Holanda talvez houvesse também pessoas como ele, mas não as conhecia. Pessoas que sabiam o tanto descomunal que ele sabia provavelmente existiam aos montes, mas capazes também de falar a respeito, de modo a se entender de cara, jamais com arrogância, senão sempre fazendo você embarcar pelo menos por dez minutos na crença de que agora compreendera realmente, estes eram raros. Mais tarde, quando se tentava recapitular uma tal conversa, o resultado era uma desilusão amarga, mas uma coisa ou outra sempre ficava, e ele tinha a impressão de ter aprendido muito nos anos de convivência com Arno. "Quando é que você leu tudo isso?", perguntou-lhe uma vez.

"Enquanto você esteve de viagem. E não se iluda, viajar também é ler. Também o mundo é um livro."

O que soara mais como uma tentativa de consolo do que outra coisa. Arthur observou o postal. Um pastor com um cajado e uma espécie de instrumento de sopro quadrado. Franja, veste que descia pelos joelhos, sandálias. Do modo exato como uma pessoa do século XX imagina um pastor medieval. Tal qual. Trovadores em tendas de vinho e queijo eram daquele jeitinho.

"É engraçado", disse Arno, "observar um corpo desses. Naquela época eles não sabiam nada dele. Não foi *você* que disse isso? Córtex cerebral, impulsos eletrônicos, enzimas, glóbulos sangüíneos, neurônios, nada disso. Deve ter sido encantador. Se é que jamais viam algo dele, então era no campo de batalha, quando decepavam um pedaço. Demorou ainda um pouco até Vesálio. E exatamente com o mesmo cérebro eles pensavam outras coisas. Você vai visitá-la?"

"Procurá-la, você quer dizer." E contou a despedida do dia anterior.

"Oh." Arno fez uma cara desapontada.

"Às vezes tenho realmente a sensação de que vejo meus

contemporâneos do alto de um balão. Ou ouço. A metade do tempo não tenho idéia do que se passa."

"Eles também devem ter essa sensação, quando ouvem você falar."

"É, quem sabe. Primeiro era tudo absurdo, agora é esdrúxulo." E suspirou. "Mas o que você vai fazer agora? Vai procurá-la? Como é que se faz uma coisa assim? Deve ser romântico."

É justamente isso que não me agrada, pensou Arthur. Tentou sentir antipatia por ela, mas em vão. Aquele rosto. Como se ela estivesse sempre prestes a morder.

"Dessa rainha eu não pesquei até agora muita coisa. E você? Se bem te conheço, já deve ter se informado."

"E você não?"

"Não encontrei muita coisa."

"E não há mesmo muita coisa", disse Arno. "Só uns dois ou três fatos e datas. Com oito anos se casou, logo teve um filho, casada com um borgonhês. Já naquela idade as pessoas se conheciam. Esqueci o nome do sujeito. Aliás, morreu logo. Nesse meio tempo ela herdou todo um reino e se casou de novo, dessa vez com o rei de Aragão, que a espanca, mas não consegue trepar. Não está escrito, mas todo o mundo sabe disso. O casamento não deixou herdeiros. Fontes contemporâneas et cetera."

"Você já sabe um monte de coisas."

Arno fez uma cara de quem tinha culpa no cartório. "Ah, foi depois que vocês saíram ontem. Eu tinha mesmo de dar um pulo na biblioteca da universidade. Aproveitei para fuçar um pouco sobre história espanhola. Mas de pouco adiantou. Primeiro ainda não existe uma Espanha de verdade. As fronteiras se deslocam sem parar, é de deixar maluco. Muçulmanos e cristãos, e estes por sua vez divididos numa quantidade de reinos, pequenos e grandes, as pessoas se massacram umas às outras — ou também não, e ainda por cima todos se chamam Alfonso, o que não torna propriamente as coisas mais fáceis. O seu pai, o seu segundo marido, o seu irmão, todos reis, todos Alfonsos, o Primeiro, o Sexto, o Sétimo, e apesar disso…"

"E apesar disso?"

"Pois é, o negócio é justamente a noção que se tem de história. O que é prescindível? Os grandes acontecimentos são mais importantes que os pequenos? O eterno dilema do coro de Bach ou do molho de vinho…"

"Quer ter a bondade de ser mais explícito?"

"Coro de Bach. Dezesseis sopranos, dezesseis baixos et cetera. Um baixo está doente, alguém nota? Dezesseis estão prescritos, que assim seja. Um falta, não, ninguém nota. Talvez o maestro, mas você não. Agora faltam dois, três… a partir de que momento passa a destoar? Do molho de vinho eu te poupo, você já deve ter o gostinho. Vamos supor que sua amiga seja boa, esteja no rastro de alguma coisa. Do que ela e toda essa gente se ocupa é apalpar um buraco no tempo, que está e não está lá."

"Está e não está lá? Meu Deus!"

"Não, preste bem atenção. Não é tão difícil. O mundo, tal como é, é o resultado de certos acontecimentos. Que, portanto, não podem mais ser postos de lado, ainda que ninguém os conheça. Eles aconteceram."

"O que não se conhece não se pode mesmo pôr de lado, não é?"

"Talvez eu não esteja me expressando direito. O que quero dizer é o seguinte: o mundo com que estamos às voltas é, de uma forma ou de outra, a soma de tudo o que aconteceu, embora muitas vezes não saibamos o que seja ou fique evidente que algo no qual acreditávamos ter ocorrido assim ou assado, na verdade se deu de modo inteiramente outro… e isso, essa descoberta de algo que ainda não sabíamos, ou essa correção de algo que sabíamos errado, é o trabalho dos historiadores, pelo menos de alguns: esses estranhos ratos de biblioteca, que passam a vida inteira debruçados sobre uma pessoa ou um tema específico. Acho isso inacreditável. Claro que se pode perguntar, será que isso tem ainda alguma influência no curso na história mundial? Não, alguém responderá. E ainda assim, talvez esse tempo não interesse a mais ninguém no momento, mas naquele estranho e afastado recanto na Espanha o destino europeu foi efetivamente decidido. Se aqueles três ou quatro reis desvairados no norte não tivessem cerrado fileiras contra o islã, nós dois agora talvez nos chamássemos Maomé."

"Nada contra."

"Não."

Arno meditou um instante.

"Aliás, ela tem algo de árabe, você notou?"

Arthur entendeu não precisar dar a resposta. Seu amigo sumiu nesse meio tempo e voltou com uma garrafa de vinho e dois copos.

"Prontinho. Proibido para maometanos. Vindima seleta, o que há de mais belo."

"Não para mim", disse Arthur. "Estou meio de ressaca, e isso vai me virar o dia de ponta-cabeça."

"Mas de ponta-cabeça é mesmo de ponta-cabeça? Venha cá, dê uma olhada nessa cor, ouro líquido, néctar. Sabe o que disse Tucholsky? O vinho devia poder ser acariciado. Magnífico. Vai, venha logo. Dê esse dia especial de presente a você. E depressa, se Vera chega em casa, acabou-se o que era doce. Ela é da opinião que tenho que pensar o dia inteiro. Você se lembra quando Victor nos fez um brinde com uma garrafa de poire Williams?"

Ainda se lembrava muito bem. Um final de tarde no ateliê de Victor. A Kunsthaus em Zurique comprara uma das esculturas de Victor, aquilo merecia comemoração. "Meus senhores, a pêra tem de sair da garrafa!"

Após o segundo copo o pedúnculo veio à tona, e com ele a questão metafísica de como a pêra entrara na garrafa, e depois a questão tanto mais delicada de como fazê-la sair incólume. Victor afirmou ter visto pomares inteiros cheios de garrafas em encostas suíças, "cintilando ao sol". Essa informação foi desacreditada pelos outros dois. Aventaram soluções bem mais engenhosas, que soavam tanto mais improváveis à medida que a pêra se erguia inteira do álcool, até por fim jazer no fundo da garrafa vazia, digna de um pouco de dó, mas ainda assim desafiadora.

"E agora?", dissera Victor, e virara a garrafa de cabeça para baixo, com o que a pêra caiu e ficou presa no gargalo, numa posição impossível de ser sacada.

"Não subestimem o artífice aqui", disse Victor, "mas primeiro temos de tirar a sorte, não, jogar os dados: quem tirar o número maior pode comer a pêra."

Com toda a seriedade, lançaram os dados. "You see, I *do* play dice", dissera Arno com o sotaque de Einstein, e Arthur ganhou, depois do que Victor sumiu do recinto e voltou com uma toalha felpuda umedecida e um martelo. Embrulhou a garrafa na toalha de mão.

"Arthur, tome, pegue o martelo, dê um golpe seco, e vai se operar um milagre."

Foi o que ele fez, e seguindo as orientações de Victor desenrolou devagar e com cuidado a toalha, ao que a garrafa — com a pêra intacta — revelou-se por fim como um vidro estilhaçado de automóvel.

"Você se lembra de Toon Hermans?", disse Victor, "aquela história do pêssego?" E imitou a Arno o jeito inimitável de o cômico holandês comer um pêssego inexistente, o sumo lhe escorrendo pelo queixo. Os dois outros observaram então invejosos Arthur erguer solenemente a pêra e introduzi-la na boca. "Ah, esse divino sumo da pêra", disse ainda Victor, mas um segundo depois o rosto de Arthur transformara-se numa careta, os dentes crispados na pêra fria, totalmente verde, que parecia mordê-lo, e não o contrário.

"O gosto deste aqui é melhor", disse agora Arno, levantando o copo de vinho.

"Preciso ainda passar na Zenobia."

"Ah, Zenobia. Quem está casado com uma gêmea tem duas mulheres. E ainda por cima russas, e ainda por cima arte e ciência! Arthur, se o negócio com essa Oranje espanhola não der em nada, a gente procura uma gêmea para você na Rússia. Eu faço um programa sobre Chestov, e você vem como câmera. Conhece Chestov?"

"Não faço a menor idéia."

"Ah, Chestov! Especulação e revelação! Incompreendido, incompreendido…"

"Arno, não é hora."

"Tá, desculpe."

Ficaram sentados, quietos. O vinho parecia combinar com a música, as vozes femininas lhes flutuavam ao redor, não precisavam dizer mais nada. Arthur sabia que seu dia estava fadado a diluir-se daquele jeito, não havia o que fazer. E pensou então que devia retornar o telefonema de Erna e talvez avisar Zenobia de que não iria, e então não pensou talvez em mais nada, e de súbito ouviu Arno interromper o seu zumbido gregoriano e perguntar: "Como você acha que a gente cria as pessoas que vê em sonho? Não digo as pessoas que a gente conhece, mas as que tem certeza de que nunca viu. Como a gente as cria? Afinal elas têm de ser fabricadas de algum modo. Como a gente faz isso? Elas têm rostos de verdade e no entanto não existem".

"Na verdade isso é desagradável", disse Arthur.

"Talvez elas também achem desagradável", completou Arno em voz alta.

"Imagine só, você não existe, e de repente entra no sonho de um desconhecido como se fosse a casa da sogra. Não deixa de ser uma forma de trabalho..."

Nesse instante tocou o telefone, um ruído plangente, abafado.

"Onde é que eu enfiei agora essa joça? Ou é o seu?"

"O barulho vem do seu corpo", disse Arthur, "dê uma olhada no bolso de dentro."

"Sim, ele mesmo", disse Arno ao aparelho, "mas quem está falando?"

...

"Oh, que coincidência... não, não, claro, coincidência nenhuma, haha. Sim..."

A voz do outro lado tomava agora algum tempo para se explicar.

"Sim, também acho que posso", disse Arno. "Sesenheimer-Strasse, trinta e três. Ora, não há de quê. Espero que nos vejamos de novo. Como é que você descobriu o *meu* número de telefone? Ah, claro, na lista telefônica. E não são mesmo tantos Tiecks assim que existem. Até logo."

"Esse é o meu endereço", disse Arthur.

"É. Você não a procura. Quem te procura é ela. Eu não quis dizer que você estava aqui. Ou fiz mal?"

"Ela não pediu meu telefone?"

"Não, mas claro que agora é fácil encontrar."

"O telefone não está no meu nome."

"Então talvez você receba uma carta."

Ou uma visita, pensou Arthur. Mas nem era capaz de imaginar uma coisa dessas.

"O que você vai fazer agora?"

Antes que pudesse responder, o telefone tocou de novo.

"Ah, Zenobia. Vi, vi sim, continuo a vê-lo. Rosto um pouquinho pálido. É, os holandeses não podem com bebida... já te passo para ele."

"Arthur?" Ela o envolveu com sua voz feito um cobertor. Algumas pessoas elegem uma outra, sem nada querer dela. Não é preciso fazer nada. Embrulham a outra no seu calor, e pode-se confiar nelas para o que der e vier.

"Quando é que vem ver as minhas fotos?"

"Amanhã, Zenobia, amanhã eu vou. Hoje à tarde? Não. A qualquer outro eu mentiria, mas hoje à tarde tenho um encontro."

"Obmanchtchik!"

"O que é isso?"

"Tapeador. Um encontro com qual mulher? É por isso que você está com o rosto tão pálido?"

"Com várias mulheres."

"Exibido. Com quem? Você lembra o que eu disse. Vamos ter que te amarrar ao mastro? Com quem?"

"Com uma leoa."

"Também sou uma leoa."

"Eu sei, mas a minha tem garras de verdade. Vou até o zoológico no leste. Lá está assim de fêmeas. Jaguatiricas, víboras, lhamas..."

"Claro."

"... rinocerontes, mochos, falcões... mas para esses não há feminino."

"Tigresas, macacas, lobas... Vai filmar?"

"Não, hoje não. Só não quero ninguém a meu lado."

"Muito obrigado(a)", disseram Arno e Zenobia simultaneamente, e os três desataram a rir, enquanto ele desligava. Já conheciam seu amigo havia tempos. De quando em quando era mais urgente para ele a companhia de animais do que de pessoas.

"Como você vai até lá?", perguntou Arno. "Tenho mesmo de ir naquela direção, vou a Wittenberg dar uma palestra sobre Lutero. Está havendo uma conferência. Por isso preciso do carro. De todo modo vou para o leste."

"E quanto a isso?", perguntou Arthur apontando a garrafa quase vazia.

"Isso só fortalece Lutero. Você vem?"

"Não, não. Hoje quero ir de ônibus. Pairar sobre as cabeças. Não há nada mais bonito que Berlim vista de um ônibus de dois andares. O que você vai contar sobre Lutero, com essa cabeça cheia de vinho?"

"Luz e trevas, e que inacreditável estilista ele era. Sem Lutero, não haveria nada de alemão. Nada de Goethe, nada de Mann, nada de Benn. Ah..." De repente estacou, hirto, como que fulminado por um lampejo. "Sobre isso escrevi um dia desses, ha, um capricho, cheio de bobagem, mas mesmo assim: Lutero num quarto com Derrida e Baudrillard. Ele os poria no chinelo com aquela máscara deles. Embora... contra um talmudista e um jesuíta..."

"Tenho que ir", disse Arthur, "os animais me esperam. Eles não têm idéia de nada disso."

"E também não dizem nada."

"Não." Engano seu.

O dia ficara tão cinza quanto se anunciara, o cinza de banheiras de zinco, das que hoje em dia quase não se viam, de lajes dos calçadões, de uniformes falsos, conforme a massa das nuvens filtrasse mais ou menos luz. Ele descera a Nestor-Strasse, na qual Arno morava, e agora esperava o ônibus entre muitas outras pessoas, tiritantes de frio. Nada de familiares, hoje não. Quando o ônibus finalmente chegou, subiu direto a escada em meia espiral. O primeiro assento ainda estava livre, tinha a cidade inteira só para si. Daquela altura não se fazia mais parte dela, podia-se olhar de cima todas as cabeças que se dirigiam tão resolutas a sabe-se lá onde, e também registrar a transição de oeste para leste, a fenda que para a maioria já se tornara agora invisível e na qual ele parecia sempre prender brevemente o fôlego, como se de fato não coubesse respirar na terra de ninguém.

Depois aumentou o cinza, teve de fazer baldeação, demorou bastante, mas sentia-se bem, apesar do zunido do álcool em sua cabeça, da noite em claro, da conversa e do álcool novamente saboreado. A cidade lá fora ele conhecia, e no entanto sua paisagem continuava a admirá-lo. Os quarteirões com pequenos prédios, as janelas de olhos fundos, as cores baratas, aqui moraram eles, os ditosos milhões, e aqui continuavam a morar, depois de seu curioso Estado ter sido dissolvido, desmantelado, e seus líderes, levados aos tribunais, estarem presos ou foragidos. Aqui não apenas se modificaram de um golpe todas as regras do jogo, não, de repente o próprio jogo não havia mais, pessoas foram arrancadas da vida que tinham até então, cada aspecto dessa vida, jornais, hábitos, associações, nomes se alteraram, quarenta anos foram subitamente amarfanhados como um pedaço de papel, e assim a própria memória desse tempo foi arranhada, distorcida, recoberta de mofo. Era de tolerar uma coisa dessas?

A maioria aqui simplesmente tirou cartas ruins e, como faz agora, foi vivendo aos trancos e barrancos, cativa porém livre, manipulada porém consciente, vítima e todavia cúmplice de um macabro mal-entendido, com ares de um mundo autêntico, uma utopia corrompida que durou até que o pêndulo tornasse no sentido oposto, e o movimento de volta feriu tanto quanto o de ida, e nada mais podia ser como fora antes, e ainda por cima tinha-se de suportar a soberba dos outros, que haviam tido mais sorte.

Todos, à exceção dos mais jovens, deviam ter uma lacuna em sua vida, fosse uma ação secreta ou um disparo junto ao Muro, ou simplesmente, como a maioria, uma foto na gaveta com o uniforme já inexistente da Juventude Livre Alemã ou do Exército do Povo, com a Frieda ou a Armgard, que nesse meio tempo também envelheceu dez anos. Como lidar com isso? Sempre se assombrava com a ignorância ou o descaso de seus amigos do lado ocidental a respeito dessas coisas. A assimilação do próprio passado, que enquanto isso ficara tão remoto, parecia esgotá-los por completo, aquilo ali não era assunto deles, era simplesmente demais.

Karl-Marx-Allee, Frankfurter-Allee, atrás das janelas dos edifícios, que num tempo como aquele pareciam duplamente sombrias, viu gente se mover, mulheres com vestidos floridos, homens com a gestualidade morosa, sem meta, dos desempregados. Friedrichsfelde, já de longe avistou as árvores altas do zoológico. Comprou um ingresso, que agora era dez vezes mais caro que antes, e entrou numa das grandes alamedas, com plena certeza do que o aguardava. Naquela época também caminhavam ali pais com crianças, e lembrava-se ainda do que imaginara serem tais homens: poetas subversivos, oficiais de folga, docentes suspensos, funcionários do partido... Mas, como de hábito, da aparência deles nada se inferia. Eles, por sua vez, podiam inferir da roupa que ele vinha do Ocidente, ou pensar, sabe-se lá, que fosse um daqueles privilegiados a quem se permitia viajar livremente, mas não lhe deram atenção, tinham mais o que fazer, erguiam seus filhos para que vissem o urso polar do outro lado da água marrom-esverdeada, e enquanto eles contemplavam os animais, ele contemplava as crianças. O que se passava naquelas cabeças? Uma criança que ficava séculos olhando para uma cobra enorme, via-se como fitava todas as circunvoluções do corpo enrodilhado da cobra no terrário iluminado, que em meio a todas as sinuosidades carnudas, ameaçadoras, ela procurava a cabeça, súbito ridiculamente pequena com olhos fechados, e em inconsciente imitação tentava alcançar idêntica imobilidade e recusava-se a ser arrastada pelo pai impaciente, porque era exasperador que um ser vivo pudesse portar-se feito matéria morta, e era preciso aguardar até que cessasse tal embuste.

Thomas teve uma queda pelas corujas desde que viu certa vez no zoológico de Amsterdã, o Artis, um grande mocho girar 180 graus a cabeça com as duas vigias redondas, ocres, de modo que o ocre com aquelas intimidativas pupilas negras deixou de fitar os olhos igualmente imóveis da criança. O que afinal se sabia de uma criança, a que tipo de futuro Thomas dirigira seu olhar? Não pensar nisso. Ele sempre queria ver as corujas ("Coruja! Coruja!"), mas nunca dissera nada a respeito, era como se ruminasse todas aquelas imagens, como se quisesse preservá-las para si. Ali em Berlim as corujas tinham sido proscritas a um canto remoto, diante de um monumento soturno, erigido para lembrar "o campo de concentração Wuhlheide da fascista polícia secreta do Estado (Gestapo)", onde "prisioneiros de guerra de dezesseis países foram explorados, seviciados e assassinados em prol da indústria bélica".

Aquelas lá eram corujas turcomanas, cabeçorras, penas beges bem delicadas, olhos que varavam a pessoa ao meio; de modo algum elas deixavam transparecer que reparavam na pessoa, era como se ninguém estivesse ali. Talvez fosse isso que tivesse deixado Thomas tão fascinado. Sentiu uma vontade doida de ver essas aves enormes voarem, imaginou que tipo de ruído fariam, um ruflo pesado, infausto. Agora já era noite no Turcomenistão, uma encosta, o rumor daquelas asas batendo, que na penumbra sustinham no ar o corpo pesado, o guincho estridente da presa.

Os animais pareciam saber muito mais que os homens, mas se negavam a revelar o mínimo que fosse. A onça se furtou a seu olhar, o leão fitou algo rente a você, a cobra não olhou para cá, o camelo passou a vista por cima, o elefante quis simplesmente ver o proibido amendoim na ponta de sua tromba; todos lhe negaram existência, talvez por vingança, mas provavelmente por uma piedade tão intensa que qualquer contato visual seria intolerável. E ao mesmo tempo era este o encanto: todos aqueles seres, que se tinham abrigado sob espinhos, couraças, chifres, escamas, carapaças, que se tinham disfarçado com peles, patas, garras, o tucano ululante e o inseto cor de areia camuflado, todos eles tinham mais a ver com você do que tudo o mais que havia no mundo, nem que fosse só porque eles, quer vivessem menos ou muito mais tempo, estavam submetidos às mesmas leis.

Como se a título de aplauso começaram as hienas a uivar de forma aguda e penetrante ao longe, de tempos em tempos interrompidas por tosses roucas, desdenhosas, seguidas novamente por aqueles uivos esganiçados, que lembravam uma sirene, mas de uma espécie que determinava a si mesma quando uivar. Dessa vez ele não se deixou seduzir. No céu já se notavam as primeiras pinceladas da noite, era hora de voltar para casa. Safara-se das pessoas e de suas vozes, por mais queridas que às vezes elas fossem, e quando tomou o metrô, pensou ainda em comprar alguma coisa rápida para comer perto de seu apartamento.

"Gosto pela solidão", dizia Victor desse estado de espírito. "Coisa de senhores solitários na cidade grande. Sozinho com seus dez dedos, suas orelhas, seus olhos, cantarolando entre suas quatro paredes, rodeado dos milhões invisíveis, sozinho na metrópole, cúmulo do prazer."

Não foi assim. Quando subiu as escadas a seu apartamento, Elik Oranje estava lá sentada, uma forma feminina à meia-luz. Ele girou a chave na fechadura, e ela se levantou. Nenhum dos dois disse nada. Ele acendeu a luz e lhe deu passagem. Ela usava uma capa de gabardine marrom-escura, registrou ele sem pensar. Ela foi direto para a janela, como alguém que conhecia o quarto, olhou de relance para a árvore, depois se abancou num tamborete quadrado, no qual ele se sentava quando falava ao telefone. Ela continuou de casaco, ele pendurou o seu no armário e pôs água para o café. Nem conheço essa mulher, e ela sentada no meu quarto. Ela continuou de casaco, cara amarrada. E isso desde ontem, a porta giratória, a mancha branca atrás da vidraça, o adeus repentino, será possível?

Ela se recusou a pensar nele. Ele falara demais, ela não lhe dera chance. Vou tirá-lo da cabeça. Ou talvez nem tenha sido o que ele dissera, mas aquele riacho, o campo, as imagens que ele evocara, tudo tão irrevogavelmente pretérito. Ele ainda podia evocá-las, após o que elas desapareciam. Histórias desaparecidas que alguém tinha de reencontrar. Com isso ela se pusera a caminho de casa, a longa viagem de ônibus, a cidade dormente atrás das vidraças. Um homem bêbado a atacara, ela o golpeara forte no rosto, depois ele não a importunou mais, antes se pôs num canto, mastigando palavrões. No ônibus não houvera outros passageiros. Ela sabia que o motorista vira tudo pelo espelho, mas não mexera uma palha.

Não vejo, pois, o que vejo, ela pensara enquanto passava por um bairro após outro. Como se podia ver da distância de milhares de anos?

Buscar, ela dissera a ele, mas que significava aquilo?

As únicas coisas que restaram de sua rainha eram documentos e arquivos, mas do que ela pensara e sentira não restara nada. Havia os testemunhos escassos e apócrifos de contemporâneos, mas estes diziam respeito a fatos, não aos sentimentos por trás deles. Chegando em casa (casa! aquele buraco!), acendera a luz, o odor bolorento, úmido da escada subira porta adentro, despira-se, fizera de sua cama uma espécie de toca de coelho, enrolara-se bem, feito uma criança, e os pensamentos correram soltos. Buscar, mas os documentos se contradiziam. E no entanto aquela fora a única mulher na Espanha medieval que realmente detivera o poder. Reinara dezessete anos, sozinha. Vinte e sete anos ela tinha — viúva, mãe de dois filhos, rainha de León e Castela — ao se casar com o rei de Aragão. Rei, rainha, palavras bestas. Uma mulher está deitada na sua cama em Berlim e pensa naqueles dois corpos, que eram três reinos, numa outra cama, inimaginável. Não, ali não havia nada a apurar fora os fatos já aduzidos ou ainda não descobertos. Daquele leito não resultaram filhos. Seria pelo fato de o homem ser impotente? Afinal ela já tinha filhos, e ele teria todas as razões para gerá-los. Espancava-a, diziam as fontes. Fofoca milenar ou a verdade ou algo pior. O casamento virara um inferno. Ela revidara, só que com exércitos. Mas tudo o que se podia pensar disso não passava de ficção, paranóia.

"Acho que entendi por que você a escolheu", dissera-lhe o orientador, "combina bem com o nosso tempo, né?"

Estava todo cheio de si, com aquele sorriso arreganhado de homens que pensam ter dado a última palavra. Ela não retrucou nada, era muito cedo para isso.

Pegou no sono tarde da noite, acordou algumas vezes, o proprietário martelara choroso na porta e pedira algo, e ela o despachara aos berros. E agora lá estava sentada na frente de um outro homem. Ele despejou o último tanto de água fervendo e trouxe-lhe um café. Não lhe perguntaria o que ela queria ali, ele não. Apalpando o bolso de dentro, ele disse a seguir, "tome, é para você, do Arno Tieck".

Era um postal. Ela agradeceu com a cabeça, observou a reprodução. O que estava escrito no verso ela podia ler mais tarde. Aquele era o domínio dela, lá era versada. Naquele recinto calmo, repleto de sarcófagos cujas inscrições mal se decifravam, ela estivera uma vez e teria gostado de acreditar que num daqueles ataúdes de pedra jazia sepulta sua rainha. Um velho padre que zanzava por ali arrancou-a do sonho. Com razão, pois sonhos não eram permitidos. O homem era surdo feito uma porta e gritava, e ela lhe gritava as perguntas de volta, e suas vozes ecoaram nas baixas abóbadas românicas.

"Os soldados de Napoleão irromperam aqui como feras. Arrancaram os cadáveres, ou o que deles ainda restava, dos sarcófagos, destruíram as inscrições, nesses ataúdes não tem mais nada dentro."

"No verso tem mais coisa", disse Arthur.

Vamos lá, então. Ela virou o postal. Plutarco, Luciano. Alguém obviamente não a levava a sério. Aquele homem com cabelos desgrenhados, os óculos de fundo de garrafa, o rosto cheio de hieróglifos. Hegel, Napoleão, o fim da história. Arrancar rainhas de seus túmulos. Mas talvez por isso mesmo. Ela encarou o homem à sua frente, que tornara a sentar-se. O que poderiam ter em comum dois homens tão diferentes? A cara do outro era cheia de teias de aranha impressionantes, aquela ali parecia querer dizer o menos possível. E contudo, no dia anterior, dissera o diabo.

"Põe uma música", ela disse. E quando ele se levantou para escolher algo entre os CDs: "Não, não quero que você escolha um para mim, quero o que já está lá dentro, o último que você mesmo ouviu".

Era o *Stabat Mater* de Penderecki. Não era possível distinguir as palavras. Sons contínuos de vozes masculinas soturnas, barítonos, baixos, só mais tarde vozes femininas, argumentantes, como se clamassem de longe, fluindo acima dos homens, sussurrantes, ativas.

"Música do reino dos mortos", ela disse, "almas desgarradas."

Súbito berreiro, tal como uma chicotada, depois misterioso murmúrio.

"Quando você ouviu isso? Ontem de noite, ao chegar em casa?"

"Ao chegar em casa eu estava bêbado."

"Oh."

"Você não quer tirar o casaco?"

Ela se ergueu, tirou o casaco e, depois, enquanto ele observava sem se mexer, o pulôver, os sapatos. De pé, voltada para a janela, ela foi empilhando peça por peça de sua roupa, até ficar nua, totalmente em silêncio, e virou-se para ele.

"Esta sou eu", disse.

A cicatriz era violeta naquela luz, mas não foi aquilo que lhe cortou o fôlego. Agora ela assumira, devido à nudez, uma função totalmente diversa, em sua pele branca erguia-se como um escrito, um ditado, ele tinha de ir até ela e tocá-la. Ela não se mexia, não esticava os braços, sentia como ele roçava o dedo sobre aquele corte, aquela ferida, como o dedo explorava seus contornos, uma boca. Uma das mãos ela pousou bem de leve no peito dele, e depois de ele ter-se despido, calado, sem ruído, a mesma mão o impeliu à cama com igual leveza, porém suplicante, como se ele fosse alguém que tivesse de ser conduzido à cama, a mão o empurrava para trás rumo ao colchão, num movimento lento, fluido, ele sentiu como caía de costas, viu como ela surgia por cima, deitava-se sobre ele, a cicatriz bem próxima a seus olhos, como ela parecia cobri-lo por inteiro; mais tarde ele se lembrava ainda de que a sensação fora de consternação e incredulidade, como se não pudesse ser verdadeiro que aquela mulher o acariciasse e beijasse, como se não fosse verdadeiro que ela então se movesse sobre ele e dele tomasse posse, o subjugasse, nada daquelas ações parecia mais lhe dizer respeito, talvez aquele rosto de olhos cerrados, talvez aquele corpo que se curvava cada vez mais para trás em êxtase o tivesse esquecido, sobre ele cavalgava uma mulher que parecia murmurar, segredar alguma coisa, uma voz que se mesclava ao coro lúgubre da música, uma voz que gritaria e de fato gritou, e no mesmo instante, como se fora uma ordem, veio-lhe uma dor que, como se tivesse de ser assim, logo foi sufocada, porque ela deitou a cabeça no travesseiro ao lado da dele, ainda murmurando ou imprecando, sussurrante.

Só bem mais tarde ela se levantara, fora ao banheiro, voltara. Com um gesto ele indicara a cama, mas ela abanara a cabeça, ele se erguera e envolvera com os braços aquele corpo esguio, que tremia e tiritava. Depois ela se desvencilhara lentamente de seu abraço e se vestira, e o então se tornara agora, e também ele se vestira. Aquele ainda era o seu quarto. Por que pensava aquilo? Porque sabia que nunca mais seria o mesmo quarto. Ela tornou a sentar-se à janela, como se o que acontecera precisasse ser reconstituído. Em breve ela tiraria de novo todas as suas roupas, diante de seus olhos surgiria de novo aquela terrível vulnerabilidade, e então se revelaria de novo que a vulnerabilidade era capaz, com um único gesto, de desarmá-lo, prostrá-lo, submetê-lo, ausente, presente, outras leis que ele precisava aprender. A música terminara, ela levantou-se e caminhou a esmo pelo quarto, tocando de leve com a mão em algumas coisas.

Ouviu que ela estava num canto do quarto em forma de L, fora de seu campo de visão, lá onde ficava sua mesa de trabalho.

"Quem são estes?"

De olhos fechados ele sabia o que ela fitava. A foto de Roelfje e Thomas, a mesma que ficava ao pé da janela de Erna, só que menor.

"É minha mulher."

"E a criança?"

"É meu filho."

"Eles estão em Amsterdã?"

"Não. Eles estão mortos." Não havia outro jeito de dizer essas coisas. Agora, por breve momento, outros lhes fizeram companhia naquele quarto. Outros?

Esperou para ver se ela perguntaria algo, mas ela não disse mais nada. Devagar dirigiu-se a ela, viu como segurava a foto na luz, diante dos olhos. Aquilo não era mais olhar, era perscrutar. Com cuidado, retirou-lhe a foto das mãos e a recolocou no lugar.

"Quer comer alguma coisa?"

"Não. Preciso ir. Não é como ontem, mas sou campeã mundial de despedidas. Para você não preciso inventar nenhuma desculpa." Ela hesitou. "Você ainda vai ficar muito tempo em Berlim?"

"Até o meu próximo trabalho."

Pensou no recado da NPS. Ainda tinha de retornar a ligação. Rússia, máfia.

"Mas por enquanto ainda estou por aqui."

"Que bom", ela disse. "Tchau."

Ergueu seu casaco com um dedo e desapareceu. Campeã mundial de despedidas. Ouviu os passos dela na escada, depois a porta do prédio bater. Agora ela era um pedaço da cidade, uma passante. Ele não estava louco, mas viu como o quarto se admirava. Ele não era o único, portanto. As cadeiras, as cortinas, a foto, a cama, até mesmo sua velha amiga, a castanheira, admiravam-se. Tinha que dar o fora dali.

Havia dois bares onde eles se encontravam, o de Herr Schultze e o de seu amigo Philippe, chamado por Victor "minha varanda", porque ali comia quase diariamente.

"Philippe possui o agradável dom do radar espiritual, reconhece quando estou envolto em silêncio, e isso é uma coisa e tanto para um bucaneiro."

As duas coisas eram verdade. Victor tinha às vezes um círculo de invisível silêncio a seu redor, quando matutava algo, e Philippe parecia um pirata de Saint-Malo.

"Não, parece um dos três mosqueteiros", dissera Vera, e nisso também havia uma ponta de verdade.

"O leve toque de tristeza é porque sente falta dos outros dois."

Nesse dia, entretanto, Philippe estava contente. Abraçou Arthur, que não concedia isso a quase ninguém, e disse: "Victor está lá atrás". E de um só fôlego: "O que aconteceu? Parece que você viu um disco voador".

Na mosca, pensou Arthur. Um disco voador. E foi para a parte de trás. Agora Victor faria primeiro como se não o visse, os olhos já espremidos apertados num vinco, fingindo um tipo especial de miopia que desembocaria em grande surpresa. Arthur viu que Victor punha um marcador de livro na página que estava lendo e estendia o jornal por cima.

"Ah! Você aqui."

Isso tudo era mais que previsível. Eles nunca disseram abertamente, mas Arthur sabia que os dois se regalavam de poder falar holandês de tempos em tempos.

"Uma língua formidável", Victor dissera uma vez a Arno. "Vocês deviam ter feito igual. Do jeito que está, fizeram dela aqui uma coisa esquisita. E às vezes também muito barulhenta. Claro que isso vem de todas essas colinas e vales que vocês têm, ecoa mais. Veja só, nós somos planos, isso por um lado é um tantinho mais superficial, claro, mas oferece mais clareza. Todas essas grutas, clareiras, encostas escondidas, com as respectivas florestas — claro que só podia dar nos Nibelungos, em poetas druídicos e escritores como pontífices. Você deve prestar muita atenção nisso. Isso não existe no pôlder, com vento leste. Exemplo — menina, a palavra, eu digo. Vocês dizem: a menina perdeu a boneca *dele*, menina, porque menina não é palavra feminina, mas neutra. Admita, isso soa estranho. Deve ter acontecido algo muito ruim com essa menina. Agora imagine isso no pôlder, ali uma coisa dessas não existe. Todo o mundo ia ver. Primeiro era mar, depois drenaram as águas, deixaram descansar um pouquinho, então construíram casas onde se pode ver tudo o que se passa dentro, nada a esconder, nenhuma névoa, nenhum segredo, simplesmente a menina com a boneca *dela*. Menina é feminino para nós. Já ouviu Goethe em holandês?"

E em seguida recitou Goethe em alemão.

"Admita, é maravilhoso."

Agora Victor também estava com um bom humor excepcional.

"Expulsaram-me de casa", disse. "Mas o que você está fazendo aqui? Como é que a gente vai ter a nossa porção de sofrimento universal se você fica batendo perna por aí?"

"Já, já eu vou", disse Arthur, "semana que vem Afegásia. Como assim, expulsaram você de casa?"

Victor morava sozinho, e não havia ninguém que pudesse expulsá-lo de casa a não ser ele próprio. Pousou a mão no jornal e sentiu a forma do livro embaixo.

"Livro escondido?"

"Claro."

"Não posso ver?"

"Ainda está dormindo."

"De quem é?"

"Meu."

"Não — eu digo, quem escreveu?"

"Ah. Adivinha."

"Conheço?"

"Não sei, mas ele conhece você."

Arthur pescou o livro sob o jornal. Era uma pequena bíblia. Abriu-a na página em que Victor pusera o marcador.

"Isso está passando dos limites", disse Victor, "mas já que você foi tão atrevido, vai ter de matar a charada." Apontou uma pequena cruz ao lado de uma linha.

"Reparte[a] com sete e mesmo com oito, pois não sabes que desgraça pode vir sobre a terra."

"A última parte eu entendi", disse Arthur, "mas e este sete e oito? São pessoas? E o que é esse [a]? Não entendo nada disso aí."

"Então você precisa olhar mais adiante do nariz. Está um pouco mais à frente, em. [a]2Cor 9, 10."

"E daí?"

"Ó geração perdida. É o fim da picada. Já ouviu falar alguma vez do apóstolo Paulo?"

"Já."

"Então, é uma epístola do apóstolo Paulo à comunidade de Corinto. Novo Testamento. Bem lá na frente. De aniversário, vou te dar uma bíblia."

Arthur procurou o trecho e leu baixo, então quis reler o primeiro texto. Olhou para Victor com ar interrogativo. "Onde era mesmo o primeiro?"

"Eclesiastes, onze, versículo dois."

Releu, sem contudo chegar a uma conclusão. Um pouco adiante havia alguns versículos sublinhados.

"Assim[a] como não conheces o caminho do vento ou o do[b] embrião no seio da mulher, também não conheces a obra de Deus, que faz todas as coisas. [a] Jo 3,8. [b]Sl 139, 15-16."

"Agora você sabe como funciona", disse Victor. "O que tem ali do lado de embrião?"

"Um bezinho."

"'Um bezinho', muito bem. E o que está escrito ao lado dele?"

"Sl 139, 15-16."

"Os salmos", disse Victor. "Depois de Jó e antes do Cântico dos Cânticos. Não ensinam mesmo mais nada. Antes a gente tinha de saber isso de cor."

Arthur leu.

"Alto, por favor", disse Victor.

"Meus ossos não te foram escondidos quando eu era feito em segredo, urdido na terra mais profunda.

"Teus olhos viam o meu embrião. No teu livro estão todos inscritos os dias que foram fixados e cada um neles figura."

Victor recostou-se.

"Agora você vai querer saber por que estou lendo isso, e agora eu vou chamar Philippe para que nos traga um copo de vinho e eu não precise dar uma resposta."

"Não precisa dar resposta nenhuma. Aliás, eu nem perguntei. Não me atreveria. Mas essa coisa do embrião e esse 'quando eu era feito'..."

Sem pensar, tomou nas mãos o postal que Victor logo lhe arrebatou para pôr no mesmo lugar dentro da bíblia.

"Deixa eu ver. É alguma coisa do Hopper?"

"É. Somos mais fortes em imagens do que em palavras?"

Arthur conhecia a pintura. Cinco homens sentados em espreguiçadeiras, numa disposição rígida. *People in the sun*. E sentados ao lado de uma casa cujas janelas pareciam fechadas. As persianas das janelas tinham a mesma cor que o campo de palha amarelento diante do terraço no qual estavam sentados. Atrás do campo uma série de colinas baixas, pontudas, talvez até mesmo montanhas. Naquele quadro reinava total silêncio. O homem mais afastado lia, os outros tinham olhares fitos para a frente. Não causavam uma sensação agradável em Arthur. O homem em primeiro plano usava meias brancas com sapatões marrom-claros e tinha um travesseiro na nuca, no qual a sua calva se reclinava. A mulher tinha um xale vermelho enrolado e, ao que parecia, um chapelão de palha na cabeça. O outro homem na primeira fileira encobria uma mulher loira de vestido azul. Não dava para ver o rosto dela. O homem que lia usava um xale azul, do mesmo azul que Victor.

"Este sou eu", disse Victor. "Está vendo como nossas sombras se projetam no chão?"

As sombras começavam, reparou Arthur, nos sapatos e corriam, caso se pudesse falar em correr, para fora do quadro, à esquerda. Corriam nada, jaziam estiradas no solo, unidimensionais.

"Na verdade as sombras estão um horror", disse Arthur.

"Como queira."

"O que você está lendo?"

"Haha." E depois, os olhos espremidos algo mais abertos: "Este é o melhor quadro que jamais foi feito da eternidade. Aquele livro eu já li três milhões de vezes".

A porta se abriu, e um jovem barbado entrou gritando: *"Berliner Zeitung!".*

"Já é tão tarde assim?", perguntou Victor acenando. Comprou logo dois exemplares. "Para você ter um pouco de sossego do meu falatório."

Mas assim não foi, pois mal tinham soletrado os primeiros hieróglifos do desemprego e da alta nas Bolsas, avistaram Otto Heiland, seguido por sua sombra. Otto era pintor, a sombra o seu marchand, um homem de abissal melancolia, que sempre parecia ter acabado de ser salvo de um pântano. Tudo nele parecia pingar.

"A cara do sujeito é uma estalactite" (Victor), "tudo pende, o bigode, os olhos úmidos, arre. Tem sempre algo errado quando um marchand é a cara de um artista, ainda mais depois que os artistas deixaram de usar uniforme. Um artista tem que parecer um banqueiro numa tarde de domingo."

Como estes se pareciam Arthur não sabia, mas Otto pelo menos parecia sempre uma pessoa cuja profissão era impossível de adivinhar. Despojado talvez fosse a melhor palavra, nada em sua aparência reservada correspondia aos seres enigmáticos, martirizados, que povoavam os seus quadros.

Victor já conhecia Otto havia muitos anos. "E escuta essa. Nunca trocamos uma palavra sobre arte. E ele tem aquele marchand, a meu ver, única e exclusivamente por compaixão."

"Amigos, última chance de pedir alguma coisa da cozinha, o cozinheiro quer ir para casa."

De repente Arthur se deu conta de como estava faminto. Aquele dia já durava demais.

"Peço para preparar alguma coisa gostosa para você", disse Philippe, "está com um ar cansado."

"E distraído", disse Victor. "Está com a cabeça em algum outro lugar. Ele contempla a si mesmo com uma Cooke e nós ficamos de fora." Cooke era uma marca conhecida de lentes, havia lentes teleobjetivas, grande-angulares e zoom. Victor quisera uma vez dar uma olhada em todas as suas lentes, e depois disse apenas: "Então é assim que a humanidade é enganada".

"Enganada não, ela só ganha mais olhos."

"Como Argos?"

"Quantos ele tinha?"

"Tinha o corpo coberto deles. Mas acabou se dando mal."

O marchand apanhou o jornal e soltou um gemido: "As ações subiram de novo... se eu fosse um trabalhador desempregado, mandaria tudo pelos ares".

"O que você está choramingando aí?", disse Victor. "Nesse negócio de especulação sobra sempre alguma coisa para você também, ou não? E acho que nos últimos tempos vocês todos andam reclamando de barriga cheia. Desde que o Muro caiu, só ouço choradeira por aqui, como se o país inteiro estivesse prestes a quebrar."

"Pimenta nos olhos dos outros é colírio. Vocês são só um país pequeno, à-toa."

"Pequeno mas ameno."

"É, é, pequeno, ameno e arrogante. Vocês são sempre os sabichões."

"Esse é um traço de caráter antipático, de fato. Mas afora os tomates, não nos saímos tão mal assim, a meu ver."

"Se lá é tudo tão bom, o que você está fazendo aqui?"

"Então, justo o que eu disse. É virar as costas e 'Estrangeiros, fora'. Virar as costas e esse tom magoado. Eia, cabeça erguida, todos sabemos que vocês são o país mais rico da Europa."

"É tudo inveja."

"Claro, claro, mas por que então essa birra toda?"

Arthur olhou para Otto, que lhe deu uma piscadela. Achava ótimo que o seu marchand se irritasse um pouquinho.

"O que você acha disso, Philippe?", perguntou Victor.

"Não me pergunte. Tenho pés franceses, joelhos alemães..."

"Ulalá."

"...e uma língua francesa. Tome, prove. Por conta da casa. Châteauneuf branco. Sabe quanto custa em euros?", perguntou ao marchand.

"Ainda não tem euro nenhum. E se dependesse de nós, nem teria. Vamos queimar nossas preciosas economias com um bando de larápios gregos e italianos. E depois vêm ainda os polacos e os tchecos..."

"Cinqüenta anos atrás vocês não viam a hora de passar a mão neles!"

"Senhores, não foi para isso que ofertei meu precioso néctar!"

"E além do mais, não tem economia nenhuma", disse Otto.

Philippe tornou a encher os copos. Arthur sabia o que viria a seguir. Dentro de meia hora Philippe estamparia nos olhos o olhar de pirata, buscaria outra garrafa, e duas horas mais tarde lá estariam eles sentados no restaurante fechado, feito corsários que abordaram um navio cheio de ouro. Victor e Philippe cantariam canções de *Os guarda-chuvas do amor*, até mesmo Otto cantarolaria à meia voz, e o marchand se debulharia em lágrimas.

"Pessoal, preciso ir", disse Arthur levantando-se.

"Desmancha-prazeres!"

"Ele está apaixonado", disse Victor. "E na idade dele é uma temeridade. Mas cada um segue o seu destino até o fim."

Lá fora o vento se fizera tempestade. Por um instante, pensou poder voar. E como seria? Passar por todos aqueles prédios altos, majestosos, não como um pássaro, mas como um objeto inerte, um pedaço de papel pego no turbilhão, no zunido sibilante, voraginoso, livre de todas as palavras daquela noite, de volta para as primeiras horas, tão estranhas e calmas, em que alguém estivera de pé a sua frente no silêncio de seu quarto, alguém, pensou, que o subjugara, mas que fora também acossado e assaltado como um furacão por seu passado. Seria possível? Num espaço de tempo tão curto? Será que despontara agora algo diferente?

Na esquina da Leibniz-Strasse, mal conseguiu manter-se sobre as pernas. Aquele vento vinha do mar Báltico ou das estepes no Extremo Oriente, de planícies em que se podia desaparecer sem deixar vestígios. O vento transformara todos os galhos em chicotes, que fustigavam uns aos outros e gemiam de dor ao fazê-lo. Esse ruído ele escutaria ainda a noite inteira.

* * *

Na Falk-Platz os sons do vento são os mesmos, são outros. Primeiro precipitou-se pelo antigo vazio da passarela da morte, lá reuniu fôlego, agora avança mais ruidoso e ataca um inimigo insignificante, o infeliz arvoredo, os poucos remanescentes de boa vontade. Agora é mais um frufrulhar e sibilar, Elik Oranje escuta-o como sussurro cortante, como baques e pancadas na única janela de seu quarto, como oráculo, as vozes roucas, incompreensíveis, de mulheres idosas. Está sentada em posição de lótus no meio do quarto acanhado, porque quer concentrar-se, mas não consegue. Seus pensamentos vão de um lado para o outro feito uma pipa e retornam cada vez a três pensamentos de todo discrepantes, que ela tenta acomodar: a verdade sobre os amantes e abortos de sua rainha; a última aula sobre Hegel; e aquele homem, que lhe tocara a cicatriz de modo ainda mais íntimo que a própria trepada.

"Assim você não consegue pensar", diz em voz alta, e é verdade, a cada um daqueles três pensamentos ela puxa um pouquinho mais, como se desfiasse um pulôver. E ao mesmo tempo ela os repassa, contas de um rosário. Aquela cicatriz que pertence a ela e somente a ela, o instante do fogo, a dor, o cheiro de queimado, o homem que espreme seu cigarro, retorce, enquanto a esmaga e dilacera com seu peso agressivo, o bafo de álcool da boca que balbucia palavras, os urros dela, sua mãe, que aparece cambaleante no quarto e tem de se escorar na porta e observa, aquilo tudo é dela. Meu, meu. Sobre isso nunca se pode falar. Todos os outros momentos passam, aquele fica. Está lá. Naquele instante nasceu a recusa. Então e sempre. Do quê? A recusa. E agora um outro homem tocara sua cicatriz com o dedo, circundara-a suavemente, como se pudesse curá-la. Não.

Ninguém a tocara. Com ternura, a palavra que não deve ser pronunciada. Como quem soubesse de tudo. Mas era impossível.

E então novamente, como se tivesse algo a ver com isso, a outra. A rainha de quem sabia cada vez mais, e assim cada vez menos, já que cada fato levantava novas questões. A mulher de antanho, como às vezes a chamava. Uma mulher a quem se ligara e com quem, entretanto, não podia ter nada a ver, com quem não podia se identificar em hipótese alguma, embora soubesse que isso já ocorrera; inadmissível. Nada disso podia transparecer no que escreveria. "Seco feito pó" teria de ficar, e contudo, quanto mais lia, todas aquelas vozes conflitantes, todas aquelas lacunas, tanto mais sentia-se tentada a preencher os espaços vazios e as incertezas com emoções, como se fosse *ela* quem lutasse pelo seu reino, ela que fosse ferida, abusada, que tivesse de fugir e contra-atacasse, buscasse o auxílio de outros homens; aquilo era imperdoável, como se ela escrevesse um romance, uma fábula pífia na qual se podia torcer a bel-prazer a verdade e se diria: "Nesse momento pensou Urraca...", enquanto nem em sonho se podia saber o que ela pensara. Havia dez livros sobre a vida palaciana daquele tempo, e todavia não se sabia nada, como fediam, como falavam, como amavam, tudo o que se dissesse era pura especulação. Num romance seria possível fazer com que a rainha tivesse um orgasmo, mas era um orgasmo de então comparável ao de hoje? Em que medida esses outros eram outros, ou ainda: em que medida eram iguais? O Sol circundava sublime a Terra, a Terra era o centro do cosmo, e o cosmo jazia oculto nas mãos de Deus, tudo era harmônico, o mundo estava encerrado na ordem divina, e nessa ordem cada um tinha seu lugar hierárquico, tudo isso se tornara tão inconcebível que não se podia mais explicar tais sentimentos, nem sequer de forma aproximada. Mas não havia, por outro lado, constantes físicas na espécie humana que permitiam imaginar tudo quanto fosse possível? As cruzadas da Igreja contra a carne, tal como se podia observar nos capitéis românicos, onde o castigo para a volúpia era representado com um sadismo ainda e sempre capaz de nos dar náuseas, pois bem, mas por outro lado as vozes sequiosas dos trovadores, cuja luxúria a custo era sofreada por ritmo e rima.

Ela balançava de um lado para o outro. Sua dissertação de mestrado ela escrevera sobre um ensaio de Krzysztof Pomian, *Histoire et fiction*, e como epígrafe utilizara um adágio árabe que achara em Marc Bloch: "As pessoas se parecem mais com seu tempo do que com seus pais".

"Soa como um truísmo para mim", dissera o seu orientador, "uma frase vazia, mas tem lá o seu impacto", e com tanta naturalidade lhe pousara a mão sobre o ombro e o apertara com tanta suavidade que não se podia dizer nada a respeito. Ela retirara a mão qual um objeto estranho e a soltara. O castigo, claro, foi outra vez ironia tutelar:

"*Noli me tangere*".

"Como quiser."

"Bom, eu queria dizer o seguinte: dispenso esses chutes altamente duvidosos. Estudamos aqui pura e simplesmente história. Especulações eu deixaria por enquanto para os bambambãs."

Bambambãs masculinos, entenda-se, mas era estupidez demais tecer qualquer comentário a respeito. Os homens, por sinal, não suportavam ser contestados. A última conversa depois da aula de Hegel também não transcorrera às maravilhas. O simpático entusiasmo de Arno Tieck ("Ah, se você pudesse ter visto as palestras de Kojève sobre Hegel!") estimulara-a um pouco, mas as frases aflitivas do grande pensador continuavam um problema para ela, e o sotaque anasalado do expositor agravavam ainda mais o quadro.

"Ele fala como o Ulbricht", disse um de seus colegas. Se

era verdade ela não sabia, de todo modo ele parecia um sujeitinho entojado, e a uma pergunta dela, que obviamente ele julgou besta demais, ele respondera: "Estou a par de que na Holanda não se ensina filosofia nos cursos secundários, ou se ensina muito pouco, e pelo visto absolutamente nada de filosofia alemã, mas ignorância demais é exagero. Por outro lado, a culpa provavelmente não é sua. Como já bem dizia Heinrich Heine: nos Países Baixos tudo se dá sempre com cinqüenta anos de atraso".

"Então quem sabe é por isso também que Mainz, Hamburgo e Düsseldorf não quiseram ter uma estátua de Heine e que, ainda em 1965, nem o reitor nem o senado quiseram batizar com o nome de Heine a nova universidade, e a maioria esmagadora dos estudantes também não."

"A senhora quer dizer porque Heine era judeu?"

"Essa conclusão eu deixo para o senhor. A meu ver talvez viesse do fato de Heine ser um satirista inteligente e de que aqui neste país, cem anos mais tarde — como o senhor sabe, cinqüenta vezes dois —, isso ainda não é tolerado. A estátua de que acabei de falar está agora em Nova York, no Bronx. Lá ela provavelmente se sente melhor mesmo. E depois, é bem possível que Heine nem tenha dito essa coisa dos cinqüenta anos."

Qual fora a sua pergunta ela não sabia mais, de tão agitada. O homem, a quem ali ainda era preciso se dirigir como "senhor professor", tentara contemplá-la com um olhar aniquilador, os demais alunos não interferiram, e ele retomara sua exegese nebulosa. Com Arno Tieck ela já se portara de forma provocativa, isso estava claro, e agora, ali, sozinha no seu quarto, assaltaram-na as dúvidas.

Que diabo se podia fazer com aquele absurdo de palavras, das quais a pessoa tocava às vezes uma franja, mas que no momento seguinte pareciam um código petrificado, ou quem sabe ainda um anseio quase religioso de harmonizar tudo, utópicos sons de órgão de uma profecia não confirmada, um futuro no qual em algum ponto, se é que ela entendera direito, o espírito do mundo, seja lá o que isso fosse, conheceria a si próprio, com o que então todas as contradições que tinham infestado o curso da história seriam suprimidas.

Uma idéia atroz para ela. Quase instantaneamente ela sentia repulsa por aquelas frases inatingíveis, e no entanto era difícil escapar ao encanto de muitas formulações, como se um mago discursasse, um xamã a quem não se compreendia, mas que não se podia rechaçar. Não era assim quando aquele sujeitinho entojado falava, e sim só mais tarde, sentada sozinha no seu quarto ou na biblioteca, quando apalpava a arquitetura daquelas frases infindas, à medida que as sublinhava. Sublinhando tinha a sensação de compreendê-lo, porém poucas horas depois não era capaz de repetir quase mais nada, e aí restava somente aquele elemento do religioso, do fantástico. Como é que era possível alguém pensar "Napoleão foi a pessoa plenamente satisfeita, que na e por meio da sua satisfação recente concluiu o curso do desenvolvimento histórico da humanidade"? O que havia concluído, afinal? E todavia ela tinha a sensação de que, no tocante àquelas palavras, não se permitia pensar assim; que ela simplesmente não captara alguma coisa e com isso não conseguia sentir-se cativada. O que dissera mesmo aquele tal de Arno? "Então você não sente que Hegel foi o primeiro a compreender no seu tempo a idéia de liberdade e que, nesse sentido, foi de fato o fim de uma época?"

Talvez, mas aquilo não significava ainda o fim da história, significava? Pois se justo a partir daquele instante se adquirira pela primeira vez a consciência da verdadeira liberdade, se aqueles personagens de fábula — o senhor e o escravo — haviam descido do palco como numa peça de Goldoni, então era duplamente perverso que os escravos tivessem se tornado os seus próprios senhores numa cidade e num país nos quais essas palavras foram pela primeira vez proferidas e redigidas e, na seqüência, tenham sido por si mesmos constrangidos à camisa-de-força de uma servidão tanto mais infamante! Escravos que elegiam seu próprio senhor a fim de permanecer escravos, com senhores de quem podiam ser iguais, mas não eram, que lunático podia ter pensado uma coisa dessas! A impostura só se tornara ainda maior. Milhões haviam morrido por esse desatino.

"Não é culpa dele."

Com quem ela falava, afinal? Não seria muito melhor que simplesmente se ativesse a sua rainha? Que estudasse com pachorra documentos, in-fólios, fontes, que cultivasse o seu próprio jardinzinho? Pois isto já lhe ficara claro: a região delimitada que escolhera aumentaria a cada dia, atrás de tudo quanto escarafunchasse emergia algo diferente: dissertações sobre legações papais a Santiago, sobre alianças com reinos muçulmanos, sobre o influxo dos beneditinos. Qual o sentido dessa rede tão labiríntica, de que se sabia tanto e ao mesmo tempo tão pouco, qual a função de toda essa busca minimalista, tão paciente, ao lado das grandes teorias arrebatadoras, que eram tanto mais estimadas? Seria aquilo — anos de trabalho a fim de contribuir com algumas migalhas para o grande instante apoteótico?

Levantou-se e espreguiçou-se. Agora tornou a ouvir o vento, o grito e o sussurro. Essa sensação de estar sozinha, não podia explicá-la a ninguém. A sensação de completa autonomia, a indiferença em relação a seu entorno, aninhada num silêncio auto-imposto, letárgico, penetrante, salutar.

Em Amsterdã multidões inteiras enfurnavam-se em bares, ela se perguntava quando é que alguém ainda lia outra coisa que não os jornais, cada vez mais gordos e desagradáveis. Talvez ali a sensação não fosse tão forte porque Berlim era muito maior, porque ali se podia ser anônimo, ao passo que em casa era comum ter a impressão de que se pusera em marcha um grande processo de infantilização, uma fatal e insuportável superficialidade em pessoas que pareciam querer provar sua individualidade pelo fato de rirem em massa das mesmas piadas, de resolverem as mesmas palavras cruzadas, de comprarem os mesmos livros e quase nunca os lerem, uma autocomplacência de tal modo desagradável que chegava a dar engulhos. Todas as suas amigas praticavam ioga, nas férias iam para a Indonésia, faziam shiatsu, cada uma parecia ocupada com milhares de coisas que só se podia fazer fora de casa, quase ninguém aturava a si próprio.

"Também não exagera!"

Quem lhe diria isso, senão ela mesma? Foi até o espelho partido e contemplou-se. Não, melhor não. O que lhe tinham a dizer aqueles olhos? Não eram de sua mãe, aqueles olhos. Do pai. Dois carvões pretos, a cota-parte de um estranho. Uma vez ela foi a Melilla e passou dois dias perambulando por lá. Lugar medonho. Espanha e não Espanha, Marrocos e não Marrocos, islã e não islã. Encarou os homens de lá e pensou que não queria nenhum deles como pai. Os olhos dela, viu-os refletidos em milhares, mas eles não a tinham olhado como se olha uma filha. Uma filha. Cuidadosamente, ergueu a mão até a cicatriz, tocou-a de leve. Isso ela nunca fazia. Como se fosse chamada à razão, de repente todo seu corpo estremeceu. Fora ela mesma que fizera aquilo? Lá de pé, sentiu-se tesa como uma boneca. Mesmo os olhos tinham agora outra expressão. Era evidente que alguma coisa não andava direito.

Nós de novo. Sempre de noite, pelo jeito. Em Sófocles o coro tem uma opinião. Nós não. O coro em *Henrique V* pede um veredicto. Tampouco o fazemos. Escolhemos a noite porque é quando vocês não se mexem. É a hora do pensar, do resumir ou simplesmente do sono, no qual vocês mais parecem mortos e entretanto não estão. Agora estão todos em seus devidos lugares. Arno lê história antiga, por culpa de Elik. Políbio, para ser exato. Assombra-se com a precisão, com o tom científico, nota que se sente um contemporâneo do escritor. Ouve a tempestade lá fora e lê sobre culturas que se consomem, que se incorporam. Duzentos anos atrás alguém pensou que a história era uma unidade fundamental, orgânica. O homem em Berlim deita seu livro e não sabe se partilha dessa visão. Depois retoma a leitura, até ser colhido pela noite. Zenobia possui menos perseverança, dormiu sobre um artigo que escrevia sobre a sonda Surveyor, que no dia 12 de setembro daquele ano terá gastado 309 dias para percorrer os 466 milhões de milhas até Marte. Não,

não podemos dizer se dará certo, e muito menos se em 2012 alguém pousará naquele planeta. Se vocês ainda estiverem vivos, constatarão com os próprios olhos. O assunto agora é a representação espacial das linhas que há entre as pessoas e aquilo de que se ocupam, bem como entre as pessoas entre si. Arthur dorme, esquecido do mundo, Victor por sua vez está sentado em seu ateliê e mira o fóssil de osso que tem pelo menos cem milhões de anos. Assim como não conheces o caminho do vento. O embrião e o desconhecer, o enigma que define sua nova obra. Não se manifestará a respeito, e permanece imóvel. Gostaria que o enigma se evidenciasse no que fará. No teu livro estão todos inscritos os dias que foram fixados e cada um neles figura. Isto nós vemos, as linhas mais impalpáveis que ligam Políbio, sentado à escrivaninha como refém, a Arno, a Zenobia, à primeira pegada em Marte, à campanha de Urraca, a Elik, ao ano em que aquele osso possuiu vida, a Victor, ao Eclesiastes, à ausência sem imagens de Arthur. Somos nós que temos de manter tudo isso agregado. A capacidade de vocês existirem no tempo é pouca, a capacidade de pensarem no tempo é inesgotável, anos-luz, anos lunares, Políbio, Urraca, a Surveyor, um osso préhistórico, linhas, uma figura espacial quadridimensional, é assim que estão ligados entre si estes cinco, uma constelação que também se diluirá, claro que não por enquanto. Vocês não ouvirão muito mais de nós, ainda umas frases e depois algumas palavras. Quatro, para ser exato.

Ao acordar ele ouviu que a tempestade desabava, no sentido mais autêntico da palavra, um ruído que só percussionistas geniais produziam, cada galho da castanheira foi brevemente vergado, a última lufada parecia descer verticalmente ao solo, porém com vagar, uma última sacudidela nas folhas mortas do pátio interno, chiados, cicios, uma última palavra, silêncio. Logo a seguir o primeiro tamborilar suave da chuva propriamente dita, podiam-se contar os pingos.

Havia tanto para pensar que nem começar ele queria — pressa, levantar-se, barbear-se, café, sair. Primeiro filmar. Campeã mundial de despedidas. Como se filma a despedida? As folhas lá embaixo. Mas as folhas não caem por força própria, têm de ser destacadas, *são* caídas. Não, outra coisa, movimento que abandona. Quem se despede está sempre em vantagem. É o outro quem fica para trás.

Ele apanha sua câmera e seu Nagra, dessa vez quer um som perfeito, quebra-vento, girafa, fone de ouvido. Para aquilo que tem em mente, o registro do som e o da imagem não precisam ser sincrônicos. Como seu próprio burro de carga, trota escada abaixo. Coisa demais, pesada demais, como sempre. Quixote, murmura consigo, nada melhor lhe ocorre. Embrulhou tudo em plástico, porque a chuva apertara. Despedidas, rodas, o ruído de pneus no asfalto molhado. Hora do rush, vem a calhar. Cruzando a Wilmersdorfer, segue na direção da Kant-Strasse e de lá chega ao parque Lietzensee. Agora não há ninguém lá. Do parque, que fica um pouco recuado, pode filmar a fileira infinita de rodas — só isso. Marca nenhuma há de ser reconhecida, o que ele quer é a dinâmica do movimento, o girar e aspergir, a névoa lamacenta ao redor de todos os círculos moventes, sabe muito bem qual será a aparência, cinza descorado, ameaçador, as grandes rodas de ônibus e caminhões, as mais céleres dos carros de passeio, o fluxo congestionado, o empurra-empurra, o mover-se outra vez, acelerar, perseguir. Só quando já está satisfeito passa a registrar os sons, do passeio ele tenta manter seu microfone Sennheiser o mais rente possível às rodas, no audiofone escuta o ruído de coisa sendo mascada, deglutida, milhares de pneus de borracha trafegam por sua cabeça, agora não é mais uma mulher que pela segunda vez partiu tão repentinamente, e sim borracha no asfalto, o incompreensível sussurro mecânico, uma advertência da qual não tomará nota. Só quando está encharcado é que vai para casa. Algumas horas mais tarde, toca a campanhia de Zenobia.

"Quem? O quê?" A voz dela troveja no pequeno interfone na Bleibtreu-Strasse.

"Arthur."

"Ah, o Pequeno Polegar!"

"Ele! Contanto que eu não tenha de te chamar de Bela Adormecida ou Branca de Neve!"

"Atreva-se! Não ganhei essa minha massa corporal à toa!"

Ela surge no vão da porta.

"E eu pensei que você não viesse mais. Que foi que eu ouvi do Arno? Bonita, ele disse?"

Tal pergunta ele ainda não havia feito a si mesmo. Pensa nos cabelos dela, diáfana trama de ferro. A mão que neles pousara sofrera certa resistência elástica, não se sentia crânio algum. Um capacete de fios trançados.

"Você não sabe?"

"Não."

"Então ela é bem especial."

"Agora posso entrar?"

Lá dentro era alto e fresco. Os móveis mais simples, todos de madeira. Paredes brancas, sem enfeites.

"Não se deve pendurar nada nas paredes. De tempos em tempos seria bom botar alguma coisa num atril e contemplar longamente."

O atril estava vazio, a cerca de três metros da estufa de porcelana, que não funcionava mais.

"Meu ídolo pessoal. Gostou?"

"Aquilo ali me interessa mais."

Sobre o atril havia uma foto do planeta Marte.

"Diga algo inteligente. O que você está vendo?"

Ele observou. Sinuosidades, manchas, rastros, manchas claras e escuras. Enigmático, mas o que se podia dizer a respeito?

"Escrita?"

"Nada mau. Mas uma escrita secreta. Oh, eu mal posso esperar!"

"O quê?"

"Arthur! Nós estamos a caminho! Enquanto eu e você conversamos aqui, aquela máquina solitária está a caminho de lá!"

E apontou o dedo para o centro da amedrontadora aridez do planeta.

"Se tudo correr bem, ah, que maravilha será, um pouso com balões e aí um carrinhozinho pequetitico, um brinquedo, vai rodar por lá, Arthur, rodar de verdade, vrum, vrum, tão pequeno, aqui, olha só" — indicou com as mãos uma distância, papo de pescador às avessas — "tão pequeno! E ele vai contar para nós tudo sobre a escrita secreta. Tome!"

Empilhou-lhe nas mãos uma série de impressos de computador. Ele não entendeu uma palavra.

"Begin Traverse operations. APX5 measurement."

"O que é APX5?"

"Alpha Proton X-ray. Programas de apoio. Caso dê certo. Para examinar o solo."

O solo, aquilo soava ridículo.

"E vai dar certo?"

"Mas claro! Em cinco de julho ele vai estar rodando por lá e enviando suas fotos à Terra. Das pedras, das montanhas, da composição, olhe...", e puxou da gaveta uma foto de uma paisagem calcinada, com uma ou outra pedra. Uma luz plúmbea parecia reinar ali, entalhando os blocos de pedras com sombras, com o que se intensificava ainda mais a solidão.

"Isso é Marte?"

"Não, bobinho, ainda nem seria possível. Isso é a Lua, mas talvez Marte seja semelhante. Em nenhum dos dois há árvores."

"Parece inóspito. Lugarzinho bom para um ponto de ônibus."

"Logo, logo vai ter."

"Como é que é? Vamos voar para lá também?"

"Claro. Vamos morar lá! Em quinze anos, mais ou menos, a primeira pessoa vai pisar em Marte. Até lá existe a possibilidade de se enviar uma missão a cada vinte e seis meses. Vai depender do trajeto de volta, de Marte para cá. Essa coisinha não pode voltar mais, mas em cerca de oito anos a gente recebe as primeiras pedras. Olhe, esse é o meu carrinho..."

Mostrou-lhe uma foto de uma espécie de carro de brinquedo.

"Uma mulher projetou isso! Quer um chá? Chá russo? Tem gosto de pólvora."

"Aceito." E sentou-se.

"Chá russo, *entusiasmo* russo, *Begeisterung*, palavra maravilhosa. Às vezes o alemão é bem bonito. Cheio de espírito. E você está pensando, o que a velhusca quer com o carrinho..."

"Não, imagine. Não estou pensando em nada."

"Preste atenção, vamos falar a sério pelo menos uma vez, tá bom? Nada de sentimentalismo. Mas quando eu era criança pequena em Leningrado, naquele inverno terrível com gente morta por tudo quanto era canto, e ainda por cima aquela fome inconcebível, inconcebível... aconteceram duas coisas comigo. A primeira foi que eu pensei, se algum dia for de novo possível, então eu não paro mais de comer... você tem que admitir que isso eu consegui —, mas a outra era: quero sair deste inferno, quero ir embora daqui, juro pra você, eu pensei isso, mesmo sendo pequenininha. Não quero mais ficar aqui, pensei, e aí, numa dessas noites de inverno, tudo estava escuro, a gente não tinha luz, foi aí que eu olhei para as estrelas e pensei: lá, lá no alto, este aqui não é o único mundo, não pode ser verdade, este fedor, esta morte, este frio, ah, se você quer saber como me sentia naquele tempo, então vai precisar ver de novo os quadros de Vera. Somos gêmeas, como você sabe, ela é supostamente a pessimista... meu lado obscuro, o lado sombrio — mas não era bem assim —, saído da mesma escuridão que há nesses quadros... eu comecei a estudar, sempre pela mesma razão... e vou te dizer uma coisa, nunca fui tão feliz como quando o Sputnik circundou a Terra, então eu soube que era possível que tudo aquilo acontecesse... pois nisso eu acreditava com unhas e dentes, o espaço, nossa tarefa é esta, sair desta porqueira gelada. Você não tem essa sensação? Este mundo ficou velho demais, tiramos a pele dele, o enchemos de bordoadas sem a menor vergonha, ele vai se vingar. A gente fica doente só de lembrar, tudo está contaminado, ah, Zenobia, pára com isso, dá logo o chá para o homem, mas ainda assim, Arthur, repare só na beleza dessas máquinas e compare com todas essas coisas surradas... ah, deixe pra lá, deixe pra lá. É tão esquisito, às vezes se poderia pensar que os jovens não se interessam por isso, vejo que você está rindo de mim..."

"Não estou rindo de você. Mas quanto tempo dura essa viagem por enquanto?"

"São 466 milhões de milhas."

"Obrigado!"

"Uns 309 dias, por aí."

"E o homem é obrigado a ir?"

"Eu iria amanhã mesmo. Mas não me querem. Comi demais."

"Mas, Zenobia...?"

"Pode dizer. Mas antes feche os olhos e *sinta* como eles todos estão a caminho. AGORA! A Voyager, o Pathfinder... em breve a Surveyor..."

"Todos a caminho desses pedregulhos áridos. Só porque estão lá em cima?"

"Ó incrédulo. Tem de ser porque tem de ser. Seus filhos ainda vão testemunhar..."

"Eu não tenho filhos."

"Ops. *Glupaia devka*. Desculpe."

"Não tem nada que desculpar. Eu não precisava ter dito. Mostre a razão por que você me chamou."

"Ah", o rosto dela tornou a reluzir. "Também um pouquinho de Marte, mas com água."

Trouxe-lhe uma pasta com fotos entremeadas de papel de seda.

"São todas cópias muito antigas. Sente-se ali na mesa. Essas duas são de Wols."

Ele separou com cuidado o papel diáfano da foto. No passe-partout lia-se a lápis: "Wols, Sem Título (Água)". Mas era água, aquilo? Aquela massa solidificada feito lava, preta, cinza, com manchas de luz cintilantes, com sulcos e reentrâncias, uma superfície quase polida, gordurosa, às vezes luzidia e outras granulada. Assim se movera algum dia em algum lugar aquela água. Teve um impulso de lhe roçar os dedos, mas conteve-se a tempo. Era por aquilo que ele almejava. O mundo anônimo, não criado, não nomeado dos fenômenos, que tinha de compensar aquele outro mundo, o dos nomes, dos acontecimentos. Eu quero resguardar as coisas que ninguém vê, em que ninguém repara, quero resguardar do desaparecimento o que há de mais prosaico.

"Que foi, Arthur, você não está olhando?"

"Estou vendo até demais."

"Então dê só uma olhada nessas aqui também. São de Alfred Ehrhardt. A série se chama 'Baixio costeiro'."

O que ele via ali era caos e ao mesmo tempo estrutura, havia incoerências, linhas que de repente infletiam, separavam-se estranhamente e tornavam a juntar-se. Mas caos e estrutura ele não queria dizer. Soava grotesco.

"Gostaria de saber como ele fez isso. Em algumas dessas imagens tem-se a impressão de que ele está suspenso perpendicularmente ao objeto, o que é quase impossível. Como ele emprega a luz, incrível... mas..."

"Mas?"

Era o eterno problema. Algo na natureza, algo que não fora feito conscientemente assim, irradiava uma beleza grandiosa, involuntária. Mas de quem era a beleza, afinal? Da natureza, que a expõe sem nenhuma intenção, como vem fazendo desde bilhões de anos antes de o homem existir, ou do fotógrafo, que sentiu como estético ou dramático aquilo que viu e então o reproduziu da melhor maneira possível? Ele fizera um recorte não acidental de uma realidade em si aleatória.

"Tem algo a ver com autonomia. Ele escolheu o tema e no entanto não se aproxima dele. Apropria-se dessa paisagem, dessa fração de paisagem, mas no fundo não pode penetrá-la, e sua arte consiste exatamente em pôr isso em evidência. Ela já foi centenas de milhares de vezes apagada pelo mar, e quando chego lá de manhã, encontro-a de novo, com uma minúscula nuance de diferença..."

Zenobia assentiu.

"Só isso?"

"Não, claro que não é só isso. Agora entram você e eu. Mas por mais que a gente faça, se você ampliar essa foto, pendurar aqui, ela vai continuar algo que alguém encontrou e fotografou em alguma parte de algum baixio no dia 21 de janeiro de 1921. Isso não vai mudar nada."

Zenobia pousou a mão na cabeça dele.

"Sinto como isto aqui fervilha. Grandes acontecimentos?"

"Ou talvez o contrário também."

Ele precisava pôr fim àquela conversa. Um corpo que se apoderou do seu, que no seu se desafogou, quase como se você próprio não estivesse presente, que nome dar àquilo? Nome aquilo tinha, mas na hora fora mais natureza que nome, o êxtase o tornara anônimo. Era possível aquilo, ou era precisamente daquilo que se tratava? Sentiu erguer-se nele uma onda opressiva de ternura e levantou-se.

"Quanto elas custam?" E apontou para as fotos. "Ou melhor, quanto custa uma dessas fotos? Mais eu não consigo mesmo pagar."

E fitou os vulneráveis corpos brancos. Como fazer para poupá-los do desaparecimento?

"Não diga bobagem. Escolha uma para você."

"Difícil. Vou precisar observar com mais cuidado. Volto outra hora."

Ele queria ir à biblioteca.

"Querem que eu faça uma reportagem na Rússia", disse.

"Oh, formidável. Mostrar a todos o oba-oba que virou aquilo?"

"Acho que sim. Sou apenas o câmera."

"Manda brasa, não tem mesmo ninguém que compreenda a gente."

Silêncio.

"Arthur?"

"Sim?"

"Não precisa se decidir agora. Vou lhe dar uma que *eu* ache bonita, mas não agora. Notei que você está com pressa. Vá de uma vez para seu objetivo secreto, eu volto para Marte. Ou para Saturno, porque para lá vamos também. Talvez eu possa me candidatar. Uma navezinha espacial das bem bonitinhas, justo do meu tamanho. Batizada com o nome de um conterrâneo seu, Huygens."

"Quando vai ser lançada?"

"Quinze de outubro. Chegada, 2004. Viagenzinha de nada. Partimos com a Cassini, ela me deixa sair com a Huygens para pousar em Titã e fica na órbita de Saturno por mais uns dois ou três anos. Mais nove meses, mal posso esperar".

"Ah, pára com isso."

"Se quiser se dar bem com os russos, terá de aturar os sentimentos. Saturno é maravilhoso, muito mais belo que Marte, que é um deserto só. A Terra cabe 750 vezes nele, lá só tem gases esplendidamente leves, e se existisse um oceano que fosse grande o suficiente, Saturno poderia nadar nele. Você nunca teve isso, esse sentimento de que gostaria de se dissolver completamente em algo, desaparecer por inteiro? Essa é a maravilha dos números, ninguém sabe como são sedutores todos aqueles zeros."

"E eu que pensava que isso deixasse frios os cientistas!"

"Cientistas ou são máquinas de calcular ou são místicos. A escolha é sua. Eu sou apenas uma cientista fracassada. Estou totalmente à margem e escrevo artiguinhos bestas."

"Então eu me decido pelas místicas e sentimentais máquinas de calcular russas. E agora preciso ir."

Fez menção de apanhar o casaco e ficou parado diante do computador. No monitor azul havia uma fórmula matemática que preenchia toda a tela com linguagem cifrada.

"Que é isso?"

"Um poema."

Ele se inclinou para a frente. Fosse aquilo um poema, dava expressão a uma realidade que existia bem distante dele, um mundo de uma pureza aterradora, que excluía o indivíduo.

"E qual a diferença de um verdadeiro poema?"

"Que não é escrito com pesar ou amor ou lama, como os verdadeiros poemas. E é mais perigoso, por mais belo que pareça. Essa mesma pureza já foi usada para as invenções mais bárbaras."

Ela mirou a fórmula. Caso se pudesse designar aquilo como leitura, muito lhe agradaria saber o que ela lia. Ela riu.

"Os matemáticos são um pouco como os espíritos", ela disse, "pairam no vácuo e escrevem entre si cartas nessa língua. É um mundo que existe e não existe, e lá você não pode filmar. Vá de uma vez para a Rússia e não esqueça o que eu lhe disse sobre as sereias."

"Prometido."

Ele não tinha a menor idéia do que ela falava, mas agora não era o momento apropriado para refletir. De repente teve certeza de que ainda chegaria a tempo se se apressasse. Lá estaria ela sentada, debruçada sobre seus livros, na mesma mesa em que a vira da primeira vez. Arquejante ele entrou na sala de leitura, mas no lugar dela sentava-se um homem com um rosto tão indígena que ele teve a impressão de ser arremessado de volta para a entrada da sala. Só depois de explorar todas as salas e corredores ele se convenceu de que ela não estava lá. Agora começava a impertinência, sabia, agora tinha de ir também ao Einstein e lá ela também não estaria. Aquilo era coisa de uma parte antiga de sua vida, quando passava de bicicleta pela casa das garotas e tinha medo de que elas o vissem. Deu meia-volta como um soldado numa parada. De longe acercou-se um táxi, um sinal. Quando o homem lhe perguntou aonde desejava ir, tomou consciência de que ainda não pensara a respeito. Soldados, parada. Feito.

"Para a Wache",* disse.

---

* Wache: construção, com quatro paredes e colunas, na antiga Berlim Oriental, dentro da qual ardia a "chama eterna" mencionada a seguir e diante da qual havia uma troca da guarda.

Lá filmara certa vez as botas vertiginosas dos soldados na troca da guarda. Como um único grande animal os homens moviam-se, seus tacões de ferro ferindo o asfalto. Lá ardia antes uma chama eterna para as vítimas do fascismo. Agora se erguia uma escultura de Käthe Kollwitz, uma Pietà, a mãe sofredora com o filho, que tanto sofrera, tombado sobre seus joelhos, dois tipos de sofrimento que se entrelaçavam. Ele saltou. Os homens tinham sumido, dissolvidos no ar. Nunca mais aquele abominável passo de marcha, no qual tinham de erguer as pontas das botas até a altura dos cinturões. Lembrou-se dos olhares ávidos dos circunstantes e recordava ainda ter se perguntado de onde, afinal, tiravam o prazer. Da absoluta perfeição mecânica, pela qual pessoas privadas de qualquer forma de individualidade eram reduzidas a máquinas? Era inconcebível que um daqueles robôs jamais acariciasse uma mulher, e no entanto o conjunto tinha algo de lúbrico, quem sabe porque as botas e os capacetes despertassem a idéia de morte e extermínio. Dirigiu-se ao Palácio da República, onde vira como Egon Krenz fora vaiado, um homem que afundou pouco a pouco na enchente da maré. No prazo de poucos anos a parafernália dos antigos figurões fora parar nas vitrines do museu defronte, os óculos de Grotewohl, as condecorações de Ulbricht, e na entrada uma estátua de Lênin em tamanho natural, aparentemente feita de zinco, mãos nos bolsos, olhar desafiador, como quem tivesse construído o gigantesco foguete acima dele com as próprias mãos, imagens de um passado a que jamais fora dado o tempo de envelhecer realmente, que embolorara com indecorosa rapidez pela ação de um ridículo aniquilador. Mas nos rostos dos visitantes nada se entrevia, nem então nem hoje. Este o paradoxo — todos eram eles próprios história, e ninguém parecia querer figurar como tal.

E depois? Depois nada. Decidira não procurá-la mais, e aguardara. Ao final do quarto dia, ouvira algo como um arranhar, um leve raspar na sua porta. Abrira, e ela deslizara feito um gato sala adentro. Quando se virou, ela já estava sentada e o olhava bem nos olhos. Não lhe contou que a tinha procurado, não perguntou nada e ela nada disse. Nunca o chamava pelo nome, e também ele não o fazia, como se tivesse sido decretada uma proibição. Ela despiu-se em silêncio como da vez anterior, em seguida, em tom interrogativo, ele disse algo sobre pílulas ou camisinhas, e ela afastou a hipótese respondendo não ser preciso: "Você não tem Aids, eu não tenho Aids, e filho eu não posso ter". Quando lhe perguntou ainda por que tinha tamanha certeza, ela respondeu: "Porque não quero". Sobre o assunto ele teria gostado de discutir com ela, mas outra vez ela se deitou de comprido sobre ele, e quando tentou puxá-la para baixo, empurrá-la suavemente de lado, acariciá-la, ela se opusera, como se tivesse se entrincheirado, e murmurara não, não, NÃO, e ficou claro para ele que se não concordasse ela iria embora, e novamente foi tudo como da primeira vez, só que agora ele se abandonara, um duplo fogo, seguido da mesma despedida abrupta, silenciosa, alguém que viera pegar algo, conseguira o que queria, logo depois desaparecera e nas semanas seguintes tornaria a fazer o mesmo. Havia muito que não sabia mais o que pensar de si próprio.

Às perguntas de Erna ele não soubera responder direito.

"Não confia mais em mim?"

"Não."

"Mas você está sem fala. Literalmente, quero dizer. A gente sempre contava tudo um ao outro. Não sou curiosa. Só quero saber como você anda. Está com a voz esquisita. Alguma coisa aconteceu. Arthur?"

"Sim?"

"Ontem foi dezoito de março."

Dezoito de março era a data do acidente aéreo.

"E pela primeira vez eu não liguei. Você não acha que alguma hora isso ia acontecer?"

"Acho, mas mesmo assim."

Um golpe baixo, aquilo. De repente havia outra vez três em seu quarto. Porém os outros nada diziam. Estavam mais remotos do que nunca. Devia ter algo a ver com a idade deles. Não podiam suportar jamais envelhecer.

"Não fique aí à toa mais tempo. Essa cidade não lhe faz bem. Você tem de voltar a fazer alguma coisa."

"Faço tudo o que é possível."

"Alguma coisa de verdade."

"Vou pela BRT para a Estônia. Os holandeses queriam que eu fosse para a Rússia, os belgas para a Estônia. Lá também tem russos. Que tal, isso é suficientemente *de verdade*?"

Ao desligar, permaneceu ainda algum tempo sentado. Como informar a alguém que nem lhe quisera dar o endereço e que nunca perguntava nada que ele estaria fora por cerca de uma semana? Não informar, pronto. Quando muito grudaria um aviso na porta. Uma vez ele perguntou por que não podia saber onde ela morava.

"Não existe outro homem, se é o que você está pensando."

Aquela possibilidade, por incrível que parecesse, ainda não lhe passara pela cabeça. Ele disse a ela.

"Então é porque você pensa mesmo nisso. A negativa do que não foi perguntado é uma confirmação. Freud."

"Não sei nada disso. O que eu sei é que você vem quando quer e vai embora quando bem entende... que a gente mal trocou duas palavras, uma única vez, na Ilha dos Pavões, uma vez em Lübars..."

O resto ele guardou para si.

"Não suporto sermões."

Ela dera um passo atrás erguendo o braço em sinal de defesa. Permaneceram assim por um instante. Ela estava o tempo inteiro prestes a dizer algo, pensou ele, mas não dizia. Por fim virou-se e disse: "Se prefere que eu não venha mais... Eu... eu sou alguém sozinho que...".

"Agora não. Agora você não está sozinha." Quisera tomá-la nos braços, e estava fora de cogitação que isso fosse possível. Solidão, amargor, a coisa infundia medo nele. Alguém capaz de se fechar em si mesmo. Couraça, ausência.

"Você não pode esperar nada de mim." Foi o que ela disse, ainda por cima.

"Meia-volta, volver!" Esse foi Victor. Não lhe contara nada, e no entanto o amigo dissera isso. Meia-volta, volver! Mas como pôr isso em prática? Em serviços realizados sob risco de vida, experimentara tal sensação. Sem ser notada, a pessoa ia longe demais, e de repente o perigo estava por toda parte. Só restava o pânico, até que as coisas voltassem aos eixos. Qual seria o desfecho daquilo ele não sabia.

A caminho de Tallinn, os finlandeses já estavam bêbados antes de a barca zarpar do porto de Helsinque. Postado no deque, rijo de frio, ele filmava o rastro borbulhante deixado pelo navio.

"Seus dedos ainda acabam congelando na câmera", gritara o diretor belga, e voltara para dentro. Arthur conhecia Hugo Opsomer já fazia anos, uma amizade que não carecia de muitas palavras. Sabia que Hugo admirava os seus documentários, e sabia apreciar que o outro jamais perguntasse por que se prestava a trabalhar para ele como simples câmera. Vez por outra, quando faltava alguém, ele o chamava, ora para pequenas, ora para grandes produções. Arthur gostava de trabalhar com belgas. Nada de estardalhaço artístico e, ao contrário da maioria dos holandeses, uma certa distância que tinha algo a ver com respeito pelos outros. Nas produções holandesas ele costumava perceber com qual freqüência e sobretudo havia quanto tempo estava longe do país, não conhecia mais os heróis do dia, já não sabia o que era "in" no momento ou quem era imitado, e assim, de modo singular, dele fazia e não fazia mais parte, algo que não dava na vista dos belgas, sendo ele holandês.

Quando o barco sai para mar aberto, o marulho aumenta. Ele observa as vagas cinza-gelo precipitarem-se umas sobre as outras, cinza-gelo, cinza-esverdeado, essa água irradia uma frieza amarga. Mais ou menos ali aquela outra barca deve ter afundado, com oitocentas pessoas a bordo. Valeu manchete na época, hoje ninguém mais se lembra. O casco fino e o caos, era possível sumir por completo no espaço de uma hora. Efêmeras imagens do pavor, da destruição, helicópteros de resgate sobre águas impassíveis, encapeladas, depois novamente um esquecimento tão letárgico que se poderia imaginar jamais ter havido vítimas. Só os sobreviventes tinham razão.

Estônia. Já estivera lá uma vez. Igrejas luteranas com as armas de barões bálticos, basílicas russas repletas de incenso e cantos bizantinos, ruas esburacadas e ruas novas, decadência e construção, prostitutas russas e cafetões de celular com jaqueta de couro curta. Os russos tinham feito um estrago e tanto por lá, deportaram metade da população e a substituíram pelos seus próprios conterrâneos, e a sombra do país grande ainda marcava o pequeno. Nas ruas ouvia-se o mesmo tanto de russo que de estoniano, uma língua que lhe parecera misteriosa, pois não oferecia nenhum ponto de referência pelo qual se pautar. Talvez por isso mesmo tivesse aceitado o trabalho. Claro que a equipe falaria holandês, mas afora isso ele estaria liberado de língua e sentido e não precisaria entender nada. Depois que ela passou vários dias sem aparecer, ele aceitou de pronto a surpreendente oferta de Opsomer e abriu mão da outra da NPS, nem que fosse só para se livrar da agrura da espera. Quando depois ela voltou a dar as caras, ele não disse nada. Pagar com a mesma moeda era uma expressão estúpida demais, mas em seu íntimo ele sentira, sim, uma ponta de impulso vingativo.

Pela súbita torrente de gritaria ébria, ouviu que alguém subia ao convés.

"Estamos preocupados com você", disse Hugo Opsomer, "com um câmera congelado vai ser duro fazer alguma coisa. Caramba, você mais parece um..." Um o quê? — ele nunca saberia, a comparação ficou no ar. O salão estava um despropósito de quente. Vozerio, caça-níqueis, tevê incompreensível. O que fazer para se esquivar da vulgaridade do mundo?

"Venha, beba uma vodca. Volte para o mundo dos vivos."

Seus pensamentos, porém, não arredavam pé. Será que ainda havia pessoas apaixonadas? Pelo visto elas continuavam a se apunhalar mutuamente, a se perseguir, a se alvejar por ciúme — mas apaixonadas? A palavra não cabia a ela, ela zombaria dele se a ouvisse. Mas quão perto disso estava alguém que esperava, noite após noite em Berlim, ouvir um raspar em sua porta? E por que bem aquela, que mal dizia uma palavra, que falava com os outros mas não com ele, com olhos que transpassavam a pessoa, e um corpo branco, reservado, que parecia feito de alabastro e que ele via ali entre centenas de rapa-tachos molengões e pinguços, ao passo que enquanto o tinha nas mãos ele parecia lhe escapar, um corpo que tomava posse dele como se fosse a coisa mais natural do mundo, que queria usá-lo como garanhão às avessas, ao que toda vez ele se prestava apesar de tudo e, por causa do que ocorria com ele naquele quarto, ansiava pelo retorno dela, uma súplica para a qual não podia haver palavras, com toda a certeza não aquelas que ele sabia lhe diriam uma verdade que contivesse a revelação, revelação de uma vida pregressa que jamais conhecera tal intensidade.

"Com o que começamos amanhã?", ele perguntou.

Hugo Opsomer tirou um livro de sua bolsa e lhe mostrou uma estátua de Stálin, deitada de costas entre entulho e detritos. Ele observou-a e se perguntou o que havia de tão curioso. E perguntou isso a Hugo Opsomer, mas este já examinara a foto mais de perto.

"É a boina, não é?", disse.

"Normalmente ela teria caído, mas ainda está bem assentada na cabeça."

"Mas quando a estátua se levantar de novo, adeus."

"Não se preocupe, ela não se levanta mais. E também não existem russos em Tallinn que a ponham de pé outra vez."

Ele tinha razão. Se alguma coisa evidenciava o que se passara naquela região, era aquela estátua. Não tanto porque fosse a de Stálin, mas porque lá jazia algo que na verdade deveria estar de pé. O mundo, subvertido. O homem com a mão napoleônica entre os dois botões de bronze de sua bronzeada farda de general tornara-se tão ridículo *porque* a boina não lhe deslizara da cabeça ao cair, fora desmascarado como fantoche, como ídolo impotente, incapaz sequer de obedecer à mais simples lei natural. Agora, naquela foto, era tomado pelo lixo e pelo mato, tal como o país — que ele ocupara e regera com mão de ferro — esqueceria e eliminaria aos poucos o pesadelo de seu domínio, até que um dia nada mais restasse senão um insulto. Agora tudo fazia parte do passado, o urso dançara até o fim, os milhões de mortos caídos em combate, condenados, roídos pela fome sumiram sob a terra, que os acolheu como o mar acolhera as vítimas do navio que ali afundou — com a mesma eficácia, com a mesma discrição.

254

Durante duas semanas eles filmariam entre pessoas que podiam ou queriam lembrar-se de tudo e outras que não podiam ou não queriam lembrar-se de mais nada, sobreviventes, gerações futuras, descendentes cujos filhos só teriam de aprender na escola o que sobre o passado constava nos livros. Lições de casa, aula. Lembraria mais a superfície luzente, borbulhante da água do que a morte inescrutável abaixo dela.

Depois de raspar duas vezes feito um gato a porta de Arthur Daane e só ouvir atrás dela um silêncio que significava total ausência, Elik Oranje cogitou ligar para Arno Tieck, e decidiu não fazê-lo, deixando essa possibilidade para outro momento.

Agora estava de novo sentada em seu quarto, proibia-se de refletir sobre suas frustradas incursões, fitava as letras góticas em *Die Urkunden Kaisers Alfonso VII. von Spanien* e tentava se concentrar no livro. Teias de aranha! Uma vez o filho de Urraca declarou-se imperador, depois disso não o fez mais até a mãe morrer, e a única fonte de informação sobre esse episódio é um notário de Sahagún, um monge que obviamente privava da companhia da monarca. O arcebispo de Toledo, os bispos de León, Salamanca, Oviedo e Astorga, além de uma série de pró-homens, apuseram sua chancela ao documento, e isso a 9 de dezembro de 1117. O ridículo daquela data saltou-lhe à vista, porque a fazia pensar em secretárias, escritórios, e-mails e computadores. Que fazer com um número tão arbitrário? Tentou imaginar um calendário no qual figurasse: 9 de dezembro de 1117. E contudo esse dia existira, naquele mosteiro de Sahagún alguns senhores de assinalado poder reuniram-se em conselho e, com as assinaturas estilizadas, autenticaram aquele documento escrito por esse monge com caligrafia caprichada. Tudo acontecera de fato, e no entanto teimava em não ganhar foros de verdade. Uma frase, não, um arremedo de frase do seu orientador não lhe saía da cabeça, algo assim como: "Vou lhe avisar mais uma vez, esse tipo de história é um pântano em que a pessoa se atola facilmente. Andei folheando o livro do seu Reilly, só na bibliografia já perdi o fôlego. Você quer mesmo se embrenhar nisso a sério? Claro que você fala espanhol, quer dizer, para você tudo isso é menos obscuro, mas mesmo assim. Em algumas páginas há mais notas de rodapé do que texto, isso não devia me inspirar medo, mas a maioria daqueles documentos você não vai achar aqui, nem em livros. Vai ter de ir a Cluny, a Santiago, ao Porto, ao Arquivo Nacional em Madri... e depois tem também as fontes árabes, consultar um arabista vai ser indispensável. Minha contribuição, como você vê, não vai ser de muita ajuda, vou ter de recorrer a outros para dar uma mãozinha, em Leuven leciona alguém que sabe infinitamente mais sobre isso, eu lhe disse desde o começo que minha especialidade não é essa, e também não posso desperdiçar muito tempo com isso, afinal tenho o meu próprio livro... Se eu deixei você trabalhar no tema, foi porque você insistiu. Mas um dia vai se ver sentada na frente de uma montanha gigantesca de papéis e vai se perguntar o que está fazendo, qual a relevância daquilo tudo... Mommsen" — ela sabia o que estava por vir, era a citação predileta dele — "disse 'Quem escreve história tem o dever da pedagogia política', e disso eu não vejo realmente nada aqui. Me refiro ao sentido que terá para os outros. Se você volta tão atrás no tempo, não pode se esquecer nunca de que mesmo as coisas mais simples não batem. Por exemplo, uma rua não é uma rua, uma distância não é uma distância. Falo rua e você pensa em algo como vê aqui fora, falo distância e você imagina um lapso de tempo inteiramente irrealista... Dou só um exemplo, para que você veja o que eu quero dizer: no final de 1118, o papa Gelásio enviou um novo núncio à Espanha, cardeal Dieudedit, nome esplêndido.

Mas você se dá conta de quanto tempo ele precisa para isso? Precisa convidar os bispos ibéricos para um concílio em Auvergne e ao mesmo tempo fazer de tudo para que o instável armistício entre Alfonso e Urraca, isto é, entre Aragão e Castela, não se rompa, a fim de que Alfonso tenha as mãos livres para reconquistar Saragoça aos mouros. Mas tinha também uma mensagem para Gelmirez, bispo de Santiago e aliado de Urraca. Este também queria ter acesso ao concílio, mas para tanto precisa de um salvo-conduto de Alfonso, de quem não recebe nada. Disso ele tem notícia em... hã..."

"Sahagún."

"É, exato, claro que você já sabe de tudo isso. Mas serve como um exemplo, por ilustrar tão bem o que quero dizer. Gelmirez espera lá, em Sahagún, para ver se o salvo-conduto chega, mas nesse meio tempo já estamos no ano de 1119, e é justamente a isso que me refiro com tempo e distância, morre o papa em Cluny... e tudo isso você tem de comprovar, quase sempre os documentos se contradizem, há um espaço enorme para especulações..."

"Mas mesmo séculos depois era exatamente assim! Quando um navio partia para o Chile, demorava um ano até que Carlos V soubesse se tinha chegado a salvo. Isso não é coisa que surpreenda um historiador, é?"

"Mas de épocas posteriores nós sabemos mais."

"Mas é justamente essa a razão do meu trabalho, quero saber mais a respeito. Até agora ninguém exceto Reilly escreveu realmente sobre ela."

"Arrá! Ambição!"

"Pode até ser."

"Mesmo assim continua sendo uma ilusão. Não me venha reclamar depois que está sufocando no meio de tanto papel. Esse projeto vai custar a você, e num certo sentido também a mim, dez anos. Eu não tinha idéia de que a sua geração ainda pensava a longo prazo. Até lá eu já vou estar perto da minha aposentadoria." O tempo parecia fascinar o tão letrado senhor. Ou havia tempo demais ou tempo de menos, em todo caso eles nunca pareciam ser medidos da mesma forma.

Só depois de Elik Oranje ter repassado tudo isso, permitiu-se pensar em Arthur Daane, mas como esse pensamento suscitasse uma humilhante inquietação, logo o pôs de lado e ligou para Arno Tieck. Arthur estava, na expressão de Tieck, de viagem na Finlândia e na Estônia e voltaria naquela semana ou na seguinte. O que ele não pôde ver foi que Elik Oranje, ao desligar, atirou longe, um após o outro, a *Crónica de los príncipes de Asturias*, as *Relaciones geneológicas de la Casa de los Marqueses de Trocifal* e *Die Urkunden Kaisers Alfonso VII. von Spanien* de Peter Raszow, apagou a luz e permaneceu sentada no escuro por mais uns instantes.

No dia em que Arthur Daane voltou a Berlim, pairava sobre a cidade algo de ingênuo, um primeiríssimo bafejo da primavera. O avião da Finnair em que ele voltara de Helsinque escolhera uma rota na qual se podia reconhecer bem a cicatriz que ainda rasgava a cidade, um vestígio de terra de ninguém que lentamente se cobria de novos edifícios, ruas, áreas verdes. Ele viu até mesmo a quadriga sobre a Porta de Brandemburgo, que depois de quarenta anos podia correr outra vez para oeste, como se apressada para chegar ao Atlântico. Lá haviam estado eles, os que dançavam sobre o Muro, em seu nimbo de água prateada.

Duas horas mais tarde Arthur disse isso a Victor. Cada qual conhecia as lembranças do outro, mas não tinham nada contra contá-las novamente, e muito menos na presença de Philippe, que arregalava uns olhões feito criança, pronto para ouvir uma única e mesma história pela centésima vez. Naquele dia histórico, Victor disparara "feito um espermatozóide solitário" no sentido oposto ao da torrente estrondosa, rumo ao leste, para visitar um velho amigo, "um exercício anti-histórico". O homem, um escultor, paraplégico depois de um enfarte, estava sentado no meio do quarto numa cadeira de rodas, "como o convidado de pedra, mas sem aqueles passos terríveis". Na tevê, viram juntos a grande torrente afluindo para oeste.

"Foi assim que passaram marchando, em maio ainda, por Gorbatchov e Honecker. Com bandeirinhas na mão."

"Será que eram os mesmos?"

"Não importa. São sempre os mesmos. As pessoas podem correr nas duas direções, você sabe. Só precisa lhes dizer em qual. Dê só uma olhada nessa alegria! Não sabem ainda o que os espera. Cem marcos, eles vão buscar. Pena que Brecht não presencie isso. Mas ele está dormindo. E você, o que está fazendo aqui? Você nadou contra a corrente da história!"

O amigo antes costumava desenhar os cenários para o Berliner Ensemble.

"Eu? Eu vim dar uma voltinha. Aliás, todos eles vão ter de voltar para casa hoje à noite."

"Então é bom pensarem um pouco em por quanto tempo ainda vão ter essa casa. Enquanto eu estiver vivo, é bem provável."

"Você nunca se deu mesmo com eles, não foi? Sempre falava deles como uns panacas."

"É, mas eram os meus panacas. Estava habituado a eles. Por sinal, era mais agradável do que você imagina."

"Para você, sim."

"Ah, trocar a merda que a gente conhece pela merda que não conhece, será que esse é o grande lance? Já experimentei isso três vezes. Primeiro Weimar, depois Hitler, depois Ulbricht, e agora isso. Quero que me deixem em paz. Olhe só aquilo, as caras de subserviência. Todos pegam uma banana, que nem os macacos no zoológico."

"Você tinha bananas."

"Não gosto de bananas. O formato é engraçado, aquela sainha besta e roliça que a gente tem de descascar. Se elas pelo menos fossem retangulares, ih, olhe só isso!"

A televisão mostrava uma mulhar gorda enfiando uma banana na boca.

"Isso é pornografia pura. Tem coisas que deviam ser proibidas. Aceita um conhaque?"

No caminho de volta, o próprio Victor recebeu uma banana e uma caixinha de chiclete no Checkpoint Charlie.

"Da história." Ainda acenara com eles para as câmeras de televisão, na esperança de que seu amigo o visse.

Ainda estava calmo no L'Alsace.

"Fraco, o movimento."

"Futebol", disse Philippe. E depois: "Será que você não é mais deste mundo? Futebol é algo como domingo sem tráfego. Nada de carros, nada de clientes, nada de crimes. Como anda o amor? Aquela senhora misteriosa que só o Arno viu?".

"Sei lá."

"Traga ela aqui algum dia."

"Philippe, eu nem sei onde ela mora."

"Não tem problema", cantou Victor. "Se você quiser vê-la, dê um pulo hoje à noite lá no Schultze. Ela parece considerar o Arno uma espécie de guru. Ou de sparring, é possível também. Brigam o tempo todo, mas sobre temas nobres. História como história ou história como religião, coisas assim. Pequenas crônicas *versus* grandes pensamentos, dados *versus* idéias, Braudel *versus* Hegel, acho. Inútil, mas divertido. E um tantinho contra os homens, isso agrada ao Arno. Sempre disposto a se sentir culpado. Mas ela se defende bem."

"O que você acha dela?" Notou a avidez em sua voz.

"Bonita. Com personalidade. Se é que você me permite. Ou será que eu não deveria tê-la visto?"

Victor esperto. Aquilo tinha lá sua verdade. Era impossível que ela fosse tão visível. Não se esperava isso de uma mulher que à noite aparecia de repente sentada como um espírito na sua escada, e quando você esperava que ela estivesse lá, não aparecia.

"Cuidado."

Dessa vez Victor não estava brincando, e Arthur sentiu a raiva subir-lhe. Aquilo não era da conta de ninguém. Era assunto dele, e ninguém tinha nada a ver com aquilo. Mas sabia também que Victor o dissera por amizade.

Olhou para seus dois amigos, Victor, que não o fitava, e Philippe, que não pôde entender a conversa, mas compreendeu que se tratava de mulheres, o que achou emocionante. Um homem dos anos 30 e outro do século XVIII. Philippe levantou-se para acender as velas das mesas. A coisa ficou pior ainda. "Um mosqueteiro que perdeu os outros dois." Vera tinha razão. Um melancólico jovial.

"Se você ainda quiser dar uma passada no Schultze, temos de ir", disse Victor.

"E eu tenho que tomar cuidado?"

"Deixe para lá. Cada um segue…"

"…o seu destino até o fim", disseram os dois outros.

"Vocês conhecem os seus clássicos."

"Antes de irem para a concorrência, ofereço a vocês mais um copo de champanhe", disse Philippe. "Uma cascata."

Empilhou uma sobre a outra três largas taças baixas de champanhe e serviu com extrema rapidez, mantendo a garrafa a cerca de trinta centímetros do copo de cima. O champanhe transbordou borbulhante para o segundo copo, e então para o terceiro, mas antes que também este transbordasse, ele se deteve e retirou os copos.

"À *nos amours*", disse. E beberam.

"E à primavera."

"Quando é que ele viaja de novo?", Philippe perguntou a Victor.

"Ele acabou de chegar."

"Depois de amanhã", disse Arthur. No último dia de filmagem, Hugo Opsomer lhe viera com um fax.

"Veja só! Finalmente, depois de eu ficar buzinando dois anos na orelha deles. Um projeto antigo, uma coisa que eu sempre quis fazer."

"O que é?"

"A peregrinação aos oitenta e oito templos no Japão. E vou poder até levar meu próprio câmera."

Ele dissera sim e se arrependera quase instantaneamente. Mas também se arrependeria se tivesse dito não.

"Oitenta e oito templos", disse Philippe perdido em devaneios, "quanto tempo você vai ficar fora?"

"Umas duas semanas, ou mais, não sei ainda."

"E volta purificado?"

"Sabe-se lá."

Saíram.

Lá fora, na Kant-Strasse, Victor parou diante da entrada de um prédio.

"Você ainda se lembra de como a Polônia inteira fez fila aqui na frente do Aldi? E de como saíram com aquelas caixas de papelão enormes, com televisões e videocassetes? Quanto tempo faz isso, sete anos? Agora estão todos ricos. Admita, é coisa do outro mundo. Gorbatchov vem até aqui, dá um beijo no Honecker, e o castelo de cartas inteiro vem abaixo. Mas, na verdade, o que foi isso que vimos? Os poloneses voltaram todos para casa e produzem os próprios televisores. Sentamos ao pé do leito da história mundial, mas o paciente estava anestesiado. E agora ele continua prestes a acordar."

"Quem é o paciente?"

"Nós, você e eu. Todos. Você não sente, essa enorme sonolência? Claro, claro, atividade mercantil, reconstrução, democracia, eleições, bancos de investimento, mas ao mesmo tempo essa sonolência, como se isso não fosse verdade, como se ainda esperassem por algo mais. Desconfio que não quero saber pelo quê. Mal-estar, *malaise, mal à l'aise*, ninguém se sente bem, muito menos aqui. Tínhamos uma casa tão bela, tão pacata, e de repente a parede dos fundos desmoronou, e agora há uma corrente de ar, e todo tipo de gente estranha entra e sai. Parece sonho, sensação de sala de espera... logo abaixo de toda essa atividade, desse movimento, desses Mercedes e Audis, uma sensação do tipo: tudo vai tão bem, mas vai tão mal, o que é que fizemos de errado?..."

"Será que você está aqui há tempo demais?"

"Pode ser. É contagiante. Mas uma melancolia suave como essa eu adoro."

Sobre isso não se podia dizer muito. Ele próprio sentia uma outra espécie de cansaço, o acordar muito cedo, a balsa para Helsinque, a vodca finlandesa no vôo de volta, a viagem iminente para o Japão, repentina demais, o pensamento de que ela talvez estivesse no bar. Notou que ainda não pronunciara o nome dela. Nomes deviam ser pronunciados, segundo Erna. Como era mesmo? Senão a gente os punha de lado. E se fosse intencional? Afinal queria ou não que ela estivesse lá? Não, agora não, com todos os outros e — decepção quando não a viu.

"Pequeno Polegar", chamou Zenobia. "Venha, sente-se a meu lado. Conte-me quantos russos você viu."

"Trouxe uma coisa para você."

Zenobia examinou com atenção o postal que ele lhe deu. Uma criança de bochechas coradas com lábios carmim e um grande boné de pele caído sobre o rosto infantil. *His Imperial Majesty the Crown Prince.* Ela suspirou. O outro postal estampava o primeiro bonde elétrico de São Petersburgo, numa ponte sobre o Neva. Oficiais de bicicleta.

"*Da capo ad infinitum.* Pobres russos. Agora eles podem começar do zero. *His Imperial Majesty* descansou calmamente por setenta anos numa cova viscosa, mas em breve vai ter novo enterro, provavelmente na presença de Ieltsin. Romanovs, Rasputin, papas, incenso, Dostoievski, a grande restauração pode ter início. E isso termina, por sua vez, com todos aqueles homens de chapéu na grande sacada. Herr Schultze, uma vodca. E você pelo menos viu algumas russas bonitinhas?"

"Ele já está de viagem para o Japão", observou Victor.

Herr Schultze apareceu junto à mesa e curvou-se perante Arno.

"Herr Tieck", disse, "sabe o que eu li? Que o seu livro sobre o nosso grande Hegel foi traduzido para o espanhol."

"Socorro", murmurou Victor, mas Schultze não podia mais ser contido.

"E por isso gostaria de oferecer uma rodada de Beerenauslese, uma vindima seleta. Essa vocês não conhecem na Holanda", disse a Arthur.

"Na Holanda *Beeren* são ursos", murmurou Victor.

"As últimas, as derradeiras uvas que ainda pendem da videira, são colhidas uma a uma por dedos cuidadosos. Os franceses chamam isso *pourriture noble*... aventurada, nobre podridão. Afinal, isso é o mínimo que posso ofertar numa ocasião como esta. E para todos um pedacinho de fígado de ganso. Que tal? Não muito, já que depois disso tenho algo fora do comum, se todos se mantiverem firmes. Adeus ao inverno, à escuridão, aos rigores: minha catedral de lingüiça! E para acompanhar, claro, nada menos do que Beerenauslese..."

"Quanto isso vai custar?"

"Aqui não se podem dizer impropérios!"

Comeram, beberam.

"Hegel em espanhol?", perguntou Zenobia.

Arno corou. "Ah, uma coisa que eu escrevi um tempão atrás. Em espanhol, pois é, tentei seguir de perto a tradução. Mas é como querer fazer uma águia cantar."

"Uma gralha", disse Zenobia. "Kant é a águia."

"Não, Kant é uma girafa."

"Uma girafa? Como assim?"

"Ortega y Gasset..." Arno sabia de tudo. "Ortega y Gasset diz em algum lugar que durante vinte anos foi um kantiano fiel, mas lá pelas tantas passou a lê-lo esporadicamente, assim como se vai ao zoológico ver as girafas."

"Animais formidáveis", disse Vera, que nunca dizia nada. "Dá para imaginar como é ver todos os outros animais de cima?"

A catedral de lingüiça era uma edificação impressionante. Lingüiças violáceas, cinzentas, robustas, pequenos cordões brancos, outros vermelhos e delgados, tudo entremesclado, apinhados uns sobre os outros, uma igreja com botaréus e torres, arcobotantes e naves laterais, sobre um pavimento quadricolor de lustroso repolho picado, repolho verde, branco, roxo e couvelombarda.

"Eu sou ateu", disse Victor em voz baixa.

"Tanto melhor", disse Arno, "afinal o iconoclasmo também foi uma desconstrução."

Meia hora depois nada mais restava da catedral, notaram como o edifício de carne ruía lentamente, como as paredes vacilavam e aluíam na própria gordura, como as cores das naves laterais se baralhavam, até que por fim restou apenas uma mas-

266

sa de sangue coagulado, discos de um rosa marmóreo, peles vazias e sobras de repolho.

"O sangue dos mártires", disse Zenobia. "Arthur! Você está dormindo! Vocês, crianças de hoje, não têm mais resistência. Um porquinho à-toa e você já ferra no sono."

Era verdade. As velas, o recinto escuro, as vozes dos outros, os despojos da carnificina na grande travessa de barro, os copos de vinho do Reno, à volta dele tudo começou a oscilar de mansinho, ele ainda via aquele barco que de manhã bem cedo o levara pelo mar Báltico, sentia um cansaço inconcebível, que na certa se prendia às imagens da semana anterior, às pessoas, ruas, paisagens que filmara, uma outra forma de indigestão, a que agora se somava aquele porco. Só após alguns dias as imagens decantariam, só quando empilhasse as latas redondas, achatadas, quando elas estivessem de algum modo sepultadas, mortas, quando as entregasse, e elas estivessem nas mãos do cliente, que desprezaria, destruiria a maior parte delas na mesa de edição. Porém aí ele já estaria no Japão, e agora reconhecia o sentimento que lhe aflorava e que, no seu ofício, não deveria ter: uma náusea, relacionada ao medo e ao pânico, um repúdio ao novo, à velocidade com que voaria para lá e arrastaria a sua alma por milhares de quilômetros. ("Cada viagem sua é um novo suicídio." Erna.) E sabia como essa sensação se dissiparia, como se movimentaria na calma do templo, como seria então absurdamente remoto o recinto em que agora estava com seus amigos. Toda vez, pensou, deixava sua vida inteira para trás, porque lá, fosse onde fosse, uma outra vida estava a sua disposição, na qual só precisava ingressar, alguém outro que era também ele, de modo que quem se movia ou se alterava não era ele, mas exclusivamente o mundo, o entorno. A transição, a migração da alma às vezes era dolorida, até que a realidade daquele outro local se fechasse a seu redor e ele se tornasse novamente o olho que mirava, filmava, colecionava, um outro e contudo o mesmo, alguém que se deixava tocar pelo lugar em que estava, que se intrometia, ele próprio invisível, nas vidas alheias.

"Mas ele já vai acordar."

Essa era a voz de Arno, com uma agitação que Arthur não conhecia nele.

Sentiu que todos o miravam. Entre os trêmulos lampiões claros de seus rostos havia um que era estranho, um rosto que antes não estava lá, e estava olhando na sua direção.

Mais tarde ele iria repassar os acontecimentos daquela noite, ininterruptamente, um filme que se alterava sem parar, tomadas bizarras, figurantes fantasmagóricos, passagens com luz excessiva e depois outra vez imagens ampliadas sem mais nem menos, o rosto dela — tal como se mostrara entre os outros — destacado, mais claro, como se apenas ela houvesse sido iluminada, e os demais tivessem de se contentar com a luz de velas, onírica luz bruxuleante plena de sombras, porque a chama viva das velas movia-se de um lado para o outro ao sabor da corrente de ar, uma porta que se abria, um movimento súbito.

A voz de Schultze, uma despedida, o olhar de Victor, as faíscas dos óculos de Arno, a desconcertante duplicação de Vera e Zenobia, Otto Heiland, que absorvia tudo como imagem que reproduziria de alguma forma, já não o instante dele, Arthur, mas o dos outros, algo que eles não largariam, não esqueceriam: como ele, que acabara de retornar, que se sentara sonolento entre eles, quem sabe meio sonhador, como ele fora chamado, como fora coagido sem palavras, sem ordem, como aquela mulher se postara lá (feito uma Parca, disse Vera mais tarde, Vera, que nunca dizia nada) e com seu olhar, isso dera para ver com nitidez, arrancara-o, ele, seu amigo, do círculo deles e, como a Parca, naturalmente, eles tiveram a sensação de que havia ali algo de fatal, sem que ninguém precisasse constatá-lo, algo, de todo modo, que não combinava, pois como era possível que um homem, ligeiramente cambaleante, súbito bastante alto, se aproximasse daquela mulher, que, nisto não estavam inteiramente de acordo, tinha algo de cruel (Zenobia), imperioso (Victor), desesperado (Arno), fatal (Vera), plástico (Otto, para quem a cicatriz apareceria num de seus quadros), quase se agarrasse a ela, de modo que tiveram de reconhecer pelas suas costas que ele já fora embora, deixara-os, desaparecera no oco da cidade negra, por um instante uma figura comprida, recortada no vão da porta, uma figura que seguia aquela outra, a menor, cerrada, dentro da noite, da qual, como puderam verificar mais tarde, a primavera desaparecera outra vez. A última saudação fora um golpe de vento que apagara as velas, e lá de fora, mal se esgueirando para dentro, rumor de trânsito, um ônibus, passos, vozes, depois nada mais, a ausência testificada, silêncio, o arrastar de suas cadeiras, sua conversa retomada, agora tão diversa.

A seqüência das imagens *dele* sempre começaria com aquela despedida, com seus amigos que voariam com ele sobre a Sibéria, sobre paisagens, rios, descampados, imagens que ele queria ter consigo na ilha de todos aqueles templos. Mas também lá aquela porta se fecharia atrás dele, teria início aquela longa corrida, na qual os pés dela ditavam o ritmo, ainda os mesmos sapatos vistos no metrô, a pelica preto-e-branca, só que agora com algo que mais parecia uma improvável velocidade, um *staccato* acompanhado pela voz dela. De repente se falou, contou, pensou, alguém contou-lhe sobre o lugar dela no mundo, sem que mais tarde ele conseguisse dizer se de lá era expulso ou, ao contrário, para lá era atraído, duas pessoas diferentes falavam pela mesma boca, uma que tivera saudades, ou admitia ter tido saudades, e outra que se defendia, exigia solidão, impedia o acesso, recusava-se, arrepiava caminho, evocava o passado com farrapos de lembrança soturnos, ameaçadores, e com a respectiva fúria, depois mais uma vez se refugiava no futuro, uma enxurrada de histórias sobre sua rainha espanhola, de modo que ele ficara admirado, alguém com um passado próprio como presente e o passado de outro alguém como futuro. Tentou imaginar tal coisa, um futuro cheio de bispos, batalhas, muçulmanos, peregrinos, um mundo que não lhe dizia absolutamente respeito, jamais lhe diria, e enquanto isso registrava aquele rosto, filmava sem câmera, ampliando a boca que, fosse como fosse, falava coisas que lhe diziam algum respeito, o lustro branco de seus dentes, o cercado do qual escapavam todas aquelas palavras, a deformação dos lábios a cada vocábulo. Não havia nada, nada, que ele não houvesse notado, a luz dos postes que, à medida que avançavam, de onde em onde incidiam e apagavam-se naquele rosto que uma vez, daquela primeira vez, ele qualificara de rosto berbere, a primeira visão de uma mulher que lhe queria arrebatar o jornal, esse único instante que já trazia em si toda ação, toda cena seguinte, todo fim.

Junto ao Castelo Bellevue ele estacou, porque não podia mais, e pela primeira vez ela se calou. Ele se apoiou numa coluna, e só depois de muito tempo, como se de repente ela se lembrasse de que ele também estava lá, ela perguntou o que mais o impressionara em sua viagem, uma pergunta ridícula, como de entrevista, covarde traição do desinteresse, e ele, recordava-se, falara devagar, como se fala a uma criança ou a um entrevistador não muito inteligente, e contou da conversa (contou para si mesmo) que eles filmaram com uma mulher velhíssima, a última que ainda falava a língua dela, a língua de seu povo, uma variante extinta, não, naquele momento em via de extinção, do úgrico, sobre o ar enigmático daqueles sons que dentro em breve ninguém mais ouviria de uma boca viva, e como ele pensara que, morrendo aquela mulher, nesse instante então, o que era tanto mais misterioso, pela última vez se pensaria naquela língua, palavras inaudíveis, que ninguém filmaria. Depois seguiram caminho, agora mais devagar, passos, dois relógios que não acertavam os ponteiros, Unter den Linden, Friedrich-Strasse, Tucholsky-Strasse, a cúpula dourada da sinagoga, homens de verde com metralhadoras, calafrios, silêncio fibroso. Paralisado por dentro, o corpo voltado, captar mais uma vez essa imagem, mas ela já seguira adiante, a fala também começara de novo, envolvia-o, curvas, sinuosidades, meandros, rouca, aspirada, uma retórica diferente, uma conversa numa aldeia montanhosa, uma mulher berbere em movimento, Monbijou-Strasse, Hackescher-Markt, havia muito ele não ouvia mais nada, cavidades de pátios internos, sombras de prédios, luz minguada. Aonde ela ia ele não sabia, mas sentia que quase já haviam chegado ao objetivo. Uma porta, um homem de cabelo raspado com uma cara que não lhe agradou, escada abaixo, um ruído martelante, mecânico, luz de além-túmulo, figuras pálidas, esparramadas num balcão, anti-seres. Também estes, pois, ele filmara, outras vozes, que não falavam como seus amigos, maldade vadia, língua falada em grotões.

Ela parecia conhecer aquela gente, sua voz também mudara, uma espécie de urro para abafar o barulho, metal pesado, pensou em holandês, barulho de fábricas em que nada se produzia. Figuras batendo os pés na pista de dança, trabalhadores forçados de um produto inexistente, esfalfando-se, crispados, debatendo-se ao ritmo inclemente, encolhendo-se a cada estalo do chicote, berrando em uníssono o que evidentemente reconheciam como palavras, um infernal coro alemão, áspero, vozes alçadas sobre ferro velho, metal venenoso.

Anti-seres, aqueles eram seres que não suportavam o silêncio, rostos de ecstasy, rostos de speed, máscaras de coca, rostos de vaidade em corpos esquálidos com andrajos de cidade grande, e então ela disse algo, e de repente ele estava com o casaco dela nos braços, e a mulher que ainda agora tinha asas enfiou-se no círculo das bruxas, um sujeito fantasmagórico tascou na mão dele um copo de cerveja morna, retirou-se para o canto, não queria ver nada, não queria ver como ela estrebuchava naquela pista de dança na penumbra, no turbilhão laranja e violeta da luz estroboscópica, feito uma mênade, uma doida varrida, uma mulher que ele não conhecia, que mal reencontrara, e de novo um sujeito fedendo a cerveja, pelo jeitão alguém dos Cárpatos, pendurou-se nele e gritou algo que ele não entendeu. Notou que o homem apontava para ela, que agora dançava sozinha sob as luzes, com mil braços, capaz de esticá-los para todos os lados, com fluidez e a seguir aos trancos, uma dança do deserto com que afugentara os outros de seus lugares, um círculo que se abriu ao redor, com esgares e olhares, e então compreendeu o que o homem com o hálito fedorento dissera, estrangeiro, estrangeiro, e os simultâneos ruídos de vômito que fizera, e num átimo começou a briga, ele levou um sopapo na cara, caiu, sentiu um sapato nas costelas, viu que todos brigavam contra todos, quase no compasso da música, viu que ela derrubava alguém com um golpe de caratê, que se livrava do emaranhado serpentino dos corpos em luta e vinha em sua direção e o puxava. O leão-de-chácara na entrada quis detê-la, porém recuou quando viu a cara dela. Naquele instante ouviram a sirene da radiopatrulha. "Merda", disse o homem, mas eles já estavam fora e viram da praça, atrás do Muro para onde ela o arrastara, como os policiais corriam pátio adentro.

"Você está sangrando", ela disse, mas ele sabia que não era nada sério. Ela quis limpar-lhe o rosto, mas agora foi ele que se defendeu. Ela deu de ombros e caminhou à frente dele até um ponto de ônibus. Ele tentou ver quando passaria o ônibus seguinte, mas não sabia nem sequer para onde iam, e também não quis perguntar. Eram os únicos no ponto. Afastou-se dela uns passos e a mirou como se fosse uma estranha. Então era essa a mulher com quem ele dormira, não, que dormira com ele, mas tais coisas eram invisíveis. Duas pessoas num ponto de ônibus, a alguns metros de distância uma da outra. Uma mulher que congelava, as mãos enterradas fundo nos bolsos de seu sobretudo de gabardine azul e os braços premidos contra o corpo. Um homem que se afastava mais um passo. Com isso a mulher ficou mais solitária. Impossível saber no que ela pensava. Ninguém poderia supor que aquela era uma mulher que quinze minutos antes desferira um golpe de caratê, que meia hora antes dançara feito uma possuída num porão à meia-luz.

Ele seguiu até a esquina para ver onde estavam. Rosenthaler-Strasse. Onde diabo é que ficava isso? Rosenthaler-Strasse, Sophien-Strasse, ele sabia e não sabia. Virando-se, viu o ônibus chegar, parar, viu que ela subia. O que era aquilo? Como era possível que ele fosse tão lerdo e todo o resto tão rápido? Com braços estirados, correu até o ônibus, que acabava de arrancar. O homem brecou, abriu as portas, mas logo tornou a pisar no acelerador, de modo que ele perdeu o equilíbrio e caiu estatelado no corredor. Ele nunca vira os sapatos de pelica de tão perto.

"Encheu a cara, amigo?", gritou o motorista.

"Não, acordei cedo demais", disse Arthur. Venho da Estônia, quis dizer, mas conteve-se a tempo, aquilo soaria ridículo.

"Venho da Estônia." Isso não se diz para um motorista de ônibus de Berlim, isso se diz a uma mulher que olha para fora com cara amarrada num ônibus noturno vazio, ou que não olha e vai para algum lugar do qual nada se sabe. Se o homem não tivesse parado, ele ainda estaria naquele ponto de ônibus. Sentou-se de frente para ela. Caratê, mênade, Biblioteca do Estado, campeã mundial de despedidas. E ele próprio? Quantas formas assumira ele próprio naquele dia? Um homem que se

273

barbeara em Tallinn, um homem num cais frio, fustigado pelo vento, um homem numa amurada, num avião, numa mesa entre amigos, caminhante noturno com uma mulher. E agora um homem num ônibus, a fitar uma mulher. Cada qual recebeu um fragmento, nenhum o filme. Ela apertou o botão para que o ônibus parasse. Será que ele devia descer agora com ela ou não? Ficou sentado e viu-a levantar-se. Só depois de o ônibus ter parado e ela ter descido foi que ela disse por sobre o ombro: "Chegamos". A porta logo se fechou atrás dela.

"Um momento, por favor", ele solicitou ao motorista.

"Encheu a cara, sim, senhor", disse o homem, porém abriu a porta novamente.

Dessa vez ela esperou. Estava tão perto da saída que ele topou em cheio com ela.

"Você ainda está sangrando", ela disse. "Fique parado um pouco."

Pegou um lenço de papel e esfregou-o na cara dele. Depois lambeu uma ponta do lenço para umedecê-lo e esfregou-o outra vez sobre o mesmo lugar. Agora ele sentiu como ardia.

"Um cortezinho", ele disse.

"Você teve sorte. O cara tinha um copo quebrado na mão. Poderia ter acertado seu olho."

Era o olho direito. Um câmera zarolho. Mas não fora nada.

"Por que você freqüenta aquele antro?"

"Porque eles não me querem lá. Você não entendeu as letras?"

Não, ele não entendera as letras, mas ouvira como a música dilacerava tudo.

"E você, entende? Seu alemão não é tão bom assim."

Naquele bramido agressivo, rouco, ele mal pudera distinguir uma palavra.

274

"Para isso basta. Sobretudo quando alguém se dá ao trabalho de te explicar."

"Desse modo você com certeza fez um grande favor a ela."

"Foi. Mas sempre me deixaram em paz."

"Até agora."

"É porque eu não estava sozinha."

"Culpa minha, portanto."

"Nada. Fui eu que provoquei."

"Mas por que você vai lá?"

"A primeira vez fui por curiosidade. Depois pelo desafio. Gosto de música que é contra mim. Sobretudo quando ainda posso dançar."

"Dançar? Aquilo foi um acesso de fúria."

Ela parou e olhou para ele.

"Aos poucos você vai entender", ela disse.

Ele não estava certo se queria mesmo entender, e não respondeu nada.

Mila-Strasse, Gaudy-Strasse, aquilo lhe dizia alguma coisa, mas não sabia mais o quê. Prédios bexiguentos, esquadrias sem cor, reboco esfarelado. Agora chegavam a uma praça com algo que parecia um gigantesco ginásio esportivo. Lá dentro ainda havia uma luz fraca no enorme espaço vazio no qual, durante o dia, se jogava sem dúvida handebol. Diante das grandes janelas havia três mastros de alumínio nos quais o vento produzia um ruído agudo, uivante. Agora ele sabia onde estava. Ela virou à direita e seguiu por uma espécie de parque. Estava escuro como breu, ela devia conhecer bem o caminho. Falk-Platz. Quando plantaram aquelas árvores, ainda não havia ginásio. Ele se perguntava que fim teriam dado às árvores, mas na escuridão não se via nada.

Ela atravessou uma rua, dobrou uma esquina, abriu uma porta volumosa, pesada. No corredor cheirava a jornal úmido, mofo, ele não sabia o quê, um odor que nunca mais esqueceria. Estranho, ele pôde pensar mais tarde, que de uma noite na qual acontecera tanta coisa, de todas as impressões, imagens, ruídos, aquilo sempre fosse o que ocorresse primeiro, um cheiro que tinha algo de frio entranhado e podridão, devia ser o próprio tempo que apodrecia ali. Os jornais quiseram afirmar, constatar, relatar alguma coisa que ocorrera no mundo, mas a umidade grudara as páginas umas nas outras, apagara pela metade as letras, e com isso eles transformaram-se no seu contrário, em vez de verificar o acontecido, antecipavam-se ao grande esquecimento, reportagens, opiniões, críticas, tudo uma cinzenta pasta úmida, que fedia a putrefação.

Uma escada para o andar de cima, uma porta descorada, na qual estava escrito em holandês "Entrada proibida". No chão, livros por todo canto, em círculo, ao redor de uma superfície vazia. Ela começou a recolhê-los, para que ele pudesse se movimentar. Ela poderia ter dito o que se diz em tais situações, que a casa dela estava uma bagunça, que era pequena, que era modesta, mas não disse nada, pendurou o seu casaco no armário, esticou imperiosa as mãos para o dele, pegou-o, dobrou-o e depositou-o num canto ao lado da porta.

Aceita um café?

Não, também isso ela não disse, nem que nunca deixara entrar ninguém naquele quarto. Ela não disse nada, e ele não disse nada. Ficaram um de frente para o outro, ele nem desconfiava que duas pessoas pudessem fazer tão pouco barulho. Em tudo isso havia uma inevitável precisão, o silêncio contava como uma coreografia, tinha de durar até que não fosse mais suportável, só então ela ergueria os braços, com a mão tocaria as roupas dele, lhe daria um leve puxão, um gesto mínimo, mas aí poderiam tirar simultaneamente as roupas, o ruído, o ruge-ruge que a roupa faz ao cair, ao ser dobrada. Ela se deitou, olhou para ele e esticou os braços. Timidez, disso falara Victor aquele dia, fazia tempo, no Charlottenburg. Então era isso, timidez. Uma forma de calafrio. Ele sabia que, fosse lá o que acontecesse, não sairia impune, que aquela mulher tomara uma decisão, que não o evitava, não se esquivava mais dele, que aquela era uma zona de perigo na qual tinha de se mover, como se mal estivesse lá, na qual tinha de saber que lhe fora permitido o acesso, que ele estava presente para que ela pudesse estar ausente, que ali se buscava uma forma tão absoluta de esquecimento que ele só podia se deixar arrebatar por ela quando tal ausência fosse alcançada, quando os corpos naquele quarto tivessem esquecido as suas pessoas, até que muito mais tarde um homem erguesse a cabeça do ombro de uma mulher e contemplasse essa outra cabeça abaixo dele e visse lágrimas num rosto virado para o lado, poucas lágrimas, uma cicatriz que brilhava, um corpo que se enrodilhava como se quisesse agora dormir para sempre, e que não estaria mais lá quando ele acordasse, quando a luz cinza de Berlim entrasse furtiva pela janela sem cortinas, ele notasse o silêncio, os livros, o cômodo pálido, feito uma cela. Ainda por um instante ele pensa que ela voltará, até se dar conta de que não é esse o caso. Levanta-se, alto e nu, um animal num território inimigo. Lava-se na pia, cada ruído que faz é exagerado. Tudo é ilícito. Mesmo assim, ergue cada um daqueles livros, observa a caligrafia dela, que parece, como ele já imaginava, arame entrelaçado, como o seu cabelo, traços, rabiscos feito armas, gume de faca. Datas, nomes, frases que o excluem, até que ele próprio se exclua. A última coisa que vê é a foto de uma senhora no peitoril da janela ao lado da cama, bem holandesa, forte. Não descobre nenhuma semelhança com ela, à exceção da intensidade do olhar. Cineasta que é, vê seu movimento escada abaixo como se voltasse a fita.

"Mas então você teria de descer a escada de costas." Erna.

Essa conversa eles tinham tido várias vezes. Erna, mais do que ninguém que ele conhecia, era contra o passado.

"Você não tem nada que fazer lá. Já esteve lá uma vez. Se quiser estar lá sempre, não vai estar aqui."

"Para mim é difícil negar o passado."

"E quem disse que precisa? Mas assim você exagera, está sempre a ponto de transformar o presente em passado. Não pára de fazer uma misturada de todos os tempos. Desse jeito você não vai se sentir bem em lugar nenhum."

Sabia que agora viria o cheiro de mofo dos jornais e saiu o mais rápido possível. Ainda relanceou a vista ao redor para ver se ela não estava em algum lugar e tentou lembrar-se de como tinham chegado de noite. Falk-Platz. Numa esquina qualquer ele bebeu uma porcaria de café e seguiu até o ginásio de esportes, no qual jovens agora jogavam handebol. Parou uns instantes para ver — o rosto colado nos vidros grossos — como corriam e pulavam e calculou que idade teriam. Treze, catorze, não mais que isso. Ainda eram pequenos quando o Muro caiu, quando esse grande ginásio ainda nem existia. Essa era, portanto, a primeira geração dos novos alemães. Viu como riam e pulavam alto, tentando com a bola driblar ou furar o bloqueio dos outros, rapazes e garotas, viu a liberdade e o turbilhão de seus movimentos, pensou em Thomas, como sempre em tais situações, e voltou-se para o parque. Ora, dele pouco restara, nesse sentido as coisas andavam obviamente melhor. Pequenas arvorezinhas frouxas, alinhadas muito perto umas das outras, pontos sem vegetação, uma utopia capinada, talvez ele fosse o único que ainda se lembrava. Antes ainda havia filmado, agora teria de contrapor aquelas imagens, nem que só fosse pela razão de que tudo ficara tão pueril, um lago, e nele uns cubos empilhados, um grande talude verde de impertinente inocência, onde antes se espraiava a passarela da morte. Seguiu pela Schwedter-Strasse, entrou no antes proibido, no escuro Gleim-Tunnel. As luzes ardiam com a cor de chamas de gás, negrume, paralelepípedos, umidade, ali era 1870, uma toca de ratos, só se tornava a respirar fundo ao sair. Tinha agora de ir o mais rápido possível para casa.

Na secretária eletrônica, um coro de vozes. Arno, perguntando se antes da viagem ao Japão ainda daria uma passada na casa dele, Zenobia, pedindo que retornasse a ligação, Victor, dizendo que ele precisava deixar-se iluminar em Koyasan, Hugo Opsomer, participando que, por causa do tempo muito escasso de preparação, a viagem ao Japão fora adiada por no mínimo uma semana, a NPS, procurando alguém para os campos minados do Camboja, Erna, xingando e dizendo que, se ele não fosse a Amsterdã, ela iria a Berlim, e finalmente Hugo Opsomer de novo, perguntando se ele podia ir a Bruxelas, para elaborarem juntos o projeto, e depois a Leiden, para visitarem o Museu de Etnologia, "quem trabalha lá é o filho do velho Van Gulik, com certeza nos dará uma mão. Imagine só, amigo, os oitenta e oito templos, alguns só acessíveis a pé! Vamos ter de entrar em forma!".

Só a voz que ele queria ouvir não estava presente. A Victor ainda não precisava telefonar, a Erna pediu que declinasse em nome dele o convite da NPS. Depois gravou uma mensagem, dizendo que estaria de viagem por no mínimo dois meses, ligou para a Sabena a fim de reservar um bilhete para Bruxelas, e começou a arrumar a mala. Porém ele sabia que sob cada movimento ligeiro ocultava-se um outro, lento, que teimava em ir noutra direção, rumo a um túnel de ratos no mundo inferior, rumo a uma praça com árvores infelizes, onde crianças jogavam handebol no ginásio Max Schmeling, rumo a um corredor soturno, que recendia mofo e jornais embolorados e por onde ele seguira uma mulher que, depois de todos os templos, teria de reencontrar. Ligou para Arno dizendo que ainda daria um pulo em sua casa a caminho de Tempelhof.

"Você já está com a cabeça noutro lugar", disse Arno Tieck num acesso de apreensão. Arthur chegara, deixara suas coisas no corredor e agora estava sentado no escritório diante de Arno. Estranho como alguns amigos sentem com exatidão o que se passa com a gente. E era verdade, literalmente, a mala estava feita, a pessoa já partira, todo o ser estava sob o signo da viagem, todos os movimentos que tinham de ser executados seriam de extrema transitoriedade. Um táxi, um avião, as paisagens abaixo, mesmo os dias em Bruxelas, a visita ao museu em Leiden como preparação para a viagem a Shikoku, fotos dos templos que visitariam, conversas sobre peregrinações centenárias, tudo se esfarelaria atrás dele, se dissolveria no instante em que filmasse suas primeiras imagens. Tentou explicar isso a Arno, e teve a sensação de ser entendido.

"Você está aqui e não está", disse ele, "mas isso combina muito bem com o lugar para onde você vai. Segundo os budistas, tudo é ilusão, e por que então eu não falaria vinte minutos com uma ilusão? Depois posso refletir se você esteve realmente aqui. Eu invejo você, teria o maior prazer de dar uma volta por lá. Algumas dessas seitas não só insistiram sempre no fato de que a realidade é uma ilusão, mas ainda por cima cantaram maravilhosamente com aqueles rufos de tambor trovejantes e aquelas vozes grossas, aqueles zumbidos, bem dramático. Nunca afirmaram que Galileu não estava certo, e por que fariam? Nesse meio tempo, depois de uma busca infinda, descobrimos que tudo o que tomamos por realidade sólida está como num espaço vazio, e que precisaríamos de uns óculos maiores que tudo que podemos imaginar para perceber como são invisíveis e imprevisíveis as partículas de que a chamada matéria é formada! Eles tinham razão! Nós somos transparentes! Apesar da aparência tão compacta! Ha! Agora que finalmente sabemos de quanta ilusão é feito o mundo, devíamos fundar com base nisso, claro, a nossa religião, mas *eles* já fizeram isso. Quase não estamos aqui, não seria justo termos um nome. Você já parou para pensar nisso? Se não tivéssemos um nome tudo seria muito mais claro. Simplesmente um pouco de matéria fugaz com um tiquinho de consciência, fenômenos que surgem e num piscar de olhos tornam a desaparecer. Por causa dos nomes achamos que representamos algo, talvez achemos até que eles nos protegem, mas quem ainda sabe os nomes de todos os bilhões que já desapareceram?

"Falando sério, em geral me abalo com tudo o que leio, mas tento não sentir nada, afinal não teria sentido. Eu me atenho aos fatos tal qual os percebo, senão fico maluco. Meu nome é Arno Tieck, mesmo que isso não diga nada, e estou sentado na realidade do mesmo modo como nesta cadeira. O mundo, tal como parece ser para a ciência, continua a ser desmontado, claro que não dá para viver assim. Afinal, temos também de *ser* nem que seja só um pouquinho. Mas uma vez ou outra, quando alguém torna a sondar profundamente a natureza, eu fico zonzo. Outros tantos zeros, outras tantas Vias Lácteas em disparada, outros tantos anos-luz, e por outro lado esse *outro* abismo, o abismo das pequenas coisas, *superstrings*, antimatéria, a realidade limada, átomos que desmentem seus próprios nomes, até que mais nada possa ser visto e no entanto esteja lá, e nós, que continuamos a nos abastecer de nomes, como se ainda tivéssemos tudo sob controle! Pelo menos nisto Nietzsche estava certo: temos de enfrentar com temor todos esses mistérios atrás dos quais se esconde a natureza. Mas não, fazemos exatamente o contrário, saímos à caça dela nos recessos mais remotos do universo, continuamos a desnudá-la, até que não haja mais nada para ver e nós próprios desapareçamos em seus segredos, pois com a nossa lastimável consciência não podemos chegar até ela! Mas, caro amigo, quando estou de saco cheio, quando me sobe aquela angústia, ainda tenho sempre isto aqui. Você está lembrado do meu convento? Hildegard de Bingen? Se todo o universo é uma incógnita, então a mística é uma resposta, e a música dela é mística cantada. Entre todas as respostas que nunca são a resposta completa, escolho a da arte. Se em algum lugar do Japão nesses próximos dias você estiver até aqui com aqueles sons masculinos, soturnos, dê uma escutada nela. Certeza contra certeza, a certeza do nada, do indivíduo que se dissipou no nirvana, contra a certeza da alma, sentada desde a eternidade ao lado de Deus e cantarolando na harmonia das esferas, baixos divinos contra sopranos divinas! Admita, é fantástico: seja qual for a imagem assombrosa que você ofereça às pessoas, seja qual for o abismo ou a redenção ou o êxtase, elas fazem música disso. Mil anos atrás os planetas ainda cantavam em harmonia o louvor a Deus, isso sem dúvida eles deixaram de fazer, provavelmente porque sabiam que estamos em marcha. Nesse meio tempo fomos banidos para o canto mais remoto do universo e assim ficamos cada vez menores. Mas para nosso consolo recebemos a música, a música dilacerada, dilacerante, a música harmônica. Você tem um CD-player portátil, desses que podem ser usados no avião?"

Arthur tinha.

"Então não deixe de ouvir meu coro feminino quando estiver a dez mil metros de altitude. Lá você vai estar o mais próximo possível de onde pensavam que essa música tinha origem. Tome."

Arthur apanhou o CD. A capa era uma miniatura do *Codex latinus*; leu, uma jovem de cabelos escuros com trajes medievais, que como Moisés erguia duas tábuas de pedra, só que ne-

282

las não havia nada escrito. *Voice of the blood*. O título não lhe agradou. Disse-o.

"É coisa da época. Úrsula foi uma mártir, daí o sangue. Um dos mitos da Idade Média. Foi a inspiração para essa música. O eterno problema: como imaginar uma época que na verdade não se pode imaginar? O mesmo cérebro, outros softwares. Essa música aqui exprime isso perfeitamente, brota de um sentimento que desapareceu do mundo. Por isso Hildegard de Bingen está na moda, como o canto gregoriano, por nostalgia! Aquilo que inspirou essa música não existe mais, mas a música ainda existe. São esses os enigmas que a sua amiga também tem de solucionar. É exatamente a mesma época. Para Hildegard de Bingen a morte de Úrsula e suas onze mil virgens foi uma realidade que a comoveu de tal maneira que a levou a escrever isso. Na Academia de Veneza você pode ver o quadro que Carpaccio pintou a respeito do mito de Úrsula. Mas aí já estamos na Renascença. Estilo, questões formais. Brilhante, mas sem a devoção. Não vai tardar muito e vão ser polidas as primeiras lentes. Seus compatriotas, se se quiser definir Spinoza como holandês. O grande trono começou a ser serrado. Você já se despediu?"

Arthur percebeu que Arno falava de Elik.

"Não propriamente. Ela não sabe nem que eu viajo hoje."

Arno não disse nada.

"Talvez você possa dizer a ela. Não tive oportunidade."

"Isso se ela ainda der as caras. A estada dela aqui, acho, também não dura muito. Eu vou ficar sentido, me afeiçoei um pouquinho a ela. Ela é tão, tão…"

"Tão?"

"Diferente. Diferente da maioria dos jovens que encontro. Nela arde uma chama que de tempos em tempos se atira para fora. Às vezes ela é bem fria e racional, então se pode conversar direitinho com ela, e às vezes eu não entendo por que ela vem, então ela própria se transforma num impedimento. E é teimosa feito uma mula. Percebo que ela reflete sobre algumas coisas que digo, mas primeiro vem sempre com um não. Ninguém precisa me ouvir, e eu próprio considero a desconfiança um dos maiores motores do pensamento, mas ela fez disso uma arte. Tudo o que considera especulativo é suspeito. Não passa de elucubrações masculinas, é o que ela sempre diz." E riu.

"Por que você está rindo?", perguntou Arthur.

"Outro dia eu disse a ela que as mulheres são os homens deste fim de milênio. Mas nem disso ela quis saber. Melhor não, ela disse, espero que você não considere isso um elogio. Deixe que eu me arranjo. Encontrei minha área, me atenho a ela, é meu nicho, lá vou revirar cada pedra, nem que me custe anos."

"E você respondeu o quê?"

"Que se a pessoa rejeitasse tudo o que era transcendente, teria problemas quando quisesse escrever algo sobre a Idade Média... mas enfim, isso ela própria vai perceber. Só que..."

"Só que o quê?"

"Eu às vezes fico preocupado. Sob aquela couraça, acho que ela é bem vulnerável. Às vezes me lembra a Zenobia... É, não a Zenobia que você conhece agora, mas a de antes, de quarenta anos atrás. Você não vai acreditar, mas ela era um demônio, a impressão que dava era que queria ir para todas as direções ao mesmo tempo. Agora ela é... agora ela achou um tipo de equilíbrio."

Arthur levantou-se.

"Ainda preciso ligar para ela."

"Pode usar meu telefone."

"Não, eu ligo de Tempelhof."

"Tempelhof? Ainda usam o aeroporto? Isso era no tempo da ponte aérea."

"Usam, a Sabena voa de lá. Com aqueles maravilhosos aviões pequenos."

"Que inveja. E quando você volta?"

"Em um mês e meio ou dois."

"Ah. Bom, você já nos habituou a isso. Cuide-se bem. E me traga as músicas de um daqueles mosteiros zen. Ah, sim, e não diga nada a Zenobia."

"Sobre o quê?"

"Sobre o que eu lhe disse, sobre o eu anterior dela. Eu não estava à altura dela na época."

De fato, parecia que ele corava.

"Na época me decidi por Vera. Como o Zeno, você sabe, aquele livro do Italo Svevo…"

Arthur não sabia.

"Apaixonou-se pela primeira, depois pela segunda, e no fim casou com a terceira irmã. Um casamento bem feliz. Mas eu queria dizer era outra coisa. Ela está preocupada…"

"Com Elik? Mas ela mal a conhece."

"Não, com você. Justamente porque reconhece nela tanto de si mesma. Ela finalmente a viu, ontem. Estávamos lá quando você foi seqüestrado, se lembra? Ah, não ligue para o que eu digo, é tudo bobagem. Volte são e salvo."

"Vou tentar."

"Também vai filmar para você?"

"Sempre filmo."

Viu que Arno queria dizer mais alguma coisa e parou no vão da porta.

"Nos últimos tempos andei pensando bastante naqueles fragmentos que você me mostrou. Eles ficaram… me ficaram na memória. Mas eram antigos. Você continua fazendo isso?"

"Continuo."

"Ah, bom, então esqueça o que eu queria lhe dizer. Queria dizer para você acreditar, para ir fundo no projeto. O que vi dele, no estágio em que estava — desculpe minha forma de expressar, também tenho minha *déformation professionnelle* —, me pareceu uma engrenagem dos mundos histórico e a-histórico. Não,

não precisa se arrepiar todo... acabei de falar a respeito... o mundo histórico é o dos acontecimentos, o das coisas que ao longo do tempo você filmou por toda parte, fosse trabalho de encomenda ou não, tanto faz... na Bósnia, na África, e aqui em Berlim, claro, os nomes, fatos, datas, dramas, mas o outro, o mundo do cotidiano, do impercebido, do anônimo, ou seja lá como você tenha se expressado então... do discreto, aquilo que ninguém vê porque sempre está presente... fui levado a pensar nisso quando li ontem à noite uma frase, uma declaração de Camus, que diz mais ou menos assim: 'Vocês me ensinaram como se classifica o mundo, como o mundo funciona, o mundo das leis e do saber, e agora não sei mais por que tive de aprender tudo isso...'. Não me lembro bem como continuava a frase, mas então ele diz de repente: 'Compreendo muito mais quando observo essas colinas onduladas'. Essas colinas onduladas, disso me lembro perfeitamente, e depois alguma coisa sobre a tarde e o seu desassossego, mas ao ler essas colinas onduladas logo me ocorreu você. Traga umas duas ou três colinas onduladas do Japão, sim?"

E dizendo isso fechou a porta de modo suave e resoluto, com o que Arthur Daane por um momento teve a sensação de ter sido posto para fora. No aeroporto de Tempelhof tentou ainda contatar Zenobia, mas ninguém respondeu. Uma hora mais tarde, depois de o pequeno avião ter galgado as nuvens gordas com saltos atrevidos, viu pela segunda vez em dois dias a cidade que se desenrolava abaixo. Encostou a testa no vidro de acrílico e tentou identificar a Falk-Platz, a Schwedter-Strasse e o Gleim-Tunnel, mas não conseguiu. Colocou no seu CD-player o CD que Arno lhe dera e escutou as vozes femininas, que pareciam querer voar mais alto que o próprio avião.

O antes e o depois. Os gregos não ligavam a mínima para mostrar a influência que o tempo exerce nos humores e sentimentos. Sim, sabemos disso porque temos de saber. Claro que ainda estamos aqui, não nos é dado abandoná-los. Acontece coisa demais e de menos. Na *Medéia* de Eurípides permite-se ao coro contar que sabe o que virá a seguir. Em Sófocles ele pode pedir e implorar, mas não diz nada de antemão. Nós próprios não tramamos nada, mas vemos a trama, nem mesmo a diferença temporal significa algo para nós. Dia e noite deslizar como uma espécie de fluido sobre a Terra, não nos importa, nunca dormimos. Só vemos. Victor toca piano em seu ateliê noturno, uma peça bem lenta, o próprio tempo mal consegue suportar ser medido com tal intimidade. Ao tocar pensa em Arthur, que já está fora há seis semanas. Se sente falta? Isso saberíamos se o próprio Victor se permitisse refletir a respeito, mas não é o caso. Pensa nele, reconhece que em algum lugar do mundo há esse amigo ausente. O amigo, por sua vez, não pensa em Victor, pensa em Arno, por causa da longa fila de monges a sua frente. Contou dezesseis, não cantam, meditam. *Zazen*. Dezesseis homens sentados em posição de lótus, as mãos curiosamente entrelaçadas, um dedão sempre por cima. Conhece essa postura das várias estátuas que viu nas semanas anteriores. Mas estas estátuas são de carne e osso. Está escuro, os rostos fechados sobre as vestes pretas de monge estão também realmente fechados, a concentração os selou, deles nada transpira. Sim, se querem mesmo saber, conhecemos também esses pensamentos, mas agora não se trata disso. Buscam ausência, e ela é difícil de encontrar, mesmo para eles. Arthur registra a imobilidade deles, o pequeno estrado sobre o qual estão sentados, a madeira de brillho escuro, a luz escassa das janelas de papel de arroz, as sandálias rasas, dispostas na frente deles sobre o chão de pedra. Não lhe permitem filmar, por isso vê melhor. Logo vão cantar, mas na verdade não se pode chamar de canto aqueles sons, é antes um zumbido, um ruído como o de dez mil zangões, um bramido contínuo no qual se ocultam palavras, ele é enclausurado pela ininteligibilidade delas. De que falara Arno, invisibilidade, transparência? Aquele ruído lhe ressoa no íntimo, enrosca-se nas semanas que já está ali, trilhas de peregrinação, píncaros sagrados, devoção, vulgaridade, objetos sagrados, cedros cingidos de cordas, como se sagrados também fossem, pedras cheias de musgo, cerejeiras com tantas flores que foi inevitável pensar na castanheira coberta de neve em Berlim, golpes de gongo cujas vibrações quase se podia ver. Enquanto sua câmera lhe pesara em todos esses caminhos, como se um macaco de pedra estivesse sentado em seu ombro, ele próprio pensara quase o tempo inteiro que pairava, que não era de todo real. Quisera responder alguma coisa a Arno, naquele dia, e, como quase sempre, não fora capaz, era um ruminante, só agora soube que era possível sentir também fisicamente essa transparência. Seus dois mortos

288

e a outra viva ele ainda tinha a seu lado, tal como a seu lado tinha seu amigo, se bem que em imensurável distância. Agora estava exclusivamente ali, eles lhe foram conservados até que sua ausência fosse suprimida, até que o mundo o chamasse à ordem com pesar e saudade. E mesmo então aquelas vozes lá continuariam a soar, mas ele teria escapulido delas, nem que fosse só por não saber como se portar, se quisesse ficar ali. Um toque de gongo, o canto grave teve início, aqueles homens tinham grandes porões de pedra em seus corpos, nos quais tais sons eram produzidos. Hugo Opsomer lhe dera os textos dos sutras que eles cantavam, mas isso não o aproximou mais deles. Era verdadeiro no instante em que cantavam, verdadeiro porque cantavam. Mas as palavras lhe fugiam. Jamais conseguia encontrar as palavras certas para o que pensava. "Você pensa com os olhos." Erna. Vemos como ele se ergue de sua postura incômoda e apanha a câmera. Mais tarde verá o que pensou naquelas semanas. Quem diz isso não somos nós, quem diz é ele. Sim, claro que para ninguém. Para si mesmo. Vocês sempre dizem: eu sabia que você tinha pensado em mim. "Ontem senti de repente que você estava pensando em mim, é verdade?" Às vezes é, às vezes não.

No trem noturno para Hendaye, Elik Oranje pensa em Arthur Daane. Não consegue dormir, nem agora nem antes. Agora não porque sacoleja de um lado para o outro num apertado vagão-leito, porque um homem está deitado debaixo dela, roncando, porque o trem a lança ao mesmo tempo para a frente e para trás, para o que não quer mais e não pode mais, para o que agora tem de ser feito. Seus livros, ela despachou pelo correio para Madri, poderá retirá-los assim que encontrar uma pensão. Agora está livre, o trem passa chispando em algum ponto entre Orleãs e Bordéus, com o ruído agudo que é de praxe e que dita o ritmo de seus pensamentos, estou livre, estou livre. Mas por que então pensa naquele homem? Você levanta de uma cama porque é muito estreita, porque foi acordada por um abraço inconsciente, que a cada batida do coração vira um cárcere mais opressivo. Você vê o rosto alheio de muito próximo e sabe que não quer essa proximidade, mesmo que anseie por ela, mas não quer. Você infringiu o seu próprio código, que lhe gravaram certa vez, marcado a fogo, a decisão que foi tomada antes que você pudesse tomar decisões. Se esta fosse a história de um outro, eu morreria de rir, ela pensa. Mas é minha própria história, e decido como ela termina. Nunca quis me entregar, e me entreguei. Isso nunca poderia ter acontecido. Ela nota que enterra fundo as unhas na carne. O livro sob seu travesseiro, o único que trouxe, pode vê-lo sem ver. A capa cinzenta, a cidadela de Zamora, as datas, o nome daquela mulher, que é também o nome de um pássaro, duas sílabas em sua própria língua, um nome que titubeia, como se a pessoa engolisse dois seixos seguidos. Outra vez sozinha, ela está livre. Alguém lhe decepara algo. E nós? O pianista noturno, o filósofo que lê uma breve carta de despedida de Elik Oranje, da qual não consta nada que ele não compreenda, embora saiba que nela ainda há algo mais, o primeiro crepúsculo ao redor do Myoshinji, ao final de sua viagem, o colar de pérolas de luzes esbatidas que se move pela paisagem desabitada da Dordonha, nada podemos abandonar sequer por um instante, nem mesmo essa mulher, sozinha em seu quarto, que contempla uma foto sobre um atril e avista uma nuvem que setenta anos antes cruzou os céus sobre a praia da Heligolândia. Uma carta da qual não consta o que entretanto consta, que absurdo é esse? Mas se absurdo for, por que ele o percebe? Nós não julgamos, isso não pode ser. Tristeza, talvez, quando alguma coisa significa pouco para um e muito para outro. Vamos ver. Que tenhamos de seguir e registrar não significa que tenhamos de dizer tudo. Ainda bem que não. Outrora eram os destinos de reis e heróis o objeto de mitos, tragédias. Havia um Édipo para o castigo, uma Medéia para a vingança, uma Antígona para a resistência. Vocês não são mais reis, não são mais princesas. As histórias de vocês são todas insignificantes, salvo para vocês mesmos. Fascículo, *fait divers*, novela. De seus desvelos nunca mais será cunhada em palavras uma moeda válida para os outros, para a limitada eternidade de que vocês dispõem. Isso torna vocês mais fugazes e, se nos perguntarem, mais trágicos. Vocês não têm eco. Sem público, sim, também se pode dizer isso, embora não seja a isso que nos referimos. Essa foi, aliás, a última vez que vocês nos ouviram. À parte as últimas quatro palavras.

"Quando você partiu, você já tinha ido", disse Arno Tieck, "e agora que voltou, ainda não está aqui. Conte, conte."

"Ainda é muito cedo", disse Arthur. "Minha cabeça ainda está fervilhando de coisas. Tome." Deu-lhe o CD que comprara em Kyoto. "Homens em vez de mulheres, tal como você queria."

Não, agora não podia contar nada. Como dois meses antes, sobrevoara Berlim no pequeno avião, e de novo procurara a Falk-Platz, mas toda vez que julgava ter reconhecido o teto abobadado do ginásio, nuvens pressurosas interpunham-se entre ele e o mundo abaixo.

"Quando vou poder ver alguma coisa?"

"Nada, por enquanto. Os rolos ficaram em Bruxelas, e o que eu filmei para mim mesmo despachei para Amsterdã. Preciso dar um tempo daqui."

"Oh." Arno pareceu desapontado. "Mas afinal o que você filmou?"

"Mansidão." E depois: "Imobilidade. Degraus dos templos. Pés nesses degraus. Sempre o mesmo".

Arno assentiu com a cabeça e aguardou.

"As mesmas coisas que para o filme oficial, só que mais devagar. E com mais tempo."

Mas aquilo ainda soava como se ele tivesse se movimentado, e não fora assim. Em alguns daqueles templos ficara sentado absolutamente imóvel, do lado de fora, quase sempre à beira de um lago ou num pequeno jardim com pedras limosas e seixos cuidadosamente penteados com ancinho. Sentado numa galeria de madeira, filmara frontalmente do ponto de vista mais baixo possível. O segredo era que se tinha de olhar com morosidade aquelas coisas, que a própria pessoa se tornava o peso de uma tal pedra, que o silêncio se tornava opressivo, mas uma coisa dessas não se falava, nem sequer para Arno. Mais tarde ele veria com os próprios olhos. Num jardim zen daqueles tudo tinha um significado, era algo que se sabia sem saber. Aquilo era para os outros, os doutores. Para ele bastava ver.

Quis perguntar a Arno algo sobre Elik, mas não sabia como formular a pergunta. Depois de ter chegado, fora primeiro para casa, deixar suas coisas. Na castanheira despontavam as primeiras folhas, o que o aliviara, pelo menos alguma coisa mudara ali. Não, fora a visão de seu quarto que, por um instante, o deixara plantado, perfeitamente imóvel. Duas espécies de tempo, o da mudança e o da imobilidade, da inércia, podiam claramente existir uma ao lado da outra. Ele era metódico, antes de partir sempre arrumava numa gaveta tudo em que precisava pensar quando estivesse de volta, uma agenda, uma lista com nomes, uma carta para o amigo a quem pertencia o apartamento — caso ele voltasse de imprevisto. E o resto de suas coisas anônimas, uma pedra, uma concha, um macaquinho chinês de pé segurando uma taça, a foto de Thomas e Roelfje — aquilo que o cercava quando passava mais tempo num lugar. Nada ali se mexera. Voara pelo mundo inteiro, sentara-se em ônibus e trens e templos, tinha com certeza, estimava, visto um milhão de japoneses, e durante todo aquele tempo aquela pedra e aquela concha permaneceram ali imóveis, o macaco continuara segurando sua taça, sua mulher e seu filho seguiram mirando o quarto com o sorriso imutável que uma vez, isso já fazia dez anos, aflorara em seus rostos e deles nunca mais podia desaparecer. Pôs o macaco e a foto de lado, abriu a janela, de modo que os papéis sobre a escrivaninha tremularam, e ouviu a secretária eletrônica. Havia uma única mensagem de Erna.

"Bobagem, eu sei que você está fora. É só uma daquelas noites. Vi um barco passando no canal, com um homem, sozinho no leme, um troço redondo com punhos, você sabe, e um desses motorzinhos que fazem tchuk-tchuk-tchuk, o homem parecia que estava num naviozão. De resto, nada, só queria te contar isso rápido. E não é bem tchuk-tchuk-tchuk, está mais para duk-duk-duk, um barulho abafado. Você sabe o que quero dizer. Está ouvindo? Que engraçado, agora você está no Japão, mas quando ouvir isso vai ser agora de novo. Me ligue quando for agora."

Depois vieram outras vozes, masculinas, um possível trabalho, algo a respeito da refilmagem de um velho programa. Num intervalo ou noutro um silêncio perquiridor, e então um clique, alguém que o procurava, mas não tanto para dizer algo. É, e depois ele foi até a Falk-Platz. Handebol, vento nos mastros, folhinhas verdes nas arvorezinhas desfiguradas. Procurou a porta, mas qual delas? O número do prédio ele não sabia, mas só podia ser a Schwedter-Strasse. Ou seria a Gleim-Strasse? O prédio ficava perto de uma esquina. Tentou numa porta, depois noutra. Os jornais bolorentos, ainda. Os mesmos? Era quase impossível. Outros, então, e no entanto os mesmos. Deviam era criar cogumelo nisso aqui. Na segunda porta para o pátio interno, algumas campainhas. Ali ela se adiantara a ele, escada acima. Sapatos de pelica. Ela não podia estar lá, claro que partira fazia tempo, para a Holanda ou a Espanha, mas onde? Madri, Santiago, Zamora? Apertou todas as campainhas ao mesmo tempo. Silêncio bem prolongado. Então, grasnando, a voz de uma senhora. Ele perguntou por Elik Oranje. O nome soou estranho naquele pátio interno vazio. Latas de lixo fétidas, uma bicicleta de criança enferrujada.

"Não mora aqui! Não conheço!"

Soou como "não existe". Não existia, pois, Elik.

Tocou mais uma vez. Agora atendeu uma voz de homem, estremunhada, hostil.

"Ela picou a mula. E também não volta mais." Plaf.

"O que você está matutando aí?", disse Arno. Levantou-se e foi até a escrivaninha, voltou com uma carta, ou melhor, com um envelope vazio.

"Tome."

Arthur leu o remetente. Elik Oranje, a/c Aaf Oranje, Westeinde, De Rijp. Aquela letra, aparas de ferro.

"E a carta?"

"Era para mim. Uma simples carta de despedida, obrigado pelas conversas. Talvez até logo, essas coisas."

"E não estava escrito para onde ela ia?"

"Não, mas acho que para a Espanha. Estava escrito que agora tinha de fazer pesquisa de campo. É bem provável que seja lá, mas não é certeza, claro."

"Nada sobre mim?" Não queria perguntar e perguntou.

Arno abanou a cabeça.

"Uma carta muito curta. Na verdade me surpreendeu. Mas acho que esse endereço talvez fosse para você."

Arthur levantou-se.

"Preciso ir."

Era isso. Precisava ir. Ir para a Holanda, para Erna, para De Rijp, para a Espanha. O Japão adiara ou anestesiara algo, também podia ser isso. Mas era um beco sem saída. Ela se escondera, e deixara um sinal, para ele ou não. Uma migalha, duas migalhas. Aaf Oranje, um nome feito um balaço. De Rijp. Mais um. Você é o Pequeno Polegar ou não é?

"Espere um instante", disse Arno. "Marquei com a Zenobia. Ficamos de beber um copo de vinho no Schultze. Será que ainda dá tempo de ligar para o Victor? Faz tempo que não o vejo. É típico dele, está trabalhando. Mas por sua causa ele vai com certeza."

Repetição do precedente. Lingüiças, estômago de leitoa, toicinho, queijo. Pensa na última vez que esteve ali, como saíra enfeitiçado. O que dissera Arno? Seqüestrado, ele fora seqüestrado. Seqüestrado e novamente solto. Sem resgate. Olhou seus amigos. Agora o intervalo é que fora suprimido, mosteiros, templos, ruas, tudo se contraíra, partira e logo regressara. O Japão estava em algum lugar de seu corpo, mas agora não conseguia encontrá-lo.

Victor estudou o estômago de leitoa.

"É como mármore. Violentas forças naturais estiveram em ação aqui. Retalharam o coitado do porco, trincharam seu belo rosto, dobraram os lábios de outro jeito, bochechas, pé, estômago, arranjaram tudo de outro modo, aninharam com ingênuas batatas, embora eles absolutamente não se conhecessem."

"Você está esquecendo as minas de sal", disse Herr Schultze. "E a pimenteira, o loureiro, a videira... Aqui, muito simplesmente, comparece um mundo inteiro."

"Magnífico", disse Victor. "Primeiro ordem, depois caos, depois ordem de novo."

"Caos...", soltou Arno perdido em devaneios, mas Zenobia o interrompeu.

"Arno, você não vai começar outra vez!" E para Arthur: "Ele

ainda não lhe contou que você na verdade é invisível? Mística e ciência, isso ainda existe, ou melhor, contra isso não se pode fazer nada, acontece nas melhores famílias... *the mind of God*, coisas do tipo. Mas isso vem pelo menos de pessoas que sabem do que falam. Birutice delas eu admiro, só romantismo não suporto. Sempre que o meu caro cunhado lê algo sobre caos ou partículas ou imprevisibilidade da matéria, perde as estribeiras. Para ele tudo isso é poesia. E da pior espécie, se você quer saber. O que ele disse outro dia? O universo foi empesteado pela criação! Foi arrancado da sua *heilige Einheit* (*rrreilige Einrrreit*), da sua unidade sagrada, do seu equilíbrio perfeito, maravilhoso. Arno, tenha dó! Assim você transforma tudo num conto de fadas".

"Influência sua", disse Arno. "E não há nada a objetar contra contos de fadas. E depois, nisso estou de acordo com todas as histórias. Primeiro o mundo era íntegro e imaculado, e nós o empesteamos e fomos expulsos, e agora queremos voltar, não só um pobre poeta como eu, mas também os seus colegas. Tarde demais!"

"Alguns colegas?"

"Sobre esse pão também há algo a dizer", opinou Victor. "Ele está prestes a se extinguir. Dêem uma boa olhada."

E segurou o pão sob a lâmpada.

"Na Rússia todos os camponeses ainda comem isso", disse Zenobia.

"Tem a cor da terra."

"Sim, claro, *nós* não tomamos este desvio pela fábrica de pão. Terra com germes de trigo, triturados entre duas pedras. Assim somos nós."

Herr Schultze chegou apressado.

"Alguma coisa errada?"

"Não, não."

"Mando vir esse pão da Saxônia. Um pequeno padeiro, que

ainda o faz como na Idade Média. Uma receita antiga. Sobretudo quando acompanhada desse queijo é uma delícia. Mas a maioria dos fregueses não confia mais nisso. Chego a acreditar que têm medo. O cheiro do queijo é muito forte para eles."

"Na Idade Média as próprias pessoas fediam", disse Victor, "portanto o queijo não sobressaía."

"Traga-me uma *Hefe*", Zenobia disse a Schultze.

"Mas, senhora doutora! A senhora ainda está bebendo vinho!"

"A culpa não é minha. De repente pensei em Galinsky. É sempre assim quando o meu cunhado começa com essa história de invisibilidade."

"Não comecei com nada."

Ela apontou o canto em que o velho sempre se sentava.

"Será que alguém ainda pensa nele?"

"Eu", disse Herr Schultze.

Agora a conversa passara a mover-se de repente em todas as direções. O desaparecimento inapelável das pessoas, o que teria acontecido com o violino dele, o *Tagesspiegel* trouxera uma pequena reportagem sobre ele, como será que ele sobrevivera à guerra? Arthur pensou nos sons do violino de Galinsky, que antes eram ouvidos no Kanzler ou no Adlon. Se havia alguma coisa que sabia como desaparecer, essa coisa era a música.

"Como eu", disse Zenobia. "Guerra significa aguardar. Nós todos só aguardamos até que acabasse. E agora acabou."

"Compaixão."

Isso veio de Arno. Ou ele dissera piedade? Piedade era a mesma coisa que compaixão?

Arthur consultou Victor.

"*Mededogen. Dogen*, vocês não sabem o que é, não faz mal. *Mededogen*, compaixão, é piedade misturada com amor. Um casaco que é estendido sobre alguém. São Martinho."

"É justamente ao que eu me referia", disse Arno. E tentou pronunciar a palavra holandesa. "*Mededogen.*"

"Mas compaixão pelo quê?", perguntou Zenobia.

"Pelo passado. E por esse pão. E por Galinsky. Extinguir, morrer. A última vez que falei com…" E olhou para Arthur.

"Elik. Fale duma vez."

"…é, com Elik, o tema também foi esse. Ela contou de todos aqueles livros que tem de ler, os nomes, os fatos, tudo o que simplesmente está armazenado em algum lugar… que era uma forma de compaixão lidar com isso. Não no sentido sentimental da coisa, e sim como se ela não pudesse suportar que tudo estivesse tão entranhado em papéis, arquivos, ou como se quisesse ter o poder de redespertar tudo isso para a vida… e ao mesmo tempo o dilema, o passado que nunca pode ser reencontrado como era, que é usado ou abusado para se alcançar alguma coisa, um livro, um estudo que busca a verdade e apesar disso termina numa construção que se torna mentira. O passado é quebradiço, e toda tentativa de reconstituí-lo…"

"Numa palavra, a mortalidade", disse Victor, "mas não me levem a mal, não é hábito meu dizer palavrões."

"Meu queijo está morrendo", disse Herr Schultze, "e meu pão está morrendo, e meu estômago de leitoa também não resiste por muito tempo. Nunca ouvimos Galinsky tocar, embora a vida inteira ele tenha feito isso, e o melhor remédio contra a mortalidade é o mundialmente famoso bolo de maçã do Schultze. Um manjar dos deuses, saiu no ano passado na *Feinschmecker*, e os deuses são imortais, isso vocês sabem melhor do que eu."

Mas Zenobia ainda não queria dar o braço a torcer.

"A pessoa pode sentir compaixão por tudo o que desapareceu. Mas por mais amorfo ou desconhecido ou esquecido que seja o passado, é ele que constitui o presente, quer o conheçamos ou não. Então, que importância isso tem? Afinal, somos nós, não somos?"

"Um verdadeiro consolo", disse Victor. "E devemos nos colocar pacientemente na fila?"

"Não nos restam muitas alternativas."

Zenobia aguardou a espuma abaixar em seu copo e bebeu-o de uma só talagada.

"Na verdade o passado e o presente absolutamente não se aturam. Temos sempre de estar montados no passado, temos sempre de arrastá-lo, não podemos largá-lo por um minuto, afinal somos nós mesmos, e no entanto isso é absurdo, pois você não pode viver olhando para trás."

"Com exceção dos historiadores", disse Arno.

Herr Schultze trouxe o bolo de maçã.

"Viver olhando para trás." A frase fisgou-o como um anzol. Será que fizera aquilo todos aqueles anos? E era possível evitá-lo quando se tinha de lidar com os mortos?

"Você ainda está lembrado de quando nós fomos ver os quadros de Caspar David Friedrich?", perguntou Victor.

Ainda estava.

"Por quê?"

"Quando você os olha, olha para trás. Mas ele olhara para a frente."

"E o que ele viu?"

"*O Grito*, de Munch. Olhando direito, você pode ouvi-lo."

Arthur ergueu-se. "*Arrivederci a tutti*", disse para seu próprio espanto em italiano. Fitaram-no.

"Vai nos deixar sozinhos?", perguntou Zenobia.

"Eu volto", disse, "eu sempre volto."

"Mas para onde você vai viajar agora?"

"Para a Holanda."

"Ah", disse Victor, "lá deve estar entupido de gente."

"E depois para a Espanha."

"Agora sim!"

Voltei à estaca zero, pensou Arthur. Um dia de verão, rododendros. Dez, nove anos atrás? Curvou-se para beijar Zenobia, mas com punho de ferro ela agarrou seu pulso e forçou-o a sentar na cadeira ao lado.

"Sente-se!"

Aquilo era uma ordem. Teria dado no mesmo se ela ordenasse: sentar!

"Isso não é justo. Você chega e vai logo embora. Ainda não contou nada para nós." Agora lhe agarrava também o outro pulso. "Conte pelo menos o que foi mais bonito! O mais bonito, o mais cativante. Quando pensou em nós, quando pensou: pena que eles não possam ver isso?"

"Ver não. Ouvir."

Levou a mão à boca e imitou o ruído que ali, naquele recinto fechado, nunca poderia soar tal e qual. Um uivo agudo, penetrante, que necessitava de colinas e escarpas onde se chocar para correr mundo e tudo tanger com o seu tom plangente. Era inimitável.

"E isso multiplicado por dez", disse desconsolado. "E ainda por cima nas montanhas."

"Sinto aqui dentro!" Zenobia bateu no esterno.

"Concha de tritão?", perguntou Victor.

Arthur assentiu. Levara mais tempo para descobrir. Vagara horas a fio pelas montanhas, numa senda de aflitiva constância, a cada suave curva parecia que o aclive se erguia até o infinito. E então, de repente, começara aquele ruído, longínquo e enigmático, unindo-se ao seu cansaço, à garoa fina, à ladeira íngreme, ao verde indevassável das árvores, que tolhiam a vista do mosteiro, situado em algum lugar lá em cima. De lá para cá ele ressoara, o apelo, entre as encostas em que se achava, e aquela invisível, do outro lado, dois animais pré-históricos gritando queixas, afirmações um para o outro, as quais deviam resumir o mundo, vozes sem palavras, capazes de expressar tudo quanto em palavras não se deixava dizer. Só mais tarde, chegando bem mais perto, ele vira o monge, um rapaz ainda jovem sentado em posição de lótus num alpendre de bambu e mirando o vale que de lá se descortinava, vertentes que se precipitavam e depois tornavam a escalar para o que se devia qualificar outro lado, para o outro mundo velado pela neblina, do qual vinha a resposta, a contraqueixa. Cada vez que ela se desvanecia, deixava de ecoar, o monge alçava de novo sua concha de tritão, aguardava um instante no silêncio subitamente insuportável, e então soprava mais uma vez, sopro humano, que era comprimido pelas galerias espiraladas antes habitadas por um poderoso molusco, até que um som estremecesse a montanha. Medo foi o que ele sentiu. Talvez fosse por isso que ele pensara naquelas três pessoas das quais se despedia agora. Ergueu os braços para que Zenobia o soltasse, abraçou Arno, curvou-se perante Victor, porque em Victor não se podia tocar, virou-se então num átimo, quase uma piruleta, e deixou o bar, sem se voltar outra vez. Só lá fora lhe ocorreu que não se despedira de Herr Schultze.

Agora tudo tinha de ser rápido. Agora tudo era muito rápido. Na tarde seguinte estava no Westeinde em De Rijp.

"Holanda? Ah!", dissera Victor, e talvez de fato fosse assim.

"De Rijp?" Erna. "Que diabo você quer lá? Se vai para De Rijp, é porque tem mulher na parada. Ela mora lá?"

"Não sei."

"Para que tanto mistério? Você está agindo feito um rapagote."

"Nem sabia que existia essa palavra!"

* * *

"Posso ir junto?"

"Não."

"Viu?"

E agora estava sozinho. Uma rua comprida, prédios pelos quais se podia espiar. O "ah!" de Victor ele não tomara como piedade, mas como algo bem mais difícil de interpretar. Lugares como aqueles exprimiam a essência de um país que no fundo não existia mais, persistiam em suas paisagens de pôlderes retilíneos, verdes, como se bem perto não tivesse nascido uma metrópole na qual várias cidades grandes ambicionavam uma devorar a outra, uma curiosa forma bastarda de Los Angeles, com os centros históricos cada vez mais circunscritos e fragmentos quebradiços de um arremedo de paisagem.

Caminhou ao longo das casas de tijolos térreas, viu as plantas decorativas, os fulgentes cortinados brancos abertos, os mosquiteiros, os jogos de cadeiras, as maçanetas polidas, os tapetes persas sobre as mesas, versões burguesas tardias de interiores dos quadros do Século de Ouro. As pessoas atrás dessas janelas luminosas moviam-se com uma segurança espontânea por seus pequenos domínios, ele sentiu uma emoção idiota e teve ao mesmo tempo vontade de olhar para dentro, não devido à excessiva intimidade, mas porque havia um convite muito explícito para fazê-lo, dê só uma olhada, aqui estamos nós, não temos nada a esconder.

A casa de Aaf Oranje não era diferente. Uma porta marrom patinada com uma tabuleta de esmalte branco, o nome. Aaf Oranje. Na caixa de correio um adesivo: Propaganda não. Tijolos vermelhos, caixilhos pintados de cor viva. Apertou a campainha de latão, aguardou os passos que viriam, mas não vieram. Espiou pela janela. Figueira-da-índia, espadas-de-são-jorge, các-

tus, abajur, tapete persa forrando a mesa e sobre ele uma frutei-
ra com laranjas, sobre o aparador uma série de livros, uma foto
de um homem com um terno de trinta anos antes. Fora ali, portanto, que ela vivera, e depois da Espanha. Uma mudança e tanto. Esperou ainda um instante e então desceu a rua de tijolo holandês na direção da igreja. Pelas janelas se viam os campos.
Rechtestraat, Oosteinde, a Câmara Municipal com longas esca-
darias. No cemitério ele leu os nomes, Nibbering, Taam, Com-
mandeur, Oudejans, Zaal. Da ponte branca um senhor alimen-
tava os cisnes. Avançou por entre as sepulturas, leu as datas dessas
vidas passadas, a inscrição

O silêncio, tocando-nos, diz augusto,
Já é noite, agora descansar é justo.

Sentou-se num banco e tornou a se levantar. Descansar é
justo. O que dissera Erna? "Você anda tão estranho. Percebo
sempre quando está cansado. Essa câmera ainda vai acabar com
você."

Mas não era a câmera, era o Japão, Berlim, e também não
era isso, era tudo junto e ainda alguém que surgia em sua vida
e com a mesma rapidez desaparecia, sem que nada pudesse ser
feito. Aquilo ali era somente uma tentativa de aproximar-se dela, mas dali ela estava mais longe do que nunca. Talvez o detalhe daquele endereço não significasse nada. Afinal a carta se dirigia a Arno, não a ele.

"Por que simplesmente você não fica por aqui uns tempos?
Aqui você tem uma casa, afinal."

Mas não havia nenhum aqui, aqui devia agora ser algo onde ela estivesse, e além do mais ele não conseguia suportar seu
apartamento. As grandes janelas no nono andar davam para o
norte, para os pôlderes do Norte holandês, o vazio verde lhe dei-

xara claro o que fazer, e era o que fazia agora. Tocou e sabia que alguém o observava de cima. Podia-se olhar de fora para dentro, mas também de dentro para fora. Passos, a porta se abriu. Uma senhora, cabelos brancos penteados para trás, olhos azul-claros. Os olhos berberes ganharam, pensou.

O azul não mostrava nenhuma surpresa. Ele era esperado ali e não sabia ao certo o que isso significava, salvo que o endereço na carta não fora acidental. Ou será que lhe pregavam uma peça?

Ao sair novamente à rua, uma hora mais tarde, tinha a sensação de ter conversado com um homem de Estado. Aaf Oranje sentara bem defronte dele e não revelara mais do que queria, nada de endereço, nada de confidências, ela o sopesara e, assim julgava ele, não o achara lá muito leve, e ao mesmo tempo sustentara uma defesa dissimulada em favor de sua neta, contando-lhe exatamente o necessário para explicar o que ocorrera entre ele e Elik, sem nunca evidenciar que soubesse ao certo o que acontecera. Ninguém pediu desculpas, antes pareceu uma tarefa cumprida à risca. Ali estava alguém que havia muito se resignara com o fato de a filha de sua infeliz filha ser alguém que ditava seu próprio rumo, talvez até por ignorância. Se a avó estava de acordo com isso, não vinha ao caso. O sofrimento, assim se sugeria, tinha conseqüências, e mesmo que tais conseqüências trouxessem mais sofrimento, a solidariedade entre avó e neta, ou talvez muito simplesmente entre mulheres, exigia apoio incondicional. Entre aquela senhora e o homem-feito (já não tão jovem) diante dela não se fecharia acordo nenhum, ainda que ela o quisesse. Elik voltara de Berlim, houvera um problema sobre o qual ela, sua avó, não podia manifestar-se, e agora ela estava na Espanha, um país fatídico para a mãe dela. Um dia aquela mulher sentada na frente dele fora buscar naquele país a sua neta semi-selvagem, para criá-la ali, já que o pai desaparecera sem deixar rastros e a mãe fora privada do pátrio poder. Isso ela fizera sozinha; seu marido, apontou para o aparador, morrera cedo, tal como a mãe de Elik. Não, ela ainda não tinha o novo endereço, e de todo modo sem o consentimento de Elik não o teria dado. A força de vontade, pensou ele mais tarde, quando já estava lá fora, saltara uma geração. Na cabeça berbere ainda havia algo do Norte holandês.

Chaleira de apito, silêncio na sala subitamente vazia, quando a mulher estava na cozinha, vontade de levantar-se e tocar aquele rosto atrás do vidro na moldura prateada, deitar-se no sofá e fazer parte dali, nem que fosse só por poucas horas, café holandês, bolachas de uma lata, formas de nostalgia intolerável, o viajante reduzido a suas verdadeiras, secretas dimensões, o impossível. E a pergunta impossível, não formulada: o que ela dissera dele? Aquilo não cabia numa conversa de tão elevado nível político. Apenas a outra pergunta, que só foi possível depois que ficou claro que nada mais se explicaria, nada se transmitiria, nada se prometeria: "Como a senhora sabia que eu viria?".

"Ela não queria que eu fosse apanhada de surpresa." Aquilo não era resposta, claro. Ele não fez mais que obedecer. Então aquele era o jogo. Inflexíveis, essa era a palavra adequada àqueles olhos. Podia-se fitá-los até que se visse a verdade, mas isso ainda não significava que se obteria uma resposta, caso se perguntasse.

"O senhor vai encontrá-la na Espanha." Por essa guinada ele não esperava. Mas a frase ainda não terminara. "Mas não sei se será bom para ela."

Ele engoliu em seco e não sabia o que dizer. De repente ocorreu-lhe que aquela mulher sabia também sobre Roelfje e Thomas. Não conhecia seus nomes, mas sabia. E também ela possuía dois mortos. No corredor uma outra luz, menos clara.

Ela abrira a porta de tal forma que ficou na sombra, não visível para a rua. A mão bem breve sobre o ombro dele.

"O senhor tem de ser cuidadoso. Talvez ela não esteja bem."

Talvez, mas a porta já tornara a se fechar. Essa, pois, a mensagem. Ouviu seus passos no tijolo holandês, a caminho para a Espanha. Caminhos longos, conhecia caminhos longos. Ainda que se percorresse rapidamente a distância, longos eram os caminhos.

"Você está louco", disse Erna.

Estavam diante da janela dela, à beira do canal.

"Nem bem chegou de Berlim, do Japão e, o que era mesmo, Rússia?"

"Estônia. Mas já falamos sobre isso."

"Eu sei, eu sei. Parece até que o demônio está atrás de você."

"Talvez seja o inverso."

"Arthur, por que você não me diz logo o que é? Sou sua amiga mais antiga. Não pergunto por curiosidade."

Ele contou. Ao terminar, ela não disse nada. Ele notou que as árvores à margem do canal começavam a ficar carregadas. Meados de junho, passava rápido. As lanternas se adiantaram, um clarão laranja. Ouviram um barco, na proa um pequeno farol, ele apareceu debaixo da ponte do canal Regulier. Ao leme, um homem alto.

"Olha ele outra vez", disse Erna. "Eu queria que ele cantasse alguma coisa."

"O barco já canta. Duk-duk-duk, você fez direitinho. Por que ele também teria de cantar?"

"Porque sua história me deixou muito triste."

Por um instante ficaram bem quietos. Ele a fitou. Continuava um Vermeer.

"Você olha como se me medisse. Como se eu estivesse mais velha."

"Você não fica velha."

"Não diga bobagem."

Silêncio. O ruído do barquinho morreu ao longe.

"Arthur?"

Ele não respondeu.

"Se você somar tudo, quantas horas passou com essa mulher?" E após um instante: "Por que você não responde?".

"Estou calculando. Um dia. Um dia comprido."

Não podia ser verdade. Eram anos, longos, longos anos. O tempo era absurdo, isso Dalí havia captado bem com o seu relógio derretendo. Absurdo que fluíra e contudo ficara grudado aos ossos.

"Por que você não espera um pouco?"

"Não adianta mais."

Ele pensou, agora ela vai dizer que você está muito velho para uma besteira dessas. Mas ela disse algo totalmente diverso.

"Arthur, essa mulher é uma péssima notícia."

"Você não tem o direito de dizer isso."

Erna dera um passo para trás.

"É a primeira vez que você grita comigo. Eu pensei que você ia me bater. Seu rosto está completamente pálido."

"Eu nunca levantaria um dedo contra você. Mas você está julgando alguém que nem conhece."

"Eu ouvi bem suas palavras. Não é um julgamento."

"O quê, então? Uma profecia? A mágica intuição feminina?"

"O que for... Eu me preocupo com você, só isso."

"Você não acha isso meio ridículo? Eu tenho direito a cometer meus próprios erros, se é que se trata de um erro. Em todo caso, disso eu não morro."

Ela deu de ombros.

"Vamos beber alguma coisa." E em seguida: "Quando você viaja? Precisa lavar alguma roupa? Tem máquina de lavar aqui. Você sabe, eu sou uma passadeira à moda antiga".

Ele respirou fundo.

"Eu não queria gritar. Mas por que você disse isso?" Repetiu as palavras dela com a mesma entonação, na mesma cadência: "Essa mulher é uma péssima notícia".

Ela o encarou, e através dela ele viu Roelfje. Aquilo era bobagem sentimentalóide, mas era assim. Alguém lhe dissera alguma coisa. Quem lhe dissera alguma coisa?

"Você sabe contar as coisas bem demais", disse Erna, "só isso. Eu visualizei essa mulher enquanto você contava, quero dizer..."

Não terminou a frase, e disse então sem forças:

"*Try your luck*. Você vai viajar como?"

"De carro."

"Com aquela tranqueira?" Ele tinha um velho Volvo Amazone.

"É."

"E quando você parte?"

"Agora."

"Também não exagere. Antes você não precisa acertar tudo?"

Ele ergueu seu celular.

"Você vai poder usar o apartamento? Já ligou para o seu amigo?"

Sempre era preciso deixar tocar algumas vezes, porque Daniel García largara um pedaço de seu corpo em Angola, como ele próprio gostava de dizer.

"É a coisa mais esquisita quando a desgraça vem do chão. Mesmo quando a gente sabe que pode acontecer — nunca se espera. Minas terrestres, estas são as verdadeiras flores do mal. A desgraça pode ser horizontal ou vertical, mas mesmo assim nunca de baixo para cima. Bombas são verticais; balas, horizontais. Você é atingido por algum dos lados, ou algo te atinge por cima, mas a fatalidade não deveria vir da direção do túmulo. Para lá algum dia você vai ter que ir, mas ele não precisa vir até você, não é justo, é indecente." Em seu ramo Daniel era conhecido como o Filósofo, e na opinião de Arthur o apelido era bem adequado. O mesmo mundo no qual ele próprio se movia ganhava um aspecto totalmente diverso pelo comentário discrepante de Daniel. Nele uma mina terrestre era uma planta negativa, subterrânea, que num único segundo fatídico brotava de maneira aterradora, uma flor carnívora da morte e da destruição, que levara sua mão esquerda e um pedaço de sua perna esquerda, "para onde não pude mais segui-las. Sabe Deus por onde elas andam".

Com a perda ele assumiu uma postura radical.

"A CNN pagou um preço alto pelas partes que faltam, isso a dignifica."

Depois da reabilitação, mudou-se para Madri ("Lá eu não dou tanto na vista"), comprou uma câmera de formato grande e, apesar de sua deficiência, passou a ser um dos fotógrafos mais requisitados para missões especiais. A primeira grande reportagem que fez foi sobre vítimas de minas terrestres no Camboja, no Iraque e naturalmente em Angola. "Deve-se sempre fazer aquilo de que se entende mais."

Mas agora ninguém atendia, e Arthur percebeu como teria gostado de ouvir a voz sombria com o sotaque nicaragüense.

Daniel García era troncudo, tinha um corpo quase quadrado ("É meu toque matemático"), cabelo grosso, cinza-escuro, crespo — "*kroesoewierie* é como vocês chamam no Suriname, não sabia? Para que então vocês tiveram colônias, se não sabem nem uma coisa dessas?".

"O Suriname não é mais nosso."

309

"Ah, não, velho, você não vai se livrar dessa assim tão fácil. Uma vez conquistado, conquistado para sempre."

Eles se conheciam de um festival de documentários no qual os dois haviam recebido um prêmio da Comunidade Européia, uma miniatura de uma coroa de louros folheada a ouro numa redoma de plástico transparente, dentro de uma maleta forrada de veludo violeta. ("A maleta de cabeleireiro eu não vou levar quando partir, senão logo se forma uma fila de dondocas atrás de mim. Se você tiver um martelo, a gente arranca o ouro rapidinho.")

"E agora?", perguntou Erna.

"Tento de novo hoje no fim da tarde."

"Então vamos tomar alguma coisa, e depois eu vou até a sua casa."

"Para quê?"

"Lavar, passar, arrumar a mala. Você não tem idéia de como é agradável dar uma mãozinha para um homem."

"Eu não tenho nem tábua de passar."

"Então eu uso a mesa. E chega de fazer hora."

Enquanto ela se mantinha ocupada, ele abriu o mapa da Espanha sobre a escrivaninha. Sabia que o anseio que sentia agora não tinha nada a ver com Elik Oranje. Que caminho devia tomar? Em voz baixa murmurou os nomes dos lugares: Olite, Santo Domingo de la Calzada, Uncastillo, San Millán de Suso, Ejea de los Caballeros... De quase todos ele tinha uma reminiscência.

"O que você está sussurrando aí?"

"Dê só uma olhada, todas essas planícies vazias. É o país mais vazio da Europa."

"E isso lhe agrada?"

Agradar não era bem a palavra. Mas como descrever aquilo, o fascínio daquela paisagem desértica, curtida, erodida, calcinada, os tabuleiros petrificados, cor de areia, do planalto? Era uma sensação física, que se ligava a seu amor por aquela língua.

"Prefiro o italiano", disse Erna, "o espanhol é uma autêntica língua masculina."

"Por isso é que também é tão bonito quando as mulheres a falam. Olhe", e apontou o dedo, "eu pretendo ir por aqui, de Oloron-Sainte-Marie direto para o sul, depois cruzar as montanhas, Jaca, Puente de la Reina, Sos, Sádaba, Tauste... tudo estradas amarelas e brancas, e depois passar pela Serranía de Cuenca até chegar a Madri."

"É um senhor desvio. Então você não está com tanta pressa? Ou será medo?"

"Pode ser. Ainda não pensei a respeito."

"Mas então por que você vai?"

"Preciso entregar um jornal a alguém."

"Ah, você é um caso perdido."

É, era um caso perdido. Daniel não respondia, o Amazone pifou na altura de Les Landes, os dias se arrastavam rumo ao final do mês, era preciso esperar alguma peça de reposição, ele ficou cheio dos bosques soturnos, cultivados, que nunca viravam uma floresta, o que via da janela do hotel era um limbo composto de um milhão de pinheiros mirrados. Telefonou para Erna, que pareceu achar graça no azar dele.

"Agora finalmente você tem tempo para pensar, mas claro que não vai fazer isso. Rei da impaciência. Meditação não é bem o forte dos homens. O que você está fazendo?"

"Filmando as pinhas dos pinheiros."

Dois dias depois o carro finalmente ficou pronto, o Amazone lançou-se Pireneus acima, como se soubesse que tinha algo a compensar. Do outro lado tudo era diverso, a paisagem ampla estendia-se diante dele, tremulava no calor imenso, forçava-o à lentidão. Os sons de metralhadora do castelhano varreram os últimos resquícios do francês, aquela era a terra mais antiga, mais atroz, descrita em minúcias pela história, e como sempre ele sentia júbilo e angústia. Ali nada era sem compromisso, pelo menos não para ele, as paisagens subiam-lhe nos ombros, o que lia nos jornais o estimulava. A pessoa era tragada, quisesse ou não. O que em qualquer outro lugar era um sistema bipartidário ali virava uma luta com veneno, mentiras, perjúrios, suspeitas, escândalos. Os jornais pulavam no pescoço uns dos outros, juízes agiam com imparcialidade, o dinheiro fluía por canais subterrâneos, e ao mesmo tempo tudo era teatro, ópera-bufa, redatores-chefes filmados com roupas de baixo femininas, o Estado como seqüestrador fracassado, ministros que eram condenados mas nunca cumpriam pena, Grand-Guignol, algo que fazia parte do país, do qual só a custo era possível se desvencilhar, embora todos já estivessem fartos.

Os verdadeiros problemas estavam em outro lugar, num pequeno grupo de assassinos encarniçados que dominava a vida cotidiana com seus atentados a bomba, suas execuções sumárias, seus acólitos possuídos pelo ódio, com extorsões, um esquadrão da morte que não sossegaria antes que o medo, como uma camada de bolor, tivesse tomado conta do país, ou nem mesmo assim. Leu os nomes das novas vítimas, ouviu, enquanto rodava por estradas desertas, as vozes inflamadas dos locutores e comentaristas, e se perguntou se era essa a razão de reduzir seu ritmo, de às vezes parar o carro no acostamento e caminhar um pouco na terra vazia, inocente, para filmar e gravar sons. Secura, abandono, o farfalhar dos cardos movidos pelo vento, um trator ao longe, o pio de uma coruja-de-igreja. À noite, parava em pequenos hotéis à beira da estrada e via televisão com os outros hóspedes, manifestações em favor de um homem que havia mais de quinhentos dias era mantido em cativeiro, contramanifestações de hordas encapuzadas, lançando pedras e coquetéis Molotov. Nenhum país, pensou, podia valer tanto ódio e tanto sangue. Uma noite foi mostrado o balanço do ano até aquela data, cadáveres, carrocerias queimadas que, de modo perverso, diziam mais sobre o orgiástico ímpeto destrutivo que as formas tolas, encobertas e desamparadas do corpo humano.

Fazia já quanto tempo aquela conversa com Elik junto ao Tegeler Fliess, uma eternidade, três meses? O que ela dissera? "Tente ver pelo lado cômico da coisa." Não a entendera então e continuava a não entendê-la, e pelo jeito não era o único. O televisor ficava no hall de entrada do pequeno hotel, na penumbra, carne rosa sangue vermelho desenhavam-se vividamente na tela, mas o pior eram os ruídos, paredes de pedra, assoalho de pedra, nenhum papel de parede, nenhum tapete, os sons ásperos das palavras eram aguçados pela pedra, a melhor palavra para descrever o componente mecânico daquelas vozes ainda era eco, a ele misturando-se os xingamentos e os suspiros dos demais hóspedes; envolto por um coro invisível lá estava ele sentado naquele saguão e pensava na resposta que ela dera quando ele disse não entender. "Adianta alguma coisa para você continuar chamando isso de trágico?", e, "Daqui a duzentos anos, quando os sentimentos tiverem sumido, vão restar apenas a idiotice, as pretensões, os argumentos, as justificativas".

Era verdade, quis dizer a ela agora, mas de que adiantava saber disso? Não servia só para piorar as coisas? Não bastasse que *agora* tivesse de sofrer, um dia aquele sofrimento não significaria mais nada. A medida da vida não eram nem sequer os duzentos anos dela, mas os quinhentos dias que alguém estava encarcerado em sua própria cova, o tempo histórico era uma abstração obscena ao lado de alguém cujo cérebro foi pulverizado num restaurante, e a posteridade abstrata, é claro, não precisava ver aquele cérebro na televisão, como faziam ali naquele hall de hotel, ela teria o seu julgamento histórico na forma de estatísticas, de números jamais traduzíveis de volta para o idioma original e de estudos especializados repletos de notas de rodapé. A conta havia muito já estava liquidada. E também isso ela levara em conta. Um dia não haveria ninguém que ainda se lembrasse, e então a risada poderia ter início. Perguntou-se se ela via agora aquelas mesmas imagens, e lembrou que só saberia se a encontrasse. Ela desaparecera, como na noite em Lübars, deixara-o plantado feito um pateta. A senhora que ficara a noite inteira a seu lado, um lenço de papel amarfanhado na mão, levantou-se e voltou com um copo para si e outro, temerariamente cheio de conhaque, para ele.

"En este mundo no hay remedio", disse ela, "vivimos siempre entre asesinos y demonios."

Demônios. No espanhol a palavra adquiriu subitamente uma outra densidade, uma raça com que se tinha de partilhar o mundo, demônios que pareciam gente e sentavam-se ao lado da pessoa num bar ou num avião, tão convictos de algo que sempre carregavam a morte consigo, a própria e a dos outros.

Na manhã seguinte tornou a ligar para Daniel, e dessa vez pegou-o em casa.

"Onde você está? Você sabe muito bem quando tem de aparecer. Viu na televisão? O país está com os nervos à flor da pele."

"Estou bem perto. Chego hoje a Sigüenza."

"Veja se faz um pouquinho de hora. Estou com a casa cheia de gente que não posso mandar embora. Me dê alguns dias. Estão sem documentos. Chegue para o Doncel e pergunte se não pode pegar emprestado o livro dele. Está lembrado do tipo?"

"Estou."

Doncel era uma estátua na catedral de Sigüenza, um jovem sentado com um livro sobre o próprio túmulo.

"Dentro de três dias você pode vir para cá. Tem dinheiro...?"

"Não se preocupe."

"Enquanto isso vá para o Hotel de Mediodía. Parece caro, mas é uma pechincha. Cinco mil pesetas, no máximo. Já pelo nome vale a pena. Depois eu ligo para você ou você liga para mim. O que você pretende aqui? Algo de especial?"

"Não, não. O mesmo de sempre."

Não era verdade, percebeu na sua própria voz. Daniel também, pois disse: "Posso fazer mais alguma coisa por você?".

Arthur hesitou.

"Como se encontra alguém que está fazendo uma pesquisa histórica?"

"Depende do que esteja pesquisando. Como você sabe, o que não falta aqui é história. O Arquivo Histórico Nacional é aqui em Madri, na Calle de Serrano. E tem também Simancas, mas fica a uns duzentos quilômetros daqui. Lá está preservada mais ou menos a Espanha inteira, com exceção da Idade Média, acho. E depois, claro, mais todos os arquivos locais, provinciais e paroquiais. E a guerra civil também está em outro lugar. E os sindicatos. E assim por diante. Papel até dizer chega, à sua disposição, só depende do que está procurando. *Nós* estamos em Sevilha, no Archivo Real de las Indias. Mas não é isso o que você procura, suponho."

Não era uma pergunta, supôs. "Nós" significava a Nicarágua. E se Arthur não quisesse dizer do que se tratava, Daniel também não perguntaria. Mas alguma coisa ele deve ter entendido, pois disse, encorajador: "Ok, cabrón, vou desligar, preciso cuidar de meus filhos. Comece do início, na Calle de Serrano. Afinal é o que fica mais perto. Sempre tem gente que tira a sorte grande, e isso só com um número diferente dos que não tiram, um mistério. Suerte, a gente se fala".

Seus filhos eram naturalmente alguns imigrantes ilegais que desejavam trabalhar na Espanha. Daniel ("Meu segundo nome é Jesús, e não por acaso, afinal") era talvez realmente uma espécie de santo moderno, que provavelmente lhe daria um sopapo com sua mão de ferro se lhe ouvisse dizer a palavra "santo". E cabrón era panaca, mas Daniel podia chamá-lo assim.

Quando chegou a Sigüenza, viu a cúpula da catedral. O Doncel, por que não?

"Clássica demora." Era a voz de Erna. Ria dele, e com razão. Agora toda essa quimera virara realidade. Claro que a encontraria. Entre todos os milhões de espanhóis a encontraria, não havia dúvida. Mas o que aconteceria então?

A catedral estava à meia-luz, estranhamente era preciso descer uns degraus para ingressar nela, como se a enorme construção fosse pesada demais para o solo e já tivesse afundado pela metade. Uma espécie de missa estava em curso, coralistas de vermelho e preto que, sentados no cadeirado de espaldar alto, faziam ecoar no recinto cavo os versos de seus salmos semi-entoados. Por um instante ele observou os rostos brancos, as bocas que formavam palavras, sem que os olhos precisassem lê-las. Tudo era conhecido, era tão velho como a pedra dos túmulos nas paredes, e a um desses túmulos ele se dirigiu. O jovem não se movera, Arthur notou que não esquecera nem um único traço do rosto deste escudeiro de Isabel la Católica. Lá estava ele, apoiado nos cotovelos, e não virara nem sequer uma página de seu livro, já havia quinhentos anos que não o fazia. Morto em combate no cerco a Granada, 1486. Vítima de guerra alguém assim não podia ser considerado, e aquele corpo nunca poderia ter a mesma aparência dos cadáveres para os quais nunca se ergueria nenhum monumento senão o efêmero papel cinzento nos quais eram retratados, ninguém os veria mais, a *eles*, em quinhentos anos, e nunca teriam aquele olhar quase perturbado, perdido para o mundo. Esse jovem já esquecera sua morte havia tempo, jazia ali como no campo em Lübars, uma figura que devia nos lembrar de algo, mas nem ele próprio sabia mais do quê.

Ao sair da catedral, foi ofuscado pela luz. Se sua quimera virasse realidade, a questão era se ela, a realidade, poderia suportar tal luz. Deu uma volta absurda ao redor de Madri ("clássica demora"), Alcalá de Henares, Aranjuez, e entrou na cidade pela Puerta de Toledo na hora mais tórrida do dia. O hotel ficava bem de frente para a estação Atocha, os carros atrás dele logo começaram a buzinar quando parou para descarregar a câmera e outros pertences, o berreiro em *staccato* de automóveis afugentados pela sirene de uma ambulância tornou-se um aspecto do calor, que pairava sobre o lugar como uma forma de violência.

Largou suas coisas e correu de volta para estacionar o carro. Ao voltar, viu que fazia 39 graus. Seu quarto dava de frente para a rua e não tinha ar-condicionado; se abrisse as portas da sacada, não podia suportar o barulho. Sentou-se na beirada da cama e examinou o mapa de Madri. Linhas de trem vinham do sul e morriam em Atocha, a estação que podia ver de sua janela. Em diagonal a ela havia o retângulo enviesado do parque do Retiro, e nele o azul do lago. Sem vê-los, viu os barcos a remo que ali era possível alugar. No canto superior esquerdo do parque estava a Plaza de la Independencia, onde desembocava a Calle de Serrano. Para lá, pois, mas não agora.

O resto do dia ele passou caminhando ao léu no labirinto da cidade antiga. Numa cabine telefônica tentou ligar para Zenobia, depois para Erna, mas nenhuma das duas estava em casa. Não deixou nenhum recado. E também que recado seria? Cheguei ao fim de um passeio que comecei um dia na neve em Berlim e que aqui, nestas ruas onde estou quase cego pela luz, há de terminar de um modo ou de outro. Por todo canto, nas bancas de jornal e nas mesas dos bares, havia exemplares de *El País*, as manchetes com a notícia de outro atentado pareciam agora afugentar também a ele, algo estava profundamente errado, pensou, tinha de se acalmar, mas não conseguiu, teve de dizer a si próprio o que viera fazer ali, e se não tivesse sucesso, retiraria o carro do estacionamento e iria embora, mas para onde? Amsterdã? Berlim? Não, tinha de saber uma coisa, tinha de saber se devia procurá-la ou não, tinha de saber o que aquela recusa, aquele sumiço sem palavras queria dizer para ele, se era um veredicto que o anulava, que declarava inválidas as poucas e misteriosas noites, como se jamais houvessem existido. Teias de aranha, nada, instantes que se devoraram a si mesmos, condenados à pálida memória, algo singular que lhe ocorrera com uma mulher, que uma vez demorara um átimo para apanhar um jornal, que se dizia campeã mundial de despedidas e já havia muito o esquecera, que não sabia e a quem era indiferente que estivesse ali como um caipira a contemplar a estátua de Tirso de Molina, entre alguns vagabundos de pileque, que, garrafas de litro com cerveja morna na mão encardida, se dependuravam uns nos outros, os novos selvagens da cidade grande, olhos vidrados sob grossas mechas de cabelo emaranhado, a turma dele, murmurando, praguejando, implorando um cigarro. De repente vieram aqueles homens e aquela mulher de cabelo laranja, que então se levantou balbuciando, ergueu a saia e mostrou a um dos homens uma calcinha incrivelmente suja, como se fosse um comentário sobre sua missão iniciada com tanta galhardia, como escárnio, porque ali ele não tinha absolutamente nada a fazer, porque com sua presença renegava algo, sabe-se lá o quê. Alguém, não pronunciava nem com os próprios botões o nome dela, o arrancara do sossego de seu demorado luto e o lançara num humilhante desassossego. Como se punha termo àquilo, se não era uma história nem um filme? Por que ela remetera a Arno o endereço de sua avó, por que a avó parecia aguardá-lo? Tinha de saber para poder passar uma borracha sobre o assunto, riscá-lo, sair país adentro, enorme e causticante país vazio, novamente liberto, entregue a si mesmo, a câmera a seu lado no carro.

Táxi, Serrano, lojas, moda, homens e mulheres impecáveis nas vitrines, braços levemente erguidos, uma existência condenada à imobilidade. Assim era o certo, distância, sempre roupas novas, nada de conversas, nada de cicatrizes, nada de mágoa, nada de desejo.

O Arquivo Histórico Nacional estava fechado e, a menos que o mundo viesse abaixo, abriria de novo na manhã seguinte. Despachou o táxi e desceu na direção contrária a extensa rua, observando os pés dos transeuntes, o passo lépido após a sesta benfazeja, pés que iam a alguma parte, nascidos pela segunda vez naquele dia. Havia uma frase que o impressionara de tal maneira que nunca mais a esquecera: "Lisette Model put her camera at nearly groundlevel to achieve a worm's-eye view of pedestrians". O mundo de baixo, o mais baixo dos mundos, todas aquelas figuras gigantescas que dominavam a cidade, que andavam lá em cima, porque este era o terreno delas, no qual se moviam com a maior segurança. E entre todos esses gigantes uma giganta, que teria de achar no dia seguinte, sobre isso já não havia dúvida.

Ao voltar para o hotel, este fora inundado por hordas de crianças que corriam aos berros pelos corredores, entre todos aqueles frenéticos anões seu corpo lhe pareceu novamente estranho, apesar do seu tamanho elas não pareciam notá-lo, até tarde da noite duraria o corre-corre pelos corredores, ele dormiu mal, de madrugada acordou suando de um sonho do qual não se lembrava mais. Sua vida corria ao largo, não conseguia mais detê-la.

O calor do dia ainda paira no quarto nu, ele abre as portas da sacada, que não dão para uma verdadeira sacada, mas para uma balaustrada na qual pode se segurar. Trânsito ainda, este também não vai cessar esta noite.

Liga a televisão, que se encontra pendurada num canto do quarto e mostra imagens em preto-e-branco de pessoas que se beijam e, a julgar pelas roupas, já devem estar mortas há pelo menos vinte anos. Deixou a televisão sem som, e ao despertar vê fragmentos do noticiário matutino, o prisioneiro libertado dos quinhentos dias, que olha para a luz como se visse o mundo pela primeira vez, olhos cujas pupilas são magnificadas por óculos gigantescos em seu rosto branco, encovado. Desliga a imagem, é ainda incapaz de suportá-la, ainda não é hora para demônios. Sente agora que o quarto está mais fresco, o frescor da aurora, que se deslocou do planalto para a cidade. De pé junto à balaustrada, vê os cavalos alados empinarem-se no telhado do Ministério da Agricultura, o enegrecido leão alado sobre a estação do outro lado, quase em frente, animais de um tempo que nunca existiu, de um tempo em que cavalos e leões voavam pelos ares, tempo de sonhos, a fantasia de outra pessoa. Agora, portanto.

E nós? Nenhuma opinião, nenhum juízo. Essa é a tarefa. Talvez surpresa ocasional com os inescrutáveis caminhos de vocês, embora na verdade devêssemos estar acostumados com isso. Com a relação entre ocorrências e sentimentos, a intangibilidade da ação de vocês. Com os mitos, teorias e histórias para explicá-la a vocês mesmos, as tentativas da ciência, e o recorrente desvio pelo absurdo, desenlaces, o momento surpreendente em que, súbito, um outro se acha no espelho diante de vocês. Ônibus 64, que vai de Atocha até a Plaza de la Cibeles passando pelo Paseo del Prado, depois toma o Paseo Recoletos, a Plaza de Colón e chega ao Paseo de la Castellana, onde o homem a quem tivemos certa vez de seguir pela Spandauer-Damm atrás de um aparelho limpa-neve salta e caminha para a Calle de Serrano, atravessa o gradil de um edifício enorme, um portal de granito, e põe os pés no átrio, no qual um porteiro uniformizado está sentado entre inúmeros monitores. Já conhecemos esse recinto, estávamos presentes quando Elik Oranje entrou ali pela

321

primeira vez com sua carta de recomendação, quando recebeu as suas primeiras instruções, pela primeira vez pôde sentar-se à mesa comprida entre outros pesquisadores, estudiosos, agitadores, ratos de biblioteca que mal erguiam a vista no silêncio que lá reina, enterrados em in-fólios, registros, contratos, cadastros, olhares fitos em letras e números de todos esses escritos envelhecidos, as cifras e os hieróglifos do tempo definitivamente passado. Claro que conhecemos o grau de empolgação dela, os argumentos de seu orientador a afogaram numa cuba, ali pela primeira vez (e no sentido literal da expressão) ela porá as mãos nas letras escritas de próprio punho por sua rainha-pássaro. Este era o seu grande momento. Mais perto dela não podia chegar, tudo o que até ali fora uma abstração ganha forma, tudo se torna verdade. Isso é realmente o que queria, não vai se deixar deter por nada. Uma vez lhe ocorreu algo, uma ferida, e pela lógica escusa que às vezes é própria de vocês, a resposta a essa ferida tem de ser outra ferida. Não, isso não é um juízo, e além do mais já aconteceu, e não importa o que ela afirme, sabemos o que lhe custou. Não nos cabe dizer algo a respeito, seguimos duas vidas, não uma.

Agora não é mais essa primeira vez, mas a empolgação é a mesma. Ela se apropria dos nomes, dos amantes, dos conselheiros, dos inimigos. Vive em dois tempos, às vezes mal dá para suportar, como se mergulhasse no aperto de um escafandro nesse outro elemento, tempo passado, no qual a luz mal brilha, no qual se acham os segredos que ela busca. O olho da câmera registra o vazio diante dela sobre a mesa, no início ela achava desagradável, agora se acostumou, o porteiro lá em cima a vê sem vê-la, o olho morto abarca o recinto inteiro, os demais estudiosos, as bulas, documentos, listas, mapas, catálogos, verbetes diante deles. Quando ela é chamada, o olho segue seu movimento, agora como daquela primeira vez, um mês antes, quando depositou sobre a mesa diante de si uma tapeçaria quase do tamanho de uma pessoa, com o que os outros tiveram de se afastar um pouco. Suas mãos roçam a pele curtida, brilhante, que tem mais de oitocentos anos, seus olhos vêem pela primeira vez as runas, os longos traços e caracóis entrelaçados que compõem a assinatura estilizada de Urraca, uma estrutura de arabescos aposta um dia com vagar e esmero por uma mão viva na parte de baixo de um tratado, uma doação, um testamento. O *vellum* ocupa o espaço até o outro lado da mesa, cuidadosa ela segue com o dedo as linhas do escrito, *Ego adefondus dei gra rex unu cum coniuge meu uracha regina fecimus...*

O silêncio na sala é absoluto, como se tanto passado não tolerasse nenhum ruído, porque do contrário se esfacelaria, se evaporaria — uma tosse, o rascar de uma pena, o folhear de páginas de pergaminho, esse silêncio se converteu num castelo para onde ela retorna todo dia com uma avidez que devorou todo o resto, os ruídos na pensão, o estrondo do televisor, o barulho da rua movimentada lá embaixo, as viagens diárias de metrô, a canícula do verão, os jornais, que lhe impingem novos acontecimentos numa perversa inversão: ela se ocupa de algo que para todos perdeu a validade, e assim está perdida para aquilo que a todos os outros é válido, ela lê as frases e ouve as conversas, mas lê e ouve ausente, é cru demais, é coisa demais, pouco decantada, pouco encorpada, o tempo ainda não a cozinhou, derrama-se por todas as bordas, uma única edição de jornal encerra mais palavras que o livro que ela escreverá e praticamente ninguém lerá.

Há de ser um ato de amor, ela resgatará aquela mulher do sufocante esquecimento, irá arrancá-la de seu túmulo de documentos e testemunhos, sua cara está em brasa, e é essa cara que, no dia em que nos achamos, o homem vê no monitor lá em cima, ainda antes que o porteiro possa perguntar alguma coisa. Está lá sentada com a face incólume do rosto virada para ele, o instante é quase insuportável, o aparelho a emoldura num zoom quase perfeito, quem dera tivesse sua câmera à mão para registrá-la. Vê como ela está alheia a tudo, o seu primeiro impulso é dar meia-volta e partir impotente, vê que as mãos dela vagam pelos documentos, alisam um canto dobrado, tomam uma nota, de tão fascinado ele mal percebe as perguntas repetidas com impaciência pelo porteiro. Não, está fora de cogitação que possa entrar naquele recinto, autorização ele não tem, e esta o porteiro também não pode conceder, enviará uma mensagem lá para baixo. Logo em seguida ambos vêem uma jovem dirigir-se a ela e soprar-lhe algo no ouvido, vêem também o involuntário sobressalto, o cenho franzido por causa do incômodo, a má vontade com que se levanta, de modo que ele já sabe que não deveria ter vindo. Você, ela dirá quando estiver a sua frente, você aqui, o tom aguçado pela distância que teve de percorrer desde o mundo que agora é o dela, do qual ele já não faz parte, alguém de Berlim, alguém que dela se aproximou demais, de uma maneira que ele próprio não sabia como, alguém que representa perigo, porque encontrou um ponto fraco do qual ela não quer se lembrar, ele pôde reconhecê-lo no modo como ela caminha para baixo, na traiçoeira ampliação da imagem cinematográfica em que agora ela volta a aparecer no monitor: uma atriz que acentua o drama, faz dele ficção, uma mulher que fecha o elástico das pastas quase com raiva, que ordena, quase afaga os papéis, que dá uma última olhada no lugar à mesa agora vazio, que desaparece da imagem na qual ele nunca mais vai vê-la, e então surge outra vez a sua frente, na consternadora realidade das pessoas que têm de viver fora da tela.

Chegamos perto demais, isso nos tira o fôlego, não pode ser assim. Engajamento não é conosco, embora isso nem sempre seja assim tão fácil. E tínhamos prometido ser breves, não cumprimos a promessa. Retiremo-nos, o olho precisa de distância.

Porém ainda não podemos nos desvincular, seguimos de longe. Não, não como espetáculo, embora talvez assim ficasse mais compreensível. Pois resta o enigma para o qual vocês, com os mesmos dados — um homem, uma mulher —, inventaram uma quantidade tão assombrosa de variações, uma parecendo todas caricaturas umas das outras, clichês da paixão, um número quântico de possibilidades, que só afetam aqueles a quem dizem respeito. Que nome dar a isso, cumpre a vocês próprios saber. Voltaremos só mais uma única vez, mas das nossas quatro palavras não devem esperar muito. Chamem-nas um gesto de impotência. Não, isso não é permitido, nem mesmo isso.

"Aonde vamos?" E então, sem esperar a resposta: "Preferia que você não tivesse vindo".

"Quanta hostilidade."

Ela estacou.

"Não foi de propósito. Só que… não tem mais nada a ver. Prefiro dizer logo de cara."

Ele não respondeu.

"Aonde você queria ir?"

"Talvez a gente possa tomar um café no Retiro?"

"Vamos." E depois de uma pausa em que os dois caminharam lado a lado em silêncio: "Você esteve na casa de minha avó, em De Rijp".

Ela sabia, pois.

"Você deu o endereço a Arno Tieck."

"Isso foi antes."

Então era simples assim. Havia um antes e um agora. O antes estava a uma distância inatingível, não se podia mais ir até lá. Passaporte vencido. Pela segunda vez em uma hora, ele reprime a vontade de sair correndo. Mas para tanto já era tarde demais. Essa era a mulher que arranhara na sua porta, que se sentara na sua escada com um sobretudo de gabardine azul, que de noite andara com ele por Berlim. Caminharam pelo estreito túnel de pedestres que passa por baixo da Alcalá, rumo ao parque. Um negro com uma *djellalba* imunda golpeava uma bateria de bongôs, como se quisesse cravá-los no chão. Na outra ponta do túnel, súbito silêncio, árvores, sombras. Ainda não estava realmente quente. A casca manchada dos plátanos, folhas que se recortavam na areia, um tecido. Ele olhou para o perfil a seu lado. Alabastro, não, algo melhor não lhe ocorreu. Um rosto que se podia filmar até no crepúsculo. Pois continuaria a irradiar luz.

"Isso foi antes." Depois dessas palavras a boca dela se fechou como uma tenaz; se dependesse dela, ele teria de abri-la à força. Mas também ele não disse nada. As trilhas ali portavam os nomes de repúblicas de língua espanhola, Cuba, Uruguai, Bolívia, Honduras, caminhavam por um continente. Margearam a água do grande lago. Cartomantes, homens que prediziam o futuro em cartas de tarô, o que se devia fazer. Separações, amores, doenças jaziam estendidos num pano encardido, a voz do vidente urdia sua teia ao redor da cabeça da mulher à sua frente, que mantinha os olhos apreensivos grudados em sua boca. Ele não era o único, pois, que desejava saber algo.

"Pensei que fosse voltar a te ver depois da última vez."

"Enquanto você estava no Japão eu estava grávida."

Ao lado da mesa com as cartas estava sentada uma quiromante. Ele viu como ela tomava a mão da vítima em sua própria mão calejada, curtida, e contemplava de boca entreaberta a outra mão, mais branca, como se nunca tivesse visto coisa igual, uma trama cerrada de sulcos, mossas, estrias que se cruzavam e desviavam. Depois ele disse, sem fitá-la: "E agora não está mais".

Não era uma pergunta, para isso não se precisava ler mãos nem cartas. Uma bola chocou-se contra ele, verde e azul, um globo terrestre de plástico, que se afastou rolando com a mesma rapidez. Seguiram adiante, sem dizer nada, margeando o extenso retângulo do lago. Remadores, casaizinhos, cadeiras de rodas, canto, palmas. Junto ao grande monumento eles se sentaram, dois turistas, pequenos entre as monstruosas estátuas. Alguém fotografava. Pela inclinação da câmera, pôde ver que apareceriam na foto, peças do cenário, cujo silêncio não se poderia ver.

Agora tenho mais um outro espírito, pensou ele, mas isso era blasfêmia. Alguém que não recebera forma não era ninguém, este não tivera passado suficiente para lhe ser dado virar espírito. Para lhe ser dado ou ter a capacidade. Uma possibilidade era invisível, sobre ela apenas a fantasia podia pensar algo, o que não era permitido. Alguém que ao mesmo tempo era ninguém, será que havia uma coisa dessas?

Ela estava sentada imóvel e olhava bem para a frente. Ele fez menção de pousar a mão sobre seu braço, mas ela se afastou.

"Não foi nada", ela disse. "Tomei uma decisão, e não só para mim. Olhei bem de perto aquela foto no seu apartamento em Berlim. Não é minha vida. Nunca poderia dar a você um filho substituto."

Thomas. Sentiu a raiva subir-lhe, uma chicotada de dentro para fora.

"Nunca pedi nada a você. E não há nada para substituir."

"Justamente por isso."

"Não acho que aborto seja assassinato", disse, "mas a morte está rondando você."

"Sempre esteve." De repente virou-lhe o rosto, com o que a cicatriz ficou bem próxima, violeta, raivosa, uma boca descerrada, que podia censurar e ofender mais que a outra, uma boca com outra voz por trás, mais grave, mais inflamada, áspera, escutou alguma coisa sobre vídeos americanos que certamente ele teria visto, e sobre pequenos crânios rachados ao meio e um balde cheio de fetos e lastimável propaganda, e de repente lembrou a cara que ela fizera aquela noite ao dançar feito uma mênade. O que ela dizia não chegava direito até ele, que ele tentara intrometer-se na vida dela, que ela não precisava de ninguém, nunca, de ninguém, que ela nunca devia ter se metido com ele, nem com quem quer que fosse... frases e trechos de frases que terminavam com vá embora, pelo amor de Deus vá embora, hipócrita, intrometido, e depois saiu correndo ela própria, deu meia-volta, retornou, deu-lhe na cara, tudo com um gemido plangente, repreensivo, que de repente cessou, de modo que esta foi a imagem que lhe ficou gravada, uma mulher de boca aberta à sua frente gritando sem som, por quanto tempo não saberia mais dizer, permanecera hirto no banco de pedra bem depois de ela ter ido embora, um homem entre colunas, leões, mulheres aladas com seios de pedra.

Viu como algumas crianças olhavam para ele em profundo silêncio, e então foi embora e se deu conta de que não era ir, era fugir, uma fuga que se estenderia pelo resto do dia. Ele não podia mais deter a máquina que havia em sua cabeça. Aquilo sobre a morte ele não poderia ter dito de forma alguma, era imperdoável. Mas ela não poderia tê-lo avisado? Se o filho tivesse nascido, seria seu filho também, não seria? E se ela não tivesse nem querido saber, ele poderia ter cuidado do assunto, não poderia? Mas não havia filho nenhum, não se podia pensar mais nisso. Nunca houve um filho, algo na vida dela o proibira, impedira, tudo ocorrera havia muito tempo, e tudo se vinga mais cedo ou mais tarde, e nada disso jamais se torna cômico, nem da segunda ou da terceira vez. Cada conta seria apresentada novamente, um sarcasmo sucederia a outro, alguém não é posto no mundo porque — mas aí está outra vez: alguém! Não havia esse alguém, havia só um passado que continuava eternamente a supurar, sempre e em toda parte. A diferença estava no fato de que, às vezes, os países passavam milhares de anos nesse processo. Margeou o Jardim Botânico até a estação. Lá em cima, sob o alto telhado de vidro, sentou-se, um enorme recinto vazio em que senhores liam jornais. No chão havia uma manchete rasgada. Alguém fora seqüestrado. Nem bem o outro fora solto, o próximo já fora capturado. Mas dessa vez não se tratava de resgate. Amarrotou o jornal numa bola. Para mim chega, eles que se entendam. Atrás desse um outro, e depois mais outro ainda. Foi até a grande vidraça pela qual se podia avistar uma imitação de floresta virgem, uma paisagem artificial por onde passavam os viajantes a caminho de Sevilha, Alicante, Valência. Porém não queria ir para Alicante, queria ir para casa. Erna o prevenira. Péssima notícia. As mulheres sempre sabiam tudo de antemão. Para casa? Ele não tinha casa, não como as outras pessoas. Fora aquilo uma tentativa de ter uma casa? Precisava ir embora, para longe daquela cidade. Dessa vez a Espanha foi demais para ele. Para o norte, ver se arranjava um trabalho. Talvez em alguma parte uma guerra bem bonitinha estivesse em curso. Para o mundo anônimo, agora não era o momento mais apropriado. Bebeu um conhaque no bar da estação, ali pelo menos ainda se servia um brandy de arrebentar. O que ela estaria fazendo agora? Não pensar nisso. Ela era página virada. Nunca mais a veria. Também não era de bom-tom arrancar o jornal do nariz de uma senhora. O que dissera a avó dela? O senhor tem de ser cuidadoso, talvez ela não esteja bem. É, não estava mesmo. Erna não aprovaria o que ele tinha feito. Mas o que fizera? Certas decisões sobre a própria vida eram tomadas em outras vidas, e isso não agora, mas dez ou vinte anos antes, num tempo de certa maneira pré-histórico, do qual ele não tomara parte. Algo dormitara ali, fora carregado, até que pudesse ser descarregado num outro, havia realmente formas do mal que não arredavam pé, que levavam uma vida oculta, feridas invisíveis, germes de enfermidades que aguardavam uma chance. Nada disso tinha a ver com culpa, esta houvera em algum ponto, no início dessa corrente, e continuava a vicejar, todos podiam receber seu quinhão, ninguém estava imune. "E não há nada para substituir." "Justamente por isso." Nada de sentimentalismo, levantar, ir à cidade. Despedida. Amante que leva fora pede mais um copo. Essas coisas são de lei.

Quadro de Hopper, homem num bar. Onde está meu chapéu? Nessas pinturas os homens sempre usam chapéus. E fumam. Dali podia avistar o hotel. Ir para a cama, a solução era essa, não dormira aquela noite. No hotel, disse que partiria no dia seguinte. *Mission completed.* O calor estava a prumo no quarto. Televisão, imagem do homem que pegaram dessa vez, um jovem. Em quarenta e oito horas iriam executá-lo, se o governo não fizesse o que o governo naturalmente não faria. Uma sentença de morte, pois. Sua irmã. Sua noiva, loira, rosto largo, cabeça de tragédia grega, o drama já estava delineado e não se alteraria mais, feições bárbaras de tormento e destino, demais para rostos humanos. Delas não se podia escapar, eram autênticas. Não olhar. Sentou-se na borda da cama e olhou. Aqueles fartos cabelos loiros brotavam-lhe da fronte, como se fica com uma boca tão esgarçada, aberta, fixa, todos os dentes, claro que matariam aquele homem, é o que sempre faziam. Tudo tem sempre, e primeiro, de se tornar verdadeiro. Já estava morto antes de nascer. E de novo vingança, uma vez, um dia. Deve ter pegado no sono, pois quando acordou a tevê ainda estava ligada, anúncio de automóvel, uma garota nua num carro, atirando para fora uma combinação. Nada de máscara trágica, o rosto nu, despido, de gente vendida. Você parece uma figura de anúncio, fora Erna que dissera isso? Não, quem dissera fora ele próprio, pareço uma figura de anúncio. Agora lhe sorria um sabão em

pó, oh, e camarões frescos dispostos em linha, saídos do congelador recobertos por uma fina camada de gelo. Lá fora já escu-
recera, milhares de luminosos de néon acenderam-se ao redor
da praça. Ligou para Daniel, ninguém em casa. Não faz mal.
Onde era mesmo o bar de Daniel? Bar Nicaragua, bar para três
pessoas. Quem sabe, talvez ele estivesse lá. Calle de Toledo. De
noite um pouco suspeita, mas nem tanto. E se fosse? O conhaque da tarde ainda lhe revolvia a cabeça. Levar a câmera? Nunca se sabe. Madri à noite, magnífica. Levar, portanto. Junto ao
Tirso de Molina o número de bêbados havia duplicado, o mon-
ge-escritor erguia-se lá no alto, agora ele próprio um convidado
de pedra. A mulher de cabelo vermelho também estava presente, postou-se diante da câmera e escancarou a boca com os in-
dicadores. O que fazia agora não era ir embora, era outra vez fugir, acompanhado de risos irônicos, entrando por uma viela, em
algum lugar aqui deve estar a Calle de Toledo, diacho, por que
trouxera essa coisa pesada feito chumbo, estava escuro demais,
até para ele, naquelas ruas ainda usavam iluminação a gás, era
a impressão que dava, século XIX, igualzinho àquele túnel na
manhã em que saiu da casa dela, àquele corredor com jornais,
melhor seria ter ficado no Japão, os monges não tinham problemas, sentar e cantar, não precisavam vagar por becos e vielas es-
treitas, de repente pareceu que todos olhavam para ele, mas não,
lá estava a grande praça desimpedida que ele reconheceu, arco
do triunfo sob holofotes de néon, luz de um branco-de-giz nau-
seante, errado de novo. Em algum lugar ali perto devia ficar o
bar, lado contrário da rua, à esquerda, um ambiente desleixado,
ainda menor do que pensara, mal se espremeu para dentro com
sua câmera. As três banquetas estavam ocupadas. Nada de Daniel. "Eu sempre passo por lá quando procuro minha perna."
   A conversa se interrompeu quando ele entrou, um maluco, um estrangeiro, o que ele quer aqui? Os três homens lá sentados tinham o sotaque de Daniel, exilados, senhores, ele pediu

um conhaque, ofereceu-se para pagar uma rodada a todos, disse que era amigo de Daniel, já estivera ali uma vez. Ah, Daniel, disseram, Daniel, beberam à saúde dele, rostos sérios, duros, marcados pela guerra, aquilo, aqueles três ou quatro metros quadrados eram a casa deles, e ele era o intruso aceito. Daniel, disse um, este eles conheciam, alguém que perdera algo, sabia o que significava a vida; como uma verdade lapidar essa frase lhe ecoou na cabeça enquanto a conversa prosseguia e ele já não era incluído, outros nomes, outros acontecimentos, o mundo deles era em outra parte.

Olhou o pôster desenhado que pendia da parede, dez anos de trabalho conjunto com a solidariedade internacional, uma mulher de maiô com água azul pela cintura, acenando para um navio com mantimentos; um tubarão ou um golfinho, não dava para reconhecer direito naquele desenho, bebia limonada de canudinho, contras mal-encarados jaziam camuflados à beira de um rio, rodeados por longas cartucheiras. Floresta virgem, pântano, aldeias, palmeiras, Viva Sandino! Cada detalhe daquele pôster ele vira oito anos antes, cinco anos antes, sua memória o retivera e não retivera, esquecera e não esquecera. Uma guerra daquelas, uma guerra esquecida. Durante todo aquele tempo o pôster ficara armazenado em algum lugar de seu cérebro, mas precisou vê-lo outra vez para lembrar. Quantas outras coisas, fisionomias, frases havia ainda que ele conhecia e não conhecia mais? Dessa forma a pessoa perdia ainda em vida metade de sua vida, uma espécie de antecipação do grande esquecimento que depois teria início. Minha nossa, estava bêbado, precisava tratar de ir embora, no dia seguinte tocaria adiante. Aquilo fora a grande interrupção, o passo em falso que terminara num beco sem saída, era de morrer de rir.

Levantou-se e cambaleou. Cuidado, disseram os homens. Agora falavam com ele num espanhol de criança, apontavam a câmera, faziam gestos: não, cuidado, aqui perigoso, mas não era um aviso, era um prenúncio, uma notícia, o futuro de dali a dez minutos, quando ele já estava nos arredores da estação de metrô Latina, perto do resguardo do mundo subterrâneo, foi solicitado por uma imagem, pelo chamariz de uma aparição onírica: um leão sobre uma pilastra, que pousara sua garra sobre uma grande esfera de granito, curiosidade, ganância como sempre, a imagem que talvez fosse uma imagem para o amanhã, o amanhã de sua partida, aquele leão o atraíra de volta para o sortilégio da profecia, dois homens, cabeças raspadas, que lhe deram um encontrão, lançaram-no por terra, puxaram a câmera, pisaram-lhe no pescoço quando não soltou, bateram-lhe nas costas e nas mãos com um cano de ferro. E mesmo assim ele não soltou, quebraram-lhe as mãos, ou assim pareceu, levantou-se a duras penas, a cabeça encolhida nos ombros, revidar não podia, tentou firmar o passo, ganhar tempo, gritou, mas como no pior dos sonhos não saiu nenhum som de verdade, só um grasnido notavelmente agudo, estrangulado por um punho de ferro em volta da garganta, uma garra metálica que o forçou a ir até a pontiaguda aresta de pedra do monumento, mais tarde lembrou-se de ter visto letras, tudo se dera com incrível lentidão, um silêncio de fôlego preso, um silêncio dilatado, no qual irrompera o golpe em seu crânio, um estilhaçar, trilhos de cascalho rangente com pregos e ganchos, um ruído rascante, de algo se fendendo, e depois sobreviera o silêncio, não comparável a nada, no qual foi absorvido e no qual vislumbrara tudo, ele próprio ao pé daquele monumento, os leões alados, um homem numa poça de sangue, abraçado a uma câmera, e então aquele ruído ao longe, uma sereia que vinha buscá-lo, que o ergueria, enlaçaria, cingiria, até que ele estivesse deitado bem no meio daquele ruído, até que ele próprio tivesse se tornado a sereia e voasse para longe e nada pudesse mais contê-lo.

Má vontade. O primeiro de todos os pensamentos. Luz, a voz de uma mulher, algo que vem de longe. Escurecer tudo outra vez. Mas algo chama e puxa. Não prestar atenção, esconder-se. Luz não, não quero. Silêncio, o senhor está me ouvindo? Rumorejo. Vozes espanholas. Não quero ouvir nada, enrolo-me. "Ele está nos ouvindo." Uma voz conhecida. Daniel? "Tente mais uma vez." "Ele entende espanhol?"

Não digo nada. Fico onde estou. Tem alguma coisa no meu nariz. Estou amarrado. Dores pelo corpo todo. Agora voltar a dormir. Onde estive, lá vocês nunca irão. Multidões infindas, ruas cheias. Eu as ouvi, mas isso não digo. Não digo nada. Rumorejo. Véus. Eu voei. Deve ser noite. Aquela mulher de novo; não, outra. Um rosto que se debruça sobre o meu, sinto o seu hálito. Uma mão em meu pulso. Sussurros. Ele está imóvel. Cansaço imenso.

"Ele ainda não quer."

"Isso é normal."

Ele ouve isso claramente, e é verdade. Quer voltar para a sua memória, para a luz na qual desaparecera, na qual preferia ter permanecido. Não aquelas dores.

"Arturo?"

A voz é de Daniel.

"Arturo?"

Agora o mundo vem até ele.

"O senhor fique tranqüilo, pode ir para casa. Isso pode durar bastante tempo."

"Não, não."

Portas que se abrem. Outras vozes. Luz, trevas, luz. Como se amanhecesse bem devagar.

Mais tarde lhe contam que ficou quase duas semanas em coma. "O senhor não queria voltar."

"Onde está minha câmera?"

"Ela quase lhe custou a vida."

"Você finalmente acordou?"

Agora viu realmente Daniel pela primeira vez, tão de perto, bem sobre ele, olhos graúdos, poros.

"Você voltou."

"Não se mexa." Esta foi a voz feminina.

Sentiu como seus olhos se enchiam de lágrimas, como elas lhe corriam lentamente pelas faces. Suas mãos estavam enfaixadas. Esticou-as para Daniel, que as tomou nas suas.

"Onde está minha câmera?"

Sentiu que Daniel largava suas mãos, ouviu passos fora de seu campo de visão, aí viu que seu amigo segurava a câmera voltada para ele, uma mão verdadeira, a outra com a luva de couro preta, subitamente tão grande.

"Agora ele precisa descansar de novo."

"Está com dores?"

Aquilo era o mesmo dia ou muito depois? O tempo não era

mais nada, havia apenas sono e esquecimento, e então sempre uma alvorada e um redespertar, até que chegou o dia em que finalmente puderam conversar.

"Quanto tempo ainda preciso ficar aqui?"

"Pelo menos mais umas semanas. Depois pode vir para minha casa, eles concordaram."

"Como você soube? Como soube que eu estava aqui?"

"Você saiu nos jornais. Cineasta holandês assaltado. Não sabia que você tinha feito tantos documentários."

"Antigamente."

"O senhor não pode cansá-lo muito."

Mais tarde começou o trabalho da recordação. O estilhaçar, o rebentar. Isso também não queria voltar, nem isso. Daniel lhe contou das cartas, das notícias de Berlim, dos telefonemas de Erna e de sua mãe, que nem sequer sabia que ele estava em Madri, do desenho de Otto Heiland, das flores da NPS, do canal Arte.

"Pode imaginar uma coisa dessas, hein? E uma lingüiça, também de Berlim, uma lingüiça alemã. Estava uma delícia, você não podia mesmo comer. Fui obrigado a dizer a todos que não viessem."

Hesitação. Depois a pergunta.

"Alguém da embaixada, uma única vez. Mas você ainda estava em sono hibernal. Deixou um cartão de visita."

Winterslaap, sueño invernal. Duas sílabas a mais em espanhol que na sua língua. Inverno, neve, Berlim, a gritaria que se convertera em silêncio. Assim era. Ursos hibernavam. Como era aquilo? Quando se retornava do congelador da morte? E tartarugas, mas aqueles já eram mesmo animais semipetrificados. Não era para menos que ficassem tão velhas, quando não se precisava viver metade da vida. Tornou a adormecer.

"Ainda não está muito a fim, hein?"

Aquilo ainda era o mesmo dia? Também passou uma mulher. Daniel disse isso agora ou antes? Estava sentada na cama, disse, quando ele entrou no quarto, e fora embora sem dizer nada. Acenara com a cabeça, mas então passara deslizando a seu lado, sumira no ar.

"Algumas pessoas são assim, se movem sem fazer barulho. Quando vão embora, é como se nunca tivessem estado presentes."

Arthur apontou sua bochecha. Daniel assentiu. Esta a vantagem dos amigos: entendem tudo sem que nunca se precise dizer nada.

Ainda não podia ler, assistir televisão.

"Que fim levou o homem que seqüestraram?"

"Miguel Blanco? Está morto, foi executado. Tome. Você não pode ler, mas talvez possa ver imagens."

Daniel estendeu-lhe o jornal que estava lendo. Observou a foto de um homem escuro, que dormia. Cílios longos, os lábios como de um buda, carnudos, arqueados. Sofrimento para o qual não havia palavras, e ao mesmo tempo paz, calma extrema, o impossível.

"E tudo enquanto você esteve em coma. A Espanha inteira saiu às ruas, milhões de pessoas em todas as cidades. Nunca tinha havido aqui uma coisa dessas antes. Manifestações gigantescas, eu gravei em vídeo, você vai ver."

"Eu ouvi."

"De quem?"

"Enquanto estive aqui."

"Mas isso é impossível."

Não redargüiu, não fazia sentido. Mas ouvira. Passos de milhares, centenas de milhares de pessoas, um rumor, brados, ondulantes coros de vozes, rítmicos, escandidos. Claro que não era possível, mas ouvira, disso tinha certeza. Melhor não dizer mais nada a respeito. Olhou mais uma vez a foto.

"Que método usaram?"

"Tiro na nuca. É a especialidade deles."

"Mas ele está dormindo."

De onde vinha aquela paz? Como é que os assassinos poderiam alguma vez olhar aquela foto sem pavor? Será que havia algo como a vingança de um morto? Mas aquele homem estava longe de querer tirar desforra. Abatido como um animal, e no entanto não se distinguia nem medo nem dor naquele rosto, só aquela imensa tristeza e aquela paz, que ninguém conseguiria alcançar. No segundo de sua morte aquele homem já estava em outro lugar, e talvez ele, Arthur Daane, tivesse uma idéia de onde fosse. Lá era claro, podia-se ouvir o que aos vivos não era dado ouvir. Não se podia explicar isso a ninguém, e ele nem tentaria. Era proibido, assim parecia, não era lícito. Não era justo que se retornasse, a pessoa fora contaminada com um anseio indizível. Não se fazia mais parte de lá nem de cá. Não, para tanto não havia palavras, só aquelas lágrimas ridículas, das quais não tinha controle, que manavam dele e teimavam em não secar. Entrou a enfermeira e as enxugou.

"Agora não é hora", disse ela, "o senhor tem visita."

"O senhor me acompanha até lá fora?"

Isso foi para Daniel.

"Quatro é realmente demais. O senhor queira por favor dizer às pessoas que podem ficar só quinze minutos, contados no relógio? Não falo inglês. E elas não podem agitá-lo, como agora o senhor está fazendo, com essa foto. O senhor mesmo viu o que acontece."

Arthur escutou as palavras à porta, o silêncio em que foram ouvidas. Três reis magos, ele pensou quando os amigos de Berlim entraram no quarto.

Arno, Zenobia, Victor.

Não disseram nada, olharam os tubos, a atadura em sua cabeça, nas mãos. Zenobia tocou-lhe bem de leve o ombro, Arno quis dizer algo e não disse, tirou com cerimônia um pacotinho do bolso e depositou-o a seu lado.

"Uma lingüiça do Palatinado. Do Herr Schultze. Disse que já tinha remetido outra a você, mas não confia no correio espanhol."

Arthur sentiu como teve de lutar contra as lágrimas, mas o que veio em seguida foi ainda mais difícil de agüentar. Victor, que se pusera um pouco à parte dos demais, foi até um canto do quarto onde Arthur não o podia ver direito, ajeitou o seu lenço de seda pontilhado, endireitou a jaqueta, curvou-se, pareceu contar e aí começou a sapatear, enquanto olhava fixamente para Arthur. O clique do metal no assoalho de pedra, os pés invisíveis, os contidos movimentos de braço, o silêncio em que tudo isso aconteceu, não durou talvez nem sequer um minuto até que a enfermeira entrasse chispando pelo quarto e pusesse fim à cena, mas Arthur sabia que nunca mais iria se esquecer, fora uma dança cerimonial, um exorcismo, o clique-te-claque-te significara algo como uma exortação, que ele se levantasse, desse passos, seus pés deviam levá-lo para longe dali, o que passou, passou, essa mensagem tácita fora mais clara do que teriam podido ser quaisquer outras palavras, alguém, Victor, redespertara-o dançando para a vida, e ele compreendera, ainda demoraria muito, mas já se encontrava a caminho. Aprenderia de novo a andar, sua cabeça seria enfaixada com curativos sempre novos. Outra vez a enfermeira teve de lhe enxugar as lágrimas. Clique-te-claque-te, os sapatos de verniz de Victor. Não sabia que Victor era capaz daquilo.

Arthur fez um gesto para a enfermeira desculpando-se por estar chorando.

"Faz parte da convalescença", disse ela, "es completamente natural."

Aí surgiu uma discussão sobre lágrimas, choro e pranto. Faltavam só o vinho, o estômago de leitoa e Herr Schultze.

"E a vodca", disse Zenobia.

Arno estava trabalhando num ensaio sobre lágrimas na literatura. Aquilo vinha a calhar. O que dissera Nietzsche? Pois é, era de pensar que não tivesse dito nada.

"Quem não chora não tem gênio", disse Victor. "Conheço minhas máximas."

"Sei, sei, mas também: 'Não vejo diferença entre lágrimas e música'."

"Está na hora, senhores."

"A meu ver, foi em Stendhal que se chorou de verdade pela última vez", disse Arno. "Na *Cartuxa de Parma* eles choram o tempo inteiro, duquesas, marquesas, condessas, bispos, um vale de lágrimas só. Flaubert ao menos pôs um fim nisso."

"No século XX ninguém mais chorou na Holanda. Só os alemães ainda choram."

Este foi Victor.

"Os holandeses soluçam. Desde os anos 20 soluçamos, *heulen*."

"Todos os russos *rrreulen*", disse Zenobia.

Sentiu que as palavras lhe fugiam. O que acabara de fazer, quando do sapateio de Victor, fora chorar ou soluçar? "Todos os russos *rrreulen*."

Sentiu como estava cansado, mas as palavras ainda zuniam à sua volta, sons que queriam dizer algo, mas não podiam mais. Esperou até que se fundissem, volatilizassem, amalgamassem, até restar somente um rumorejo e um murmúrio suaves, o ruído de sua própria respiração, que era o sono.

No dia em que recebeu alta do hospital, apareceu Erna.

"Pelo menos agora você não parece uma figura de anúncio."

Então ela não esquecera, ela também não. Observou com ela sua figura no espelho. Um homem de cabeça rapada, alguém que se assemelhava a alguém que ele conhecera antes.

"A gente podia levar você direto para um mosteiro."

Junto com Daniel, ajudou-o a subir a escada do prédio. Daniel modificara algo, o ambiente parecia mais claro.

No quarto em que iria dormir, Daniel pendurara duas grandes fotos em cores, quase tão grandes como quadros. Numa paisagem nebulosa, mulheres caminhando com flores, mulheres ao pé de túmulos. A névoa parecia impregnar tudo, empalidecia a cor das flores, o cemitério era tão grande que não tinha fim. Um desmaiado sol de inverno filtrava-se pelo véu de neblina, nesses pontos não estavam as mulheres, encaminhavam-se para eles ou pairavam entre as sepulturas, as acácias, os ciprestes, um mundo de sonhos que alcançava o horizonte, eram centenas de mulheres, algumas inclinadas, como se falassem com alguém, arrumavam flores nos vasos, segurando-se umas às outras, logo começaria uma festa, elas dançariam ao som da música inaudível que harmonizava com os véus de névoa, chamavam a atenção de seus filhos para algo que em razão da distância não podia ser visto na foto. Talvez aquele próprio cemitério pairasse, navegava como um navio venturoso pelo ar, logo decolaria levando mulheres e crianças e flores numa viagem pelo universo.

"Onde é isso?", perguntou Arthur.

"No Porto. Um dia frio, a névoa não se desfez. Mas pensei que você fosse gostar. Bati as fotos no outono passado."

"Mas o que elas estão fazendo lá?", perguntou Erna. "O clima é de festa, mas por que tantas assim?"

"É Dia de Finados."

"Ah. Não é uma data católica? Já ouvi falar uma vez, mas o que acontece exatamente?"

"Lembram as almas dos mortos. Dia dois de novembro. Os mortos esperam o ano inteiro por isso."

"Sei. E quando as pessoas vão embora, começam a dançar de noite uns com os outros."

Daniel a fitou.

"Como é que você sabe? Tirei fotos disso também, mas não saiu nada."

Quando os dois se foram, Arthur continuou lá deitado observando as fotos. Finados. Não sabia direito que idéia fazer daquilo, mas tinha a impressão de que o termo tinha mais a ver com vivos do que com mortos.

Deviam ser mortos que ainda se demoravam em algum lugar, era impossível safar-se deles de vez, ainda era preciso levar-lhes flores. Talvez o tivessem visto, quando esteve tão perto deles. Mas sobre isso seria melhor calar-se. Mortos estavam fora de moda, mas disso ainda não sabiam aquelas mulheres do Porto. Se adormecesse ("você precisa descansar"), aquela névoa recobriria lentamente o seu quarto. Ao longe ouviu o tráfego na Plaza de Manuel Becerra, os ruídos da cidade grande, buzinas, uma sirene, um alto-falante que apregoava algo, mas ele nunca saberia o quê.

Cerca de seis semanas depois, seria possível ver de um inexistente posto de observação em algum lugar acima da Terra um antigo Volvo tomar a direção norte no fluxo de trânsito ao lado da estação Atocha. O motorista tinha cabelo curto, espetado, a seu lado uma câmera, um livro sobre a história de Astúrias, um guia de Santiago, um mapa da Espanha com uma grande cruz junto a Aranda de Duero, onde faria uma parada. ("Por enquanto só etapas curtas.") Logo na entrada de Aranda havia uma pousada à beira de um rio, onde queria pernoitar. Antes de partir, perguntara a seu amigo se a mulher que o visitara no hospital realmente não dissera nada. Ao que seu amigo desviara a cabeça e respondera: "Eu preferiria não contar, mas ela disse que precisava ir a Santiago por algum motivo relacionado a seu trabalho".

"Mas não deu nenhum endereço a você?"

"Não. E não disse mais nada."

Anoiteceu, veio o lusco-fusco. O homem saiu da pousada e caminhou até perto do rio. Lá começou a filmar, não estava claro o quê, a menos que fossem as pequenas superfícies aquáticas em movimento, iluminadas pelos últimos raios de sol, um movimento repetitivo, luminoso, que se dissolvia lentamente na escuridão vizinha. Depois voltou para dentro. Durante a noite despertou com um uivo agudo, desesperado, um ruído que, a par do remate rouco e repetitivo que o segue, é tão inconfundivelmente triste que a língua holandesa cunhou um termo próprio para ele, de modo que o homem na pousada que o ouviu pensou que teria gostado de tomar o jumento nos braços a fim de consolá-lo.

Após o café da manhã, filmou mais uma vez o rio no mesmo ponto e tomou então a N122 no sentido oeste, mas na N1 dobrou no sentido norte. Só o impossível olho lá de cima poderia ter visto que o carro hesitou brevemente no cruzamento, mas depois se apartou do oeste e seguiu até onde os primeiros nomes bascos surgem nas placas de trânsito e onde, por trás do contraforte dos Pireneus, se avista o céu sublime do norte.

E nós? Ah, nós...

Santa Mónica, Port Willunga, San Luis
abril de 1996 — julho de 1998

Com seu apetite pelos detalhes mais irrelevantes, sua capacidade de absorver prateleiras inteiras cheias de documentos em decomposição —, inclusive relatórios de investigação que talvez ninguém (nem mesmo quem os escreveu de próprio punho) jamais tenha lido — a historiografia progrediu nessas últimas décadas, ainda que no geral tenha se enganado acerca de seus próprios motivos: bandos de pesquisadores diziam aproximar-se da certeza esquadrinhando montanhas de papéis, ou ao divulgarem as suas cifras e tabelas acreditavam equiparar-se até mesmo às ciências naturais. Porém quanto mais dados brutos eram incluídos, mais nitidamente vinha à luz o mistério mudo de toda empreitada histórica. Atrás desses nomes, desses documentos chancelados, desses autos jurídicos, estava a enorme afasia de uma vida encerrada em si mesma, sem contato nem com um antes nem com um depois.

Roberto Calasso, *A ruína de Kasch*

ESTA OBRA FOI COMPOSTA PELO ESTÚDIO O.L.M. EM ELECTRA, TEVE SEUS FILMES GERA
PELO BUREAU 34 E FOI IMPRESSA PELA GEOGRÁFICA EM OFF-SET SOBRE PAPEL PÓLE
SOFT DA COMPANHIA SUZANO PARA A EDITORA SCHWARCZ EM JULHO DE 2001